T0062114

Contemporánea

Juan David Morgan (Chiriquí, Panamá, 1942) es abogado, empresario, escritor y filántropo panameño. Es autor de una docena de obras de distinto género literario, siendo sus novelas históricas las referentes para muchos lectores que han conocido el pasado de Panamá de la mano de Morgan. Ha recibido varios premios nacionales y algunas de sus obras han sido traducidas a varios idiomas. Socio fundador de la firma Morgan&Morgan, presidente del Patronato del Museo del Canal Interoceánico de Panamá desde 1996 al 2018, y presidente de la Junta Directiva y de la Junta de Síndicos del Patronato de la Ciudad del Saber desde 1998. Miembro de la Cámara Panameña del Libro, de la Academia Panameña de la Lengua y miembro correspondiente de la Academia de la Historia de Cartagena de Indias (Colombia)

Juan David Morgan

Entre el honor y la espada

DEBOLS!LLO

El papel utilizado para la impresión de este libro ha sido fabricado a partir de madera
procedente de bosques y plantaciones gestionadas con los más altos estándares ambientales,
garantizando una explotación de los recursos sostenible con el medio ambiente y beneficiosa para las personas.

Entre el honor y la espada

Primera edición en Debolsillo: agosto, 2022

D. R. © 2022, Juan David Morgan

D. R. © 2022, derechos de edición mundiales en lengua castellana:
Penguin Random House Grupo Editorial, S. A. de C. V.
Blvd. Miguel de Cervantes Saavedra núm. 301, 1er piso,
colonia Granada, alcaldía Miguel Hidalgo, C. P. 11520,
Ciudad de México

penguinlibros.com

Diseño de portada: Penguin Random House / Mariana Vega

ISBN: 978-607-381-815-5

Impreso en México – *Printed in Mexico*

Para Ana Elena,
norte, brújula y sextante
de mis afanes literarios.

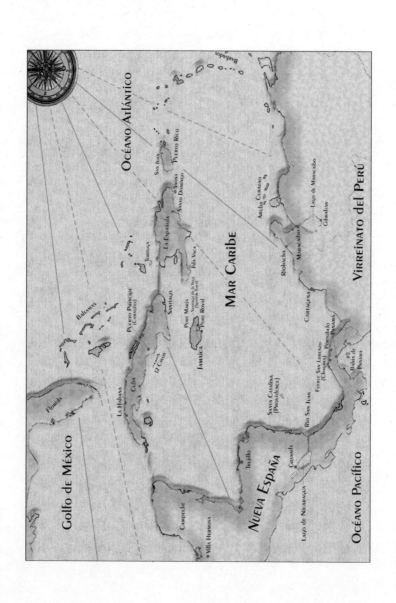

PRIMERA PARTE

1

Londres, Corte del Rey, enero de 1685

Vencido el último peldaño de las gradas que ascendían del río Támesis a la Plaza de Westminster, el abogado John Greene se detuvo para recuperar el aliento. Las libras de más y el vaho cargado de humedad le dificultaban la tarea de llenar de aire los pulmones y una llovizna helada acentuaba la rigidez del rostro abotagado y lampiño, cuya única señal de vida parecía provenir de sus ojos inquietos y profundamente azules.

—Observad cómo se aquietan las aguas del río cuando presagian la proximidad del mar —dijo con voz grave y entrecortada al sirviente que, cargado de papeles, jadeaba a su lado—. Creo que este año se congelará nuestro Támesis y ya no podremos navegar hasta la ciudad.

Mucho tiempo había transcurrido desde la última vez que John Greene se presentara a gestionar un caso ante la Corte del Rey. La fortuna acumulada por el más famoso de los abogados ingleses después de tres décadas de bregar en los tribunales le había permitido retirarse del ejercicio activo de la profesión y hacía más de quince años que habitaba con su familia en la pequeña villa de Chiswick, a tres millas del centro de Londres. Más que el anhelado descanso, lo que determinó su alejamiento definitivo de la ciudad fue la mala racha que como maldición bíblica había caído sobre la capital de Inglaterra. Primero, la gran plaga de 1665, en la que perecieron más de cien mil londinenses, entre ellos dos de sus hermanas, seis de sus sobrinos y el menor de sus hijos. Todavía se estremecía al recordar a su pequeño Tim plagado de protuberancias, delirando por la fiebre y suplicando su ayuda. Pero, lamentablemente, una vez que el médico había diagnosticado la peste negra, no había nada que hacer más que rezar. Como si este castigo hubiera sido poco, un año después sobrevino el gran incendio, el más pavoroso que conociera la historia de Londres, que consumió más de dos tercios de las construcciones, incluyendo el antiguo edificio de Hay Market en el que John tenía su despacho. Aunque el rey había ordenado la reconstrucción inmediata del área destruida por las llamas, él prefirió emigrar más allá de los ejidos. La casa en la que ahora vivía junto a su esposa Claire bordeaba el Támesis y desde el pequeño muelle que hizo construir se le hacía fácil trasladarse en una pequeña balandra hasta el centro de la ciudad cuando algún asunto reclamaba su presencia. Solía vanagloriarse de que le tomaba menos tiempo navegar tres millas que a sus amigos recorrer en carrozas unas cuantas calles atestadas de gente, del tráfico y de los desperdicios e inmundicias de la gran ciudad.

Para que John Greene se dispusiera a abandonar la placidez de su retiro, sobre todo ahora que el invierno tocaba con saña a las puertas de Londres, se requería un caso judicial capaz de marcar un hito en la jurisprudencia. Y su olfato abogadil le aseguraba que el asunto que hoy lo llevaba a Westminster Hall era uno de esos casos. Es cierto que su primera reacción, tras leer la extensa carta que su amigo Henry Morgan le había enviado desde Jamaica, fue la de rechazar el encargo: resultaba inaudito que un personaje como Morgan, a quien cualquiera que no fuera súbdito de la Corona inglesa consideraría un vil pirata, pretendiera demandar por difamación a dos reconocidos libreros de Londres y reclamar de cada uno de ellos la suma de diez mil libras esterlinas por daños a su honor. El mismo John había sido testigo cuando sir Henry se vanagloriaba en los bares y salas de fiesta de sus asombrosas hazañas contra los españoles en las Indias Occidentales y en Tierra Firme, especialmente en Yucatán, Honduras, Nicaragua, Maracaibo, Portobelo y Panamá. Porque fue entre copas que se afianzó la amistad que ligaba al más famoso de los corsarios ingleses con el más prestigioso de los abogados acreditados para gestionar ante la Corte.

A mediados de 1672, algo más de un año después de la toma y el saqueo de Panamá, Henry Morgan había sido enviado a Inglaterra bajo arresto por haber violado el tratado de paz celebrado entre Inglaterra y España. Aunque el mismo rey había ordenado su detención y traslado, la gran popularidad de Henry entre la gente del pueblo y algunos miembros de la aristocracia determinaron que Carlos II, en vez de enviarlo a la Torre de Londres, decidiera otorgarle la ciudad por cárcel mientras se preparaba el juicio. A lo largo de los tres años que permaneció Morgan en Londres, en espera de un proceso que nunca llegaría, John Greene, a quien el corsario había buscado para su defensa, se convirtió en su íntimo amigo y confidente. Aunque el abogado era un hombre poco dado a las fiestas y francachelas, gozaba mucho escuchando las anécdotas del famoso corsario, que a sus treinta y ocho años era alto, apuesto y poseía un verbo elocuente y pintoresco. Cuando los vaivenes de la política y de la diplomacia determinaron, una vez más, el deterioro de las conflictivas relaciones entre las Coronas inglesa y española, Morgan no solamente quedó libre de todo cargo sino que, además, el sempiterno enemigo de España fue premiado con el título de sir y el cargo de vicegobernador de la isla de Jamaica. Sí, John Greene sospechaba que mucho de lo que se relataba en el libro de Exquemelin que él había enviado a su amigo era genuino, pero cuando terminó de leer la prolija carta que le remitiera un ofendido e iracundo sir Henry quedó convencido de que tenía ante sí la oportunidad que todo buen litigante anhelaba. Porque si él persuadía a la Corte de oír el caso y lograba demostrar que sir Henry tenía razón en su reclamo, sería la primera vez en la historia de la jurisprudencia inglesa que dentro de un proceso *coram rege*, es decir, ante el rey, se imponía una sanción por daños derivados de la difamación literaria a un civil. Y a él le correspondería el mérito y la fama de haberlo logrado.

John Greene recorrió lentamente la amplia plaza que llevaba del desembarcadero a Westminster Hall, se ajustó la toga, que ahora le quedaba estrecha, se acomodó la odiosa peluca blanca y penetró en la inmensa nave. Aunque había estado allí muchas veces para gestionar ante la Corte o para asistir a una festividad o a un acto oficial de la Corona, cada vez que ingresaba al majestuoso recinto el abogado se sentía sobrecogido. A su lado, el amanuense, que por primera vez pisaba la losa del legendario palacio, no sabía si mirar hacia el techo, cuya complicada armazón de madera parecía sostenerse por arte de magia diez brazas arriba de su cabeza; o hacia los enormes ventanales, por los que entraba a raudales la luz de la mañana y a través de los cuales se divisaban el Támesis y la plaza de Westminster; o hacia los nichos adosados a los muros, donde la mirada ceñuda de antiguos monarcas parecían recriminarle la osadía de violar sus dominios. Al fondo de la extensa sala, sobre un entramado de madera, la gran mesa de mármol y la enseña de Carlos II indicaban que la Corte estaba en sesión. El abogado ordenó a su sirviente que esperara, recorrió parsimoniosamente la sala y se sentó frente al escritorio correspondiente a la parte acusadora. Cinco minutos más tarde entraba a la sala el alguacil y tras él los magistrados. Con más familiaridad que solemnidad, John Greene se levantó, saludó y solicitó que se le permitiera a su amanuense acercarse.

—Son muy voluminosos y pesados los legajos, Sus Señorías, y yo ya no estoy en edad de cargarlos —explicó con voz profunda.

—El alguacil acompañará a vuestro asistente —indicó el presidente de la audiencia.

La pila de documentos que el desgarbado amanuense colocó sobre la mesa motivó un intercambio de miradas de asombro y preocupación entre los magistrados.

—A juzgar por la cantidad de documentos que trae hoy el señor letrado, la mañana será larga —comentó el presidente—. ¿Debo ordenar más leña para que no nos congelemos?

—Tal vez no, Señorías. Tan pronto se me autorice a presentar la petición de mi cliente, sir Henry Morgan, comprenderéis que se trata de un asunto que reviste una gran importancia para la jurisprudencia del reino.

—¿Sir Henry Morgan, habéis dicho? ¿No vive él en Jamaica? —preguntó con voz monótona el presidente.

—Así es, Su Señoría. Pero los demandados son vecinos de Londres y, tal como comprobaré más adelante, el asunto debe ser ventilado en un proceso *coram rege* ante esta augusta corte.

—El señor letrado puede proceder a presentar su petición —indicó, casi con resignación, el presidente de la Audiencia.

Con gesto estudiado, John Greene sacó dos libros de una de las carpetas y los colocó frente a los magistrados, sobre la gran mesa de mármol.

—El asunto comienza con la publicación de las obras que ahora someto a la consideración de Sus Señorías —a medida que hablaba, el abogado elevaba el tono de la voz, que ahora parecía resonar en cada rincón de la nave vacía. Esa voz, que había aprendido cuando estudiaba actuación en el Theatre Royal, era una de sus principales herramientas y él sabía cómo usarla—. Como podéis observar, están bellamente editados, se han vuelto muy populares y no me extrañaría que alguno de vosotros ya los hubiese leído. El tema parece ser de tanto interés que ambos libreros han invertido mucho dinero en publicar, casi simultáneamente, obras de idéntico contenido.

El abogado volvió a aproximarse a la mesa de los magistrados, tomó en sus manos uno de los libros, lo puso en alto y prosiguió con mayor dramatismo en los gestos y en la voz.

—Este ejemplar fue publicado por William Crooke, hace un año, el 8 de enero de 1684, para ser exacto, bajo un título muy extenso y revelador: *Bucaneros de América, o un relato veraz de los ataques más extraordinarios llevados a cabo últimamente en las Costas de las Indias Occidentales por los bucaneros de Jamaica y Tortuga, ingleses y franceses* —el abogado hizo una pausa deliberada antes de proseguir—. Es muy importante llamar vuestra atención hacia lo que se lee a continuación, en letra más pequeña, en la misma portada: «Aquí están recogidas, muy especialmente, las incomparables proezas de nuestro héroe de Jamaica, sir Henry Morgan, quien saqueó Portobelo, quemó Panamá, etc.» —Greene volvió a interrumpir su disertación y miró inquisitivamente a los magistrados, en busca de una reacción. Sin percibir ninguna, continuó—. Seguimos leyendo en la portada que la obra fue «escrita originalmente en holandés por John Exquemelin, uno de los bucaneros que estaba presente en esas tragedias, y traducida al español por Alonso de Bonne-Maison».

El abogado se aproximó nuevamente a la mesa para dejar el primer libro y tomar el otro. Al advertir gestos de impaciencia en los magistrados, decidió acelerar el preámbulo.

—Este segundo libro, cuyo título y contenido son casi idénticos al anterior, como ya dije, fue publicado por el librero Thomas Malthus el día 26 del mismo mes y año. A diferencia del que publicara el librero Crooke, el señor Malthus afirma que la traducción se hizo directamente del holandés.

—Señor letrado —interrumpió el presidente—, todavía no sabemos por qué hemos sido convocados hoy.

—Perdonadme, Sus Señorías, pero la introducción era absolutamente necesaria. Si, en efecto, vosotros habéis tenido la oportunidad de leer alguno de los libros sabréis que, tal como se expresa en la portada, versan en gran parte sobre la vida y las hazañas de Henry Morgan, uno de nuestros héroes en la guerra contra España. Os pido recordar que, gracias a su valor y a su liderazgo, el ciudadano Henry Morgan fue elevado por Su Majestad Carlos II a la dignidad de sir del imperio británico. También lo nombró gobernador suplente de Jamaica, territorio cuya importancia para el comercio y la estabilidad política de Inglaterra todos conocemos. Pues bien, sir Henry

Morgan, luego de leer el libro de Exquemelin, publicado aquí por los señores Crooke y Malthus, me ha enviado una extensa y detallada carta en la que refuta, por falsas y difamatorias, aseveraciones que sobre su persona allí se hacen y me ha otorgado poder para que acuda ante la Corte a reclamar de los mencionados libreros una retractación formal y el pago de los perjuicios causados a su honor. No está de más recordaros…

—¿Sanción derivada de daños causados a la honra de un súbdito por una obra literaria? —interrumpió, enérgico, el magistrado presidente—. En nuestro sistema judicial no existe precedente alguno que sustente tal reclamación. Las únicas condenas derivadas de calumnia y difamación literaria que reconoce la Corte son aquellas dirigidas contra la Corona porque ponen en peligro la estabilidad del Imperio.

El momento crucial había llegado. «De mi habilidad y poder de convencimiento dependerá la continuación de este proceso», pensó John Greene antes de responder.

—Estoy consciente de ello, Su Señoría. Pero los actos de sir Henry, que se mencionan en la obra difamatoria, fueron ejecutados con autorización expresa de la Corona. En consecuencia, las publicaciones de Crooke y Malthus acerca de sir Henry afectan también al rey y debe permitírseme demostrar su carácter difamatorio. Quiero aseguraros que durante los últimos tres meses me he dedicado a recoger evidencias que comprobarán, fuera de toda duda, que a sir Henry le asisten la razón y el derecho.

Los magistrados se miraron y el que se sentaba a la izquierda del presidente preguntó:

—¿Posee el señor letrado alguna evidencia de que Morgan actuaba con autorización de la Corona?

Aunque la expresión de su rostro seguía siendo indiferente, los ojos de John Greene fulguraron un instante. Sin responder inmediatamente, se acercó a su mesa, rebuscó entre los legajos y regresó con un documento en la mano.

—Aquí tenéis un ejemplo de lo que afirmo.

El documento, de cinco páginas y media, fechado el 29 de junio de 1670, contenía la patente de corso que el Consejo de Jamaica y el entonces gobernador de la isla, Thomas Modyford, en nombre de Su Majestad y del Lord del Almirantazgo, le otorgaban a Henry Morgan para organizar una flota y reclutar los hombres que fueran necesarios a fin de defender la isla de Jamaica de cualquier ataque y, en especial, para sorprender, tomar, hundir, dispersar y destruir todos los navíos enemigos y para desembarcar en Tierra Firme y tomar el pueblo de Santiago de Cuba o cualquier otro sitio perteneciente a España en los que se sospechase que se pudiera estar planificando un ataque contra Jamaica, así como para dispersar o matar a quienes se opusieran a sus acciones. Según se afirmaba en el documento, tal patente de corso respondía a que la reina regente de España, en Cédula Real fechada en Madrid el 20 de abril de 1669, había impartido instrucciones precisas a sus gobernadores en las Indias Occidentales para hacer la guerra contra el rey de Inglaterra y, como consecuencia de tales instrucciones, el gobernador de Santiago de Cuba y sus Provincias había lanzado ataques despiadados en el norte de Jamaica, incendiando viviendas y ejecutando a sus propietarios y a todo ser inocente que encontraron en su camino. Además, se habían descubierto planes concretos para invadir la isla de Jamaica y sustraerla a la Corona inglesa. Finalmente, el documento nombraba a Henry Morgan almirante y comandante en jefe de todos los navíos que lograra equipar y de todos los hombres que fueran reclutados para el desempeño de su misión.

John Greene regresó a su pupitre y aguardó pacientemente mientras los magistrados del rey revisaban el documento, procurando adivinar en sus rostros si su reacción era favorable. Terminada la lectura, los jueces conversaron en voz baja entre ellos y, cuando estuvieron de acuerdo, el presidente, con gesto adusto y autoritario, se dirigió al abogado.

—El documento que acabamos de leer no contiene, como el señor letrado afirmó, ninguna autorización otorgada expresamente por el rey a sir Henry Morgan. Se trata de una mera concesión del gobernador de la isla de Jamaica para la defensa del territorio bajo su mando.

John Greene se puso de pie y una casi imperceptible sonrisa suavizó por un instante su rostro inexpresivo.

—Es bien sabido que Su Majestad el rey no puede actuar personalmente en todos los actos del reino. Para que el gobierno funcione eficientemente es imprescindible la delegación de autoridad. Así como Sus Señorías lo representan en esta Corte, porque él así lo ha dispuesto, de la misma manera el gobernador de Jamaica representa al rey en todos los actos oficiales, especialmente tratándose de un sitio tan distante. Es la regla fundamental de la monarquía y del buen gobierno, tal como lo afirma el propio gobernador Modyford en su documento. ¿Me permitís?

El abogado se acercó a los magistrados con intención de leerles la parte pertinente del documento, pero el presidente lo detuvo con un gesto de la mano.

—Sabemos lo que dice esta autorización, señor letrado. Lo que no podemos saber es si, efectivamente, el gobernador Modyford actuaba por instrucciones del rey.

El tono del magistrado presidente era ahora menos agresivo y Greene, percibiendo que la balanza de la justicia se inclinaba en su favor, respondió enseguida.

—No directamente del rey, Señorías, por las razones que expliqué hace un instante, pero sí por intermedio de su hermano, James, duque de York y Lord del Almirantazgo. Tengo en mi poder correspondencia enviada por él al gobernador Modyford de cuya lectura queda claro que ambos estaban convencidos de que la única defensa viable contra España era la que proporcionaban aquellos corsarios de Jamaica, como sir Henry, a quienes se otorgaba patentes de corso oficiales para actuar en representación de la Corona inglesa contra sus enemigos. También debo recordaros que de cada botín capturado por Morgan, o por cualquiera de los otros corsarios ingleses,

Su Majestad recibía quince por ciento y su hermano, el Lord del Almirantazgo, diez por ciento.

John Greene se había jugado su carta definitiva. Si las razones jurídicas no resultaban suficientes, las económicas podían mover a los magistrados a aceptar el caso. Y, a juzgar por el gesto consternado de cada uno de ellos, la estrategia estaba dando resultado. Tras una nueva consulta, los magistrados se levantaron de sus asientos y el presidente comunicó a John Greene que dentro de siete días, el lunes 19 de enero de 1685, debía presentarse ante la Corte para iniciar el proceso que proponía sir Henry Morgan contra los libreros acusados de difamación. La Corte sesionaría para conocer del caso los días lunes, miércoles y jueves, desde la primera hora de la mañana hasta la caída de la tarde, con una breve interrupción para almorzar.

—El alguacil se encargará de notificar a los señores Crooke y Malthus —añadió el magistrado presidente antes de levantar la sesión. En las chimeneas del gran salón del Westminster Hall no había sido necesario reponer la leña.

La mañana del día señalado para el inicio del juicio el Támesis amaneció congelado. Era la primera vez que John Greene presenciaba lo que solamente conocía por referencia de los ancestros, quienes contaban a sus hijos de las ferias que antaño celebraban sobre las aguas congeladas del río. Frente a su casa la corriente todavía fluía y John Greene había intentado navegar en su pequeña balandra, pero muy pronto encontró las primeras capas de hielo y tuvo que desistir. Como era temprano, había poco movimiento en las calles de Londres y pudo llegar en carroza a su destino antes de las nueve de la mañana. Cuando entró en Westminster Hall, la Corte se hallaba lista para comenzar el proceso. Detrás del pupitre de la parte acusada estaba sentado uno de sus colegas, Francis Devon, y a su lado un hombre pequeñito, vestido como si lo que hubiera en Westminster Hall esa mañana fuera un baile real y no un proceso judicial. Los ojos, oscuros y diminutos, que miraban hacia todas partes, y la rodilla derecha, que no paraba de subir y bajar, delataban su excesivo nerviosismo. Minutos después, precedidos por el alguacil, los magistrados, con sus togas impecables y sus pelucas blancas, cuidadosamente peinadas, entraron al salón, se sentaron ante la gran mesa de mármol y con un golpe de martillo el presidente declaró la Corte en sesión. En las graderías laterales había unos cuantos curiosos con caras de aburrimiento. Obedeciendo una señal del presidente, el alguacil dijo con voz estentórea:

—La Corte entra en sesión. Hoy, 19 de enero de 1685, se da inicio a un proceso *coram rege* para atender el reclamo interpuesto por sir Henry Morgan contra los señores William Crooke y Thomas Malthus, ambos libreros de esta localidad. Los acusa de difamación y reclama perjuicios a su honra cuya cuantía estima en la suma de diez mil libras esterlinas. La Corte conoce del caso con la venia de Su Majestad, Carlos II, y toma debida nota de que uno de los demandados, el librero Thomas Malthus, ha escogido, a su propio riesgo, no presentarse a este juicio.

Tan pronto terminó el alguacil, el abogado de Crooke pidió la palabra para aclarar una cuestión de procedimiento y, tal como anticipara John Greene, señaló la falta de jurisprudencia que justificara la actuación de la Corte en el asunto. En tono enérgico concluyó diciendo que «ni esta Corte ni ninguna Corte ordinaria inglesa es competente para conocer de una acción que no está autorizada por nuestro sistema judicial».

John Greene se levantó para responder, pero el magistrado presidente le pidió que volviera a sentarse y procedió a explicar al abogado Devon que ya la Corte había examinado el tema y llegado a la conclusión de que el juicio era procedente porque los actos de los que se acusaba a sir Henry Morgan en el libro publicado por los demandados habían sido ejecutados con autorización de la Corona.

—Lo que se determinará en este juicio —continuó el presidente— es si, efectivamente, el demandante fue víctima de una difamación y, en caso afirmativo, a cuánto ascienden los daños causados a su honra. El letrado Greene puede proceder.

—Gracias, Su Señoría —John Greene se adelantó unos pasos hasta quedar frente al librero Crooke, quien no dejaba de agitar la pierna, lo miró fijamente y después se volvió hacia los magistrados para comenzar su alegato.

—Cuando solicité ante esta augusta Corte autorización para seguir un proceso *coram rege* contra los libreros Crooke y Malthus, ofrecí como evidencia fundamental los libros publicados por los acusados y destaqué ante Sus Señorías el contenido del título —el abogado hizo una pausa, se dirigió a su mesa para tomar el libro publicado por Crooke, clavó sus ojos azules en el acusado, golpeó la portada y, alzando la voz, continuó—. Era tanto el afán de difamar a mi cliente que ya desde el subtítulo de la obra se nos brinda una muestra de lo que vendría después. Veámoslo. «Aquí están recogidas, muy especialmente, las incomparables proezas de nuestro héroe de Jamaica, sir Henry Morgan, quien saqueó Portobelo, quemó Panamá, etc.» Exageraciones y mentiras, Sus Señorías, sin siquiera señalar, por otra parte, que Portobelo y Panamá son ciudades que pertenecen a España, país con el que la Corona inglesa estaba en guerra. Pero, repito, el subtítulo es solamente un preámbulo de las innumerables calumnias que aparecen después en el texto donde se atribuyen a sir Henry Morgan toda suerte de atrocidades —John Greene hizo una pausa, volvió a colocar el libro sobre la mesa y prosiguió en tono más calmado—. Oportunamente, volveré sobre estas infames acusaciones, pero ahora quisiera referirme a la difamación que más ha dolido, la que más ha ofendido, a sir Henry. Hablo de la que guarda relación con la forma como mi cliente arribó a las Indias Occidentales. Se afirma en el libro que desde muy joven Henry Morgan se vendió como esclavo para pagar su viaje a las Indias. La verdad, Sus Señorías, sobre la que guardo abundante evidencia que ahora presento a vuestra consideración, es otra.

2

Condado de Glamorgan, sur de Gales, 1643

Un recuerdo de su niñez que Henry atesoraría a lo largo de su vida fue el de aquella memorable reunión del clan Morgan en Tredegar House, la legendaria mansión en la que habitaba Godfrey Morgan, primo segundo de su padre, en las cercanías de Newport. Cuando se recibió en la granja la invitación de manos de un mensajero, montado en el corcel más elegante que Henry hubiera visto, su padre había decidido enseguida no acudir al cónclave familiar esgrimiendo como excusa lo largo y pesado del viaje. Su esposa, Anna, opinó que sí debería ir y durante dos días discutieron. Ella insistía en que solamente se trataba de un fin de semana y que algo bueno resultaría del roce con sus hermanos y con los parientes ricos, y él respondía que hacía muchos años que no sabía de sus hermanos, que casi no conocía a esos parientes y que no creía que ninguno de ellos tuviera interés en compartir con él su fortuna. Al final triunfó la obstinación femenina y Robert se vio obligado a hacer el viaje acompañado por Henry, que acababa de cumplir ocho años, mientras Anna y su hija, Catherine, de trece, quedaban al cuidado de la granja.

Padre e hijo partieron una lluviosa mañana de septiembre de 1643 en la vieja carreta tirada por dos leales y siempre cansados jamelgos. Aunque la granja de Robert distaba escasas tres millas del villorrio de Llanrumney, llegaron allí pasado el mediodía porque Robert, quien todavía refunfuñaba por el viaje, conducía a paso muy lento, según él para no forzar los caballos ni estropear la carreta. Después de almorzar algo ligero y recoger algunas provisiones para las eventualidades del viaje, siguieron rumbo a Newport por el camino de Cardiff. Del largo viaje Henry recordaba que tan pronto anocheció su padre había decidido pernoctar en la carreta y que con las primeras luces del día lo obligó a asearse en las aguas gélidas de un arroyuelo que se deslizaba al lado del camino. Más adelante, al expresar su asombro ante la amplitud de la ría que formaba el río Usk al aproximarse al mar, su padre había comentado que el océano era todavía más grande y azul.

—Algún día iremos hasta Abertawe para que puedas apreciarlo en toda su inmensidad.

Henry rogó en silencio que su padre cumpliera su promesa. Esa misma tarde, antes de lo esperado, divisaron desde una colina el pueblo de Newport, en cuyos alrededores se hallaba Tredegar House. No tuvieron que indagar mucho entre los labriegos de la región para dar con el camino que los llevó finalmente ante la célebre mansión de los Morgan.

—Ni siquiera sé dónde pasaremos la noche —masculló Robert, malhumorado, mientras enfilaba la carreta hacia la majestuosa avenida flanqueada de abedules que conducía a la residencia.

—Nunca habría podido imaginarme una casa tan enorme y con tantos jardines —murmuró Henry a su lado. Para sorpresa de ambos, el primo Godfrey, su esposa y sus dos hijos, el menor de los cuales aparentaba la misma edad de Henry, salieron a darle la bienvenida.

—¡Enhorabuena, Robert! —exclamó Godfrey, aproximándose—. Sois los primeros en llegar. Os presento a mi esposa, Emily, y a mis hijos, Godfrey y Thomas. Bajad, bajad, que debéis estar cansados. ¿Qué tiempo os tomó el viaje desde Llanrumney?

Las veces que había oído a su padre hablar del famoso inquilino de Tredegar House, Henry se lo había imaginado como un hombre alto, fornido y de voz grave, muy diferente de aquel tío rechoncho, bajito y de voz atiplada.

—Salimos tarde. Este es mi hijo, Henry. Anna y Catherine no pudieron hacer el viaje —respondió Robert, corto de palabras como siempre.

—Cuánto lo siento. ¿Qué tal, Henry? Pero venid, venid. Os hospedaréis en la habitación azul del ala izquierda de la casa. Un sirviente se encargará de llevar la carreta al establo y otro subirá el equipaje.

—Gracias, pero lo que traemos es poco. Lo podemos llevar nosotros mismos —sugirió Robert, torpemente.

—De ninguna manera, de ninguna manera —sentenció el tío Godfrey, y le quitó de las manos la raída valija para entregársela al sirviente que se aproximaba presuroso.

«Nunca debimos hacer este viaje», se decía Robert Morgan mientras contemplaba la destartalada carreta alejarse en medio del lujo que asomaba por doquier en Tredegar House. Henry, en cambio, estaba encantado con el tío Godfrey, con sus primos y con toda aquella opulencia que por primera vez admiraban sus ojos.

El sábado al mediodía ya habían llegado a Tredegar todos los miembros del clan Morgan, invitados a «compartir bajo el mismo techo un fin de semana familiar para conocernos mejor», como proclamaba, orgulloso, el tío Godfrey. Mientras los niños jugaban en los interminables jardines que rodeaban la mansión, los mayores se reunían en los salones para aspirar el humo de las novedosas hojas de tabaco traídas de América por sir Walter Raleigh al inicio del siglo, para beber los excelentes vinos de la región italiana de Chianti y saborear los deliciosos asados de corderos de Tredegar, famosos en todo el sur de Gales. Más curioso que sus primos, Henry se escapaba a veces de los juegos y a través de los ventanales de la mansión observaba a los mayores, que parecían enfrascados en conversaciones inagotables. Su padre se mantenía un poco alejado y retraído, cambiando impresiones con algún pariente que seguramente también cultivaba la tierra y cuidaba de sus animales. Pero quienes más llamaban la atención de Henry eran los hermanos de su padre, Thomas y Edward Morgan. Bajito uno y muy alto el otro, ataviados ambos con vistosos uniformes militares, parecían sostener una discusión interminable en la que no faltaban los gestos amenazantes y las expresiones de malhumor y desaliento. Antes de volver a los juegos, Henry se prometió preguntar a su padre sobre aquellos tíos tan distinguidos y sus acaloradas discusiones.

La tarde del domingo, con vagas promesas de volver a verse, Robert Morgan y su hijo se despidieron de Tredegar House, del tío Godfrey y del resto del clan. Cuando el criado trajo la carreta de su padre, Henry no pudo evitar compararla con los vistosos landós que, tirados por briosos corceles y conducidos por elegantes lacayos, llevarían a la mayoría de los parientes de vuelta a su casa. Y por primera vez tomó conciencia de su pobreza. Dejar aquella casa de ensueño, donde todo parecía sobrar, para volver a la vida rústica de la granja en Llanrumney, donde la escasez era la norma, causó en Henry una de esas impresiones que van moldeando el carácter de los niños. De vuelta a la carreta y a los viejos caballos, padre e hijo anduvieron en silencio hasta que Tredegar House y las vivencias del fin de semana empezaron a acomodarse entre sus recuerdos.

—¿Qué te pareció todo, Henry? —preguntó finalmente Robert, sin dejar de mirar el camino.

—Fue como un sueño —Henry meditó un instante y luego preguntó, con franqueza reservada solamente a los niños—: ¿Por qué ellos tienen tanto y nosotros tan poco?

—Porque así es la vida, Henry —contestó enseguida Robert, que había anticipado la pregunta—. En algún momento los Morgan de Tredegar House se decidieron por el mundo del comercio y de los grandes negocios, mientras otros nos mantuvimos trabajando la tierra. Yo escogí, para mí y para mi familia, la tranquilidad de Llanrumney y de nuestra pequeña granja. Pero no nos falta nada. ¿Verdad?

Henry se quedó mirando a su padre antes de responder con otra pregunta.

—¿Y los tíos Edward y Thomas?

—Mis hermanos son otra historia —respondió Robert mientras, con un golpe de rienda y una exclamación, apuraba el paso de los caballos—. A tus tíos, desde muy niños, les fascinaron las armas y tan pronto tuvieron edad suficiente se alistaron como soldados de fortuna para ir a combatir en los campos de batalla, que tanto abundan en el Continente. Ambos llegaron a coroneles, aunque no necesariamente sirviendo al mismo monarca.

Robert no dijo más, pero Henry insistió:

—¿Y por qué discuten siempre?

No era la intención de Robert poner a su hijo pequeño al tanto de la tormenta política que pronto se desataría sobre Inglaterra, pero ante la insistencia y el interés del muchacho resolvió que sería mejor que estuviera enterado por si acaso la guerra llegaba hasta el sur de Gales. En realidad, de no haber asistido al cónclave de Tredegar él tampoco habría sabido cuán negros eran los nubarrones que oscurecían el cielo inglés. Las primeras escaramuzas entre las fuerzas que apoyaban al Parlamento y las que defendían el derecho divino de Carlos I habían sido el tema central de conversación de los Morgan reunidos en Tredegar House y el único sobre el cual discutieron sus hermanos. Si no hubiera hecho el viaje, Robert jamás se habría enterado de las calamidades del reino, pero ahora tendría que preocuparse por una situación que a lo mejor nunca afectaría a los habitantes del remoto poblado de Llanrumney, en el condado de Glamorgan. «Tal vez somos felices porque vivimos en la ignorancia», pensó antes de contarle a Henry que sus tíos militares discutían tanto porque mientras Edward apoyaba al rey, Thomas era partidario del Parlamento.

—Y, ¿por qué no se ponen de acuerdo, si son hermanos? —insistió Henry.

Robert acarició con brusca ternura la cabeza de su hijo.

—Algún día entenderás que la política despierta pasiones difíciles de explicar. Y ahora vamos a casa.

—Antes de ir a casa, ¿no podríamos ir a Abertawe a ver el mar?

Robert se quedó mirando detenidamente los ojos expectantes de su hijo. ¿Por qué, de pronto, aquel insólito amor por el mar?

—Hoy no, Henry. Está demasiado lejos y tu madre y Catherine nos esperan. Debemos apurar el paso si queremos llegar antes de que caiga la noche.

Todavía con algo de luz llegaron Robert y Henry a la granja. Desde lejos divisaron a Anna y Catherine, que en ese instante se apresuraban a llevar al corral algunas ovejas rezagadas. Henry, casi sin quererlo, comparó el establo deteriorado, los dos corrales de piedra, la huerta improvisada a un costado de la casa y su casa de paredes y techo rústicos con la majestuosidad de Tredegar House. Mañana él volvería a levantarse al alba para llevar las ovejas en busca de buenos pastos, ayudar luego a su madre en la huerta y en la tarde acompañar a su padre a Llanrumney para vender lana cruda, quesos o algunas de las verduras del huerto. Antes de bajar de la carreta para saludar a su madre y a su hermana, Henry se había prometido dejar de ser pobre, llevar algún día uniforme militar como sus tíos y navegar con rumbo desconocido en aquel mar interminable del que a veces le hablaba su padre.

3

Llanrumney, condado de Glamorgan, 1643-1649

Tan pronto regresó del encuentro con sus parientes ricos en Tredegar House, Robert Morgan se propuso que su hijo aprendiera a leer y escribir, como su madre. El párroco de Llanrumney se ofreció de maestro y tres días a la semana Henry dejaba a un lado las tareas domésticas para recorrer a caballo el trayecto que iba desde la granja hasta la pequeña iglesia. Convencido por su madre de que el aprendizaje lo ayudaría a forjar su propio destino, partía religiosamente con el despuntar de los días lunes, miércoles y viernes a recibir las lecciones del padre William quien, con infinita paciencia, iba introduciendo a Henry en el misterioso mundo de las letras y los números. En compensación, el chiquillo laboraba un par de horas en el huerto y en el corral de la casa parroquial. El catolicismo subsistía aún en las áreas rurales de Gales, pero Robert, convencido de que la religión confundía el pensamiento de los hombres, había pedido al párroco que prescindiera de enseñarle el catecismo a su hijo.

—No está en edad de entender esas cosas —había dicho escuetamente.

El padre William respetó, hasta donde le fue posible, las instrucciones de Robert, pero no pudo dejar de satisfacer la curiosidad del niño que quería saber por qué en el altar de la ermita había un hombre clavado en una cruz y qué significaban todas aquellas imágenes que adornaban los muros.

Los vientos helados de enero de 1645 trajeron a Llanrumney los primeros ecos de la guerra entre realistas y parlamentarios que desde hacía dos años se libraba en el resto del país. A finales de mes llegó a la granja de Robert un destacamento de soldados del rey comandados por el coronel Edward Morgan.

—Me han encargado la defensa del sur de Gales —anunció ufano mientras se bajaba de su cabalgadura para abrazar a su hermano. Desde la ventana, junto a su madre y a su hermana, Henry contemplaba boquiabierto el despliegue de uniformes y armamentos, y al ver que los hermanos Morgan se dirigían hacia la casa acudió presuroso a abrir la puerta. Mientras se frotaba vigorosamente las manos frente al fuego generoso del hogar, el tío Edward puso a la familia al corriente de la situación del reino.

—La guerra, que comenzó por la insistencia de los parlamentarios en controlar al rey, ahora se ha convertido en una cruzada religiosa liderada por Oliver Cromwell, un miembro rebelde del Parlamento que pretende imponer su puritanismo a lo largo y ancho del reino. Los combates se libran no solamente contra nuestro monarca, sino también contra el episcopado anglicano. Yo he venido a establecer el cuartel general de las tropas reales en Cardiff, así es que seremos vecinos mientras duren las acciones.

Cuando Robert quiso saber cuán cerca estaba el campo de batalla de Llanrumney, Edward apuró la taza de chocolate que le había servido Anna, se levantó para irse y respondió que no se preocupara.

—Mientras yo esté al mando, el condado de Glamorgan no corre peligro de caer en manos del enemigo —al llegar a la puerta, como si hubiera olvidado algo importante, se volteó hacia Robert y dijo con voz grave—: Aunque no me has preguntado por Thomas, debo decirte que nuestro hermano, terco como siempre, ha escogido pelear al lado de los «cabezas redondas» de Cromwell. Espero que el destino no nos tenga reservado un enfrentamiento.

Transcurrirían casi dos años antes de que el regimiento de los Ironside de Oliver Cromwell llegara al sur de Gales. Para entonces, ya el nombre de quien más tarde sería el Lord Protector de Inglaterra, Escocia e Irlanda resonaba con temor en cada rincón del país. En Llanrumney, el padre William, advertido por sus superiores de que el odio puritano de Cromwell hacia el Papa y los católicos era aún más feroz que el que profesaba contra los anglicanos, recogió los objetos del culto y cerró la pequeña iglesia. Antes de partir pasó por la granja de los Morgan para despedirse.

—Me voy porque me ordenan que ponga un océano de por medio entre los fanáticos puritanos y mi fe —dijo compungido—. Espero que Henry continúe las clases con su madre y para ello os dejo algunos de los textos que hemos utilizado. Estoy seguro de que si sigue estudiando algún día dará brillo a su apellido y a Llanrumney.

Cuando Robert quiso saber hacia dónde se marchaba, William se encogió de hombros y respondió, lacónicamente:

—Realmente no estoy seguro, pero me temo que a algún lugar de América donde se requiera un sacerdote que hable inglés.

¡América! Cuando Henry escuchó la palabra, su imaginación infantil echó a volar y el rostro se le iluminó.

—¡Tal vez pueda seguir mis estudios en América con el padre William! —exclamó emocionado. Todos rieron y Henry sintió una gran decepción al ver que lo que había sugerido con tanta seriedad, los mayores se lo habían tomado en broma.

Desde hacía un tiempo la familia del coronel Edward Morgan se había reunido con él en la acogedora casa que ocupaba en las afueras de Cardiff, a escasas tres millas de la granja de Robert.

—Los hice venir porque nos hemos hecho fuertes aquí y es posible que la guerra nunca nos llegue —dijo a su hermano, a pesar de que para entonces ya Cromwell había vencido a las tropas de Carlos I en las batallas de Marston Moor y Naseby.

Henry recibió con gran regocijo la noticia de la llegada de sus primos Mary Elizabeth, Penélope, Ana Petronilla, Johanna, Raymond y Charles, a quienes no había vuelto a ver desde aquella inolvidable visita a Tredegar House. Los varones eran los más pequeños y se mantenían siempre alrededor del regazo de su madre; Penélope, la segunda de las hijas, era callada y muy aburrida; Ana Petronilla, cuyo segundo nombre hacía recordar a la noble abuela alemana, era arrogante y esquiva. En cambio Mary Elizabeth, tal vez por ser la mayor, era la más abierta y amistosa. Henry, quien le llevaba apenas un año, recordaba que en Tredegar, a pesar de sus bucles dorados y su delicado vestuario, estaba siempre dispuesta a participar en todos los juegos que inventaban los niños, hasta los de guerra. Pero Mary Elizabeth no solamente era hermosa y entusiasta sino que, gracias a las aventuras guerreras de su padre en diferentes regiones del continente, hablaba, leía y escribía el alemán y el español con igual soltura que el inglés. Al lado de su hermosa prima, Henry iba tomando conciencia de su ignorancia.

De los muchos días gloriosos que había disfrutado Henry en compañía de sus primos, ninguno tan memorable como aquella excursión a Abertawe para conocer el mar. Enterada Mary Elizabeth de la gran pasión que sentía su querido primo por aquel océano ignoto, que con tanta frecuencia mencionaba en sus juegos y en sus planes futuros, se propuso convencer a su padre de hacer un paseo familiar a algún lugar de la costa galesa.

—Dicen que Abertawe es un sitio muy hermoso y Henry, que no ha viajado como nosotros, nunca ha visto el mar.

El coronel Morgan observó con complacencia el hermoso rostro de su hija favorita, en cuya expresión, prematuramente seria, se adivinaba la mujer que pronto florecería. ¿Cómo negarse ante esa mirada tan ingenua y azul?

—Y por qué nadie me había dicho que nuestro Henry no conoce el mar? —había preguntado el coronel, fingiendo enojo, para exclamar enseguida—: ¡Por supuesto que iremos! Puedes decirle que temprano el próximo sábado partiremos rumbo a Abertawe. A ver si nos acompañan también Catherine, Robert y Anna.

Aunque Robert resintió que fuera su hermano quien cumpliera la promesa hecha a Henry años atrás, no tuvo valor para negar el permiso. Él y Anna se quedarían, pero Henry y su hermana podían hacer el viaje.

El día anhelado amaneció radiante y el coronel Morgan, sus hijos y sus sobrinos partieron en un carruaje tirado por dos vigorosos caballos y custodiado por una escolta de soldados del rey. A medida que se aproximaban a la costa, se despejaban los temores expresados por el tío Edward de que el mal tiempo, habitual en aquellas regiones, pudiera impedir que su sobrino disfrutara a plenitud de su primera visita al mar. Faltaban aún dos millas para llegar a Abertawe cuando, tras dar vuelta a un recodo, Henry pudo contemplar desde lo alto del camino, en todo su esplendor, la inconmensurable belleza del océano que llamaban Atlántico.

—¡Es enorme y muy azul! —exclamó, provocando la risa de sus primas.

Más tarde, cuando descendieron hasta la playa, el destino quiso que en ese momento un navío navegara lentamente rumbo al horizonte, el velamen desplegado a plenitud.

—En un barco así me alejaré algún día —comentó Henry a Mary Elizabeth.

—¿Hacia donde zarparás? —preguntó, curioso, el tío Edward.

—Me iré a América —respondió Henry sin dudar.

—¿Por qué a América? —quiso saber el coronel.

El muchacho, la mirada perdida en el mar, meditó antes de contestar.

—No lo sé realmente, tío. Dice mi padre que en América hay más oportunidades de hacer fortuna que en Gales.

Edward adoptó una expresión seria.

—Más oportunidades pero también más peligros. Los españoles y los portugueses dominan los mares y las tierras del Nuevo Mundo desde que al Papa se le ocurrió trazar un línea en el mar Atlántico y regalarles, por el solo hecho de ser católicos, todo lo que estaba más allá de esa frontera imaginaria, aunque nadie, ni él mismo, supiera de lo que estaba hablando. Así es que si piensas navegar hacia ese Nuevo Mundo tendrás que hacer la guerra a los españoles que reclaman para ellos todos los tesoros que de allá salen.

—Entonces así será —sentenció Henry—. Vestiré un uniforme como el vuestro y enfrentaré a los enemigos de Inglaterra.

El coronel Edward Morgan se quedó observando con admiración a aquel muchacho alto y espigado, de ojos y cabellos negros y tez curtida por el sol de los labriegos, y envidió la firmeza de sus convicciones. «¿Cuánto tardará en despertar de sus sueños?», se preguntó.

Las huestes de Cromwell entraron en el condado de Glamorgan a finales de 1646 y, a pesar de la obstinada resistencia de las fuerzas realistas comandadas por el coronel Morgan, nada pudo detener el paso arrollador del fanatismo puritano. Los cruentos combates devastaron la tierra agotando las magras fuentes de sustento de los granjeros. Cardiff fue sitiada y el coronel Morgan se vio obligado a rendir la plaza para evitar la destrucción de la ciudad. Dos meses antes había embarcado a su familia rumbo a Francia, y aunque Robert y los suyos estuvieron a punto de emigrar con ellos, al final pudo más el apego al terruño que la incertidumbre que los esperaba en la otra orilla del Canal de la Mancha. La insistencia del tío Edward de que por lo menos sus sobrinos también se marcharan suscitaron en el pequeño Henry sentimientos encontrados: por un lado, el deseo de abandonar Llanrumney para siempre, en compañía de su querida prima Mary Elizabeth y, por el otro, el deber de permanecer al lado de sus padres en momentos de tanta necesidad. Aunque Robert obligó a Catherine a embarcarse con el tío Edward, no quiso influir en la decisión de su hijo, quizá porque estaba seguro de que si algún día Henry resolvía marcharse lo haría rumbo a América.

Después de dos años de penurias bajo el nuevo gobierno parlamentario de Oliver Cromwell y su fanatismo puritano, el condado de Glamorgan volvió poco a poco a la normalidad. Hacia fines de 1649 se recibió en Llanrumney la noticia de que el rey Carlos I había sido decapitado y que junto con su cabeza la monarquía había rodado al archivo de la historia. Poco después, Gran Bretaña se convertiría en un Commonwealth bajo el gobierno autocrático del temido lord protector, Oliver Cromwell. Henry Morgan, cerca de cumplir los quince años, recordaba con nostalgia a su tío Edward, a su hermana y a sus primos, muy especialmente a Mary Elizabeth. Culpaba a la guerra, que tanto había perturbado la bucólica existencia de los granjeros de Llanrumney, de impedirle recibir las cartas que ella prometió escribir tan pronto desembarcaran en Francia. Para poder leerlas había continuado estudiando con su madre, aunque sin la férrea disciplina que imponía el padre William. En medio de la incertidumbre que dejaron la guerra y las ausencias, él seguía soñando con navegar al mando de un barco como aquel que un día inolvidable, en compañía de Mary Elizabeth, vio alejarse lentamente de Abertawe sobre la serena superficie del océano Atlántico. Pero él no navegaría hacia lo desconocido sino que su nave pondría proa rumbo al Nuevo Mundo, en busca de las riquezas que el Papa, injustamente, había regalado a los españoles.

4

Llanrumney, 1650-1654

Al día siguiente de cumplir los quince años, el 10 de abril de 1650, cuando la primavera comenzaba a pintar sus primeros colores en los campos de Llanrumney y las ovejas mordían con gusto el fresco verdor de la hierba nueva, Henry Morgan planteó a sus padres la necesidad de ir a conocer América. Su intención era partir ese mismo día rumbo a Newport para averiguar la manera más fácil de abordar un navío que lo llevara al Nuevo Mundo.

—¿Cómo piensas costear el viaje? —preguntó Robert, mucho más tranquilo que la madre quien, presa del pánico, se preparaba para sermonear al hijo.

—Es lo que preguntaré en Newport —respondió Henry—. Lo más probable es que pague mi pasaje trabajando a bordo como marino.

Anne no pudo aguantarse más.

—Pero, ¿es que te has vuelto loco? ¿Qué sabes tú de barcos? Apenas tienes quince años y todavía no conoces nada del mundo, de sus trampas, de sus peligros y de la gente mala que abunda por todas partes. Henry bajó la mirada, incapaz de confiar a su madre que él ambicionaba una vida más allá de Llanrumney y que su futuro lo aguardaba en ese nuevo mundo donde la riqueza todavía no tenía dueño. Después de intentar calmar a la esposa con un gesto de la mano, Robert se acercó a su hijo.

—He aquí lo que haremos —dijo en tono que pretendía ser a la vez afectivo y autoritario—. La actividad de Newport es más que nada fluvial. A Cardiff, en cambio, llegan navíos más grandes provenientes de Portsmouth en busca de hierro y carbón. Tú y yo iremos a Cardiff para averiguar qué posibilidades hay de que un joven de quince años se embarque rumbo a América.

Henry levantó la cabeza y miró a su padre con ojos muy abiertos.

—¿Haríais eso por mí? —preguntó incrédulo.

Anne iba a decir algo pero, con un ademán, Robert le exigió silencio.

—Por supuesto que sí, hijo. Ni tu madre ni yo tenemos intención de coartar tu libertad. Lo único que queremos es que cuando decidas estrenar tus alas, igual que hacen las aves, sepas adónde te llevarán.

Dos días después, en la vieja carreta, padre e hijo partían camino a Cardiff.

—Procuraremos estar de vuelta antes del anochecer, pero si fuera necesario pernoctaremos en la ciudad —había dicho Robert a su mujer.

Aunque sabía que nada resultaría de aquel viaje, quería enfrentar a Henry con la cruda realidad. También él, en sus años mozos, después de que sus hermanos mayores, Thomas y Edward, abandonaron la casa familiar para irse a Francia como soldados de fortuna, había decidido cambiar la pequeña granja en la que laboraba junto a sus padres por la infinitud del mar y a los veinte años se enganchó para zarpar rumbo al África. La suerte quiso que antes de que el barco levara anclas en Portsmouth, un compañero, que sabía leer y escribir, le comentara que el papel que habían firmado, él con una equis, los obligaba a diez años de servidumbre a cambio del pasaje y la comida. Esa misma noche Robert había saltado del barco y desde entonces su mundo quedó reducido a los límites de la finca de Llanrumney que años después heredaría de sus padres.

Henry, en lugar de tierras de labranza, parecía querer heredar de él sus sueños ilusos de juventud y su deber como padre le exigía evitar que los realizara antes de alcanzar la madurez que le permitiera distinguir entre lo deseable y lo posible.

Padre e hijo llegaron a Cardiff antes del mediodía y después de dejar la carreta a buen recaudo se encaminaron al área cercana a la desembocadura del río Taff, donde se encontraban los almacenes de depósito y se desarrollaba la actividad marítima. El padre observaba de reojo a su hijo, que no parecía intimidado por las casas de paredes y tejados ennegrecidos ni por el aspecto tosco y la rudeza de los habitantes de la ciudad, cuya proximidad a las minas de carbón la habían convertido en la más importante del condado. Robert sugirió almorzar antes de comenzar las averiguaciones y llevó a Henry a una taberna de apariencia deplorable de la que escapaban risotadas, maldiciones y blasfemias.

—No dejes que lo que veas te intimide. La comida es la mejor de Cardiff —dijo Robert.

—No me intimido, padre —respondió Henry, muy serio, observando, con marcado interés, la mescolanza de hombres que, tiznados de carbón y sentados alrededor de tres grandes mesas, comían, bebían y gritaban exigiendo la atención del dueño de la taberna y de las mozas de servicio.

Robert y Henry encontraron sitio en una esquina y poco después compartían, en silencio, un humeante y oloroso pastel de cordero. Mientras pagaba, Robert preguntó al tabernero hacia dónde debía dirigirse si quería engancharse en un barco.

—El almacén de Johnson está un poco más adelante, junto al embarcadero, pero no encontraréis ningún barco antes de tres semanas, que es cuando esperamos una buena marea —respondió el propietario en un galés cerrado que a Henry se le dificultaba entender. Y luego preguntó con ironía—: ¿Quién se embarca, el hombre o el niño?

—Yo —dijo Henry, antes de que su padre pudiera contestar.

Apurado por dejar atrás aquel ambiente, Robert jaló a su hijo del brazo.

—¡Buena suerte! —alcanzaron a oír que les gritaba el tabernero antes de soltar una carcajada.

A poco de dejar la taberna, una lluvia mansa y monótona comenzó a caer sobre Cardiff, enfangando las torcidas callejuelas que conducían al embarcadero. Después de media hora de chapotear en el lodo, Robert y Henry dieron al fin con el almacén de Johnson, un galpón de madera rústica y techos decrépitos en cuyo interior un hombre robusto y mal encarado intentaba inútilmente eludir las goteras mientras ordenaba, sin mucho apuro, cabos, lonas, lámparas y otros objetos marinos.

—Buenas tardes —saludó Robert Morgan—. Buscamos al señor Johnson.

Impávido, el hombre continuó su tarea y padre e hijo permanecieron unos instantes contemplándose en silencio sin saber qué hacer. Finalmente el aludido se dio vuelta, miró despectivamente a los intrusos y preguntó:

—Yo soy Johnson. ¿Qué queréis?

—Venimos a informarnos sobre las condiciones del enganche —respondió Robert.

—¿Enganche? ¿Qué enganche? ¿Para dónde? —El timbre de la voz de Johnson era cada vez más desagradable.

—Para América —soltó Henry, sin amilanarse.

El almacenero clavó los ojos en el muchacho y respondió con sorna:

—Si os queréis embarcar para las Indias Occidentales debéis ir a Portsmouth. De aquí de Cardiff, cuando tenemos mareas, los barcos no aspiran a navegar tan lejos.

Desconcertado, Henry interrogó a su padre con la mirada.

—Sea como fuere, ¿podríais decirnos cuáles serían las condiciones del enganche? —insistió Robert.

—Siete años de servidumbre a cambio de pasaje y comida —dijo Johnson de mala gana y volvió a sus quehaceres.

Henry pretendía seguir interrogando al sujeto, pero Robert lo detuvo.

—Nos vamos —ordenó por lo bajo.

Afuera aún llovía. Empapados y hundiéndose cada vez más en el fango, padre e hijo marcharon en silencio en busca de la carreta para emprender el regreso a casa. Al llegar al establo, la lluvia se había convertido en leve llovizna y las calles volvían a colmarse de gente, la mayoría mineros en cuyos rostros apenas se distinguía, detrás del tizne, el blanco de los ojos.

—No sé si podréis avanzar con tanto lodo —advirtió el establero mientras enganchaba los caballos.

—Ya nos arreglaremos —respondió Robert desde el pescante. A su lado, Henry permanecía callado y cabizbajo.

La carreta de los Morgan avanzó con dificultad hasta que los barrizales, las casas de paredes ennegrecidas y el bullicio de Cardiff quedaron atrás. Sólo entonces Henry rompió el prolongado silencio:

—¿Qué quiso decir ese hombre? —preguntó sin ocultar su frustración.

—Que si quieres ir a América sin dinero tendrás que venderte como esclavo por siete años —respondió Robert, enfático.

—Ya lo sabíais, ¿verdad? ¿Por qué no me lo dijisteis?

—Porque cuando tenía más o menos tu edad yo también soñé con abandonar las tierras de labranza y las ovejas, sólo que en lugar de América había escogido irme al África. Como nunca aprendí a leer ni escribir, firmé el papel del enganche sin saber que a cambio del pasaje me estaba comprometiendo a ser esclavo durante diez años. Por suerte me di cuenta a tiempo y logré escapar. De lo contrario, ni tú ni Catherine existirían y sólo Dios sabe lo que habría sido de mí —Robert calló un instante, miró de reojo a Henry, que seguía enfurruñado, y sentenció—: Es bueno que sepas que en este mundo nadie da algo a cambio de nada. De eso se trataba la experiencia de hoy.

Henry iba a responder que bien podrían haber hablado el asunto entre ellos, de hombre a hombre, ahorrándose el viaje a Cardiff, pero el orgullo lo obligó a callar. Tenía que haber otra forma de ir a América sin venderse como esclavo.

Transcurrirían cuatro largos años sin que Henry lograra sustraerse a la monotonía de Llanrumney. Aunque seguía soñando con embarcarse rumbo a América, el peso de las labores de la granja lo anclaba cada vez más en la rutinaria vida campesina. Robert envejecía y ahora era Henry el encargado de llevar los productos al mercado. Tras mucho insistir, había logrado convencer a su padre de que en lugar de los dos viajes semanales a Llanrumney resultaría más fructífero hacer el trayecto hasta Cardiff cada diez días para que así ellos recibieran la ganancia que percibía el intermediario. Se preparaba para emprender el regreso de uno de estos viajes cuando escuchó un insistente repiqueteo de tambores en la plaza. Como pudo se abrió paso entre los vecinos agrupados alrededor del tamborilero, cuyo repique había cesado para dar paso a un soldado del ejército puritano que a viva voz comenzaba a leer la última proclama del lord protector, Oliver Cromwell. En ella se invitaba a todos los habitantes del Commonwealth capaces de empuñar las armas a formar parte del gran ejército que en breve se embarcaría rumbo a las Indias Occidentales para reclamar a España la porción del Nuevo Mundo a que los ingleses también tenían derecho, de la que habían sido privados injustamente por disposición del Papa y de los monarcas católicos. Todo el que aceptara ser parte de esta gran cruzada sería trasladado a Portsmouth para recibir entrenamiento en el uso de las armas. Cuando el pregonero terminó de leer, Henry sabía que finalmente había llegado el momento de alcanzar su sueño. Lo inquietaba hacerlo como parte del ejército de los «cabezas redondas», responsable de la ausencia de Mary Elizabeth, pero embarcarse rumbo a América para luchar contra España pesaba mucho más en su ánimo que el recuerdo de aquella prima de la que hacía más de cinco años nada sabía. Esa misma tarde, tan pronto traspuso la puerta del hogar, Henry informó a sus padres su decisión de enrolarse en el ejército de Cromwell y zarpar rumbo a las Indias Occidentales.

—No tendré que venderme como esclavo, recibiré paga por mis servicios y vestiré el uniforme de mi patria. Es la oportunidad que siempre anhelé —dijo emocionado.

—Cromwell no es tu patria —le reprochó su madre—. Tu patria se fue con la monarquía.

—Mi patria, nuestra patria, es Inglaterra y yo no tengo tiempo de esperar a que las cosas cambien.

—¿Y nosotros? ¿Qué será de nosotros? —preguntó Anna con amargura—. Tu hermana parece haber desaparecido en el Continente junto a tu tío y tus primos y muy pronto tu padre no estará en edad de trabajar la tierra.

—Son buenos tiempos, madre. Podéis contratar ayuda o vender la granja para pasar una vejez tranquila.

Robert, consciente de que la decisión de su hijo era definitiva, rompió el silencio para preguntar por los detalles del enrolamiento.

—Debo presentarme en Cardiff para embarcarme rumbo a Portsmouth donde entrenarán a los voluntarios que irán a combatir contra España en las Indias Occidentales.

—¿Y cuándo partirás?

—Dentro de una semana, padre.

—Así de sencillo, ¿no? —recriminó Anna—. De la noche a la mañana perderemos a nuestro hijo y tú, su padre, te quedas tranquilo.

Mientras la madre se encerraba en la habitación a llorar, padre e hijo se quedaron contemplándose frente al fuego del hogar, huérfanos de palabras capaces de expresar sus sentimientos. Una semana después Henry abandonó el hogar paterno. Aunque todas sus pertenencias cabían en la pequeña mochila que llevaba amarrada a su espalda, sus sueños de grandeza eran inconmensurables.

5

Londres, Corte del Rey, enero de 1685

—¿Quiere el testigo indicar a esta Corte su nombre, su nacionalidad y su oficio?

La modorra que la larga introducción del abogado John Greene había provocado en los magistrados y en los curiosos que esa mañana asistían al proceso en el Westminster Hall se había disipado tan pronto apareció en la sala el primer testigo de la acusación, un hombre de estatura mediana, piel curtida por el sol y edad indefinida. Aunque su rostro y una incipiente calvicie acusaban el paso del tiempo, el cuerpo fornido y atlético exudaba juventud. Pero lo que más llamó la atención fue su indumentaria: pantalones negros, muy anchos, recogidos dentro de unas botas altas de igual color, camisa blanca, abierta en el pecho a pesar del frío, una amplia faja roja alrededor de la cintura, capa oscura echada al desgaire sobre los hombros, una argolla de oro en la oreja derecha y un sombrero negro triangular, del que el alguacil lo obligó a despojarse. Nunca se había visto vestimenta tan extravagante en Westminster Hall. El testigo caminó con paso resuelto y una expresión desafiante en el rostro hasta quedar frente a los magistrados, quienes en su fuero íntimo agradecieron que por fin el abogado Greene entrara en materia. No hacía mucho el presidente de la Corte había tenido que recordarle que la infancia y adolescencia de Henry Morgan no había sido cuestionada en el libro publicado por el acusado y que era hora de pasar a los hechos señalados como difamatorios. El abogado había explicado que, al tratarse del honor de un individuo, se hacía indispensable conocer su linaje para poder apreciar la cuantía de los daños causados por las publicaciones injuriosas.

—Decidle a esta Corte vuestro nombre y profesión —pidió John Greene al testigo.

—Mi nombre es Basil Ringrose. Soy un corsario inglés y, además, geógrafo y escritor.

—¿Queréis explicar a la Corte en qué consiste el oficio de corsario?

Ringrose miró al abogado Greene como si no hubiera entendido la pregunta.

—¿No sabéis lo que es un corsario? ¿Acaso no habéis oído hablar de sir Francis Drake y de sir Walter Raleigh?

—Sí, creo que todos los aquí presentes hemos oído de Drake y de Raleigh y sabemos lo que es un corsario. Pero quisiéramos escucharlo de boca del testigo.

—Un corsario es un soldado al servicio de la Corona inglesa que cobra su sueldo de los bienes incautados al enemigo.

John Greene sonrió complacido: ni él mismo hubiera podido expresarlo mejor.

—¿Puede el testigo indicar a la Corte cuándo y cómo conoció a Henry Morgan?

—Con la venia de la Corte —interrumpió el abogado Devon, levantándose de su silla— antes de que mi distinguido colega pase a otro tema, ¿puedo preguntar al testigo acerca de su condición de corsario, de geógrafo y de escritor?

—Lo usual es que el abogado de la defensa interrogue al testigo después de que la acusación concluya su interrogatorio —advirtió, molesto, el presidente de la Corte—. Tomad notas y esperad vuestro turno.

—Señorías —intervino Greene—, como abogado de la acusación no me opongo a que el letrado Devon interrogue al testigo en este momento, siempre y cuando se limite a lo que yo he preguntado hasta ahora. Creo que todos quedaríamos mejor ilustrados con las aclaraciones del testigo en torno a su profesión —aunque su rostro se mantenía imperturbable, John Greene sonreía para sus adentros.

—Gracias, distinguido colega. Prometo ser breve.

Con una expresión sarcástica en el rostro, Devon se aproximó al testigo, lo contempló de arriba abajo, dio unos pasos hasta colocarse frente al magistrado presidente y, dándose vuelta, preguntó:

—El testigo afirma que, además de pirata, es geógrafo y escritor. ¿Podría decirnos cuál ha sido vuestro aporte a la geografía y a la literatura?

—No he afirmado que sea un pirata sino un corsario al servicio de la Corona inglesa —dijo Ringrose, calmadamente.

—Sobre la supuesta diferencia entre un pirata y un corsario trataremos más adelante. Habladnos ahora de vuestras credenciales como geógrafo y escritor.

—El Señor me ha otorgado el don del dibujo. Desde la primera vez que subí a una embarcación comencé a delinear el relieve de cada una de las costas y playas que visitábamos, primero por simple afición y después porque así me lo solicitaban los capitanes a los cuales serví —Ringrose cambió de posición en la silla, dirigió su mirada hacia los magistrados y prosiguió—. Mi trabajo más conocido, sin embargo, está actualmente en manos de Su Majestad, Carlos II. Se lo entregó el conocido corsario Bartholomew Sharp, a cuyas órdenes me desempeñé durante algunos años. Se trata de la colección más completa de mapas de las costas e islas del Nuevo Mundo, que incautamos en el asalto al navío español *El Santo Rosario,* en el año de 1681. Mi trabajo consistió en organizar y completar las valiosas cartas de navegación recopiladas por los navegantes españoles en sus innumerables viajes. Tanto apreció Su Majestad el regalo del capitán Sharp que, desoyendo el reclamo de la Corona española para que se le castigara, le otorgó un perdón total e incondicional. En cuanto a mi experiencia como escritor…

—Un momento —interrumpió el abogado Devon—. ¿Acaso hay alguna evidencia que corrobore tan fantástico relato?

—Yo lo he escuchado de labios del propio Carlos II —terció el magistrado presidente—. El regalo de Bartholomew Sharp le ha sido de gran utilidad a la Marina de guerra inglesa y a todos nuestros navegantes. Lo que no nos consta es la contribución del testigo a ese regalo.

—¡Con la venia de la Corte! —exclamó John Greene, mientras buscaba entre sus legajos—. Pensaba presentar esa evidencia más adelante, pero comoquiera que el distinguido letrado de la defensa ha traído el tema al tapete, os entrego ahora una copia de la colección de mapas obsequiadas por Sharp a Su Majestad, Carlos II —el abogado se acercó a la mesa de los magistrados con un gran libro en las manos—. En la segunda página podéis leer el nombre de Basil Ringrose, a quien se reconoce como el geógrafo que tuvo a su cargo el ordenamiento, la compilación y el perfeccionamiento de los mapas. Pido al abogado defensor acercarse para comprobar la veracidad de mi aserto.

De mala gana, Francis Devon se aproximó a la mesa y esperó a que los magistrados terminaran el examen de la evidencia para proceder a leer el nombre de Basil Ringrose escrito con letras destacadas en la hermosa colección de mapas. Después, amoscado, se encaminó a su mesa y conferenció con el librero Crooke antes de continuar su interrogatorio.

—Habéis dicho que un corsario y un soldado al servicio del rey solamente se diferencian...

—Con la venia de la Corte —interrumpió John Greene, nuevamente— el testigo aún no ha tenido oportunidad de responder a la pregunta que le formulara mi distinguido colega en torno a su condición de escritor.

—La pregunta ha dejado de ser necesaria —indicó el abogado Devon, visiblemente molesto—. Me propongo pasar a otro tema para no extenderme más allá de lo indispensable.

—Es que si el testigo no respondiera a esa pregunta ahora yo tendría que volver a formularla más adelante —insistió Greene—. Más bien ahorraríamos tiempo si lo hacemos en este momento y no después.

—Parece que el señor Greene tiene razón —señaló el presidente de la Corte—. Veamos qué nueva sorpresa nos guarda el señor Ringrose.

—¿Puedo responder? —preguntó Ringrose.

—Sí, sí, adelante —lo animó el presidente.

—Pues bien. Parece que vuestro cliente, el librero Crooke, tiene muy mala memoria o no examina bien los libros que se compromete a publicar. Hace menos de dos meses firmé un acuerdo con la empresa del señor Crooke para la publicación de un libro en el que describo las incursiones de Bartholomew Sharp contra los españoles en las costas de Panamá y en otras posesiones importantes de la Corona de España en el Mar del Sur. Después de leer el libro de Exquemelin, añadí a mi libro un capítulo destinado a desmentir las calumnias en que incurre. Según entiendo, el libro que escribí está listo para ser publicado.

La sorpresa inicial del abogado Devon se transformó rápidamente en mal disimulada ira. Sin miramientos se dirigió a conferenciar con su cliente, que, moviendo la pierna de arriba abajo con más entusiasmo que nunca, sudaba copiosamente a pesar del frío que comenzaba a invadir el recinto. Arrebujado en su silla, John Greene observaba la escena plácidamente.

Devon tardó un momento en reponerse del golpe antes de volver a la carga. Revolvió en su mesa algunos papeles hasta encontrar un pequeño libro que hojeó rápidamente y volvió a dejar sobre la mesa.

—Bien, las cualidades de geógrafo y escritor que ostenta el testigo no son las que interesan en relación con lo que discutimos aquí. En realidad, quizá agravan aún más su condición de pirata… o corsario, como prefiere llamarse —Devon hizo una pausa y se aproximó hasta quedar muy cerca de Ringrose—. ¿Así es que un corsario y un soldado inglés al servicio de la Corona solamente se diferencian en la forma en que cobran por sus servicios? ¿Debemos entender, entonces, que sus métodos de combate son idénticos, que se apegan a las normas generales de la guerra y que los actos de inusitada crueldad que han hecho famosos a los piratas son producto de la imaginación de quienes los relatan?

Basil Ringrose se acomodó en la silla e intercambió una mirada con el abogado Greene antes de responder.

—Existen otras diferencias, por supuesto. No vestimos el mismo uniforme y las armas que utilizamos las adquirimos con nuestros propios recursos. También son de nuestra propiedad algunas de las embarcaciones en que nos desplazamos en busca del enemigo, y lo mismo puede decirse de los cañones, las balas y la pólvora. Es por ello que dependemos de las ganancias obtenidas al capturar los botines de guerra de manos del enemigo, ganancias que, como sabéis, compartimos con la Corona inglesa, que recibe veinticinco por ciento de cada captura.

El abogado Devon fue hasta su mesa y volvió con un libro en la mano.

—Asumo que el testigo no conoce el libro que ahora os muestro, *Las Leyes de la Paz y de la Guerra*, escrito por el reputado intelectual Hugo Grotius hace algo más de cincuenta años y aceptadas por todos los ejércitos, en el que se describe el trato humanitario que debe otorgarse a los civiles durante la guerra.

—No, no lo conozco —respondió Ringrose sin molestarse por verlo.

—Y si no lo conocéis vos, que por lo visto sois un pirata, perdón, un corsario culto, mucho menos puede esperarse que lo conozcan quienes no han recibido del Señor el don del dibujo o de la escritura.

Ringrose guardó silencio y Devon continuó, implacable.

—Precisamente la razón por la que se utiliza el término *pirata* o *bucanero* para referirse de manera despectiva a aquellos que, según afirmáis, prestan servicio a la Corona a cambio del producto del pillaje, es porque actúan sin Dios ni ley. ¿Es o no cierto, señor Ringrose, que durante los ataques a las naves y a las ciudades «enemigas» se cometen actos de crueldad que van desde el asesinato a sangre fría y la tortura hasta la violación de las mujeres y que frecuentemente ni siquiera se respeta la inocencia de los niños ni el hábito de los hombres y mujeres de Dios?

Ringrose se tardó en responder.

—Durante los años en que he servido a la Corona inglesa como corsario he sido testigo de crímenes imperdonables, ejecutados por ambos bandos. Estos abusos son cometidos, generalmente, por la tropa sin el conocimiento y mucho menos el consentimiento de sus jefes. Muchos de estos crímenes, cuando se descubren, son castigados. Puedo dar fe de que este ha sido el comportamiento de capitanes como Bartholomew Sharp y Henry Morgan, bajo cuyas órdenes me he honrado en servir —Basil Ringrose hablaba con emoción hasta entonces contenida—. Pero puedo deciros más. La actitud de los soldados de uniforme, aquellos que reciben paga por defender el pabellón patrio, no es distinta. También ellos, sean ingleses, españoles, franceses u holandeses, incurren en crímenes imperdonables, sobre todo cuando, pasado el fragor de la batalla, el vencedor castiga sin piedad a todo aquel que se le ha opuesto, vengando de paso la muerte de algún compañero de armas. Es lo malo de la guerra, señor Devon, que despierta en los hombres sus peores instintos.

—No confundáis la guerra con el pillaje, señor Ringrose, ni tampoco pretendáis ahora santificar a quienes no son más que despiadados piratas al servicio de su propia ambición.

—Con la venia del señor presidente —intervino John Greene— mi distinguido colega abusa de la tolerancia de la Corte.

—Le recordamos al letrado Greene que la tolerancia ha sido vuestra y no de esta Corte. Sin embargo, creo que es hora de devolver el testigo a la acusación y proseguir con el juicio.

El señor Devon podrá interrogar nuevamente al testigo cuando le corresponda su turno.

—Así lo haré, señor presidente —dijo Devon, contrariado—. Me reservo el derecho de volver sobre el asunto de la piratería una vez que mi distinguido colega agote su interrogatorio.

—Os aseguro que habrá amplia oportunidad de hablar del tema —recalcó John Greene—. Volvamos ahora a la pregunta que quedó pendiente antes de que el señor Devon abusara de mi confianza. ¿En qué circunstancias conocisteis a sir Henry Morgan?

—Nos conocimos en Portsmouth, cuando éramos muy jóvenes. Ambos nos enrolamos en el ejército que reunió Cromwell para ir a combatir contra España en las Indias Occidentales. Yo nací en Portsmouth; Henry venía de Gales. Fuimos de los pocos que recibimos entrenamiento militar porque casi nadie respondió al llamado de Cromwell y a la hora de llenar los barcos no hubo más remedio que reclutar a cualquiera que estuviera dispuesto a empuñar un arma. De los dos mil hombres que nos embarcamos, tal vez doscientos merecíamos llevar el uniforme.

—O sea, pues, que sir Henry zarpó rumbo a las Indias Occidentales como miembro del ejército del entonces lord protector, Oliver Cromwell —afirmó John Greene, con aire triunfalista.

—Es lo que acabo de decir. Henry y yo. Los dos.

6

Portsmouth, Inglaterra, Mar Caribe, 1654-1655

Cuando el *Fagons* entró en la bahía de Portsmouth, Thomas Gage observó con íntima satisfacción que sus recomendaciones al lord protector, Oliver Cromwell, habían sido atendidas con creces. Desde la cubierta de la embarcación, el pastor contó y calculó por lo menos cuarenta navíos de guerra, entre goletas, balandras, bergantines y fragatas, que aguardaban para ejecutar las órdenes del Protector. Los habitantes de Portsmouth, que durante la guerra civil habían luchado contra la monarquía al lado del ejército parlamentario, tejían toda suerte de especulaciones en torno al destino de tan magna concentración de poderío militar y naval. Los más osados llegaban a asegurar que el Lord Protector, en persona, dirigiría las acciones y que se trataba de una ofensiva total contra «la Gran Prostituta», apelativo con el que los puritanos más recalcitrantes se referían al papa Inocencio X. Pero él, Thomas Gage, sabía que la misión que el Protector tenía en mente para la flota más grande que hasta entonces hubiera pertrechado la marina inglesa trascendía las motivaciones puramente religiosas y que el objetivo no era el obispo de Roma sino las posesiones españolas en las Indias Occidentales. No hacía mucho tiempo, Thomas Gage había tenido el gran honor de ser convocado por el Lord Protector para deliberar en privado en torno a los pormenores de la acción bélica próxima a iniciarse, recompensando así sus esfuerzos de toda una vida.

Nacido en el seno de una familia profundamente católica cuando en Inglaterra se libraban las batallas más feroces entre católicos y protestantes, Thomas Gage fue enviado por sus progenitores a España, donde ingresó en la orden de los dominicos, que al día siguiente de cumplir los veinticinco años lo envió a los nuevos territorios a predicar la fe católica. Después de un corto periodo en las islas Filipinas, el joven misionero fue a parar, finalmente, a las posesiones españolas en las Indias Occidentales, donde en lugar de un terreno fértil para la propagación de la fe encontró curas y monjes que hacía tiempo habían dejado de observar los votos de pobreza y castidad. Los representantes del Señor en aquellos remotos parajes ya no predicaban la palabra divina y abusaban sistemáticamente de los indígenas y de los esclavos africanos en su propio beneficio. Durante doce años, Thomas Gage fue recogiendo en su diario, con increíble paciencia y disciplina, además de los datos sobre la corrupción y la hipocresía que prevalecían en los territorios adjudicados por el Papa a la Corona española, una minuciosa descripción de cada uno de los lugares que visitaba. No se limitaba a anotar la ubicación de los pueblos, las actividades comerciales en cada uno de ellos, el número de sus habitantes y el entorno natural, sino que además detallaba el emplazamiento de las fortificaciones y la cantidad de soldados y de cañones que las defendían. Cuando, tan pobre como había salido, emprendió el viaje de regreso a su país de origen, llevaba en su equipaje, sin saberlo, el tesoro que lo catapultaría a la fama: una descripción y un mapa de las Indias Occidentales con los pormenores de cada una de las plazas fuertes españolas en Tierra Firme y en las islas que había visitado en su largo peregrinaje. Tan pronto puso pie en Inglaterra, Thomas Gage comprendió que allí el catolicismo había pasado a la historia y con el mismo celo con el que había abrazado la religión de sus padres se convirtió al anglicanismo. Pero no se conformó con predicar la palabra divina, ahora liberada del omnímodo y pernicioso poder del Papa, sino que se dedicó a perseguir con saña a sus antiguos correligionarios católicos logrando que muchos de ellos fueran condenados a muerte por alta traición. En aquellos días, para escarmentar a otros renegados, todavía se colgaba al sentenciado por el cuello y, aún vivo, se ordenaba «cortarle sus partes privadas, destriparlo, quemarle los intestinos, decapitarlo, descuartizarlo y entregar las partes al rey para que este disponga de ellas a su antojo». Thomas Gage presenciaba estos tormentos convencido de que cumplía un encargo divino; pero, a pesar de su celo anglicano, seguía subsistiendo con las escasas limosnas que dejaban en el cepillo de su oscura parroquia los pocos exaltados que se conmovían ante su verbo iracundo y maldiciente. Así las cosas, y con el ánimo de buscar algo de gloria y fortuna, decidió publicar las memorias de su periplo por las Indias Occidentales, la Nueva España, Guatemala y Panamá. En 1648, bajo el título *El inglés-americano o un nuevo panorama de las Indias Occidentales*, Thomas Gage dio a conocer a sus compatriotas las bajezas del catolicismo y la descripción detallada de las tierras que el Vaticano había regalado a la Corona española en las áreas insulares de las Indias Occidentales y en las costas de Tierra Firme de la América Central. El libro llegó a manos del lord protector Oliver Cromwell, quien, impresionado con la crítica furibunda del autor contra el Papa y sus seguidores, ordenó por su cuenta una segunda edición y a mediados de 1654 mandó a llamar en consulta a tan leal patriota y ferviente defensor de la fe. Su interés primario era escuchar de labios del autor, en detalle, los excesos de los seguidores del Papa allende los mares, que él mismo tantas veces había denunciado. Pero lo que comenzó como una tertulia religiosa terminó por convertirse en el origen de la más importante de las empresas guerreras emprendidas por Cromwell en ultramar. Al cabo de dos días de conversaciones privadas, el apasionado pastor anglicano había logrado convencer al máximo representante del puritanismo de que con cuatro mil soldados ingleses bien entrenados, más otros dos mil que se reclutarían al llegar a las

Indias Occidentales, se podría arrancar de las manos españolas esa parte de su imperio, burlando, de paso, los infaustos designios de la Gran Prostituta. Impresionado con los conocimientos de Gage, y carente de otras fuentes de información confiables, Cromwell puso a cargo del pastor anglicano la preparación de los planes para la invasión, convencido de que una vez capturadas las Indias Occidentales se le cortaría el suministro de oro, plata y piedras preciosas a la Corona española y el infamante imperio católico se precipitaría a la bancarrota. Lo que nunca confió el Lord Protector a Thomas Gage fue que hacía dos meses había hecho traer a su presencia al embajador de España para proponerle que se permitiera a los barcos ingleses comerciar con las colonias españolas en América, que España reconociera los asentamientos ingleses que ya se habían establecido en algunas de las islas de las Indias Occidentales, como Barbados y Saint Kitts, y además que aceptara la libertad de cultos en la región. El embajador había respondido que antes de aceptar semejante propuesta, el rey Felipe IV preferiría perder ambos ojos. Esta negativa, anticipada por Cromwell, fue la excusa que necesitaba para promover lo que él denominaba su «Designio Occidental», en el que la guerra contra España era inevitable.

Cuatro meses después de aquella gloriosa entrevista con el Lord Protector, Thomas Gage aguardaba a bordo del *Fagons,* en la bahía de Portsmouth, el inicio de la reunión con el almirante William Penn y el general Robert Venables en la que acordarían los pormenores de las acciones bélicas. A pesar de que Cromwell había delegado el mando de la flota en un almirante y el de la tropa en un general, él, Thomas Gage, sería el representante religioso del Lord Protector en la nueva cruzada que no solamente rescataría del enemigo territorios mal habidos sino que, además y sobre todo, pondría fin a la nefasta influencia católica sobre los nuevos paganos que esperaban ansiosos una religión justa, equitativa y digna que les mostrara el verdadero camino hacia el reino de los cielos. Y Gage tenía ya muy clara la estrategia, acordada con el propio Oliver Cromwell: primero atacarían La Española, sede principal del poderío español, y después Cuba, importante centro comercial de las Indias Occidentales. Ambas islas deberían caer sin mayores problemas pues los indios y los negros maltratados, que constituían el grueso de la población, se rebelarían contra sus amos españoles y se pondrían del lado de sus redentores. Con ambas islas en manos inglesas, quedaría desbaratado el monopolio español sobre el comercio y la religión, y en menos de dos años la Nueva España, Guatemala, Panamá y las demás posesiones de la América Central pasarían a manos inglesas. Cumplida esta primera fase, sería sólo cuestión de tiempo arrebatar de la garra española el resto del Nuevo Mundo. Así se lo manifestó el pastor anglicano a los comandantes Penn y Venable y así fue acordado en la breve reunión en la que Gage desplegó toda la brillantez de su verbo elocuente y fustigador que le habían ganado la confianza y el apoyo del Lord Protector.

El día señalado para que la flota levara anclas, el pastor anglicano esperaba, impaciente, a que se iniciara el embarque. Ya habían sonado los disparos de cañón y las trompetas llamando a formar filas y en el muelle comenzaban a integrarse los diferentes batallones. Pero el movimiento que observaba Gage desde la cubierta del barco no era el característico del ejército modelo de Cromwell, los temidos «cabezas redondas», famosos por su orden, disciplina y coraje. Desde la cubierta, sin necesidad de utilizar el catalejo, pudo observar que los hombres se alineaban mal, que vestían con descuido y que no marchaban con la gallardía propia de los ejércitos bien entrenados. Consternado, fue en busca del almirante Penn, quien en ese momento observaba las maniobras del embarque.

—¿Habéis visto la facha del ejército que llevaremos a las Indias Occidentales?— preguntó, airado.

Penn, que, como todo buen marino, estaba convencido de que la presencia de un pastor a bordo era un augurio de mala suerte, se quedó mirando durante un momento a aquel ser de escuálida figura, rostro huesudo y anguloso y mirada extraviada, vestido de riguroso negro. «¿Cómo pudo semejante individuo influir de manera tan determinante en el ánimo de un hombre como Cromwell?» En el fondo, Penn resentía que el Lord Protector hubiera ordenado que el *Fagons* fuese el buque insignia durante la travesía.

—Una vez que tengan ante ustedes el objetivo, pueden trasladarse al buque que consideren mejor preparado para el combate. Pero, para cruzar el Atlántico y acercarse a las islas, quiero que naveguen en el *Fagons*, junto al pastor Gage, quien tiene un conocimiento íntimo de la región —había decretado Cromwell. A petición del general Venables, hombre profundamente religioso, se acordó que para evitar malentendidos Gage viajaría como su capellán.

—El llamado a las armas no tuvo la acogida que todos esperábamos —respondió finalmente Penn, con desgano—. De los dos mil hombres reclutados, sólo doscientos recibieron instrucción militar en el campo de entrenamiento. El resto, ladrones, borrachos y violadores, tuvimos que sacarlo de las cárceles y recogerlos en los rincones más oscuros del bajo mundo. La escoria de Inglaterra conforma la mayoría en esta expedición.

—¿Y acaso pensáis vencer al ejército español con semejante soldadesca? —preguntó Gage, con desprecio.

—Esa pregunta la podrá responder mejor el general Venables, que está a cargo de la infantería. Mi tarea principal es conducir la flota hasta La Española y apoyar con mis naves el ataque. Os aseguro que mis cañones sí están debidamente dispuestos y son de la mejor calidad —el almirante hizo una pausa y agregó—. Aprovecho para deciros que por seguridad he decidido navegar al mando de mi propio barco, el *Oxford*. Hay que preverlo todo y no quiero que un naufragio deje a la flota sin un líder militar.

Gage, quien iba a responder que esas no habían sido las órdenes del Lord Protector, optó por guardar silencio e ir en busca de Venables, pero este ya estaba en tierra organizando el embarque. Cuando, al final de la tarde, los dos mil hombres estuvieron repartidos en las cuarenta naves, el general subió a bordo del *Fagons* para disponer la salida. Allí lo estaba esperando Gage con la misma pregunta que le había formulado antes a Penn.

—Estoy tan preocupado como vos —contestó, sin vacilar, Venables—. Pero la misión no puede detenerse. Una vez que arribemos a las Indias Occidentales, esperamos incorporar a nuestra fuerza unos dos mil hombres más entre los sirvientes contratados que habitan en algunas de las islas, verdaderos esclavos blancos que de seguro estarán dispuestos a combatir contra el mismo diablo con tal de librarse del yugo al que los tienen sometidos sus patronos. Si no recuerdo mal, vos mencionáis en vuestro libro la isla de Barbados como la mejor fuente de reclutamiento de esclavos blancos. Esta fuerza, sumada a los indios y los negros que, según aseguráis, se levantarán contra sus amos españoles, será suficiente para conquistar La Española. Cumplida esta primera etapa, el resto de la misión será más fácil.

Confrontado con la estrategia que él mismo había diseñado, Thomas Gage no tuvo más remedio que callar. Lo tranquilizaba un poco el hecho de que los cincuenta soldados que esa tarde subieron a su fragata se contaban entre los doscientos que habían recibido instrucción formal en el uso de las armas y los trajines del combate. Entre ellos, observando cada detalle del barco con creciente curiosidad, se encontraba el joven Henry Morgan.

7

Cardiff, Portsmouth, 1654

Henry Morgan había esperado en Cardiff durante dos semanas algún barco que lo llevara a Portsmouth, donde se uniría al ejército de Cromwell. Únicamente él y tres mineros desalentados se presentaron como voluntarios para ir a combatir a los españoles en el Nuevo Mundo, pero cuando finalmente hubo marea suficiente para que la nave *Wales Warrior*, una balandra deteriorada que ningún honor le hacía a su nombre, se aproximara al muelle, los futuros soldados se enteraron de que nadie había ofrecido pagar el precio de sus pasajes.

«Tal vez con la próxima marea llegue otro barco, quién sabe; aunque dudo mucho que envíen uno para tan pocos reclutas», había dicho el capitán, no sin algo de sorna.

Temeroso de que la expedición zarpara de Portsmouth sin él, Henry decidió emprender el camino a pie. No conocía la ruta ni el tiempo que le tomaría llegar y probablemente el poco dinero que le quedaba después de quince días de espera no alcanzaría para alimentarse a lo largo del trayecto. Pero su viaje hacia el Nuevo Mundo, iniciado la mañana que salió del hogar paterno, no admitía vuelta atrás. Al pueblo vecino de Newport llegó al final de la tarde y en la única posada del lugar le dieron indicaciones sobre el camino. Esa noche, por unos pocos centavos, cenó bien y se le permitió pernoctar en el granero. Con los primeros fulgores del día reanudó la marcha y después de tres semanas de atravesar ríos y riachuelos, dormir a la intemperie y comer pan rancio y tocino mal curado, arribó a las afueras de Portsmouth. En la primera granja donde se acercó a preguntar por el ejército que iría a combatir al Nuevo Mundo se le informó que muy cerca de allí se encontraban entrenando unos reclutas desde hacía más de un mes. Olvidándose del hambre, de la sed y del cansancio, Henry interpretó aquella feliz coincidencia como una señal de que la suerte comenzaba a sonreírle.

El entrenamiento militar se llevaba a cabo en uno de los campos en barbecho que rodeaban el poblado de Portsmouth. Allí se levantaban, en cuatro hileras paralelas, las tiendas de campaña que alojaban a los nuevos soldados. En un extremo, sujeta a un mástil muy alto, ondeaba la enseña roja con una pequeña cruz de igual color en un recuadro blanco, distintiva del ejército modelo de Oliver Cromwell. Henry respiró a pleno pulmón el aire fresco con olor a tierra húmeda de aquel otoño de 1654 y se dirigió con paso resuelto a incorporarse a las filas y a su destino. Esa noche, la primera ración militar se le antojó el más delicioso de los manjares y su jergón castrense el más mullido de los lechos. A la mañana siguiente, antes de que sonara la trompeta interrumpiendo el sueño, Henry vestía ya el uniforme azul y blanco de los «cabezas redondas». Fue el primero en presentarse a formar filas cuando todavía las sombras aguardaban la salida del sol para escabullirse.

El adiestramiento, que para Henry duró menos de un mes, consistía, además de agotadores ejercicios físicos, en la enseñanza del uso de la pica, lanza larga de madera que remataba en un gancho de acero muy afilado, cuyo propósito primordial era permitir a la infantería defenderse de las cargas de caballería; de la espada corta que se utilizaba en la lucha cuerpo a cuerpo, y del hacha, que tenía múltiples usos. No pudo aprender a disparar el mosquete porque estos venían, junto con la mayoría de las demás armas y provisiones, en barcos que enviaría Cromwell desde Londres. De los doscientos escasos alistados, unos cuarenta eran oriundos de Portsmouth, entre ellos Basil Ringrose, un mocetón entusiasta y audaz, un par de años mayor que Henry, con quien enseguida trabó amistad. El padre de Basil era el propietario de la cantina más popular de Portsmouth y el muchacho, que ayudaba a su padre a servir a la clientela, había escuchado de boca de los protagonistas anécdotas que confirmaban lo que Henry imaginaba desde niño: que en el Nuevo Mundo una riqueza inagotable estaba al alcance de quien se arriesgara a ir en su busca. Según Ringrose, los marinos recién llegados de América, entre espumantes cervezas y caricias de mujerzuelas, contaban historias de los fantásticos tesoros que transportaban los galeones enviados por la Corona española a recoger el oro y la plata que fluía sin cesar de las minas descubiertas en la Nueva España y Perú. «Apoderarse de esos tesoros resulta más fácil que robarle a un borracho», afirmaban los hombres de mar, mientras alguna meretriz de manos diestras comprobaba lo acertado de sus palabras.

Aparte de los sueños de riqueza y del amor por la aventura, Basil y Henry coincidían en valorar el servicio militar como la mejor forma de trasladarse al Nuevo Mundo y ambos confiaban en poder deshacerse del uniforme tan pronto se les presentara la oportunidad de probar suerte por cuenta propia. Sir Francis Drake, héroe inglés de los tiempos del reinado de Isabel I, se les figuraba como el mejor ejemplo. Aunque todavía no tenían claro en qué consistía aquello de la piratería, igual que Drake soñaban que algún día ellos también le darían la vuelta al mundo capturando navíos españoles cargados de tesoros. Cuando el entrenamiento lo permitía, Basil llevaba a Henry a la cantina de su padre para que él también escuchara las historias, la mayoría inventadas, que contaban los marinos venidos del otro lado de la Tierra. Tanto como los relatos Henry disfrutaba del efecto de la cerveza, cuyos efluvios sembraban en su mente posibilidades insospechadas. Henry Morgan y Basil Ringrose terminaron su entrenamiento el 14 de diciembre de 1654 y dos días después, junto a los otros reclutas y mil ochocientos malandrines vestidos de soldados, se embarcaron rumbo a las Indias Occidentales, Henry en el *Fagons* y Basil en el *Northern Light*. Aparte de la espada corta, la pica y el hacha, cada uno llevaba una hamaca y un uniforme limpio en su mochila.

Las primeras impresiones de Henry fueron decepcionantes. La fragata era mucho más pequeña de lo que él imaginara y el lugar asignado a los soldados bajo cubierta era en extremo caluroso y oscuro, con apenas el espacio necesario para colgar la hamaca. Dormir resultó casi imposible las primeras dos noches: el aire escaseaba y el poco que llegaba a los pulmones venía cargado con los olores fétidos que despedían las cuatro cubetas donde se recogían los orines, los excrementos y los vómitos de los que se mareaban con el movimiento del barco. Además, por toda la nave se sentía un olor a podrido cuya procedencia, averiguaría Henry varios días después, era el aceite de pescado que cada cierto tiempo la tripulación aplicaba a los mástiles y demás palos para evitar la carcoma. A todo ello había que añadir los ronquidos de los que lograban conciliar el sueño, el continuo crujir de la madera, los gualdrapazos de las velas, los gritos aislados de la tripulación, el chillido persistente de las ratas, el cacareo de las gallinas y el balar quejumbroso de las seis cabras destinadas a servir de alimento a los oficiales durante el viaje. Aunque el segundo de a bordo les había informado al embarcarse que en tiempo calmo podían dormir sobre cubierta, luego de intentarlo la segunda noche Henry se convenció de que tal vez resultaría más fácil acostumbrarse a las penurias de la hamaca bajo cubierta que despertar cada mañana empapado de rocío y de espuma de sal, tiritando de frío. Después de las primeras tres noches, los reclutas lograron ponerse de acuerdo para turnarse de modo que la mitad dormiría sobre cubierta y la otra mitad en las entrañas del barco. Vencidas las primeras contrariedades y resignado a convivir con ratones, cucarachas, pulgas y piojos y a alimentarse diariamente de galletas de avena, carne salada, chícharos, dos raciones de cerveza y una de agua, Henry comenzó a disfrutar del azul infinito que lo rodeaba y a interesarse vivamente por cada una de las maniobras que ejecutaba la tripulación. Lo que más llamaba su atención era que el navío fuera capaz de avanzar contra del viento y luego de mucho insistir con el contramaestre aprendió que el arte de navegar consistía, precisamente, en saber cómo colocar cada una de las velas de modo que si el viento era favorable lo aprovecharan al máximo y si era desfavorable también pudieran utilizarlo para avanzar.

—La gran diferencia es que con viento de proa debemos andar más despacio, en zigzag, mientras con viento de popa podemos avanzar mucho más rápido, aunque siempre en zigzag. Ahora vamos contra el viento, barloventeando, pero cuando nos acerquemos a las Indias Occidentales navegaremos con viento de atrás, sotaventeando.

Como Henry no acababa de entender, el contramaestre se llenaba de paciencia para explicarle que al orientar la vela de modo que el viento la golpease de costado se creaba entre la lona cóncava y el mar una resistencia que impulsaba la nave hacia delante. Con igual insistencia interrogaba Henry al encargado de medir la velocidad de la fragata para entender cómo era posible que con una cuerda llena de nudos, una tabla y un reloj de arena pudiesen determinar cuán rápido se desplazaba la nave. Impresionado con la curiosidad del joven recluta galés, el marino terminaba por permitirle lanzar la cuerda y tirar de ella haciendo girar la manivela mientras él observaba la caída de la arena en el reloj. Cuando la arena se terminaba, calculaba los nudos recogidos y el tiempo transcurrido, y luego de hacer cálculos y promediar iba a informar al comandante la velocidad a la que se desplazaba el navío.

—Estamos haciendo un promedio de cuatro nudos por hora.

Tampoco el piloto, hombre de pocas palabras, casi todas soeces, pudo resistir el asedio verbal de Henry. Para desembarazarse de él, accedió a explicarle de qué manera la caña que él manejaba con ambas manos movía el timón que se hallaba debajo de la popa de modo que el rumbo armonizara con la colocación de las velas para mantener la estabilidad del navío. Poco tiempo después de iniciada la travesía, Henry era ya conocido por todos los miembros de la tripulación, quienes, divertidos ante su inusitado interés, le permitían participar en algunas maniobras menores. Palabras como *jarcia, palo mayor, trinquete, mesana, bauprés, mastelero, verga, botalón, foque, petifoque, contrafoque, cofa* y muchas otras pasaron a formar parte de su vocabulario cotidiano.

Después de los primeros días, el *Fagons* navegaba a la cabeza de los cuarenta barcos que habían zarpado juntos de Portsmouth y el que lo seguía de más cerca apenas si se divisaba en lontananza.

—Aunque el viento es el mismo no todos saben sacarle igual provecho —decía, con orgullo, el vicealmirante Goodson, mientras trataba de explicarle a Henry, a quien había tomado aprecio, el uso de la brújula y el cuadrante. Y luego agregaba—: Además, a la hora del combate, saber maniobrar con cualquier viento es fundamental para colocar los cañones en posición de disparar y alzarse con la victoria.

Más tarde Henry aprendería que el tamaño y la configuración de la nave influían tanto o más en su maniobrabilidad que la destreza del capitán y que por esta razón los piratas preferían para sus acciones navíos más pequeños, que no solamente les permitían desplazarse más rápido sino también navegar en aguas menos profundas, sobre todo si de escabullirse se trataba.

Cuando llegaba a su fin el tiempo estimado para arribar a la primera de las islas que conformaban las Indias Occidentales, Henry fue informado por un miembro de la tripulación de que el capellán Thomas Gage deseaba verlo. Solamente una vez durante el trayecto había visto Henry al ominoso personaje, cuya presencia a bordo provocaba temor en los supersticiosos marineros. Ocurrió una noche en que, de pronto, soplaron vientos huracanados y el mar se enfureció tanto que hubo que arriar las velas. Mientras la tripulación se ocupaba de las maniobras, una extraña figura, escuálida y vestida de negro, apareció en la cubierta del castillo de proa. Desafiaba al viento extendiendo sus brazos hacia el océano, como exigiéndole calma. En esa postura permaneció, tambaleante, hasta que el viento y las aguas se calmaron. Desde esa noche cesaron las maledicencias y entre los marineros se corrió la voz de que el capellán poseía poderes sobrenaturales, razón por la cual el Lord Protector lo había enviado a bordo del barco insignia a atacar las posesiones españolas.

Henry, vistiendo por primera vez el uniforme completo desde el día del embarque, tocó a la puerta de la cabina y enseguida escuchó la voz chillona del pastor invitándolo a pasar. Aunque afuera brillaba el sol radiante del mediodía, las gruesas cortinas de la ventana de la estancia estaban cerradas y esta permanecía en penumbras. Una vez las pupilas de Henry se adaptaron a la oscuridad, detrás de una pequeña mesa de trabajo logró distinguir la silueta sombría y angulosa del pastor.

—Observo que vestís de uniforme, lo cual aprecio en todo su valor —exclamó la voz aguda de Thomas Gage—. A lo largo de la travesía este barco ha parecido cualquier cosa menos la nave insignia de una sagrada y trascendental misión en la que estará en juego el futuro de Inglaterra. Nada de disciplina existe a bordo y sin disciplina todo está perdido de antemano. Pero sentaos, decidme vuestro nombre.

Henry dijo su nombre, pero permaneció de pie, tratando de discernir entre las sombra el rostro de su extraño interlocutor, que en ese momento se inclinó hacia delante para encender la lámpara.

—¿Henry Morgan, ah? Entonces, sois galés, ¿no?

Sin esperar respuesta, Thomas Gage dio fuego a la vela y una luz tenue alumbró tímidamente la cabina, suficiente para que Henry quedara impactado con el aspecto cadavérico de aquel hombre de negro, cuyo intento de sonreír no pasaba de una mueca.

—Sentaos, sentaos —insistió Gage—. Os he estado observando durante todo el viaje y, a pesar de vuestra juventud, sois el único de los soldados que parece preocuparse porque las cosas marchen bien a bordo. Me pregunto si tendréis igual entusiasmo a la hora de combatir a nuestros enemigos. Es en el campo del honor donde se prueba el verdadero patriotismo —el tono del pastor era cada vez más encendido—. ¡Nada hay más sagrado que el cumplimiento del deber! ¡Comprendedlo! De ello dependen la prosperidad de los países, la felicidad de la familia y la posibilidad de que el ser humano algún día conozca a su Creador.

Desconcertado por las palabras del pastor, Henry se limitó a responder que sabía cuál era su deber y que llegada la hora lo cumpliría a cabalidad.

—No creo que la gentuza que recogimos en Portsmouth conozca siquiera el significado de la palabra *deber* —continuó Gage, en tono despectivo—. Este no era el ejército que el Lord Protector y yo teníamos en mente cuando concebimos la expedición armada a las Indias Occidentales, pero el general Venables no ha querido hacerme caso. Se necesitan por lo menos dos mil soldados, debidamente entrenados y equipados, para que el ataque a La Española sea exitoso.

Sorprendido con lo mucho que sabía el pastor sobre los planes de Cromwell, Henry se dispuso a escuchar con atención a aquel extraño personaje que ahora se había levantado de su asiento y paseaba su escuálida figura por el pequeño camarote.

—No sé lo que ocurrirá cuando intentemos tomar La Española con hombres de tan pobre o ninguna calidad militar. Si fracasamos, será por mala ejecución de lo que con tanto entusiasmo y dedicación planificamos el propio Oliver Cromwell y yo —el pastor interrumpió un momento su discurso, se acercó a Henry y, clavando su mirada de águila en los ojos expectantes del muchacho, continuó—. Pasé más de doce años anotando cada detalle de la estructura del imperio español en las Indias Occidentales con la esperanza de que algún día esa información serviría a nuestra causa, a la causa de Inglaterra. En el libro que publiqué y que con tanto fervor leyó el Lord Protector, se detalla el emplazamiento de cada fuerte español, el número de soldados y de cañones que lo defienden, la población de esclavos y de aborígenes, las rutas marítimas que utilizan los galeones españoles, la frecuencia de los viajes, el tipo de cargamentos que transportan, la fuerza y dirección de los vientos, que siempre soplan de este a oeste, la época del año en que surgen de las profundidades del mar y de las alturas del cielo los temibles huracanes, en fin, todo lo que un comandante militar debe conocer para atacar con éxito a su enemigo. Cromwell, en su iluminada sabiduría, comprendió enseguida el alcance de mi trabajo y ordenó la conformación de esta flota militar, la más grande jamás reunida en Inglaterra, para poner fin al injusto dominio de los españoles y del Papa en el Nuevo Mundo. Pero si fallan los hombres, si los soldados que visten el uniforme inglés no demuestran ser dignos de él, entonces todo habrá sido en vano.

Henry seguía sin saber qué decir. Cada vez encontraba más interesante la perorata del religioso, pero todavía no entendía qué tenía que ver él con todo aquello. Thomas Gage volvió a su silla detrás del pequeño escritorio, respiró profundamente y dijo, ya más calmado.

—Sé que os preguntáis por qué os he hecho llamar. La razón es muy sencilla: de los reclutas cuya actuación he podido observar sois el único en quien me atrevo a confiar para llevar mi mensaje a los demás hombres que, por su libre voluntad, escogieron formar parte de este ejército y siguieron el entrenamiento militar. En la acción contra La Española, que es la primera plaza fuerte que debemos tomar, tendréis que redoblar esfuerzos, hacer que cada uno de vosotros valga por diez enemigos, en arrojo y en destreza. No sois parte de la gentuza recogida a última hora por quienes no supieron cumplir a tiempo y fielmente las órdenes del Lord Protector, así es que de vosotros, los verdaderos soldados, dependerá que Inglaterra ocupe el lugar que le corresponde en la geografía y en la historia.

El pastor se calló y, tras un incómodo silencio, Henry comprendió que la insólita reunión había llegado a su fin. Se levantó para dirigirse a la puerta pero, antes de marcharse, impulsado, quizás, por su afán aventurero, tuvo la osadía de preguntar.

—Habéis mencionado un libro que escribisteis. ¿Sería muy atrevido de mi parte si os solicito que me permitáis leerlo?

—Pero, ¿es que sabéis leer?— preguntó Gage, favorablemente sorprendido.

—Sí, lo suficiente, gracias al pastor de mi iglesia y a mi madre.

—Lo que confirma que no me equivoqué al escogeros para que llevéis mi mensaje al resto de vuestros compañeros de armas.

El predicador se acercó a un estante repleto de libros y regresó con uno en la mano.

—Aquí lo tenéis. Podéis conservarlo en vuestro poder hasta que lleguemos a las Indias Occidentales.

Henry tomó el ejemplar, inclinó ligeramente la cabeza, dio las gracias y salió de la estancia. Afuera, el sol radiante lo obligó a bajar la mirada y cuando sus ojos volvieron a adaptarse a la intensa luz pudo leer, no sin cierta dificultad, el título de la obra, tan insólito como el personaje que la había escrito: *El inglés-americano o un nuevo panorama de las Indias Occidentales*.

Durante la siguiente semana, Henry Morgan prestó más atención al libro escrito por Gage que a las maniobras del *Fagons*. Sus amigos tripulantes y los demás soldados se burlaban de él cada vez que lo encontraban leyendo en algún sitio sombreado de la cubierta. Comentaban, algunos en broma y otros en serio, que desde su visita al capellán el recluta Morgan no levantaba los ojos de la Biblia que le había prestado. Cuando se escuchó el grito de «tierra a la vista», lanzado desde la cofa del vigía, ya Henry había terminado de leer el único libro que había caído en sus manos desde la última lección recibida de su madre. Al principio le había costado mucho trabajo adelantar la lectura, sobre todo porque el inglés que utilizaba Gage era mucho más elevado que el suyo, además de que las primeras cien páginas estaban dedicadas a descripciones de la naturaleza y a los excesos de los curas y monjes católicos encargados de llevar la palabra de Dios a los indígenas de las Indias Occidentales, temas que poco o nada interesaban a Henry. Pero Henry se aplicó a la lectura con mucho más interés cuando llegó a la descripción de las fortalezas que protegían las posesiones españolas, con datos sobre el número de soldados, de la cantidad de cañones y su ubicación, de la anchura y profundidad de los fosos; de la diversidad de razas e individuos de toda calaña que allí convivían; de las rutas marítimas favoritas del almirantazgo español para trasladar los tesoros del Nuevo al Viejo Mundo; de la condición de los vientos; y, sobre todo, de los más famosos actos de piratería llevados a cabo hasta entonces por algunos de los enemigos de España. Cuando finalmente cerró el libro, se sentía cautivado con los conocimientos adquiridos. Aprendió que desde hacía más de treinta años varias de las islas más pequeñas de las Indias Occidentales estaban ocupadas por franceses, holandeses e ingleses que, haciendo caso omiso de la prohibición española, habían sembrado caña de azúcar, tabaco, algodón y jengibre en Santa Cruz, en Saint Kitts, en Antigua, en Tortuga y, principalmente, en Barbados. También aprendió que los españoles habían establecido defensas únicamente en Cuba, La Española, Puerto Rico y Jamaica, las islas mayores de las Antillas; que La Española había sido una de las primeras islas descubiertas por Cristóbal Colón para la Corona de España en 1492 y que, junto a Cuba, eran sus posesiones más importantes en las Indias Occidentales: La Española porque Santo Domingo, la más grande y antigua de sus ciudades, era el asiento del gobierno monárquico en la región, y

Cuba por ser el centro comercial desde cuyo puerto principal, La Habana, se despachaban a España las naves cargadas con los tesoros provenientes de la Nueva España. De allí, pues, la decisión de Cromwell y Gage de atacar y someter primero a La Española. Supo, también, que en La Española, y en otras islas de las Antillas, habitaban, además de los españoles y de los nativos, individuos de diferentes orígenes y condición social, refugiados políticos y religiosos, esclavos libertos y evadidos, ladrones y asesinos prófugos de la justicia, todos viviendo en estado semisalvaje, cuyo sustento lo derivaban de vender a las naves que se acercaban a la costa carne de ganado salvaje, preservada de acuerdo a un procedimiento aprendido de los aborígenes que pudieron escapar a la ferocidad de los conquistadores españoles. Como la carne se ahumaba en hornos especiales de madera recién cortada, que los nativos llamaban *bucan*, a quienes comerciaban con ella se les conocía como *bucaneros*. Lo que más interesó a Henry de los bucaneros no fue la forma como preservaban la carne sino el hecho de que eran enemigos naturales de los españoles, que los habían perseguido hasta echarlos de La Española. La mayoría se refugiaron en Tortuga del Mar, isla que se convirtió en el centro de operaciones de los bucaneros, que ya no solamente preservaban carne para subsistir sino que, gracias a su habilidad con el mosquete y el cuchillo, apoyaban a los piratas en sus ataques a las naves españolas. Pero el capítulo que más lo fascinó fue aquel en que Thomas Gage hacía referencia al istmo de Panamá. En él describía la ciudadela de Portobelo, ubicada en la costa Atlántica, donde durante varios meses se concentraban comerciantes venidos de las colonias y de la Madre Patria para comprar y vender todo tipo de mercadería. Protegida por tres castillos y dos plazas fuertes, Portobelo era, además, la puerta de salida hacia España del oro y la plata que extraían los españoles de las minas del sur de América. En la costa opuesta del istmo, a orillas del Mar del Sur y a poca distancia de Portobelo, se hallaba Panamá, una de las más antiguas ciudades establecidas por

España en el Nuevo Mundo, en la cual se recibían e inventariaban los tesoros que luego serían enviados a lomo de mulas hasta Portobelo. Por encontrarse al otro lado de Tierra Firme, donde los piratas no tenían cómo llegar en sus naves, la ciudad de Panamá era, según Gage, la menos custodiada por la Corona española. El nombre sonoro y original de la más rica de las ciudades españolas quedaría revoloteando, como un ave recién enjaulada, en la mente de Henry: Panamá, Panamá, Panamá… Y aunque no tenía claro el uso que daría a los conocimientos recién adquiridos, estaba seguro de que su vida giraría en torno a ellos.

8

Barbados, La Española, Jamaica, 1655

A finales de enero de 1655, el *Fagons* llegó a Barbados, primera isla que tocaría la flota en las Indias Occidentales. El vicealmirante Goodson se llevó una gran decepción al comprobar que el navío del almirante Penn ya estaba anclado frente a la hermosa bahía.

—¿Qué viento inadvertido pudo haber impulsado al *Oxford*? —se preguntaba en voz alta el comandante del *Fagons* cuando ordenó echar el ancla.

El verdor de la isla, los cielos azules, el clima cálido y la abundancia de vida marina, todo tan diferente de Inglaterra, maravillaron enseguida a Henry Morgan y a sus compañeros de travesía. Tres días después arribó el *Northern Light* con Basil a bordo y, mientras aguardaban el arribo del resto de la flota, ambos amigos gozaron juntos de las zambullidas en aquel mar de transparencia verde azulada y de los extraños sabores de tantos peces y moluscos desconocidos, primer alimento fresco que comían en mes y medio. El segundo día encontraron, muy cerca de la orilla, un riachuelo en cuyas aguas cristalinas pudieron calmar, por fin, la sed insaciable de la travesía. Atrás quedaba el recuerdo del agua infecta y de los bizcochos rancios, aunque el Nuevo Mundo también los sorprendió con la abundancia de insectos molestos y reptiles de aspecto antediluviano, desconocidos en Inglaterra. Durante esos días compartieron experiencias de viaje, especialmente lo que había aprendido Henry en el libro de Gage, y volvieron a forjar planes para cuando llegara el momento de abandonar el uniforme. Ahora tenían más claro el objetivo: algún día los tesoros que los españoles extraían del Nuevo Mundo serían la fuente de sus propias fortunas.

Entre todas las islas de las Indias Occidentales, Barbados era la más cultivada y Venables y Penn aprovecharon las semanas de espera para buscar nuevos reclutas entre los siervos contratados por los hacendados ingleses. Cumpliendo con un decreto del Lord Protector, ofrecían a los cuasi esclavos su libertad incondicional a cambio de combatir contra los españoles. El cabecilla de los dueños de plantaciones era Thomas Modyford, un aventurero inglés, hijo mayor del alcalde de Exeter, quien había emigrado de Inglaterra durante la guerra civil. Luego de recorrer las Indias Occidentales y las colonias del norte de América se había convertido en el pionero del desplazamiento de muchos de los colonos ingleses de Tierra Firme hacia las islas, principalmente Barbados, donde Modyford era el mayor terrateniente, con más de ochocientos acres sembrados de algodón, caña de azúcar y tabaco. La repentina incursión del ejército de Cromwell en sus posesiones, que amenazaba el ritmo de las cosechas, disgustó sobremanera a los hacendados, quienes, siguiendo a Modyford, se pusieron de acuerdo para entregar al ejército a los más indeseables de entre sus siervos. Y como la obligación impuesta a los colonos ingleses por el decreto de Cromwell no exigía más que la cesión de hasta la mitad de sus trabajadores, poco podían hacer Venables o Penn para remediar la situación. A fin de superar el inconveniente, salieron a buscar nuevos reclutas en las islas vecinas de Nevis y Saint Kits, pero tampoco allí tuvieron mucha suerte y hubieron de conformarse con cerca de mil esclavos negros cedidos por sus amos, la mayoría de ellos maltrechos por las arduas labores y los abusos. A mediados de marzo, cuando ya había arribado a Barbados el resto de la flota, el ejército invasor inglés contaba alrededor de seis mil doscientos hombres, de los cuales más de cuatro mil habían sido recogidos en las islas. «Lo único que hemos logrado —escribió el pastor Gage en una de sus furibundas cartas a Cromwell— es triplicar la incompetencia. De los seis mil hombres, menos de mil cuentan con mosquetes, solamente doscientos han recibido un verdadero entrenamiento militar y todavía está por verse cuál será su comportamiento en el campo de batalla, del cual, debo reconocerlo, espero muy poco.»

A pesar de que a principios de abril todavía no habían arribado a Barbados los navíos enviados desde Londres con el armamento, las tiendas de campaña y el grueso de las provisiones, Venables y Penn tomaron la decisión de iniciar el ataque. Temían que las lluvias, que ya empezaban a caer, dificultaran aún más las acciones y, además, les preocupaban los ataques sorpresivos de algunas tribus de los caribe, únicos nativos que habían sobrevivido a la invasión española. Modyford, conocedor de la región, aconsejó a Venables y Penn atacar Cartagena en Tierra Firme y olvidarse por ahora de La Española, que era la menos vulnerable de las posesiones españolas.

—Aparte de que Santo Domingo tiene una entrada muy cerrada, que significa un gran riesgo para cualquier incursión por mar —les explicó Modyford— la plaza está bien defendida y el terreno pantanoso que rodea a la ciudad dificultaría sobremanera una incursión por tierra.

Los militares, azuzados por el ineludible Gage, desecharon la sugerencia de Modyford, alegando que las órdenes del Lord Protector eran muy claras: en esta primera etapa el objetivo de Inglaterra eran las Indias Occidentales y no las posesiones españolas de Tierra Firme. En consecuencia, el ataque se iniciaría en Santo Domingo.

La flota de guerra inglesa llegó frente a las costas de La Española a mediados de abril de 1655. El general Venables iba ahora a bordo del *Paragon*, designado como buque insignia para el ataque, mientras el almirante Penn permanecía comandando el *Oxford*. Henry Morgan y Basil Ringrose viajaban juntos en el *Northern Light*. La estrategia diseñada por Venables y Penn era similar a la utilizada setenta años atrás por sir Francis Drake, primera y única vez que la ciudadela de Santo Domingo había caído presa del enemigo: Penn desembarcaría parte de su regimiento al este de la ciudad, simulando un ataque, en tanto Venables llevaría el grueso del ejército hacia el oeste, más allá de la desembocadura del río Jaino, y luego de cruzarlo, lanzarían la verdadera ofensiva. Cuando la nave insignia de Venables llegó al punto acordado, llovía torrencialmente y el vicealmirante Goodson rehusó intentar el desembarco por temor a que la lluvia y el viento hicieran encallar las naves contra los arrecifes que creía vislumbrar frente a la costa. Dos días después, cuando Goodson pudo comprobar que no había tales arrecifes, se inició el desembarco. Tras luchar un día entero contra los manglares, los insectos y la lluvia, los soldados lograron finalmente armar campamento a unas dos millas del río y Venables envió enseguida un pelotón y un par de esclavos negros a comprobar el resultado del simulacro de Penn en Santo Domingo. Todavía no habían retornado los espías cuando Venables divisó la flotilla de Penn aproximándose a la costa. En el primer bote que arribó a la playa venía el propio almirante con la mala nueva de que la maniobra no había podido llevarse a cabo porque los arrecifes y peñascos que bordeaban el sitio escogido habían imposibilitado el desembarco. Pero la peor de las noticias era que los vigías españoles habían descubierto las naves de Penn y con toda probabilidad habían dado la voz de alarma, colocando en pie de alerta a los defensores de la ciudad, información que corroborarían los espías poco después. Para entonces todavía los barcos enviados por el Lord Protector desde Londres no llegaban, no había alimentos frescos ni tiendas de campaña en las que guarecer a los soldados y muchos comenzaban a perecer víctimas de la disentería y la fiebre amarilla. En menos de una semana más de mil habían enfermado, de los cuales dos terceras partes morirían. Para evitar una epidemia aún más grave se lanzaron los cadáveres al río, pero muchos volvían flotando con el reflujo de las mareas, espectáculo macabro que aumentaba el desasosiego de quienes observaban desde la orilla. Temeroso de perder su ejército antes de iniciar el combate, Venables dio la orden de atacar sin mayor dilación. A Henry y a Basil les correspondería ir en la segunda línea, detrás de los mosqueteros, y su principal objetivo sería detener el avance de la caballería española.

Pero la batalla de La Española no se daría en campo abierto, como acostumbraban combatir los oficiales en el Viejo Continente. Cuando el ejército invasor estuvo a tres millas de Santo Domingo, los soldados de la primera avanzada comenzaron a caer fulminados por una lluvia de balas disparadas desde la espesura por los mosquetes españoles. El pánico de enfrentar a un enemigo invisible se apoderó de la primera avanzada y los oficiales se vieron obligados a tocar la retirada. Atrás quedaban más de cien hombres muertos, y otros tantos habían resultado heridos. De vuelta a las riberas del río, Venables organizó un grupo de voluntarios que fueran a localizar a los españoles en los montes y estudiar mejor el terreno para un nuevo asalto. Henry y Basil se ofrecieron junto a otros cuarenta hombres que, liderados por el capitán Ashton, veterano de la guerra civil, salieron en busca del enemigo al amanecer del día siguiente. Caía la tarde cuando regresaron para informar que no había rastro alguno de los españoles. Con ellos traían a siete soldados ingleses que, malheridos, habían quedado abandonados en el campo de batalla. El ejército inglés llevaba ya perdidos más de dos mil hombres víctimas de la disentería y de la fiebre amarilla, lo que significaba que por cada soldado muerto en la primera incursión más de veinte habían fallecido a causa de las enfermedades. La situación comenzaba a ser insostenible y Venables y Penn, aguijoneados por su honor militar, decidieron atacar con las fuerzas que quedaban. El grupo en el que avanzarían Henry y Basil marcharía a la vanguardia por la jungla para prevenir emboscadas.

En esta ocasión, el ejército inglés avanzó sin ningún tropiezo hasta divisar las murallas de la ciudad. Ante la falta de resistencia, y enardecidos por el deseo de venganza, los comandantes dieron la orden de atacar con todo el poderío de que disponían. Agitando estandartes, batiendo tambores y gritando consignas contra el enemigo, llegaron hasta las murallas de la ciudad. En las almenas aparecieron entonces los mosquetes españoles y en las troneras asomaron las bocas oscuras de los cañones que simultáneamente abrieron fuego sobre la masa del ejército inglés. Los pocos que lograron colocar sus escalas para subir a las murallas recibieron chorros de aceite hirviendo y flechas disparadas con asombrosa precisión, como si en el Nuevo Mundo todavía perduraran las costumbres guerreras del medioevo. El aceite lo vertían desde grandes calderos los negros esclavos, mientras las flechas salían de los arcos de los indígenas, lo que dio al traste con la tesis de Thomas Gage de que durante el ataque los negros y los nativos se rebelarían contra sus amos españoles. Esta vez los oficiales ingleses ni siquiera tuvieron que llamar a retirada porque ya los soldados, abandonando las armas, corrían despavoridos. Entonces comenzó lo peor. La caballería y la infantería españolas habían maniobrado para cortar la retirada y cayeron sin piedad sobre la desbandada inglesa. Henry y Basil se encontraron, por primera vez, frente a frente con el enemigo, pero ya no luchaban por la gloria de Inglaterra sino para salvar el pellejo en medio de la masacre. El entrenamiento con la pica y el hacha les sirvió para derribar algunos caballos y abrirse paso en medio de la confusión generalizada en la que no lograban distinguir con certeza quién era el enemigo y quién el compañero. Entre la polvareda, la sangre, las maldiciones y los ayes de dolor, lograron dejar atrás el grueso del ejército español y no dejaron de correr hasta ponerse a salvo.

Al anochecer de aquel fatídico día comenzó a llegar a las márgenes del río Jaino el resto de las maltrechas huestes de Venables y Penn. De los soldados que habían participado en el ataque, una tercera parte yacían muertos o moribundos en el campo de batalla. Los españoles, en cambio, habían perdido menos de cien hombres en lo que constituía la más ignominiosa derrota sufrida por un ejército inglés en toda su historia. Antes del amanecer del día siguiente, mientras un abatido Venables pasaba revista a su desfallecida tropa, los vigías llegaron con la alarmante noticia de que el ejército español había salido de Santo Domingo rumbo al río Jaino para rematar lo que quedaba del ejército enemigo. Aterrorizado, el general dio la orden de embarcar y antes del mediodía las naves inglesas comenzaron a levar anclas y desplegar velas para huir de La Española.

De los seis mil doscientos hombres que desembarcaron, apenas tres mil abordaron los cuarenta barcos. El resto yacía muerto o moribundo en las arenas de Santo Domingo, mil caídos en combate y dos mil a causa de la fiebre amarilla y la disentería. Después del desastre de La Española, las naves inglesas llevaban a bordo únicamente ochenta soldados entrenados, entre ellos Henry Morgan y Basil Ringrose. El resto del ejército lo conformaba, aparte de unos cuantos voluntarios del populacho recogidos en las calles de Portsmouth, los braceros de las plantaciones de las Antillas, la gran mayoría esclavos negros cuyos cuerpos, aunque maltratados, soportaban mejor las fiebres tropicales, desconocidas hasta entonces por los hombres venidos de Europa.

Tan pronto dejaron atrás las costas de La Española, Venables y Penn se reunieron para analizar la vergonzosa derrota y discutir sus opciones futuras. Ambos se habían embarcado en el *Paragon*, buque insignia de Penn, para evitar la intromisión de Thomas Gage en sus deliberaciones. El pastor, que había desembarcado en La Española junto al ejército, tras enterarse de que en la primera lucha habían muerto más de cien ingleses sin siquiera haber visto la cara del enemigo, decidió volver al *Fagons* a escribir una de sus frenéticas cartas al Lord Protector. El almirante y el general convinieron en que gran parte del fracaso había que atribuírselo al predicador por la mala información suministrada a Cromwell. Los esclavos y los indígenas no sólo no se habían pasado al enemigo, como asegurara Gage, sino que habían luchado resueltamente al lado de sus amos españoles. El resto de la culpa se la achacaron a la improvisación con la que se había concebido y lanzado el ataque a las Indias Occidentales y la poca participación que en los planes originales habían tenido ellos dos.

Conscientes de que no podían regresar a Inglaterra fracasados y con las manos vacías, los jefes militares se dieron a la tarea de buscar un nuevo objetivo. De lo que recordaban de sus conversaciones con Gage, Jamaica parecía ser la menos defendida de las posesiones españolas. Además, era la más grande de las islas antillanas después de Cuba, La Española y Puerto Rico, y en ella podría establecerse una colonia próspera que le asegurara a Inglaterra una base comercial y militar en las Indias Occidentales. Se decidieron, pues, por Jamaica, no sin antes llegar a la conclusión de que esta isla, y no La Española, debió ser el objetivo de la expedición desde un principio y que el gran fracaso se debió a una mala decisión política.

Mientras Venables y Penn se justificaban mutuamente, a bordo del *Northern Light,* Henry Morgan y Basil Ringrose compartían los sinsabores del gran fracaso. Habían visto morir, inútilmente, a muchos de sus compañeros de armas sin que siquiera se les hubiera presentado la oportunidad de enfrentar al enemigo en el campo de batalla. La falta de competencia y liderazgo de los comandantes militares, en especial de Venables, había sido, sin duda, la causa principal de la derrota. La decisión de dejar a un lado el uniforme tan pronto volvieran a tocar tierra para emprender por su cuenta y riesgo la búsqueda de gloria y fortuna era ahora definitiva.

Venables y Penn planificaron a bordo del *Paragon* hasta el último detalle la nueva ofensiva contra el imperio español. La invasión a Jamaica debería ser fulminante y expedita para evitar que llegaran antes que ellos los mensajes de advertencia que enviaría desde Santo Domingo el gobernador al resto de las posesiones españolas del Caribe. Santiago de la Vega, sede del gobierno español en Jamaica, se encontraba a dos días de marcha de la costa y la nueva invasión, para ser exitosa, debería contar con el elemento sorpresa. Era preciso, pues, desembarcar cuanto antes e iniciar el recorrido hacia el objetivo. Para mantener la disciplina en el ataque se dispuso que los ochenta y seis reclutas entrenados marcharan a la vanguardia del ejército, apoyados por doscientos esclavos, escogidos entre los menos débiles de cuerpo y de espíritu. A pesar de que los negros presentaban mejores condiciones físicas, para el primer ataque se seleccionarían solamente esclavos blancos, con el fin de dar al enemigo la apariencia de un ejército profesional más numeroso. Al atardecer procurarían estar en las proximidades de Santiago, villa que, según los informes de Gage, carecía de murallas, y atacarían a la mañana siguiente con la salida del sol. Aunque los vientos dificultaron el desembarco y la lluvia la marcha por tierra, el 12 de mayo la vanguardia del ejército inglés llegó sin ser vista a las afueras de Santiago de la Vega y al día siguiente, cuando sus habitantes todavía dormían, trescientos soldados cayeron sobre la ciudad. Henry y Basil, armados con hachas y espadas cortas, iban en la vanguardia y estuvieron entre los primeros en recorrer las calles de la villa hasta alcanzar el cuartel central. Allí se enfrentaron a los pocos que opusieron resistencia y por primera vez Henry contempló el rostro espantado del enemigo en el momento en que hundía en su pecho la espada para rematarlo después con un hachazo al cuello. La sangre humana se le antojó mucho más cálida al tacto que la sangre de las ovejas de su finca de Llanrumney y se sorprendió por la poca emoción que la muerte suscitaba en su espíritu. El gobernador español, seguido de algunos de sus soldados, huyó a las montañas circundantes y antes de que terminara el día el pabellón inglés ondeaba airoso en una de las torres del cuartel central. Los ingleses habían perdido solamente doce hombres contra sesenta de los españoles y esa misma noche Venables y Penn entraron triunfantes en la ciudad. Contemplando la escena en primera fila, Henry Morgan y Basil Ringrose sonreían con satisfacción. Sobre sus uniformes la sangre española atestiguaba que los jóvenes reclutas habían aprendido su primera gran lección: en la guerra, se mata o se muere, y cuando se lucha por conservar la propia vida desaparecen por completo los buenos sentimientos que normalmente mueven las actuaciones del ser humano.

Tres días después de la toma de Santiago de la Vega, Venables fue sorprendido por una delegación enviada por el gobernador español, Cristóbal de Isasi, para solicitar que a cambio de rendir formalmente la plaza se le permitiera a él y sus hombres embarcarse rumbo a Cuba. El propio gobernador acudió a firmar la capitulación y recibir el salvoconducto para abandonar Jamaica. Henry aprendió, así, que la sangre derramada en las batallas se puede lavar rápidamente con la firma de un documento y que, aun entre enemigos irreconciliables, siempre existe espacio para la negociación. Poco tiempo después también aprendería que la firma en un documento entre facciones enemigas deja de tener valor tan pronto alguna de las partes se siente fortalecida. El gobernador Isasi zarpó de la costa sur de Jamaica solamente para darle la vuelta a la isla y establecer su centro de operaciones contra los ingleses en la costa norte, al otro lado de la cordillera. El acuerdo firmado con Venables le había permitido cambiar la dura travesía a pie a través de las altas montañas por una sencilla y expedita travesía por mar.

Cumplida su misión, el almirante Penn dispuso regresar a Inglaterra para servir al Lord Protector en alguna otra tarea que se le quisiera confiar. Poco tiempo después, Venables, temeroso de la versión que daría el almirante a Cromwell de lo ocurrido en La Española, decidió seguirlo. El único de los tres líderes de la expedición que permaneció en Jamaica fue Thomas Gage, quien, víctima de las fiebres tropicales, fallecería poco tiempo después. Todavía desde la tumba continuaría su maledicencia influyendo en el ánimo del Lord Protector, a cuyas manos llegaron las cartas póstumas en las que el iracundo pastor denunciaba «la ineptitud e indisciplina en el asalto a La Española por parte de un ejército indigno de llevar los colores de los soldados ingleses, mucho menos los del ejército modelo creado por el Lord Protector». Tan pronto leyó las misivas de Gage, Cromwell hizo arrestar en la Torre de Londres a William Penn y a Robert Venables por incompetencia manifiesta en el desempeño de sus deberes militares. Recuperarían su libertad pocas semanas más tarde, cuando los lores del Almirantazgo convencieron a Cromwell de que Jamaica estaba mejor ubicada que La Española para clavar una punta de lanza en el corazón del imperio español en las Antillas.

Para consolidar el triunfo en Jamaica, el Lord Protector envió inmediatamente a ochocientos cincuenta soldados, escogidos entre lo mejor de su ejército, bajo el mando del mayor Robert Sedgwick, acompañados de más de mil hombres y mil mujeres sin oficio conocido, recogidos principalmente en las calles de Irlanda y de Escocia para poblar la nueva colonia. Además, expidió varios decretos que eximían del pago de impuestos durante siete años a quienes establecieran plantaciones en Jamaica y del pago de cargas aduanales durante diez años a cualquier producto procedente de la isla. A pesar del rotundo fracaso de La Española, el Designio Occidental concebido por el Lord Protector y Thomas Gage comenzaba a cristalizar. Aunque el factor político revestía cada vez mayor importancia, Cromwell seguía incitando a sus enviados a las Antillas a emprender una gran cruzada capaz de barrer a los herejes papistas de la faz del planeta.

Londres, Corte del rey, enero de 1685

El abogado John Greene observó satisfecho que, no obstante lo extenso de su interrogatorio a Basil Ringrose, había logrado mantener la atención no solamente de los magistrados sino también del público que, ansioso por ver un pirata en persona, ahora colmaba la tribuna reservada al populacho. El testigo hablaba con soltura y convicción, y sus palabras tenían la virtud de trasladar a quienes lo escuchaban a los sitios exóticos y a los extraordinarios sucesos que iba describiendo en su relato.

—¿Allí terminó la toma de Jamaica? —preguntó el abogado.

—En realidad, no —respondió Ringrose—. La villa de Santiago de la Vega, que los ingleses rebautizaríamos como Spanish Town, se hallaba cerca de los montes y era muy susceptible al ataque de las guerrillas españolas, que siguieron asediándola a pesar del convenio firmado por el gobernador Isasi. Se decidió comenzar a construir el asiento principal de la colonia en la entrada de la excelente bahía que existe al sur de la isla, en un villorrio que los nativos arawak llamaban Caguaya, al que luego se le daría el nombre de Port Royal, hasta el día de hoy la ciudad más próspera y fortificada, no solamente de Jamaica sino de todas las Antillas —Ringrose hizo una pausa y miró a Greene inquisitivamente. Ante una inclinación de cabeza del abogado, prosiguió—. Recuerdo que siempre llovía, a veces torrencialmente, la tierra se reblandecía, los insectos atacaban en nubes implacables y cada día era mayor el número de soldados contagiados por la peste. Escaseaban los alimentos y como los españoles y sus esclavos merodeaban en los bosques circundantes, se nos hacía imposible cazar. Al cabo de dos meses ya nos habíamos comido todos los perros y gatos de Santiago y cuando íbamos a empezar con las ratas aparecieron, por fin, los barcos enviados por Cromwell con los pertrechos, suministros y medicinas, que apenas alcanzaron para unas semanas. Nuestros compañeros de armas morían como moscas y yo quería huir de allí cuanto antes, pero Henry insistía en quedarse hasta que el ejército tuviera el control total de la isla. Finalmente, me embarqué en uno de los tantos navíos que visitaban la bahía de Caguaya en busca de voluntarios para atacar a los galeones españoles que regresaban a España cargados de tesoros. Henry se quedó en Jamaica y me dijo que pronto nos volveríamos a ver. Pero transcurrirían once largos años antes de nuestro reencuentro. Según entiendo, él permaneció cinco años más en el ejército, luchando contra las guerrillas españolas.

—Con la venia de la Corte —dijo John Greene—, quisiera dispensar por ahora a este testigo reservándome el derecho de volver a llamarlo cuando corresponda tratar sobre las acciones bélicas en Portobelo y, muy especialmente, en Panamá. Ahora pongo al testigo a la disposición del letrado de la defensa.

—Gracias, distinguido colega, pero no creo que tenga nada que preguntar en estos momentos al «señor» Ringrose. Es más, mi representado está dispuesto a admitir que el libro *Bucaneros de América* puede contener algunos errores que serían responsabilidad exclusiva del autor y no de quien los da a la publicidad. La afirmación de que Morgan llegó a las Indias Occidentales como esclavo y no como soldado podría ser uno de esos errores. Propongo, por consiguiente, pasar directamente a las otras supuestas calumnias contenidas en el libro, en particular la crueldad extrema y los abusos de Henry Morgan contra sus semejantes, que son, en verdad, las que más importancia revisten.

John Greene se levantó despacio, se acomodó la detestable peluca, inclinó la cabeza y meditó brevemente antes de responder.

—Comprendo la impaciencia del colega encargado de la defensa del librero Crooke, pero creo que su solicitud debe ser denegada por las mismas razones que he aducido antes: no puede la Corte formarse un criterio justo sobre la compensación que cabría otorgar a sir Henry Morgan si antes no cuenta con un panorama claro y objetivo sobre sus actuaciones a lo largo de su vida. Es por ello que me he tomado el trabajo de buscar testigos idóneos y documentos fehacientes que nos permitan reconstruir, hasta donde sea posible, las acciones pasadas de mi cliente. Comparto el criterio de mi distinguido colega de que lo medular de la calumnia que contiene el libro publicado por Crooke está todavía por verse, pero le aseguro que no tomaremos más tiempo del indispensable para llegar allá —Greene se dirigió a su mesa, buscó entre sus papeles y regresó al centro del estrado con una hoja en la mano—. Pero antes quiero referirme a la afirmación formulada, de pasada y muy hábilmente, por el letrado Devon en el sentido de que la responsabilidad emanada de una calumnia no debe recaer sobre quien la hace pública sino sobre el autor. Existen innumerables precedentes donde la Corte ha condenado no sólo a quien lanza la calumnia sino también a quien la publica. Es, precisamente, en la divulgación generalizada de la injuria verbal donde se produce el verdadero daño a la reputación del ofendido. Cualquier individuo, por más insignificante que sea, puede lanzar frases calumniosas contra otro, pero si la calumnia no pasa de allí, si no es recogida en un libro o periódico que la pregone, el daño es tan insignificante como su autor y usualmente se resuelve en el campo del honor. Si lo escrito por Exquemelin no hubiese sido publicado por los libreros William Crooke y Thomas Malthus, no estaríamos aquí hoy. Entrego a vuestra consideración y revisión la lista de los procesos ventilados ante esta Corte en donde se sanciona tanto al autor de la calumnia como a quien la divulga.

—Aunque no es el momento de entrar a resolver lo que plantea el abogado acusador —dijo el presidente de la Corte—, resulta evidente que de no ser como él afirma ni siquiera se habría iniciado este proceso. ¿Tiene el abogado de la defensa algo que agregar?

—Sí, Su Señoría. Aunque comprendo que no es el momento de dilucidar el asunto, debo enfatizar que no puede ser igual un proceso iniciado en razón de una calumnia a la Corona, como, sin duda, son los precedentes que recoge la lista suministrada por el letrado de la acusación, que un proceso por calumnia entre particulares, como el que ahora, creo que por primera vez en la historia judicial, se ventila ante esta augusta Corte del Rey. Me guardo el derecho a volver sobre este tema.

El presidente golpeó con el martillo.

—Decreto un receso para ingerir alimentos. Continuaremos esta tarde a las dos.

John Greene abandonó Westminster Hall con deseos de saciar su hambre en *The Lonely Wolf,* fonda popular en la que se comía el mejor pastel de riñones de todo Londres. No había terminado de atravesar la plaza cuando se encontró rodeado de una veintena de conspicuos representantes del vulgo, que lo felicitaban.

—Nosotros estuvimos en el juicio esta mañana y tenemos muchos deseos de saber si veremos a Henry Morgan en persona —dijo el vocero del grupo. Deseoso de mantener el interés y la simpatía del populacho durante el proceso, el abogado respondió que si los libreros demandados no aceptaban su culpabilidad era muy probable que el propio sir Henry viniera de Jamaica a defender su nombre, afirmación que fue recibida con exclamaciones de alegría. Más tarde, mientras esperaba en una de las largas y abarrotadas mesas a que le sirvieran el almuerzo, Greene fue abordado por otro grupo de mujeres y hombres deseosos también de expresarle su solidaridad con sir Henry. «No sabía que todavía era tan popular», pensó satisfecho el abogado, mientras comenzaba a deleitarse con un trozo de pastel de riñones y una jarra de cerveza recién fermentada.

Terminado el almuerzo, que había rematado con pastel de calabaza, el abogado aprovechó la media hora de que disponía para pasearse por la plaza, despejar la mente y poner en orden sus ideas. A las dos en punto, luego de saludar amablemente al abogado Devon y al librero Crooke, volvió a sentarse a su mesa y poco después aparecieron el alguacil y los magistrados. La tribuna había vuelto a colmarse y el calor de la leña renovada había surtido su efecto, aumentando el letargo de la digestión. Cumplidos los formalismos, el magistrado presidente lo invitó a continuar con su presentación.

—Gracias, Su Señoría. Debo comenzar diciendo que procuraré ser breve. Lo que voy a relatar ahora son hechos comprobados con copias fieles de documentos que he recogido en los Archivos Nacionales, principalmente en los del Almirantazgo. Se trata, sobre todo, de cartas despachadas desde Jamaica por las autoridades, civiles y militares, enviadas allí por el gobierno inglés entre 1655 y 1660. De ser necesario, más adelante volveré a presentar ante la ilustrísima Corte testigos que corroborarán lo afirmado por mí. Por supuesto que, en todo momento, mi distinguido colega Devon tendrá acceso a las copias que obran en mi poder —Greene se acercó a su mesa, sacó un legajo de documentos de su portafolio, los hojeó brevemente y regresó frente al estrado—. Ya escuchamos al testigo Basil Ringrose afirmar que mientras él se hacía a la mar en busca de aventuras, sir Henry Morgan decidió permanecer en Jamaica, sirviendo en el ejército inglés a fin de liberar la isla de las guerrillas españolas.

9

Jamaica, 1655-1658

A menos de un mes del alejamiento de Basil, Henry estaba arrepentido de haber permanecido en Jamaica. Pocos días después de la partida de su amigo, cayó víctima de la disentería y como la isla carecía de instalaciones hospitalarias y de médicos, su recuperación quedó sujeta a la voluntad del Creador y a su propia fortaleza. A diferencia de tantos otros, logró escapar de las garras de la muerte, pero tras diez días interminables de calenturas, temblores y vómitos su estado físico y espiritual eran deplorables. Había rehusado embarcarse con Basil porque ninguno de los capitanes que llegaron a Caguaya en busca de tripulación le inspiraba confianza, pero ahora, debilitado y falto de voluntad, pensaba que en cualquier navío habría estado mejor que en Jamaica, donde imperaba la más espantosa miseria. El asedio constante de los españoles y sus esclavos negros, que intempestivamente salían de la selva a asesinar ingleses, y el despiadado embate de las enfermedades, iban diezmando a zarpazos los dos mil ingleses que aún ocupaban la isla. Venables y Penn habían regresado a Inglaterra dejando al ejército a cargo del general Richard Fortescue y a la marina bajo el mando del vicealmirante Goodson. Pero ni uno ni otro fueron capaces de imponer una línea de mando que disciplinara e impartiera ánimos a quienes poco a poco iban perdiendo la esperanza de mejores días. A inicios de 1657, Goodson aprovisionó tres barcos, escogió a varios de los hombres que aún se mantenían sanos y se hizo a la mar en busca de navíos españoles que abordar. Fortescue falleció menos de tres meses después, atacado por la fiebre tropical y la disentería. Por aquellos días se corría el rumor de que España había enviado una gran armada a recuperar lo que por disposición del Papa le pertenecía y la situación en Jamaica se tornó aún más precaria.

Para suceder a Fortescue, los oficiales eligieron entre ellos al coronel Edward D'Oyley, quien resultó una sorpresa para Henry y el resto de la soldadesca que desfallecía en la isla. Tan pronto fue escogido por sus pares, tomó medidas para que a todos los que habían enfermado se les brindara preferencia en el consumo de alimentos y bebidas. Además, reunió a los que estaban sanos para exhortarlos a defender la recién adquirida posesión «necesaria para que Inglaterra pueda enfrentar el futuro con optimismo». En sus arengas, D'Oyley apelaba mucho más a la emoción patriótica que a los sentimientos religiosos y al cabo de unas semanas se advertía en sus hombres un renovado deseo de luchar por Inglaterra, antes que por incomprensibles inquietudes puritanas.

A mediados de 1657 llegaron a Jamaica veinte navíos ingleses enviados por Cromwell. Llevaban, además de alimentos, armas y medicamentos, ochocientos cincuenta nuevos soldados y más de dos mil hombres y mujeres destinados a poblar la isla. Al mando de la tropa venía el mayor Robert Sedgwick, quien a la vez había sido designado comisionado civil de la incipiente colonia. Impresionado con el don de mando demostrado por D'Oyley, el mayor dispuso mantenerlo al frente del ejército mientras él conservaba las funciones civiles, entre las cuales la más urgente y difícil era la de lograr que ese amasijo de hombres y mujeres desgarbados se convirtieran en agricultores y comerciantes capaces de desarrollar un asentamiento colonial a tanta distancia de la Madre Patria. Para entonces, Henry estaba dispuesto a luchar al lado de D'Oyley y labrarse un lugar en el ejército que más tarde le permitiera realizar su viejo sueño de surcar los mares al mando de su propio barco en busca de navíos españoles cargados de tesoros. La primera tarea que se impusieron D'Oyley y Sedgwick fue la de fortalecer la defensa de Caguaya con la construcción de baterías que impidieran la llegada de navíos enemigos a la bahía. En ello estaban cuando un corsario trajo la noticia de que procedentes de La Habana, Santo Domingo y Puerto Rico estaban llegando tropas españolas al norte de la isla para reforzar la posición del exgobernador Isasi. D'Oyley dispuso enseguida el envío de un pequeño destacamento para confirmar la veracidad de las noticias y recabar mayor información sobre las actividades de Isasi. Al frente de la misión iba el teniente James Robinson, acompañado por cuatro esclavos conocedores de los caminos y seis soldados que se ofrecieron como voluntarios, Henry Morgan entre ellos. Marchando con precaución por un estrecho y peligroso sendero empedrado construido por los españoles, franquearon la cordillera y descendieron hasta la costa. Allí pudieron ver que el enemigo levantaba afanosamente empalizadas en la pequeña bahía de Río Nuevo, en cuyas aguas permanecían anclados seis navíos de guerra, sin duda los mismos que servían a los españoles para el transporte de las provisiones, el armamento y los refuerzos. Alarmados ante la magnitud de la presencia enemiga, la patrulla emprendió enseguida el regreso, pero antes de llegar a la cima fue sorprendida por un grupo de esclavos negros que, machete en mano, salieron de la jungla y se abalanzaron sobre ellos sin darles tiempo de utilizar sus pistolas y mosquetes. En la escaramuza perdieron la vida, además del teniente Robinson, otro soldado y dos esclavos. Henry resultó con una herida profunda en el brazo izquierdo. Del enemigo, tres negros resultaron muertos y el resto escapó. Sin pensarlo dos veces, Henry asumió el mando y ordenó marchar sin descanso hasta llegar a Caguaya. Al amanecer del día siguiente, exhausto y todavía sangrando, reportó a D'Oyley, con precisión de detalles, el resultado de la misión y su temor de que en breve el enemigo se haría fuerte en el norte de la isla y estaría en condiciones de repeler cualquier ataque inglés.

—Además, debo recomendaros no intentar ninguna acción bélica a través de las montañas pues el camino es en extremo empinado, estrecho y peligroso y se presta para que el enemigo nos diezme con ataques sorpresivos, como el que le costó la vida al teniente Robinson.

El coronel quedó tan bien impresionado con la presencia de ánimo, serenidad y estoicismo de Henry que allí mismo lo nombró su ayudante y lo ascendió a subteniente. Unos meses más tarde, a principios de 1658, dos mil doscientos hombres al mando de D'Oyley partieron en catorce navíos dispuestos a eliminar de la nueva colonia inglesa todo vestigio de la presencia española.

En el trayecto hacia Río Nuevo, la flota confrontó vientos inesperados que la obligaron a alejarse de la costa. Cuando finalmente lograron retomar el rumbo, habían perdido diez días y el agua y los alimentos comenzaban a escasear. Tan pronto pudieron acercarse a la costa, D'Oyley ordenó bajar un bote con diez hombres a quienes encargó ir en busca de alimentos y agua. Cuando pasaron dos días sin señales de ellos, pidió a Henry que reuniera veinte soldados para ir a investigar lo ocurrido. No tuvieron que adentrarse mucho en la espesura para descubrir los cuerpos sin vida de sus compañeros, que comenzaban a ser devorados por perros salvajes mientras en las copas de los árboles los buitres aguardaban su turno en el festín. Un rápido examen de los cadáveres permitió a Henry concluir que habían sido víctimas de las guerrillas y ordenó regresar enseguida a las naves para reportarle al coronel que los españoles controlaban mucho más territorio de lo que se pensaba. «Habrá que cambiar de estrategia», dijo D'Oyley, consternado, y enseguida organizó una avanzada de ochenta hombres que, fuertemente armados y bajo su propio mando, regresaron a tierra por agua y alimentos. Un día después, para alivio de todos, estaban de vuelta con las botijas llenas y varios puercos salvajes que fueron destazados, salados y puestos a secar en lonas tendidas en la playa. Las guerrillas españolas no se habían dejado ver y D'Oyley llegó a la conclusión de que habían corrido a avisarle a Isasi de su presencia. Tres días después levaron anclas bajo un aguacero torrencial que les permitió llenar de agua los barriles de reserva del barco. Perdido el elemento sorpresa, la nueva táctica del coronel consistía en mostrar al gobernador Isasi su poderío y ofrecerle luego un salvoconducto para que él y sus hombres pudieran abandonar la isla sin pérdida de vidas. Sospechaba que al divisar su flota, las naves españolas levantarían anclas sin ofrecer combate y por ello envió un mensajero en la suya más ligera a notificar al comandante de los galeones enemigos su intención de permitir a Isasi y a sus hombres regresar a Cuba. Recibido el mensaje, los galeones se alejaron sin ofrecer combate hasta situarse a una distancia prudencial de la costa.

Los españoles habían construido su fortín en un promontorio situado en la orilla occidental del río Nuevo. Detrás de una empalizada de troncos, toscamente cortados e irregularmente dispuestos, se levantaban algunas construcciones aún más rústicas. Hacia el costado que daba al río apenas comenzaban a edificar otra empalizada. La bandera tricolor española ondeaba sujeta a un mástil en una de las esquinas. Con cierta cautela, D'Oyley aproximó las naves a la costa y ordenó abrir fuego. Las balas de los cañones cayeron a más de treinta yardas del fortín. De tierra dispararon a su vez varios cañonazos que apenas sobrepasaron la rompiente.

—Sus cañones no pueden alcanzarnos —comentó Henry a D'Oyley, que observaba la acción con un catalejo.

—Ni los nuestros a ellos, a menos que nos acerquemos más a la costa y pongamos en peligro los navíos —D'Oyley le hizo un guiño antes de añadir—: Pero ellos no lo saben.

Acto seguido, entregó a un mensajero una esquela en la que ofrecía a Isasi la posibilidad de abandonar para siempre la isla a cambio de una rendición honorable. El enviado bajó a tierra envuelto en un estandarte blanco y provisto de un tambor. Repiqueteando, llegó hasta la empalizada donde fue recibido con cordialidad y llevado a la presencia de Isasi. No habían transcurrido tres horas cuando el mensajero estaba de vuelta con la respuesta y un pequeño regalo del gobernador a su visitante, consistente en carnes curadas y diez reales de ocho. En su nota Isasi le expresaba al comandante inglés que su posición era muy sólida y que estaba decidido a defender hasta con el último hombre lo que a España le pertenecía por derecho divino y por conquista.

D'Oyley dispuso atacar sin pérdida de tiempo. Dividió su ejército en tres cuerpos para asaltar simultáneamente el fortín, uno por el frente y los otros por cada costado. El ataque frontal sería, más que nada, un simulacro para entretener al enemigo. D'Oyley se reservó el mando del grupo que atacaría por la empalizada del río y designó al subteniente Morgan para liderar el que acometería el promontorio por el otro costado. Pasado el mediodía se iniciaron las acciones con nuevos disparos de los cañones desde los barcos que, aunque tampoco alcanzaron la empalizada, infundieron temor en sus defensores. La tropa dirigida por Morgan tardó pocas horas en vencer la resistencia e irrumpir en el ala oriental del fortín. Su ofensiva había obligado a las fuerzas españolas a concentrarse allí, facilitando a D'Oyley el asalto y la toma de la incipiente empalizada del río. A las cuatro de la tarde el emplazamiento estaba en manos inglesas y el gobernador Isasi, acompañado de un grupo de sus esclavos y soldados, había huido otra vez hacia los montes. En el reducido campo de batalla yacían muertos o gravemente heridos doscientos treinta españoles. Los ingleses habían perdido sólo veinte hombres, casi todos miembros del batallón comandado por Morgan, quien había resultado ileso. En lontananza los galeones españoles navegaban rumbo a Cuba.

Concluida la batalla, D'Oyley decidió terminar de construir el fortín, clavó allí la bandera inglesa y encargó de su defensa a doscientos hombres, bien armados y pertrechados. Henry Morgan se ofreció para permanecer al frente del comando de Río Nuevo y perseguir en el interior de la isla al resto de los españoles, pero D'Oyley se opuso.

—Creo que hemos visto lo último de Isasi y hay todavía mucho por hacer en Caguaya.

En vista de la insistencia de Morgan en expulsar definitivamente a los españoles de Jamaica y asegurar la defensa del norte de la isla, el coronel aceptó dejarlo allí por seis meses.

—Os dejo cien hombres más, entre ellos diez esclavos expertos en rastrear fugitivos, y un navío del que tendréis el mando. En él regresaréis a Caguaya a más tardar dentro de seis meses. Ya que permaneceréis aquí comandando una misión importante, a partir de ahora os asciendo a teniente.

Más que el inesperado ascenso, Henry se sintió emocionado porque al fin tendría un barco bajo su mando. «Empiezan a cumplirse mis deseos», pensaba ufano, mientras agradecía al coronel D'Oyley la confianza depositada en él.

—Os garantizo que en menos de seis meses no quedará un español en Jamaica y nuestra fortaleza de Río Nuevo evitará que algún enemigo vuelva a poner pie aquí.

Tan pronto partió D'Oyley, Henry Morgan organizó los trabajos de reconstrucción y mejoramiento y salió al frente de una patrulla de cien hombres en busca de Isasi. Iban bien armados y provistos de abundantes alimentos pues la persecución sería intensa y no habría tiempo de detenerse a cazar. Los rastreadores no tardaron en dar con las huellas de los españoles, quienes viajaban en un solo grupo de alrededor de ochenta hombres y llevaban por lo menos un día de ventaja. A marcha forzada y deteniéndose solamente cuando la oscuridad les impedía encontrar el rastro, avistaron por primera vez al enemigo dos días después de iniciada la persecución. Sucedió entonces lo inesperado: una treintena de esclavos abandonaron el campo español y se entregaron a Morgan sin condiciones. «Estamos cansados de huir», fue la única explicación que dieron por boca de su líder, un negro alto y fornido llamado Juan Lubolo. Impresionado con las buenas maneras y el distinguido porte del prisionero, Morgan se reunió con él en privado para expresarle la firme determinación de los ingleses de permanecer en Jamaica y lo inútil de la resistencia de Isasi.

—A lo largo de estos tres años —añadió Henry—, le hemos permitido al exgobernador molestarnos con sus guerrillas porque teníamos cosas más importantes que hacer. Pero, como veis, ha llegado la hora de que el enemigo abandone para siempre nuestro territorio.

Juan Lubolo se quedó mirando en silencio al joven soldado, a la vez arrogante y cordial, antes de responder en perfecto inglés.

—Mis hombres y yo queremos permanecer en esta isla, única tierra que hemos podido llamar nuestra. Si los ingleses respetan nuestra libertad, estaríamos dispuestos a luchar a vuestro lado en la futura defensa de Jamaica. En cuanto al gobernador Isasi, en estos momentos es un hombre cansado y desesperado, listo para abandonar la lucha. Si lo dejáis construir unas canoas en las que pueda alcanzar la costa de Cuba, se irá para siempre. Me temo, sin embargo, que la Corona española jamás abandonará su deseo de recuperar esta isla, que consideran un punto vital para la seguridad de la navegación entre la Nueva España y Sevilla.

Favorablemente impresionado con la educación y los conocimientos de Lubolo, y sin pensarlo dos veces, Henry aceptó la incorporación de los exesclavos españoles a su ejército.

—En cuanto a Isasi —dijo a Lubolo—, escoged un mensajero de confianza que le informe de parte nuestra que dispone de dos meses para construir sus canoas y abandonar Jamaica. Si transcurrido ese plazo aún se encuentra en tierra inglesa, él y todos sus hombres serán pasados por las armas.

Tres días más tarde regresó el mensajero con la noticia de que Isasi aceptaba la proposición del teniente Morgan. En una escueta esquela expresaba que abandonaría Jamaica dentro del plazo estipulado pero que, para dejar a salvo su honor, no podía prometer que España se abstendría de emprender nuevas acciones para recuperar la posesión de su isla.

Después de designar dos espías para cerciorarse de que Isasi cumpliría su promesa, Henry se dedicó a reconocer el resto de la costa norte en busca de sitios apropiados para erigir futuros emplazamientos que permitieran una mejor defensa de la nueva colonia inglesa. En su recorrido encontró extensos valles rodeados por ríos de aguas tranquilas, ideales para la agricultura, de cuyas ubicaciones tomó debida nota. Al llegar al extremo oriental de la isla, divisó un par de navíos anclados a escasa distancia de la costa y varios botes que se aproximaban a la orilla. Ocultándose entre la maleza y seguido de diez de sus hombres, se acercó procurando no ser visto. Para su sorpresa, se trataba de corsarios ingleses que en ese momento negociaban con un grupo de hombres vestidos con pantalones y delantales de cuero, cubiertos de mugre y manchados de sangre.

—¡Los bucaneros! —exclamó en voz baja, y decidió acercarse, solo y desarmado para que no se dudara de sus buenas intenciones.

Grande fue su alegría al reconocer en el jefe de los corsarios al vicealmirante Goodson, de quien nada se había sabido desde que se había hecho a la mar en Caguaya, hacía ya más de un año. Ambos hombres se abrazaron ante la mirada atónita y desconfiada de los bucaneros y se contaron brevemente sus respectivas historias. Goodson, que para facilitar su misión navegaba como corsario y no como almirante de la Corona, había perdido un barco y no había tenido suerte en la captura de galeones españoles, razón por la cual todavía no regresaba a Jamaica.

—Ahora me estoy aprovisionando para un nuevo recorrido por las Antillas. No hay mejor carne que la que venden estos matavacas.

Ante la expresión de extrañeza de Henry, Goodson confirmó que aquellos individuos, sucios y malolientes, eran fugitivos de la ley, de sus amos o, simplemente, de la civilización, y habían encontrado un modus vivendi sacrificando los ganados mostrencos y salvajes abandonados por los colonos españoles, o cazando animales silvestres, cuya carne luego ahumaban y vendían a los navíos que se acercaban a la costa en busca de provisiones.

—¿Quién es el jefe? —quiso saber Henry, interesado en trabar amistad con aquellos forajidos mencionados en el libro de Gage, cuyos largos mosquetes sugerían que eran buenos tiradores.

—En realidad, los bucaneros no tienen un jefe. Andan siempre en pareja y la negociación con ellos es, por tanto, más complicada.

El joven teniente se acercó al grupo y fue saludando a los bucaneros uno por uno. Entre los que respondieron al saludo Morgan escuchó nombres en inglés, francés, flamenco y español. Para asegurarse de que lo recordaran, repitió varias veces su apellido y no quedó satisfecho hasta que algunos lo dijeron de vuelta. Seguidamente hizo una señal a sus hombres, quienes se aproximaron para participar también ellos en el negocio de intercambiar apetitosas carnes ahumadas por algún arma ligera, prendas de vestir u otras chucherías capaces de ser útiles a aquellos extraños seres.

Luego de despedirse de Goodson, Henry Morgan volvió sobre sus pasos hasta encontrar a sus espías, quienes le confirmaron que Isasi y lo que quedaba de su diezmado ejército habían abandonado las costas de Jamaica antes del tiempo convenido. Se encaminó entonces hacia Río Nuevo y dedicó los dos meses que le quedaban del plazo convenido con D'Oyley a la tarea de mejorar las defensas de la nueva fortificación. Prometió solicitar a D'Oyley el envío de refuerzos, nuevos cañones y mosquetes, además de hombres y mujeres que vendrían a establecerse en los fértiles valles que aguardaban una mano amiga que los hiciera fructificar.

Henry abordó la nave que lo llevaría de vuelta a Caguaya a mediados del año 1658. Una vez a bordo del *New Hope,* nombre que consideró premonitorio, consciente de que aún carecía de los conocimientos necesarios para comandar un navío, encomendó el mando al piloto John Morris, de larga experiencia en la navegación. A lo largo de la travesía continuó aprendiendo de Morris el arte de navegar con el mismo entusiasmo que lo había hecho años atrás a bordo del *Fagons*, durante la larga travesía de Portsmouth a las Indias Occidentales. Cuando divisaron la bahía de Caguaya, Henry no solamente sabía más de navegación sino que entre él y John Morris había surgido una estrecha amistad.

Henry Morgan fue recibido con entusiasmo por D'Oyley, quien enseguida lo puso al corriente de los cambios ocurridos en el gobierno de la colonia. Aunque él seguía como jefe militar y Sedgwick como comisionado civil, por instrucciones de Londres se había nombrado un Consejo de Administración de Jamaica, escogido entre los más influyentes hacendados y comerciantes de la nueva colonia. Ante ese Consejo rindió el teniente Morgan el informe de sus acciones en el norte de la isla y solicitó refuerzos y pertrechos para la fortificación de Río Nuevo. También informó sobre los valles y ríos, más fértiles y caudalosos que los del sur de la isla, y sugirió el envío de nuevos colonos que ayudaran a poblar y desarrollar las tierras del norte. Impactados con la personalidad del joven teniente, y atendiendo la recomendación del coronel D'Oyley, el Consejo designó a Henry como segundo al mando de la milicia de Jamaica, con la comisión específica de organizar y dirigir su defensa. Ya para entonces los corsarios al servicio de Inglaterra habían comenzado a llegar a Caguaya con sus barcos cargados de tesoros arrebatados a los españoles y el dinero corría por las rústicas calles de la ciudad, en la que cada día parecían establecerse nuevos y más bulliciosos lupanares. Aunque Henry disfrutaba mucho de las mujeres, la cerveza y el ron en compañía de amigos y compañeros de armas, procuraba ahorrar cuanto podía con la intención de adquirir su propio barco. Además, aprovechando una norma que favorecía a los militares distinguidos en la lucha contra los españoles, había logrado que se le concedieran quinientos acres de terreno en los feraces valles del Norte de la isla cercanos al cauce del río Nuevo.

10

Londres, Corte del Rey, enero de 1685

John Greene miró a su alrededor y se sintió complacido. Los curiosos todavía colmaban las tribunas, los magistrados se mantenían atentos a sus palabras y hasta el letrado Devon y el librero Crooke parecían absortos en su disertación.

—Ruego a Sus Señorías que me permitan ahora una digresión, necesaria para apreciar mejor las acciones de sir Henry. Es importante que nos situemos en el momento histórico que le tocó vivir, a él y a todos los demás corsarios ingleses. Como es bien sabido, casi siempre, sino siempre, son las circunstancias las que vienen a determinar la actuación de los hombres —el abogado hizo un alto para ir en busca de un documento—. Ya sabemos que entre Inglaterra y España ha existido una enemistad de siglos. Esa rivalidad histórica se acentuó después del descubrimiento del Nuevo Mundo, más que nada porque al año siguiente de ese gran acontecimiento el papa Alejandro VI, un Borgia corrompido, decidió trazar en el mapamundi una línea, tan arbitraria como imaginaria, y, en nombre de Dios, le regaló a la monarquía española todos los territorios ubicados al oeste de esa línea, y a la portuguesa los situados al este. Aparte de las motivaciones políticas, que mucho determinan las actuaciones de la mal llamada Santa Sede, fueron motivaciones religiosas las que prevalecieron en el ánimo del Papa, para quien Portugal y España, pero sobre todo España, eran los genuinos representantes de Cristo en la tierra y los únicos llamados a difundir su palabra en cada rincón de los recién descubiertos territorios. Con el oro y la gran tajada del Nuevo Mundo obsequiada por el Papa, España no demoró en convertirse en un imperio y, como todos los imperios, pretendió monopolizar el comercio en sus nuevas posesiones prohibiendo a los demás países incursionar allí con sus naves. Pero el resto de Europa no estaba dispuesto a aceptar semejante pretensión y desde muy temprano naves francesas, holandesas e inglesas comenzaron a llegar a los dominios españoles, primordialmente en las Indias Occidentales, que por su ubicación y geografía resultaban las más difíciles de controlar y defender. Como ya sabemos, la llegada al poder de Oliver Cromwell, un hombre obsesionado con el puritanismo, determinó que por primera vez Inglaterra emprendiera una acción planificada para socavar la hegemonía española en el Nuevo Mundo, en especial en las islas del mar Caribe, hoy conocidas también como las Antillas. Y aunque a Cromwell en un principio también lo impulsaban razones religiosas, su Designio Occidental pronto se convirtió en una acción militar destinada a sembrar una semilla colonizadora en el corazón del imperio español de ultramar.

John Greene consultó los documentos que tenía en la mano y antes de proseguir aprovechó para comprobar que si bien los magistrados aún lo escuchaban con interés, en la tribuna había caras de aburrimiento. Decidió resumir y acelerar el discurso.

—Es preciso que examinemos ahora la situación dentro de España en la época en que el joven Henry Morgan, futuro sir del imperio británico, prestaba servicios militares en Jamaica. Para ello me propongo utilizar copias de algunas cartas enviadas a Su Majestad por nuestro exembajador en Madrid, sir Henry Bennet, quien después sería nombrado Lord del Almirantazgo —el abogado había elevado el tono de su voz y mostraba a los magistrados y al público los documentos que tenía en la mano—. Cuando la pérdida de Jamaica dejó de ser un inquietante rumor para convertirse en una terrible noticia, el monarca español, Felipe IV, abandonó el Alcázar Real en Madrid y partió rumbo al monasterio del Escorial, construido cien años antes por su abuelo, Felipe II, en la falda de la sierra del Guadarrama para celebrar la victoria de España sobre Francia en la batalla de San Quintín. Al llegar se encerró en el mausoleo en el que reposaban los cuerpos de sus ancestros, y allí permaneció una semana orando, llorando y lamentándose del ruinoso estado del imperio que heredara de su padre. La Guerra de los Treinta Años y, más que la guerra, la paz impuesta en Westfalia, había dejado a España sin Portugal, sin los Países Bajos, sin Sicilia y sin Cerdeña. Los ingentes gastos militares en que incurría la Corona española para defender sus todavía muy vastos territorios eran sufragados con el oro y, sobre todo, la plata que salía de las minas de América para luego ser acuñada en monedas que se destinaban a pagar los sueldos atrasados de los soldados o las cuentas infladas por los intereses de los acreedores milaneses, florentinos, venecianos y genoveses. Pero la caída de Jamaica en manos inglesas ponía en constante peligro el transporte de esos tesoros provenientes del Perú y de la Nueva España porque los galeones que zarpaban desde Portobelo o desde La Habana estaban ahora más expuestos a los ataques de los piratas franceses, holandeses y, sobre todo, ingleses. Cada semana llegaban a Madrid noticias de Cartagena, Portobelo, Veracruz, La Habana, Santo Domingo y San Juan que reflejaban el estado de permanente zozobra y desmoralización en el que vivían sus habitantes por temor a los ataques piratas. Para los españoles, desde que el usurpador Oliver Cromwell, que se hacía llamar protector de Inglaterra, había hecho decapitar a Carlos I, las islas británicas estaban gobernadas por gentuza que no conocía la moral y la decencia. Si bien era cierto que Inglaterra había sido siempre adversaria natural de España, con el monarca inglés se podía hablar con civilidad y llegar a acuerdos razonables. Para la Corona española, Cromwell no era más que un parlamentario ensalzado por los enemigos tradicionales de la monarquía, un hipócrita que mientras proclamaba el puritanismo en casa desconocía los compromisos diplomáticos adquiridos por sus antecesores. En vano había tratado España de llegar a un acuerdo satisfactorio para que Inglaterra respetara su predominio en las Indias Occidentales, hegemonía derivada de una disposición divina con la intermediación del Papa. Porque era el mismo Dios el que había luchado siempre al lado de la monarquía española, gobierno terrenal que tenía como una de las metas más caras de su política la salvaguarda de la integridad del catolicismo en Europa y su propagación en el Nuevo Mundo. ¿Por qué, entonces, se preguntaba Felipe IV, el Señor abandonaba ahora a su pueblo? Temeroso de que el castigo divino a España fuera consecuencia de sus pecados carnales, el rey Borbón elevaba plegarias de perdón y rogaba porque la gracia divina volviera a apuntalar su tambaleante monarquía. «Dame el perdón, Señor, y con él dame un hijo que herede lo que yo he recibido de mis padres, un hijo que no muera a temprana edad, como todos los demás varones que he engendrado, y que algún día pueda ceñir sobre su cabeza la corona de España.»

Felipe IV emergió de la capilla del mausoleo con los ojos hinchados y algunas libras de menos, pero decidido a recuperar Jamaica a cualquier costo. Para ello envió a Madrid por su primer ministro y consejero de confianza, Luis Méndez de Haro, a quien pidió que trajera consigo al pintor de la corte, don Diego Velázquez, para restaurar algunos de los cuadros que adornaban las austeras paredes del monasterio. De paso, le encargaría una nueva pintura en la cual el monarca apareciera rezando, ejemplo que deberían seguir todos los españoles.

El desasosiego volvió a apoderarse del ánimo del monarca cuando escuchó de labios de su primer ministro lo que él ya sospechaba: la monarquía carecía de los fondos necesarios para armar una flota capaz de atacar Jamaica con alguna probabilidad de éxito. En lugar de la acción militar, Méndez de

Haro aconsejó una movida diplomática. Carlos II, exiliado en el continente desde que Cromwell decapitara a su padre, se encontraba en esos momentos en España intentando armar una invasión que le permitiera recuperar el trono. En vista de los rumores que corrían sobre la quebrantada salud del usurpador Cromwell, resultaba aconsejable ofrecer alguna ayuda a Carlos a cambio de que, una vez recuperado el trono, ordenara el retiro de las tropas inglesas de Jamaica. Un mes después se reunieron Carlos II y Felipe IV en el Palacio del Buen Retiro, morada del monarca español durante los ardientes veranos madrileños, para sellar el pacto por medio del cual España pondría de inmediato algunas naves y pertrechos a las órdenes de Carlos II y este se comprometía a devolver Jamaica a su legítimo dueño tan pronto se restaurara la monarquía en Inglaterra. La única exigencia del rey inglés fue que el acuerdo se mantuviera en el más absoluto secreto, condición que Felipe aceptó sin dudar.

Cuando el abogado terminó su largo discurso, quedaban apenas una docena de asistentes entre el público y los magistrados no hacían ningún esfuerzo por ocultar su aburrimiento.

—¿Concluisteis? —preguntó el magistrado presidente.

—Así es, Su Señoría. Agradezco la paciencia que me habéis dispensado.

—Entonces, se declara un receso hasta pasado mañana.

John Greene llegó a su casa entrada la noche. El trayecto en coche desde Westminster Hall hasta Chiswick le había tomado más tiempo de lo usual porque con el congelamiento del Támesis el tráfico en la ciudad, ya de por sí congestionado, se había incrementado a tal punto que en ocasiones resultaba imposible avanzar, demora que aprovechó el abogado para reflexionar. A su modo de ver, en el primer día del juicio se había anotado varios triunfos. El testigo Ringrose estuvo impecable y con su comportamiento había logrado convencer a los magistrados de la marcada diferencia que existía entre un pirata y un corsario, y de que estos últimos eran individuos que servían a los mejores intereses de Inglaterra en su guerra contra los españoles. Además, había logrado presentar a la Corte una amplia descripción histórica de la rivalidad tradicional entre Inglaterra y España, con énfasis en la importancia que ambas naciones otorgaban a la posesión de Jamaica. «Aunque el último discurso fue un poco largo, no estuve del todo mal», pensó satisfecho. Su agudeza jurídica y su elocuencia, prudente pero eficaz, le habían permitido llevar el proceso conforme a la estrategia previamente trazada. Prueba de que había sido un día provechoso para la parte acusadora era el creciente nerviosismo del librero Crooke conforme avanzaba el proceso. Sí, el juicio que marcaba su retorno a los tribunales marchaba bien, muy bien, aunque le preocupaba el siguiente testigo que presentaría ante la Corte. A diferencia de Ringrose, Lefty Groves se asemejaba mucho más a un pirata que a un corsario, pero, como él mismo afirmaba sin ningún pudor, era más fiel a Henry Morgan que un perro a su amo. Además, John Greene no había logrado encontrar a ningún otro que hubiera acompañado a sir Henry en su primera aventura en Tierra Firme.

Tan pronto quedó atrás el centro de la ciudad, el coche entró en un bamboleo rítmico que poco a poco fue sumiendo al abogado en un pesado sopor. Aún dormitaba cuando los caballos, con un alegre relincho, se detuvieron frente a su casa. El fuego ardía generoso en el hogar y Claire lo esperaba, las pantuflas frente a su sillón favorito y una copa de jerez en la mesita lateral. El lacónico saludo y la expresión de desagrado en el rostro de su mujer prepararon a John para las recriminaciones que sin duda no se harían esperar. La saludó con un beso en la mejilla, se llevó al sillón la última edición del *London Gazette*, saboreó un trago de jerez y se sentó pacientemente a esperar a que Claire iniciara su perorata.

—Tener que salir con este tiempo y todo para defender a ese vagabundo —comenzó—. Si ibas a volver a litigar en la

Corte del Rey por lo menos debiste esperar a un asunto que valiera el esfuerzo. Pero, ¿representar a un pirata? ¡Quién lo hubiera dicho! Perderás mucho del buen nombre ganado después de tanto trabajo y, encima, no recibirás ni un chelín.

El abogado escuchaba a su esposa mientras fingía leer. Años atrás, al inicio de su matrimonio, hubiera respondido enseguida que Henry Morgan no era un pirata, sino un soldado que había servido bien a su patria, a quien por sus hazañas el rey Carlos II le había otorgado el título de sir. Que, además, era su amigo y su cliente desde hacía más de diez años y que el caso en el que hoy lo representaba podría marcar un hito dentro la jurisprudencia inglesa. Pero John había aprendido que era mejor soportar los enojos de su mujer en silencio, permitiendo que se desahogara sin interrumpirla. Terminado el sermón, ella sola se calmaría y la paz volvería a reinar en el hogar de los esposos Greene. Pero en esta ocasión las hostilidades parecían prolongarse más allá de lo usual. Se preguntaba el abogado qué otra cosa podría estar perturbando a Claire cuando ella se acercó con un sobre en la mano.

—Para colmo, en la tarde llegó esta carta de tu amigo. No tenía idea de que los piratas sabían leer y escribir.

—Ya te he dicho que Morgan no es un pirata cualquiera —dijo John, en son de chanza.

John tomó el sobre y enseguida reconoció la letra puntiaguda y desigual de Henry Morgan. Lo abrió con cuidado, desdobló los tres folios que contenía y comenzó a leer.

Jamaica, 10 de octubre de 1684

Mi muy estimado amigo:

Confío en que esta misiva os encontrará en buena salud en compañía de vuestra querida familia. La distancia que me separa de Inglaterra no me permite recibir noticias con la premura que mi actual situación en Jamaica requiere y, aunque hace varios meses que no sé de vos, debo presumir que dada nuestra entrañable amistad y vuestra tradicional eficiencia, habréis ya acudido ante la Corte del Rey en defensa de mis derechos vulnerados. Tal como os manifesté en la misiva anterior, es mucho lo que aprecio el que hayáis abandonado un merecido retiro para socorrer a un amigo en desgracia.

El resultado del juicio por las calumnias e injurias de que he sido víctima ha adquirido mayor importancia a la luz de los acontecimientos que han venido ocurriendo acá y que enseguida os informo. Como bien sabéis, a fines de 1683, sir Thomas Lynch, quien me reemplazó en el cargo de gobernador y siempre fue mi enemigo declarado, logró separarme del Consejo de Jamaica, del cual fui miembro durante muchos años. No solamente me persiguió a mí sino también a cada uno de mis aliados en la isla, entre ellos mis cuñados, Charles Morgan y Robert Byndloss, a quienes también hizo separar de sus cargos. El interés de Lynch no era otro que el de beneficiar a los comerciantes, gremio que él siempre representó por ser uno de los principales esclavistas de las Antillas, sacrificando, de paso, a los agricultores y dueños de plantaciones, a cuyo grupo pertenezco y siempre he defendido. En juego estaba, y todavía está, no solamente una serie de impuestos injustos que pretendía aplicarnos y que hemos venido combatiendo, sino, lo que es más grave, el futuro mismo de la colonia. Aunque Lynch falleció hace poco, nada parece haber cambiado con el nuevo gobernador y si no rescatamos el Consejo, Jamaica se convertirá en un centro de compra y venta de esclavos y otras mercaderías con la consecuencia de que florecería el contrabando, que los propios mercaderes controlan, y además tendríamos que importar todo lo que hoy, con gran esfuerzo, producimos los hacendados: tabaco, azúcar, algodón, jengibre, además de carne, leche y muchos otros productos que sería largo detallar. De no corregirse este rumbo, Jamaica caerá en un total empobrecimiento y si, dada su importancia militar, la Corona inglesa quisiera conservarla, tendría que desembolsar miles de libras esterlinas que en Inglaterra encontrarían mejor uso. No está de más señalar que el grupo de mercaderes al que pertenecía Lynch promueve todavía una política de acercamiento con España, que nosotros rechazamos. No es una casualidad que los dueños de plantaciones seamos partidarios del rey y los mercaderes sean partidarios del Parlamento, recientemente disuelto por Su Majestad. *Thories* nosotros, *whigs* ellos.

También os quiero recordar, porque hoy reviste gran importancia, que la causa de aquella separación del Consejo fue una falsa acusación, formulada por Lynch y sus aliados, de que en uno de mis recorridos por los bares de Port Royal había insultado la majestad de la Asamblea de esta colonia. Vos sabéis que no soy hombre de negar que disfruto compartiendo copas con mis amigos, pero mi carácter de exgobernador y mi posición social en la isla no me permiten la clase de comportamiento de que fui injustamente acusado. Y ahora voy al punto que motiva esta misiva que, por desgracia, ya se hace larga. Tan pronto falleció Lynch comencé una campaña para retornar al Consejo en compañía de aquellos que fueron destituidos conmigo, animado siempre por el propósito que ya os señalé. Como soy el líder de ese movimiento, mis enemigos están utilizando contra mí la mala reputación que me ha acarreado el libro en mala hora publicado por los libreros Crooke y Malthus. Como veis, el juicio, además de limpiar mi nombre, tiene el fin inmediato de evitar que prospere la campaña levantada en mi contra para evitar que retorne al Consejo de Jamaica. Aunque sé que el asunto no puede estar en mejores manos, os ruego hacer lo necesario para que dicho proceso culmine cuanto antes con una decisión que me favorezca y me permita acallar a mis enemigos.

Os saludo con la estima que conocéis y os ruego saludéis en mi nombre a vuestra distinguida esposa,

HENRY MORGAN

John terminó de leer la carta, volvió a doblarla, la metió en el sobre y se quedó mirando a su mujer, que, sentada en el sillón de enfrente, se entretenía en tejer unos mitones. Cuando Claire finalmente levantó la mirada, dijo, provocándola:

—Sir Henry me pide que te salude.

Recibió como respuesta un gruñido.

El abogado fingió que seguía leyendo el *Gazette* y unos minutos después dijo, casi con dulzura.

—Camino a casa pasé frente al Theatre Royal y vi que están representando *El Rey Lear*. Hace mucho tiempo que no vamos al teatro y el juicio no se reanudará hasta pasado mañana. ¿No quieres que vayamos?

Todavía enfurruñada, la señora de Greene respondió, sin levantar la cabeza del tejido.

—Londres está muy húmedo y frío y, además, ya sabes que encuentro las obras de Shakespeare poco edificantes. Es muy cínico, muy trágico y muy complicado —Claire alzó la mirada y añadió—: Pero tal vez te convenga descansar la mente del bendito juicio así es que, si quieres, te acompaño.

—Entonces no hay más que hablar. Mañana iremos al teatro y procuraremos olvidarnos del frío y de Henry Morgan.

John Greene tuvo que reconocer que Lefty Groves desentonaba en la Corte. El aspecto físico y la indumentaria de su nuevo testigo, más que asombrar, divirtieron a quienes acudieron esa mañana a presenciar la continuación del proceso de sir Henry Morgan contra los libreros Crooke y Malthus. Los propios magistrados trataron en vano de disimular la risa mientras el alguacil tomaba el juramento al pintoresco personaje. Desgarbado, manco del brazo derecho, camisa roja y pantalón azul desteñido, facciones afiladas, la barba a medio crecer, un pañuelo de color indefinido en la cabeza, aretes en ambas orejas y una sonrisa de dientes escasos, era la típica imagen que cualquiera se forjaría de un verdadero pirata. Y además, pensó el abogado, no había duda de que Groves lo era.

Tan pronto el magistrado presidente golpeó con el martillo ordenando silencio, John se levantó de su asiento para iniciar el interrogatorio que con tanto cuidado había preparado. Acercándose al testigo preguntó:

—¿Queréis decir a la Corte vuestro nombre y ocupación?

—Soy Lefty Groves, señor, y en este momento...

—Lefty es vuestro apodo —interrumpió el abogado—. Para los efectos de este juicio se requiere que digáis vuestro verdadero nombre.

—Mi único nombre es Lefty, señor. No recuerdo ningún otro. Me lo endilgaron desde muy joven después de que perdí el brazo derecho.

El inglés de Groves, aunque comprensible, era cerrado y de acentos extraños.

—Y, ¿cómo ocurrió eso? —preguntó el abogado mientras se aproximaba al testigo con rostro pesaroso.

—Trabajaba como esclavo en una plantación en Barbados y un grupo decidimos escaparnos porque el amo nos trataba peor que a las bestias. Cuando nos alcanzaron hubo una pequeña batalla. Fue el propio amo quien me cortó el brazo de un machetazo.

—¿Qué edad teníais entonces?

—Me parece que trece años, señor, y dos de ser esclavo.

—¿Fue la pérdida del brazo lo que os hizo olvidar vuestro nombre? Lefty esbozó su sonrisa de cinco dientes.

—No sé realmente cuántos años han pasado desde entonces, pero he sufrido peores heridas. El nombre lo olvidé porque no es importante. Lefty es suficiente.

El abogado observó de soslayo el rostro de los magistrados cuya expresión le confirmó que estaba logrando convertir a Lefty, el pirata, en un ser humano más digno de compasión que de mofa y desprecio.

—Muchas gracias, señor Groves. Volvamos entonces a la primera pregunta. ¿Cuál es vuestra ocupación actual?

—Ninguna, señor. Estoy aquí como... testigo porque vos me lo pedisteis para que os contara del capitán Morgan.

—Bien, comprendo, pero antes de venir aquí, ¿qué hacíais?

Lefty Groves se quedó mirando al abogado.

—Toda mi vida he sido marino, señor, marino y soldado. A veces hay barcos y a veces no.

—Decís que sois soldado. ¿Contra quién combatís?

—Contra cualquiera que ordene mi capitán. Que yo recuerde siempre he combatido contra España, señor.

Greene se alejó del testigo, se colocó frente a la mesa principal y elevó el tono de su voz.

—¿Y por qué contra España, señor Groves?

—Porque España es el enemigo, señor.

El abogado esperó un instante a que la afirmación del testigo fuera asimilada por los magistrados y el público, que ya parecía más interesado en el relato del testigo que en su apariencia.

—Pero ahora estamos en paz con España, señor Groves. ¿Acaso lo ignoráis?

—Yo no sé nada de eso señor. A veces combatimos cuando hay paz y otras veces no combatimos a pesar de estar en guerra. Depende de lo que ordene el rey... supongo.

Un leve murmullo circuló por la nave mientras los magistrados intercambiaban miradas. El abogado aguardó un momento antes de proseguir.

—¿Conocéis a sir Henry Morgan, señor Groves?

— Por supuesto que sí. Por eso estoy aquí ¿no?

—Así es, señor Groves, así es. ¿Seríais tan amable de contar a esta Corte cómo y cuándo conocisteis a sir Henry?

En ese momento el abogado de la defensa se levantó de su silla.

—Con la venia de la honorable Corte, antes de pasar a otro tema, quisiera hacer algunas preguntas al testigo en torno a su oficio como marino y soldado.

—No volvamos a lo mismo, señor letrado —respondió el magistrado presidente, visiblemente molesto—. Ya tendréis ocasión de preguntar al testigo una vez que termine el señor Greene.

—Que conste, entonces, mi propósito de hacerlo.

—Así será, abogado. El testigo puede proseguir.

—Repito, entonces, la pregunta, señor Groves. ¿Cómo y cuándo conocisteis a sir Henry Morgan?

Lefty Groves se rascó la cabeza y jugó con su arete izquierdo antes de responder.

—Fue hace muchos años, no recuerdo cuántos, seguro más de veinte. El líder de los corsarios era el almirante Myngs, a quien el Consejo de Jamaica le pidió atacar a los españoles en Cuba. A Henry Morgan se le había confiado el mando de uno de los navíos y yo formaba parte de su tripulación.

11

Jamaica, Santiago de Cuba, 1659-1661

En enero de 1659 se recibió en Jamaica la noticia del fallecimiento de Oliver Cromwell, lord protector del recién creado
Commonwealth y pionero de la incursión de Inglaterra en las
Indias Occidentales. Aunque los partidarios del Parlamento
escogieron enseguida para sucederlo a su hijo, Richard, se sabía que con la muerte del Lord Protector el retorno de la monarquía a Inglaterra era inevitable. En Jamaica, aquellos que
habían apoyado abiertamente a Cromwell se sentían insegu-
ros y se hablaba de una emigración masiva hacia otras colonias, francesas u holandesas.

Transcurriría un año antes de que se confirmara en la isla
que la monarquía había vuelto a Inglaterra. Con la noticia llegó también el rumor de que la Corona española había apoyado
el retorno de Carlos II a cambio de que Inglaterra devolviera
a España la posesión de Jamaica y la incertidumbre se apoderó del ánimo de las autoridades y habitantes de la isla. Con el
propósito de congraciarse con la monarquía, se optó por cambiar el antiguo nombre indígena de Caguaya por el más sonoro y apropiado de Port Royal y los líderes se esmeraron en
hacer saber al rey que se trataba de un homenaje por el retorno de la monarquía al poder. Para entonces, la abundancia de
dinero y los excesos de los piratas habían cambiado por completo la vida de la ciudad portuaria, que ahora era una de las
más florecientes y pervertidas de la región. Tal vez de haberlo

sabido, Carlos II habría considerado el cambio de nombre a Port Royal más una ofensa que un honor.

A sus veinticuatro años, el teniente Henry Morgan todavía no pensaba en política y observaba los acontecimientos en espera de la oportunidad de comenzar a realizar sus planes. Para entonces los corsarios, ya se tratara de capitanes de barco o de empresarios navieros, se habían convertido en el sostén de Jamaica, tanto por el aporte de naves, armamentos y hombres para su defensa como por el derroche de dinero cada vez que retornaban con un nuevo botín arrebatado a los galeones y colonias españolas. El líder indiscutible de los corsarios era el capitán Christopher Myngs, quien había conseguido cada vez más fama y fortuna gracias a sus osados y sorpresivos ataques a los asentamientos españoles en Tierra Firme. El último botín que trajo consigo, estimado en trescientos cincuenta mil reales de ocho, comenzó a circular enseguida en los comercios, bares y burdeles de Port Royal, incrementando considerablemente la prosperidad y fama de la isla a la vez que incentivaba la llegada de una gran cantidad de navíos, la mayoría proveniente de la isla vecina de Tortuga, donde predominaban los franceses, cuyos ambiciosos capitanes también buscaban patentes de corso oficiales que les permitieran dar el paso de simples piratas a corsarios al servicio de Inglaterra.

A pesar del pacto secreto para la devolución de Jamaica y de que, a raíz de la restauración de Carlos II en el trono inglés, España e Inglaterra habían firmado un acuerdo de paz, la Corona inglesa decidió fortalecer su presencia en Jamaica enviando a un gobernador que reemplazara al coronel D'Oyley y al mayor Sedgwick y le imprimiera un carácter más civil y comercial a la colonización de la isla. El nombramiento recayó en lord Thomas Windsor, barón de Plymouth, hombre emprendedor y visionario, que mantenía lazos de amistad con Carlos II. Tan pronto arribó a Port Royal, lord Windsor envió representantes a parlamentar con los gobernadores españoles de Puerto Rico y Cuba con el fin de iniciar intercambios comerciales. La respuesta de ambos fue cortés pero tajante: solamente navíos españoles podían comerciar en las Indias Occidentales. Esta negativa llevó al Consejo de Jamaica a interpretar que el convenio de paz suscrito entre España e Inglaterra se aplicaba en Europa, pero no en el lado occidental de la línea trazada por el papa Borgia de uno a otro polo. En las Antillas continuaban las hostilidades y cada día se escuchaba con más insistencia el rumor de que en Cuba, la más grande y cercana a Jamaica de las islas antillanas, los españoles se preparaban para la recuperación de la colonia arrebatada a España por los ingleses. Finalmente, en abril de 1661, cansado de esperar en vano instrucciones de la Corona, el Consejo de Jamaica decidió tomar la iniciativa y atacar la ciudad-fortaleza de Santiago de Cuba, segunda ciudad en importancia después de La Habana, distante a menos de trescientas leguas de Jamaica. Para llevar a cabo la ofensiva se comisionó al almirante Myngs, el único con el liderazgo necesario para reunir bajo su mando a los corsarios de la región. Aunque el principal objetivo de la misión era frustrar los planes españoles de retomar Jamaica, para Myngs y sus corsarios la aventura ofrecía la oportunidad de enriquecerse con un botín que, debido la importancia de Santiago, prometía ser sustancioso. El anuncio del reclutamiento para la expedición de Myngs recorrió las cantinas y lupanares de Port Royal y en un santiamén cientos de voluntarios, la mayoría en estado de embriaguez, se reunieron en la plaza de armas; entre ellos, sobrio y uniformado, el teniente Henry Morgan, quien todavía prestaba servicio militar en la isla. Gracias a su fama de buen soldado y buen marino, y sabedor Myngs de que el joven Morgan era sobrino del famoso coronel Edward Morgan, fiel defensor de la monarquía, lo escogió para comandar una de las naves. Los días de soldado de Henry quedaron atrás y se iniciaba su vida de corsario.

El 21 de septiembre de 1661 partió la flotilla de Myngs. Desde el embarcadero de Port Royal una muchedumbre, en la que se confundían autoridades, borrachos y meretrices, agitaba pañuelos y lanzaba gritos de aliento a los aventureros. De los doce navíos que integraban la escuadra, solamente el del comandante en jefe y dos más eran verdaderas naves de combate. El resto eran barcos mercantes habilitados para hacer la guerra, incluido el de Henry, un bergantín de apenas cuatro cañones por banda que se contaba entre los más débiles. Cincuenta y dos hombres, entre tripulantes y soldados, navegaban en la nave de Morgan, que él había rebautizado con el nombre de *Success*. Su amigo y hábil timonel, John Morris, tenía a su cargo las funciones de pilotaje. Para entonces, Henry todavía no se sentía suficientemente capacitado para navegar solo, siendo su principal atributo, al decir de sus compañeros de armas, la confianza que despertaba en los hombres bajo su mando.

Antes de llegar a las costas cubanas otros cuatro navíos, provenientes de Tortuga bajo las órdenes de tres capitanes franceses y un flamenco, se unieron a la flota de Myngs. Por ser época de huracanes, cuyos efectos resultaban en ocasiones más devastadores que cualquier ataque enemigo, la flota hacía navegación de cabotaje con la intención de encontrar refugio en caso de que vientos inesperados pusieran en peligro las embarcaciones. Antes de llegar a Santiago divisaron, anclado en una ensenada, el navío comandado por el legendario sobrino de Oliver Cromwell, sir Thomas Whetstone, quien durante la guerra de restauración había tomado la sabia y oportuna decisión de luchar al lado de los realistas y luego de la instauración de Carlos II se había dado a la buena vida acumulando deudas imposibles de sufragar con la paga de un coronel de caballería. Con la ayuda del nuevo monarca, quien además de eximirlo de ir a la cárcel le avitualló un barco, se hizo a la mar rumbo a las Indias Occidentales y estableció su base en Port Royal. Enterado de los planes de Myngs, decidió unirse a la flota con la esperanza de que el asalto a Santiago de Cuba fuera más productivo que los abordajes de galeones españoles, de los que apenas había obtenido lo suficiente para pagar a sus hombres, casi todos nativos reclutados en las islas.

Al amanecer del cinco de octubre la flota llegó a las proximidades de Santiago y Myngs pudo corroborar lo que sus espías ya le habían informado: protegida por dos acantilados, la ciudad yacía al fondo de una extensa bahía a la que sólo se tenía acceso atravesando una entrada muy estrecha custodiada en sus flancos por el Castillo del Morro, levantado en lo más alto de uno de los riscos, y una batería de cañones, estratégicamente ubicada en la orilla opuesta. La bahía era accesible nada más cuando soplaban vientos muy favorables y cualquier nave que intentara entrar corría el grave riesgo de quedar inmóvil, las velas lacias, fácil blanco de la artillería española. Siguiendo la tradición de los corsarios, Myngs reunió a los capitanes de la flota en su nave insignia, el *Centurion*, para planificar las acciones. Henry Morgan fue uno de los primeros en hablar y sugirió un ataque por tierra, propuesta que fue respaldada enseguida por otros capitanes. Aunque la táctica de Myngs había consistido siempre en atacar desde el mar, sometiendo al enemigo con su habilidad de navegar y el poderío de sus cañones, resultaba evidente que en esta ocasión había que cambiar de estrategia. Al caer la noche, el grueso de la flota se dirigió hacia la desembocadura del río San Juan y antes del amanecer mil trescientos hombres, la pólvora seca, listos los mosquetes y afiladas las hachas y las espadas, iniciaron la marcha hacia Santiago, situada a escasas dos millas del sitio del desembarco. Henry Morgan, al frente de sesenta hombres, entraría en acción después de la primera oleada y detrás de él seguiría el contingente indígena, liderado por Whetstone. En su mente, igual que en la de todos los piratas que marchaban entusiasmados, el incentivo del botín de guerra prevalecía sobre cualquier interés de proteger a Jamaica o a la Corona inglesa. Tal vez de haber sabido Henry que el encargado de defender la plaza de Santiago era su viejo enemigo y exgobernador de Jamaica, Cristóbal Isasi, hubiera pensado más en Inglaterra y menos en los reales de ocho que el saqueo de la ciudad española dejaría en sus bolsillos.

Avistadas las torres de las tres iglesias de Santiago, Myngs dio la orden de preparar el ataque. Una hora después, la primera oleada de piratas, gritando a pleno pulmón, inició el asalto por la puerta de tierra. Al escuchar por primera vez el grito de guerra de los piratas, Henry pensó que si esos alaridos, más de bestias que de humanos, eran capaces de helar su propia sangre, ¿cuánto temor no infundirían en el ánimo de los sorprendidos españoles? Tan pronto la puerta de tierra cedió ante los embates de la tropa de asalto, a Henry se le ordenó avanzar y él y sus hombres, gritando y aullando, se lanzaron al ataque. Mientras algunos se detenían para disparar los mosquetes, el resto se abalanzaba sobre el enemigo blandiendo hachas y espadas. Dentro de la ciudad, los españoles se habían parapetado tras una barricada en la Plaza Mayor. La sangre de las primeras bajas piratas, víctimas de los disparos de mosquetes y cañones, confundida con la derramada por los españoles, comenzaba a teñir de rojo las calles de la ciudad. Después de superar la primera línea de defensa, Henry y sus hombres se dieron a la tarea de perseguir al enemigo que, superado en número y espantado por los gritos, aún más salvajes, de la horda de los indígenas de Whetstone, abandonaba la lucha.

A las tres de la tarde, el gobernador Pedro de Morales rindió la plaza a Myngs a cambio de que respetara la vida de los soldados y habitantes de Santiago. Siguiendo su antigua costumbre, el coronel Isasi y cincuenta de sus hombres habían escapado hacia las montañas. Inmediatamente, Myngs envió un destacamento compuesto por cien hombres a tomar el Castillo del Morro y permitir, así, la entrada de sus naves al puerto cuando llegara la hora de cargar el botín. Como comandante designó a Henry Morgan, quien había demostrado durante el asalto su innata capacidad de liderar hombres. El pelotón se fue aproximando con cautela a la fortaleza hasta confirmar lo que ya Henry sospechaba: los cañones españoles únicamente estaban emplazados para apuntar y disparar hacia el mar. Ordenó entonces un ataque frontal y, tras una breve refriega, el capitán a cargo de los catorce artilleros que defendían el castillo depuso las armas. Morgan regresó enseguida con los prisioneros y esa misma noche, a la luz incierta de las antorchas, los piratas, la mayoría en estado de ebriedad, iniciaron el saqueo sistemático de la ciudad. Casa por casa sustraían todos los objetos de valor, incluyendo el dinero y las joyas escondidos por sus propietarios antes de huir a los montes vecinos. En Santiago vivió Henry su primera experiencia pirata. Cuando se inició el pillaje había vacilado un momento, pero no tardó en sumarse al libertinaje y a la perversión. Con paso resuelto, él y Morris fueron directamente a las iglesias y cargaron con todos los objetos del culto. Aunque durante la celebración procuró mantenerse sobrio, las delicias del ron santiagueño terminaron por sumirlo en igual estado de ebriedad que al resto de sus compañeros.

Henry Morgan despertó al día siguiente del asalto en Santiago con un agudo dolor de cabeza. Tras dormir la borrachera en uno de los bancos de la catedral, salió al atrio y sus ojos enrojecidos contemplaron la terrible devastación de la ciudad. Las llamas todavía ardían en algunas casas y la Plaza Mayor, igual que las calles aledañas, estaban sembradas de cadáveres. En el cielo gris plomizo los buitres descendían volando en círculo, aunque los más osados ya se acercaban con paso furtivo a disputar la carroña con los perros. El sobrecogimiento que sintió Henry duró tan solo el instante que le tomó convencerse de que esta era la vida que él había elegido. Hacía mucho tiempo que el recuerdo de la pequeña granja de Llanrumney, de sus padres, de su hermana y de sus parientes apenas titilaba vagamente en su memoria. Tres largos días duró el saqueo de la ciudad de Santiago. Los piratas, decepcionados por los pocos reales de ocho que encontraron, cargaron con todo lo que a sus ojos podría tener algún valor. Además de cañones de bronce, vajillas de plata y oro, barriles de ron y vino, fardos de cuero y sacos de azúcar, se llevaron las campanas de las iglesias y las verjas de hierro de las casas. El mejor trofeo, sin embargo, fueron seis barcos españoles, cuatro mercantes y dos de guerra, capturados en la bahía sin siquiera disparar un cañonazo.

Al emprender el regreso, Myngs constató con orgullo que solamente había perdido veintiséis hombres, de los cuales más de la mitad habían fallecido víctimas de enfermedades. De los setenta heridos, nada más siete presentaban lesiones graves. Por el lado de los españoles, en cambio, ciento veinte hombres, entre soldados y voluntarios, habían muerto, y más de trescientos heridos colmaban el hospital San Juan de Dios en Santiago. Aunque un gran número de mujeres habían sido vejadas por los piratas, Myngs había prohibido estrictamente tocar a las siervas del Señor, a los niños y a los ancianos. Antes de abandonar Santiago, el líder de los corsarios ordenó la voladura del Castillo del Morro y la de sus baterías auxiliares e hizo lanzar al mar los cañones de hierro que por muy pesados no pudo llevarse como parte del botín.

En Port Royal, las autoridades, los comerciantes, los propietarios de cantinas y burdeles y las mujeres de mal vivir dispensaron a Myngs y a sus hombres un recibimiento de héroes. Las desentonadas campanas del único templo doblaron durante una hora, y se escucharon cañonazos y vítores entusiastas, sobre todo de quienes esperaban ansiosos que el botín arrebatado a los españoles se convirtiera muy pronto en ron, música y orgasmos. Pero ni el ron, ni la música ni los orgasmos impidieron que Henry destinara la mayor parte del dinero recibido por su participación en el asalto a Santiago a la futura adquisición de su propio navío. Sus ilusiones de fama, fortuna y poder comenzaban a cristalizarse.

12

Londres, Corte del Rey, enero de 1685

El receso del mediodía fue aprovechado por John Greene para llevar a Lefty Groves a comer en su fonda favorita. El pintoresco pirata había resultado un testigo excelente: lo que le faltaba de elocuencia le sobraba en lenguaje corporal, al que, paradójicamente, la falta del brazo derecho añadía aún más desenvoltura. A medida que avanzaba el proceso, el abogado se sorprendía más y más del enorme interés que despertaban los piratas en el populacho. En su larga carrera jamás había visto las gradas tan atestadas como ahora y estaba decidido a aprovechar esa popularidad para inclinar la balanza de la justicia a su favor. John había aprendido desde muy temprano en su vida que, por más poder que ejercieran, todos los funcionarios del Estado, incluido el propio monarca, anhelaban el cariño de sus súbditos.

Afuera del Westminster Hall, una multitud rodeó a Lefty y al abogado.

—¿Dónde se encuentra Henry Morgan? —gritaba uno.

—¿Vendrá al juicio? —quería saber otro.

—¿Cuántos españoles mataste, Lefty? —preguntó una voz de mujer.

—Muchos más que los dientes que me faltan —respondió Lefty, y una gran risotada hizo eco a sus palabras.

—Es muy probable que más adelante sir Henry participe en el juicio —volvió a anunciar John, deseoso de mantener el interés de la plebe. Rodeados todavía de los más persistentes, el abogado y su testigo atravesaron la plaza y entraron en el *Lonely Wolf*, donde fueron recibidos con vivas y aplausos por los comensales.

—Esto pinta bien —comentó Greene.

—No sabía que los piratas éramos tan queridos —comentó Lefty.

—Para los londinenses, Henry Morgan no es un pirata sino un héroe que doblegó a los españoles en ultramar —aclaró el abogado. Y añadió—: No te olvides de que el rey lo nombró sir del imperio británico.

Después de saludar personalmente a casi todos los parroquianos, John y Lefty se sentaron al final de una de las largas mesas de la taberna y ordenaron pastel de cordero y una jarra de cerveza.

—Esta tarde, tan pronto prosiga el juicio, hablaremos de Campeche —dijo John, mientras aguardaban ser servidos.

—Campeche, Campeche… —repitió Lefty, rascándose la cabeza—. Todavía estábamos con el capitán Myngs. Allí obtuvimos un buen botín. ¿Qué tengo que decir, abogado?

—Nada en particular, sigue contando la historia como la recuerdas. Yo te ayudaré si fuera necesario.

Jamaica, Campeche, 1662-1663

Pocos meses después del asalto a Santiago, el gobernador de Jamaica, lord Windsor, dispuso regresar a Londres. El clima del trópico había afectado seriamente su salud y consideraba cumplida la misión más importante que le asignara el rey: evitar que desde Cuba se lanzara un ataque destinado a recuperar Jamaica para la Corona española. Fue reemplazado en el cargo por el vicegobernador, sir Charles Lyttleton, hombre de más edad, más prudente y menos emprendedor que el joven Windsor. La prosperidad de Jamaica había atraído a los colonos ingleses establecidos en otras islas y la población alcanzaba cerca de dieciséis mil almas, la mayoría de las cuales habitaba en Port Royal y en Spanish Town, la antigua capital española situada en el interior de la isla. Pocos colonos se atrevían a instalarse en el norte, donde se encontraban los ríos más profundos y los valles más fértiles, por temor a las todavía frecuentes incursiones españolas, que no respetaban vida ni hacienda.

El capitán Myngs, elegido al Consejo de Jamaica en reconocimiento de sus hazañas, comenzó enseguida a presionar al gobernador encargado para que le permitiera armar una nueva flota que incursionara en la península de Yucatán, asiento de varias ciudades jamás visitadas por los piratas. Pero Lyttleton rehusaba, alegando la necesidad de esperar a estar seguros de que el asalto a Santiago había convencido a los españoles de la necesidad de permitir a los ingleses comerciar con sus colonias. Sin embargo, como bien podía ocurrir que los españoles optaran por un contraataque, la presencia de los corsarios era necesaria para la defensa de la isla. El gobernador creyó que encontraría respuesta a sus dudas cuando un grupo de comerciantes españoles, ondeando banderas blancas, visitó Port Royal con el propósito de estudiar el inicio de relaciones comerciales entre Cuba y Jamaica. Cuando se marcharon sin llegar a ningún acuerdo concreto, se afianzó dentro del Consejo el criterio de que los españoles seguían empecinados en mantener su monopolio en las Antillas y que los supuestos comerciantes eran, en realidad, espías. Providencialmente llegó en esos días a Port Royal un bergantín holandés del que desembarcaron dos piratas ingleses, recién liberados de la prisión de La Habana, que contaron cómo, después del devastador saqueo de Santiago, la miseria se había apoderado de Cuba, forzando a las autoridades españolas a desalojar las cárceles ante la imposibilidad de alimentar a los reclusos. En opinión de ellos, en lo que menos pensaban los españoles era en atacar Jamaica y poco tardó Myngs en convencer al Consejo y al gobernador de que le expidieran las patentes de corso necesarias para lanzar un nuevo ataque, esta vez en la Nueva España.

A principios de enero de 1663, despedido por campanadas y cañonazos, zarpó Myngs de Port Royal, esta vez con una flota de dieciocho naves, de las cuales tres eran francesas y dos holandesas. Entre los capitanes ingleses se encontraba el legendario filibustero Edward Mansfield, que tenía más de veinte años de estar martirizando a los galeones españoles con sus incesantes y destructivos ataques y se perfilaba como el próximo líder de los corsarios ingleses una vez que las obligaciones de Myngs como miembro del Consejo aconsejaran su retiro definitivo del mar.

Luego de mucho meditarlo, Henry Morgan había decidido unirse una vez más a la escuadra de Myngs. El asalto a la Nueva España prometía ser más productivo que el de Santiago y le permitiría completar la suma para adquirir un navío, liderar su propia flota y ser el único comandante de su futuro. Llegado ese momento esperaba tener junto a él a su amigo y compañero, Basil Ringrose, de quien, después de varios años de ausencia, todavía no había recibido ninguna noticia. Henry capitaneaba ahora el *Sunside,* una fragata bien pertrechada, con baterías de tres cañones en cada puente y cuatro más por banda sobre cubierta. John Morris, colaborador inseparable, tenía a su cargo embridar los vientos, que cerca de Yucatán tenían fama de traicioneros.

Los capitanes acordaron congregarse en la bahía de Campeche después de navegar las setecientas millas náuticas que separaban la costa de la Nueva España de Jamaica. Myngs no contaba con mapas confiables de la región, aunque sabía por referencias que a ciento cincuenta millas de la costa abundaban los bancos de arena y los arrecifes, escudo natural que hacía de la ciudad de San Francisco de Campeche un lugar poco atractivo para un ataque pirata. Tras dos meses de navegar en alta mar y costear la península de Yucatán con rumbo suroeste, los primeros nueve navíos, entre ellos el *Sunside* de Henry, penetraron en la amplísima bahía, con el *Centurion* de Myngs a la cabeza. Dos semanas después aparecieron las naves francesas y holandesas con la mala noticia del naufragio de dos de los bergantines ingleses que vientos cruzados habían hecho encallar en la primera barrera de arrecifes. Todos sus ocupantes habían perecido, algunos ahogados y otros víctimas de los tiburones. Transcurrirían cinco días antes de que el catalejo de Myngs avistara las últimas tres embarcaciones de la flota, dos de ellas con el velamen seriamente dañado.

Mientras se llevaban a cabo reparaciones en las naves, se reunieron todos los capitanes en la cubierta del *Centurion* para determinar el sitio y demás pormenores del siguiente ataque.

—Campeche nunca ha sido atacada por los ingleses —dijo Myngs para iniciar la sesión.

—¿Hay suficiente riqueza para justificar un ataque? —preguntó el capitán Whetstone, quien después del buen éxito en Santiago había decidido que él y sus nativos permanecerían con Myngs.

—Todo hace pensar que sí. Se trata de una ciudad próspera que comercia con el resto de la Nueva España y con las colonias españolas de las Antillas. Además, insisto, jamás la han saqueado —Myngs hablaba pausadamente.

—¿Y las defensas? —quiso saber el capitán holandés Blauvelt.

—Dos castillos la protegen por tierra, cada uno a dos millas de la ciudad, y una batería de cañones custodia el puerto. Nosotros atacaríamos directamente la ciudad y después nos preocuparíamos por las fortificaciones —explicó Myngs.

—¿Cuántos españoles? —el que ahora preguntaba era Mansfield, el más antiguo y experimentado de los capitanes.

—No estoy seguro —respondió Myngs—. De acuerdo con nuestros espías, no más de doscientos soldados y el mismo número de indígenas.

—Cerca de aquí hay una pequeña colonia de cortadores del palo de tinte —intervino el capitán Morgan, recordando lo aprendido en el libro de Gage—. En su mayoría son ingleses. Ellos intercambian sus tintes por armas y alimentos con todos los que navegan estas aguas, incluidos los españoles.

—¿Palo de tinte? ¿De qué habla Morgan? —preguntó, sarcástico, el capitán Sully, comandante del *Bristol*.

—Palo de tinte, Sully, palo de tinte —aclaró Myngs, sorprendido por los conocimientos del joven Morgan—. Árboles de los cuales se extrae la sustancia que tiñe de rojo los vistosos ropajes de las damas, de los cortesanos y de los clérigos del reino. Se paga muy bien por ella. Como dijo Morgan, los que la trabajan son casi todos ingleses a quienes no le importa vivir entre mosquitos y lagartos. A ellos los dejaremos tranquilos, Morgan.

—Me preocupan las represalias que los españoles puedan tomar en su contra si atacamos Campeche —respondió Henry.

—No creo que eso ocurra. Como dije, sus tintes se cotizan bien y me sorprendería mucho que algún español quisiera arriesgar su vida cortando los malditos palos de tinte en medio de un pantano.

—¡Propongo que ataquemos sin más demora! —exclamó Blauvelt.

—Aunque estoy de acuerdo —volvió a intervenir Mansfield, receloso—, me disgusta que el capitán Myngs no nos haya presentado opciones para tomar una decisión entre todos, como hacemos siempre.

Myngs se quedó mirando por un instante al más veterano de los piratas ingleses. Él sabía que Mansfield ambicionaba convertirse en líder de los corsarios y, en realidad, estaba de acuerdo en que no había otro más capacitado para reemplazarlo en el mando. Además, las actividades de Myngs lo retendrían cada vez más tiempo en Jamaica y se necesitaba algún líder que mantuviera unidos a los corsarios, que tan importantes resultaban en la defensa del único baluarte inglés en las Antillas.

—Veracruz es una ciudad portuaria muy rica, situada a dos semanas de navegación hacia el oeste —dijo Myngs en tono conciliatorio—. Dependiendo de los resultados de la incursión en Campeche podríamos atacarla después.

—¡Yo digo no hablar más y atacar Campeche ya! —exclamó, impaciente, en un inglés rudimentario, el capitán francés Lagarde, y Mansfield inclinó dos veces la cabeza en gesto de conformidad.

Aprobado el objetivo, los capitanes se dedicaron a planificar los pormenores de las maniobras.

Precedidos por el *Centurion*, la flota navegó lentamente hacia Campeche y antes de la puesta de sol divisaron catorce navíos que, con las velas arriadas, permanecían anclados en la amplia bahía. La aprensión inicial se tornó en complacencia al advertir que se trataba de embarcaciones mercantes sin artillería. Myngs dio la orden de no disparar y la flota echó anclas a dos millas náuticas de la ciudad, fuera del alcance de la batería de cañones que defendía la puerta de mar. Tan pronto amaneció, un bote fue enviado a tierra con un mensajero que portaba una bandera blanca para exhortar al gobernador a rendir la plaza y evitar la destrucción de la ciudad y la pérdida de vidas. Transcurridas varias horas sin recibir una respuesta, y comprendiendo que el tiempo actuaba en favor del enemigo, Myngs dio la orden de atacar. De todos los navíos descendieron botes repletos de piratas armados con mosquetes, hachas y espadas. Las balas de los cañones no hicieron blanco en ninguno de ellos y muy pronto, lanzando gritos salvajes, los piratas llegaron a la playa y tomaron sin mayor dificultad la batería de tierra. Después de que el primer grupo silenció los cañones, Morgan y sus hombres, que tenían como objetivo principal tomar la plaza de armas, entraron a la ciudad disparando y persiguiendo, espada y hacha en mano, a los defensores de las barricadas. Muy pronto se dieron cuenta de que cada una de las casas, de una sola planta y construidas de piedra, era una pequeña fortaleza desde cuyos techos los españoles disparaban sus mosquetes con buena puntería. Morgan buscó refugio, aguardó a que todos los combatientes hubieran entrado en la ciudad y momentos después se sumó a la horda de seiscientos piratas que asaltaban la ciudad. Con agilidad sorprendente, blandiendo sus hachas y espadas, subían a los techos donde aniquilaban sin piedad al enemigo hasta que todas las casas fueron tomadas y los españoles huyeron en desbandada. Al anochecer había terminado el combate y los hombres de Myngs comenzaron el saqueo. Temprano el siguiente día, dos grupos, uno de los cuales lideraba Henry Morgan, salieron de la ciudad con órdenes de someter las fortalezas de San Miguel y San José, que, abandonadas por sus defensores, cayeron sin disparar un solo tiro. Mientras tanto, en la bahía, los catorce navíos españoles, cargados de valiosa mercadería, eran abordados y capturados por Myngs sin encontrar resistencia. Controladas la bahía y la ciudad, los piratas se dedicaron a dar caza a los habitantes de Campeche en los montes circunvecinos para obligarlos a revelar el sitio donde habían escondido el dinero y las alhajas. Cinco días después, dejando la ciudad arrasada y desierta, partió la flota de regreso a Port Royal. Llevaba como trofeo de guerra, además de las catorce embarcaciones y su mercadería, ciento cincuenta mil reales de ocho, treinta cañones de bronce y doce esclavos negros. En las calles de Campeche y en los techos de sus achatadas casas, los buitres y los perros salvajes se daban un festín con los cadáveres de treinta y dos piratas y setenta y cinco españoles muertos en combate.

En lugar de regresar costeando la península de Yucatán, Myngs dispuso buscar una ruta que lo llevara más directamente a Jamaica, pero al alejarse del golfo la flota se topó con vientos desfavorables difíciles de sortear. En Port Royal, después de seis meses de esperar en vano el retorno de Myngs, había corrido el rumor de que esta vez la buena suerte había abandonado al líder de los corsarios y, así, cuando la flota finalmente arribó con su valioso botín, la celebración fue por partida doble. Durante tres días el dinero corrió a raudales en las tabernas y burdeles, que florecían como hongos en la nueva Sodoma del Caribe. Aunque Henry participó de las celebraciones, mantuvo la sobriedad necesaria para negociar con Myngs la entrega de una de las naves capturadas en lugar del dinero y mercaderías a los que tenía derecho. Igual trato logró para su amigo, el capitán John Morris. El sueño de navegar con su propia bandera y decidir cuál de las ciudades españolas atacaría estaba próximo a realizarse y en su imaginación volvía a revolotear, con más inquietud, el nombre de Panamá.

13

Londres, Corte del Rey, enero de 1685

En la gran chimenea del Westminster Hall se apagaban los últimos rescoldos y el frío húmedo del invierno comenzaba a meterse en los huesos de quienes esa tarde asistían al extraordinario juicio que tenía como protagonista ausente al famoso corsario sir Henry Morgan. Aunque el público, en su mayoría gente del vulgo, ya no cabía en las tribunas, el magistrado presidente decidió no acceder a la sugerencia del abogado Greene de colocar más bancas para que pudiesen entrar aquellos que permanecían en la plaza, soportando las inclemencias del tiempo. «Limitar la capacidad es lo único que evitará que todo Londres se dé cita aquí», había afirmado, con evidente mal humor, el presidente, cuyo aliento comenzaba a convertirse en nubecitas de vapor. Y había añadido, dirigiéndose a John Greene:

—Señor abogado, son las tres de la tarde, no queda leña en la chimenea y estamos a punto de congelarnos. Si no tenéis más preguntas que hacer a vuestro testigo podemos ordenar un receso hasta pasado mañana.

—Yo terminé, por ahora, con el señor Lefty Groves, pero es posible que vuelva a llamarlo al estrado más adelante.

—Con la venia de la Corte —intervino el abogado Devon, poniéndose de pie—. Yo sí quisiera hacer ahora unas preguntas al testigo, que guardan estrecha relación con lo que acabamos de escuchar.

El presidente hizo una mueca de desagrado y ordenó al alguacil colocar más leña en la chimenea y prepararse para encender los candiles.

—Tenemos hasta las cinco de la tarde, señor letrado. Podéis proseguir.

Devon regresó a su mesa, recogió unos papeles y se aproximó al testigo.

—«Señor» Groves —el tono, como siempre, era irónico—, habéis declarado que los ataques a Santiago de Cuba y a Campeche, en la Nueva España, fueron una verdadera carnicería.

—No utilicé la palabra *carnicería*, pero entiendo lo que queréis decir.

—Cuerpos de españoles destrozados por las espadas y las hachas de los bucaneros —aclaró Devon—. Profusión de sangre en las calles y plazas, persecución y tormentos a quienes se sospechaba que habían ocultado tesoros; en resumen, crueldad extrema.

—Debo deciros que fueron pocos los bucaneros que participaron en los ataques. En la nave de Henry Morgan apenas si llegaban a la docena. La mayoría éramos corsarios al servicio de la Corona inglesa.

Desde su silla, Greene esbozó una imperceptible sonrisa; Devon, en cambio, no podía disimular su frustración.

—Volvemos a lo mismo —dijo, contrariado, en voz baja—. Bucaneros, piratas, filibusteros, corsarios, ¿qué más da?

—Con la venia de la sala.

Greene se había levantado para volver a hacer énfasis en la diferencia entre un corsario y un pirata, pero el magistrado presidente lo detuvo con un gesto de la mano.

—Retornad a vuestro asiento, señor Greene. Estamos seguros de que el abogado Devon recuerda muy bien la explicación que aquí se ha dado de la diferencia que existe entre un corsario y un pirata. Proseguid, señor Devon, y procurad no hacer afirmaciones controvertidas mientras interrogáis a los testigos.

De mala gana, Devon repitió al testigo la pregunta.

—¿No diríais, señor Groves, que hubo crueldad extrema en la forma de tratar a los defensores de Santiago y Campeche?

—Siempre la hay, de ambos lados. Así es la guerra, señor.

—¿Torturas, señor Grove? ¿Ensañamiento con los vencidos?

—No entiendo esa palabra, ¿*ensaña* qué? —del público se escuchó una carcajada. A lo largo de la declaración de Lefty Groves el magistrado presidente había tenido que llamar varias veces la atención a la audiencia, que celebraba con risotadas las ocurrencias, las frases espontáneas y las morisquetas de Groves—. En cuanto a las torturas —continuó Groves— debo decir que son cosa de todos los días cuando se quiere obtener información de un enemigo que se rehúsa hablar. Conozco a varios ingleses que han salido de cárceles españolas desfigurados para siempre por las torturas. Para torturadores, nadie mejor que los papistas españoles.

—Pero los piratas… perdón, los corsarios —nuevo gesto de sorna de Devon— torturaban para su lucro personal y no con el fin de obtener informaciones indispensables para cumplir con su deber de defender a Inglaterra. Es así, ¿no?

—¿*Lucro*? No entiendo tampoco esa palabra.

—Ganancia personal, beneficio propio, el botín, señor Groves, el botín.

—Supongo que sí. ¿De qué otra manera iba a pagar el rey por nuestros servicios? ¿No creéis que actuamos bien haciendo que sean los propios enemigos de la Corona los que paguen nuestros sueldos?

Lefty Groves había acompañado sus últimas preguntas con un genuino gesto de asombro que arrancó una nueva carcajada del populacho que el presidente no hizo ningún esfuerzo por acallar, lo que movió al abogado Devon a desistir de continuar interrogando al testigo.

—En vista de lo avanzado de la hora, he terminado por hoy —dijo, exasperado—. Me reservo el derecho de llamar al señor Groves más adelante, si fuera necesario —y añadió por lo bajo—: Si mi paciencia y tolerancia lo permiten.

—Muy bien, entonces declaramos un receso hasta pasado mañana… ¿Qué queréis ahora, señor Greene? —en la voz del presidente, más que cansancio, se percibía una gran frustración.

—Una última pregunta al testigo. Decidme, señor Groves, después de la incursión en Campeche, ¿acompañasteis al capitán Morgan en su siguiente viaje?

Lefty ladeó la cabeza y suspiró antes de responder, compungido.

—No señor, no pude acompañarlo. Ya os lo dije antes.

—Os ruego decirlo ahora a la Corte.

—Yo nunca había ganado tanto dinero como en Campeche. La celebración fue muy grande y me enfermé con fiebres del hígado que duraron varias semanas. El capitán Morgan, junto a otros capitanes, armaron su propia flota y salieron de Port Royal antes de que yo me repusiera. Para desgracia mía, porque mi amigo Red O'Brien, que sí se embarcó con él, regresó a Port Royal con tres dedos menos en la mano derecha pero con la bolsa llena de más reales de ocho de los que podía contar. Él me refirió los pormenores de ese largo viaje de sir Henry.

—Señor Greene —interrumpió el presidente—, me temo que el tiempo de que disponemos hoy no será suficiente para terminar con vuestro testigo. Seguiremos pasado mañana.

Jamaica, Villahermosa, Trujillo, Granada, 1663-1665

A finales del año 1663, convocados por Henry Morgan, se reunieron con él en la taberna *The Sign of Bachus* los capitanes John Morris y David Jackman. Por ser el menos bullicioso de los treinta y dos bares que hacían las delicias de los piratas de Port Royal, *The Sign of Bachus* se había convertido en el lugar favorito de Henry cuando, además de compartir un buen ron, tenía temas importantes que tratar con sus compañeros de armas. John Morris y David Jackman, quienes habían participado en el muy fructífero asalto y saqueo de Campeche, eran ya propietarios, igual que Morgan, de sus propios barcos y, aunque los lazos de amistad de Henry con Jackman no eran tan estrechos como los que unían al corsario galés con Morris, ambos compartían un fuerte apego a la disciplina y un ferviente deseo de ganar fama y fortuna a costa de las posesiones españolas en el Caribe y en América Central. Esa tarde la discusión giraba en torno a si los tres se sumarían o no a la flota que organizaba Edward Mansfield, nuevo líder de los corsarios, ahora agrupados en la llamada Hermandad de la Costa, para atacar la vecina isla de Cuba. Henry era partidario de unirse a Mansfield por lo menos durante un viaje más mientras Jackman y, particularmente, Morris, insistían en probar suerte en lugares más distantes y menos protegidos.

—Estoy seguro —decía Morris— de que si decidimos organizar nuestra propia flota otros capitanes dejarían a Mansfield para venir con nosotros. ¡No es lo mismo repartir el botín entre cuatro o cinco barcos que entre veinte!

—Además, John y yo estamos de acuerdo en que tú serías un buen líder —añadió Jackman—. Eres el más joven de los tres, pero tienes más experiencia en los combates en tierra. También creemos que en vez de atacar Cuba, donde los españoles están mejor preparados, podríamos regresar a las costas de la Nueva España, que tan productivas resultaron. He escuchado rumores de que en Nicaragua, cerca del otro mar y a orillas de un gran lago, yace una rica ciudad española, indiferente a los ataques que hemos llevado a cabo en las demás colonias de España.

—Granada —aclaró Morgan, quien, ante el entusiasmo de sus compañeros, comenzaba a ceder—. También yo he oído de ella. ¿A qué otros capitanes podríamos sumar?

—Están Bill Freeman, con su bergantín *Ocean Free*, y el holandés Sam Marteen, con su fragata *Flying Dutchman*

—señaló Morris—. En cada navío podríamos llevar cerca de sesenta hombres, es decir, un total de trescientos.

—No debe ser difícil reclutarlos —comentó Henry.

—Podríamos armar los cinco navíos con por lo menos cuarenta cañones —observó Jackman—. A bordo del *Conqueror* llevo doce con suficiente pólvora y balas.

—Y yo tengo diez bajo cubierta en el *Blue Runner* —añadió Morris.

—Si vamos a atacar ciudades en la costa y tierra adentro, es mejor reemplazar artillería por hombres —señaló Henry—. Los cañones sirven para asaltar galeones y atacar fortalezas desde el mar, pero si algo he aprendido con Myngs es que la sorpresa es fundamental para evitar que los malditos españoles tengan tiempo de armar sus defensas y esconder sus tesoros. Atacando desde el mar se pierde la sorpresa.

Jackman y Morris intercambiaron miradas.

—Estamos de acuerdo contigo —dijo Morris—. Por eso te escogimos como líder.

En noviembre de 1663, sin mucha fanfarria, partió de Port Royal la primera expedición contra España comandada por Henry Morgan. Dos días antes, a bordo del *New Horizon*, buque insignia de Henry, se habían reunido con él los capitanes Morris, Jackman, Freeman y Marteen para acordar las normas que regirían la empresa. Como primer punto, decidieron aplicar los reglamentos recomendados por la Hermandad de la Costa, entre ellos el que establecía las compensaciones que recibirían los combatientes por heridas graves sufridas en el curso de las batallas: por la pérdida del brazo derecho, o el izquierdo para los zurdos, seiscientos reales de ocho; por la pérdida del otro brazo, quinientos reales de ocho; por la pérdida de la pierna derecha, quinientos reales de ocho y de la izquierda, cuatrocientos reales de ocho; por la pérdida de un ojo, cien reales de ocho y la misma cantidad por la pérdida de un dedo. También se establecieron compensaciones por actos de valor extremo en combate: por cada escalerilla colocada contra los muros de una fortaleza, cuarenta reales de ocho; al primero que entrara a un baluarte enemigo se le entregarían ochenta reales de ocho e igual cantidad a quien primero plantara allí el estandarte de los corsarios. Otras reglas de combate, previamente adoptadas por las tripulaciones con la participación de los capitanes, incluían la porción que recibiría cada uno de los combatientes en relación con la que le correspondería al capitán de la nave. En el caso de la flotilla organizada por Morgan, los marineros aceptaron que al momento de repartir el botín cada tripulante o soldado recibiría una quinta parte de lo que tocara al capitán, exceptuando los carpinteros, que devengarían una suma fija de ciento cincuenta reales de ocho, y los cirujanos, que obtendrían doscientos cincuenta por sus servicios y el uso de su caja de instrumentos. El contramaestre, elegido por votación entre los tripulantes de cada embarcación, cuya función primordial era la de cuidar y defender los derechos de todos frente a los comandantes, percibiría dos quintas partes de la suma que le correspondiera al capitán. Aunque no constaba en ningún reglamento escrito, los piratas y bucaneros navegaban bajo el acuerdo de que el único momento en que aceptaban la autoridad del capitán era durante el combate o cuando surgían disputas entre los miembros de la tripulación. Fuera de estas circunstancias, todos tenían iguales derechos y obligaciones, normas democráticas que Henry Morgan no sólo respetaba sino que hacía cumplir estrictamente. Este espíritu liberal lo había convertido en líder natural de aquellos hombres acostumbrados a un individualismo sin límites, cuya sola ambición giraba en torno al botín que arrebatarían al enemigo. El único tema en el que Morgan había sido inflexible tenía que ver con el número de músicos y de mascotas que se podían llevar a bordo. Para no afectar la disciplina, cada barco podía llevar nada más un violinista, un acordeonista, cinco monos e igual número de loros.

Aunque la determinación del objetivo era la primera decisión que usualmente tomaban los capitanes, al momento de zarpar de Port Royal quienes acompañaban a Morgan no tenían muy claro qué ciudad española sería su primera víctima y habían planeado celebrar un nuevo cónclave al arribar a la costa de Yucatán. Henry Morgan recordaba haber leído en el libro del pastor Gage una referencia a Villahermosa como ciudad poco defendida, a pesar de su gran importancia comercial, y confiaba en que al llegar a la Nueva España convencería a sus compañeros de que era el sitio ideal para iniciar con éxito el asalto a las posesiones españolas. Levantada en las márgenes del río Grijalva, unas setenta leguas tierra adentro, ningún pirata se había aventurado a atacarla.

Después de luchar contra vientos inconsistentes, los cinco barcos de Morgan se encontraron en una pequeña ensenada en la costa de Yucatán para hacer reparaciones y decidir dónde atacar primero. Escogida Villahermosa, una semana después anclaron en la desembocadura del río Grijalva para reabastecerse de agua y alimentos, y planificar el ataque. La idea original de remontar el río hasta aproximarse a la ciudad fue descartada tan pronto comprobaron que no existía suficiente profundidad. Cuando desembarcaban para explorar el terreno, un grupo de indígenas, que se decían enemigos de los españoles, salieron de la maleza y les informaron que la única manera de marchar hasta Villahermosa era alejándose del río y de sus márgenes porque la cantidad de pantanos hacían imposible remontarlo en bote o a pie. Luego de consultar con sus capitanes, Morgan dispuso dejar una pequeña guarnición para custodiar los barcos y emprender la marcha al frente de doscientos cincuenta hombres. Dos semanas y trescientas millas después de una travesía mucho más larga y agotadora de lo anticipado, llegaron a Villahermosa y enseguida se lanzaron al ataque. Los soldados españoles, que sabían del salvajismo y la crueldad de los piratas únicamente de oídas, al presenciar aquella horda de salvajes lanzando gritos inhumanos, disparando sus mosquetes con certera puntería y blandiendo amenazadores sus hachas y espadas, depusieron enseguida las armas. Los piratas habían sufrido una sola baja y dedicaron tres días a saquear la ciudad y otros dos a emborracharse y a perseguir mujeres.

Entusiasmados con el éxito de su primera incursión y formulando planes para las que seguirían, Morgan y sus hombres iniciaron el camino de vuelta a la costa. Al llegar se encontraron con la perturbadora noticia de que cuatro navíos de guerra españoles, surgidos de la nada, habían caído sobre la flota apropiándose de las naves de Morgan, Freeman y Jackman y hundiendo las de Morris y Marteen. Solamente doce de los cuarenta tripulantes, ocultos en los pantanos entre serpientes, cocodrilos y alimañas, habían sobrevivido al ataque. Durante una semana los decepcionados corsarios permanecieron en la playa lamentándose por su mala suerte y tratando de reponer el agua y los alimentos perdidos. Cansados de comer peces y raíces y nerviosos por la incertidumbre, los hombres comenzaban a rebelarse cuando uno de los vigías llegó con la noticia de que dos balandras españolas de una sola vela se acercaban por el oeste, muy cerca de la costa. Rápidamente los piratas se echaron al agua y antes de que los españoles se dieran cuenta de lo que ocurría ya los habían sometido. Quienes antes hablaban de rebelarse afirmaban ahora que una buena estrella parecía acompañar al capitán Morgan y volvieron a reiterarle su lealtad. Los cinco capitanes decidieron continuar navegando rumbo al este, cerca de la costa, hasta encontrar alguna población española que pudieran tomar. Como las dos balandras no eran suficientes para acomodar a todos los hombres, los repartieron entre los botes auxiliares y varias canoas adquiridas de los indígenas. En ocasiones, como el viento que empujaba la vela de la balandra no era suficiente para vencer la corriente, se hacía necesario remar y entonces los hombres, incluidos los capitanes, se turnaban entre las naves, los botes auxiliares y las canoas. Cada cierto tiempo bajaban a tierra en busca de agua y alimentos; algunas veces cazaban puercos y pavos salvajes con sus mosquetes y otras asaltaban algún villorrio donde se abastecían de cereales, pescado y frutas. Así recorrieron durante largos y penosos meses el litoral de Yucatán hasta llegar a la isla de Roatán, donde descansaron durante una semana antes de emprender el ataque a Trujillo, una ciudad construida por los españoles sobre la ribera norte de Honduras. Los defensores de la única fortaleza de Trujillo jamás se imaginaron ser atacados desde tierra por piratas y resultaron presa fácil de quienes venían no solamente ansiosos por dinero y tesoros, sino también en busca de víveres y de agua no contaminada. La buena estrella de Morgan brilló una vez más y permitió que sus huestes encontraran, meciéndose plácidamente al compás de las olas de la bahía de Trujillo, cuatro navíos españoles, tres mercantes y una fragata artillada, que capturaron sin mayor problema. Nuevamente en control de los vientos y de su propio destino, Morgan dispuso seguir sin alejarse de la costa rumbo a la desembocadura del río San Juan, puerta de entrada al gran lago de Nicaragua, en una de cuyas orillas los esperaba la afamada ciudad de Gran Granada. Guiados por indígenas de la tribu de los misquitos, ascendieron, a ratos a punta de remo y a ratos a pie, las ciento once millas de aguas caudalosas hasta llegar al lago, tan ancho como un mar, en cuya margen occidental, mucho más cerca del Pacífico que del Caribe, yacía la próxima presa. Despreocupados y seguros de que la lejanía del mar Caribe los protegía de los piratas, los granadinos quedaron pasmados ante la horda de salvajes que penetró las murallas de su ciudad y la sometió sin disparar un tiro ni clavar una espada.

Morgan y sus capitanes se deslumbraron con la enorme cantidad de tesoros que albergaba la Granada de América. Los habitantes no habían tenido tiempo de esconder sus joyas y dinero y en las siete iglesias donde los papistas rezaban encontraron cálices, incensarios, candeleros y otros objetos de gran valor. Ansioso de emprender el regreso a Jamaica, Morgan negoció con el gobernador una recompensa de doscientos mil reales de ocho a cambio de no destruir la villa, suma que fue recogida y entregada por los habitantes en menos de dos días. Para trasladar el botín a través del lago y del río San Juan, Morgan dispuso reclutar, como parte de la tripulación, veinte esclavos negros e incautar el mismo número de canoas. De vuelta en sus embarcaciones, Morgan reunió a las tripulaciones para consultar si continuaban saqueando los pueblos de la costa de América Central o si preferían volver a Jamaica a formar una nueva flota capaz de emprender acciones de mayor envergadura. La opción de regresar a Jamaica, donde repartirían el enorme botín, fue aprobada casi por unanimidad.

En el viaje de regreso no hubo mayores contratiempos y finalmente, después de una prolongada ausencia, la flotilla de Henry Morgan regresó a Port Royal. Él y sus capitanes habían recorrido más de dos mil millas náuticas, gran parte de ellas bordeando la península de Yucatán y las costas de Honduras y Nicaragua, en aguas plenas de arrecifes, bajos y playones, sin ningún tipo de mapas que ayudaran a la navegación. Remontaron ríos, atravesaron lagos infestados de tiburones de agua dulce y marcharon más de quinientas millas en territorios inexplorados. El botín arrebatado a los españoles era varias veces superior a los obtenidos, en conjunto, por Myngs y Mansfield, y ya se comenzaba a comparar la intrepidez de Morgan con la del legendario sir Francis Drake.

Años más tarde, durante la época en que permaneció en Londres en espera del juicio por haber atacado y destruido Panamá en violación del convenio de paz firmado un año antes con España, Henry Morgan hablaría de su aventura en la Nueva España y América Central como la más ardua de sus hazañas. El propio John Greene lo había escuchado repetir, en los bares y las salas de fiesta en las que Henry era el centro de atención, que si algún día la historia se acordaba de él, sin duda sería por el saqueo y destrucción de Panamá.

—Sin embargo —insistía— lo que hice junto a Freeman, Morris, Jackman y Marteen en Villahermosa, Trujillo y

Granada, fue mucho más osado y peligroso. Esa primera incursión como corsario al servicio de Inglaterra terminó de enseñarme el arte de liderar hombres cuando la esperanza parecía haberse desvanecido.

SEGUNDA PARTE

14

Jamaica, 1665

Recién se iniciaban en las calles de Port Royal las celebraciones por el retorno de la flotilla de Morgan cargada de fabulosos tesoros, cuando Robert Byndloss, uno de los buenos amigos de Henry y, como él, propietario de tierras de labranza cerca de Río Nuevo, entró en la taberna *Green Dragon*, donde Henry y sus capitanes se aprestaban a despachar su primera botella de ron.

—Te traigo una noticia que te alegrará mucho el espíritu —dijo Byndloss, con una sonrisa cómplice.

—Mi espíritu no puede estar más alegre, Robert. La fama y la fortuna ya no me son ajenas.

—Lo que vengo a decirte no tiene nada que ver con fama y fortuna... aunque quizás sí —dijo Byndloss.

—Siéntate y tómate un trago. ¿Ya conoces a mis compañeros y capitanes de flota? John Morris, David Jackman, Bill Freeman y Sam Marteen.

Luego de intercambiar saludos, Byndloss ocupó una silla al lado de Henry y anunció:

—Edward Morgan, tío de Henry, es el nuevo vicegobernador de Jamaica. Llegó hace seis meses con su familia.

A veces, en la soledad de su cabina, mientras su nave surcaba mares interminables, Henry tenía el tiempo y la tranquilidad que le permitían recordar la imagen de aquel tío, ataviado para el combate, descendiendo de un enorme caballo frente a la casa de sus padres en la granja de Llanrumney. Con mayor precisión recordaba las mejillas sonrosadas y los ojos azul marino de su hija, Mary Elizabeth.

—¿No es una broma, Robert? —preguntó, saliendo de su asombro.

—¡Claro que no! Al coronel Morgan lo premiaron con la vicegobernación por haberse batido en el campo de batalla en favor del retorno de la monarquía. Ahora mismo debe estar atacando las posesiones holandesas en el Caribe.

—¿Estamos en guerra con Holanda? —preguntó Morgan, incrédulo.

—Así es, Henry. Por eso tuvimos que negociar la paz con España.

—¡Entonces debo irme de Port Royal enseguida! —exclamó el capitán Marteen—. Si Holanda está en guerra yo soy vuestro enemigo.

—No digas tonterías, Sam. Pocos han demostrado ser más ingleses que tú.

—Pero una cosa son los militares, como tú, Henry, y otra los políticos. No quiero estar expuesto a que el gobernador ordene mi captura.

—También ha llegado a la isla un nuevo gobernador en reemplazo de Lyttleton, a quien la inclemencia del clima tropical obligó a regresar a Inglaterra —informó Byndloss—. Se trata de Thomas Modyford, un antiguo hacendado de Barbados.

—Conocí a Modyford cuando era gobernador de esa isla —comentó Jackman—. No lo creo capaz de cometer una injusticia con quien ha defendido con tanto valor la causa de Inglaterra.

—En cualquier caso, yo no me arriesgo. Hoy celebramos juntos, pero mañana mismo zarpo rumbo a Curazao.

—¿Es que vas a combatir contra nosotros? —preguntó Freeman, sarcástico.

—Claro que no, pero mientras espero a que vuelva la paz entre Inglaterra y Holanda me dedicaré a capturar galeones españoles por mi cuenta.

—No te alejes mucho, Sam —sugirió Morgan—. Muy pronto atacaremos otra ciudad española y te aseguro que esta vez será una mucho más lucrativa que Villahermosa, Trujillo o Granada.

—Tendrá que ser sin patente de corso —afirmó Byndloss—. Con motivo del convenio de paz, todas las autorizaciones para atacar españoles han sido anuladas por el gobernador siguiendo las órdenes del rey.

—Ya veremos, ya veremos —respondió Morgan, pensativo—. ¿Dónde viven mis parientes?

—Por ahora en una casa que les ha cedido el gobernador en Spanish Town.

—Bueno, después iré a visitarlos, pero hoy hay que celebrar. ¡Brindemos por la Hermandad de la Costa! —propuso Morgan, poniéndose en pie.

—¡Y por que pronto termine esta estúpida paz con España! —añadió Morris, y todos los capitanes se levantaron para brindar.

No habían consumido todavía la segunda botella de ron cuando un mensajero llegó a la taberna para informar a Henry que el gobernador deseaba verlo cuanto antes.

—¿En Spanish Town? —preguntó Henry, molesto.

—No, el gobernador está hoy aquí. Os aguarda en la Casa del Rey.

—¡Pues tendrá que esperar! —exclamó Henry—. Decidle que iré a visitarlo cuando termine de celebrar con mis amigos.

Tan pronto se fue el mensajero, Morris sugirió a Henry que fuera a ver al gobernador enseguida.

—Este asunto de la paz con los españoles me huele mal —añadió—. Recuerda que el gobernador es quien aprueba el reparto del botín con la Corona y si ya no estamos en guerra con España…

—¿Qué? ¿Nos dejarán sin lo que hemos ganado en buena lid? De ser necesario, ¡le declararíamos la guerra al propio Modyford! —bromeó Morgan.

—Insisto en que debes ir a verlo cuanto antes —dijo Morris, el menos exaltado de los capitanes.

—Anda, Henry, y regresa a contarnos —terció Freeman, en apoyo de Morris. Jackman y Marteen observaban sin decir palabra.

—Muy bien, si tanto insisten. ¡Pero no se muevan de aquí!

—Creo que hay algo que debes saber antes de hablar con Modyford—dijo Byndloss, mientras ponía una mano en el hombro de Henry, impidiendo que se levantara—. En realidad, se trata de algo que todos deben saber.

Byndloss, que casi no bebía, se acomodó en la silla, miró detenidamente a cada uno de los capitanes hasta asegurarse de haber captado su atención, y dijo en tono que no dejaba duda de la seriedad de sus palabras.

—Modyford es un hombre que tiene muy buenos contactos en el gobierno de Inglaterra. Su primo, el coronel George Monck, lideró el ejército realista que permitió el regreso de Carlos II a Inglaterra, lo que le valió el nombramiento de duque de Albemarle y su designación como presidente del Consejo de las Indias Occidentales. Monck nombró entonces a su primo Modyford gobernador de la isla y ambos mantienen una comunicación constante.

—Es bueno saberlo —dijo Morgan—. Habrá que llevarse muy bien con él.

—Pero eso no es todo —continuó Byndloss—. Para que nadie dude de que la paz acordada con España se aplicaría también en el Caribe y que él haría cumplir estrictamente las órdenes del rey, hace unos meses Modyford obligó al capitán Searle, que acababa de saquear varios pueblos de Cuba, a devolver al gobernador de La Habana el botín y las naves apresadas. Además, el navío de Searle fue despojado de las velas y el timón como garantía de que no volvería a navegar sin consentimiento del Consejo.

—La cosa es seria —reflexionó Morgan que, igual que el resto de los corsarios, había dejado de beber y escuchaba atentamente el relato de Byndloss.

—Hay más —prosiguió Byndloss—. ¿Alguno recuerda al capitán Munro?

—Claro que sí —respondió Freeman—. Él y yo navegamos juntos en una de las expediciones lideradas por Mansfield.

—Pues bien, a Munro, como a todo el resto de los corsarios, le fue anulada por Modyford la patente de corso, pero él, rebelde como siempre, ignorando la orden del gobernador, zarpó de Port Royal una semana después y asaltó un galeón español cerca de la costa de La Española. Enterado Modyford, envió una flotilla tras él, lo capturó y lo trajo de vuelta a la isla junto a sus hombres para ser juzgados. Todos fueron condenados a muerte y colgados en un patíbulo levantado en la calle Cannon. No hace mucho descolgaron los esqueletos, que fue lo único que no devoraron los buitres.

El relato de Byndloss dejó a los corsarios sumidos en un pesado silencio, finalmente quebrado por Morgan.

—Ahora soy yo quien quiere hablar con Modyford —dijo, mientras se ponía en pie.

—¿Te acompaño? —preguntó Byndloss.

—No, Robert. Esta es una conversación que debo sostener en privado.

Henry recorrió con paso apresurado las calles Thames y Cannon para cubrir las diez cuadras que separaban la cantina *Green Dragon* de la Casa del Rey, que también funcionaba como casa comunal. En el trayecto pasó frente a catorce cantinas y cinco lupanares donde, entre gritos, canciones y risotadas, el pueblo celebraba su retorno triunfal. La gran fiesta se prolongaría durante tres o cuatro días, aunque para algunos no terminaría nunca. Al llegar frente a la Casa del Rey, Henry sintió que el aire cálido de la tarde y la llovizna que empezaba a caer le habían despejado la mente de los efectos del alcohol. «Para conservar el botín que tanto trabajo y sacrificio ha costado será mejor actuar con prudencia y no confrontar al gobernador», pensó mientras tocaba la puerta. El propio Modyford acudió a abrir.

—¡Capitán Morgan! Pasad, pasad. Tenía muchos deseos de conoceros.

Thomas Modyford era más alto y corpulento que Henry y unos diez años mayor. Su rostro, enmarcado en unas patillas hirsutas, reflejaba a la vez afabilidad y energía.

—También yo tenía interés en conoceros, gobernador —respondió Henry, tratando de medir sus palabras—. Me cuentan que sois un hombre de acción.

Modyford invitó a Henry a tomar asiento mientras él hacía lo propio detrás de una mesa que le servía de escritorio.

—Son tiempos difíciles para Jamaica, capitán Morgan. Supongo que ya estaréis enterado de que terminó la guerra con España.

—Sé que firmamos la paz, gobernador, aunque son tantas nuestras diferencias con España que me temo que entre nosotros la guerra no terminará nunca.

Al escucharlo hablar, Modyford confirmó que aquello que se decía en Jamaica del joven capitán era cierto: Morgan no era un corsario igual a los demás.

—Es posible que tengáis razón, pero mientras estemos en guerra con Holanda debemos mantener la paz con España.

—Siempre consideré a los holandeses como nuestros aliados naturales. El capitán Marteen, que es holandés, luchó junto a mí contra los españoles en Villahermosa, Trujillo y Granada.

Modyford, quien al hablar miraba directamente a los ojos de su interlocutor, meditó un instante antes de responder.

—Lo cierto es que la situación que se vive en el Caribe no es igual a la que prevalece en Europa. Como bien afirmáis, en esta parte del mundo España actúa todavía como si fuera el enemigo. A pesar del convenio de paz, sus gobernadores de La Española y Cuba continúan negándose a comerciar con nosotros. Además, también sé que varios capitanes holandeses han navegado como corsarios al servicio de la Corona inglesa. Sin embargo, en África ha surgido un conflicto derivado del comercio de esclavos, que siempre habían controlado los holandeses. Ahora la *Royal African Company*, formada recientemente por el duque de York, hermano del rey Carlos II, ha comenzado a disputar ese mercado a los holandeses, provocando serios enfrentamientos no solamente en África sino también en alta mar, no lejos de Europa.

—Entiendo —dijo Morgan, mientras se reacomodaba en la silla para evitar que la luz de la bujía que ardía sobre la mesa le diera directamente en los ojos—. Sin embargo, como corsario al servicio de Inglaterra, espero que esta paz temporal con España no lleve al rey a tomar medidas permanentes que afecten la existencia de Jamaica, la más importante de nuestras colonias en esta parte del mundo, que tanta sangre y sudor ha costado —Henry hizo una pausa antes de continuar—. Lo digo porque sé que habéis anulado las patentes de corso de los corsarios, que habéis hecho devolver botines arrebatados a España por algunos de ellos y que el capitán Munro, quien sirvió bien a su patria, pagó con su vida y la de sus hombres un acto de desobediencia. Vos, mejor que nadie, señor gobernador, debéis comprender que sin corsarios Jamaica quedaría indefensa ante España. Además, en mi caso…

—Permitidme interrumpiros —cortó Modyford, en tono enérgico—, pero estaréis de acuerdo en que como gobernador de Jamaica mi primera obligación es hacer cumplir las órdenes del rey, del Lord del Almirantazgo y del Comité de Comercio y Agricultura. Conozco vuestro caso, capitán Morgan, y sé que es diferente a los de otros corsarios porque vuestros ataques a las posesiones españolas ocurrieron antes de que se firmara la paz y porque no os enterasteis de que esa paz había sido acordada hasta que regresasteis a Jamaica. Lo que me resulta muy difícil es permitiros, a vos y a vuestros hombres, disponer del botín capturado sin elevar previamente una consulta al Lord del Almirantazgo.

El momento que temía Henry había llegado.

—Se trata del botín más grande que se haya traído hasta ahora a esta isla —dijo, tratando de mantener la calma. Y, dispuesto a jugarse el todo por el todo, añadió—: Aunque nuestro botín fue capturado en Tierra Firme y, en consecuencia, la Corona no tiene ningún derecho sobre él, mis hombres y yo hemos decidido reconocerle al rey el veinticinco por ciento que le correspondería si se hubiera capturado en alta mar. Se trata de una suma considerable, gobernador.

Modyford trataba en vano de observar los ojos de Morgan, que se mantenían en sombra.

—Ya lo sé, capitán, ya lo sé —aceptó finalmente—. Por supuesto que lo que me acabáis de ofrecer ayudará a liberar pronto el botín.

Un profundo silencio se instaló entre los dos hombres, finalmente interrumpido por Morgan.

—Entiendo muy bien vuestro dilema, pero yo tengo cuatro capitanes y más de trescientos hombres que se jugaron el pellejo por Inglaterra amparados por una autorización expresa del anterior gobernador, quien actuaba en nombre del rey. Ellos aguardan ansiosos su parte del botín y desairarlos sería peligroso. Con mi parte pensaba adquirir algunos acres de tierra fértil en el norte de la isla y, junto a otros que ya poseo, sembrarlos de caña de azúcar. Algún día espero abandonar el mar y dedicarme a la agricultura.

Modyford se levantó de la silla y comenzó a pasearse por la estancia. Su sombra, que iba y venía, ocupaba casi toda la habitación. Finalmente se detuvo, volvió a su silla y dijo con voz calmada:

—Conozco vuestros servicios en defensa de esta isla, capitán Morgan, aun antes de que os dedicarais a la vida de corsario. Vuestro tío, Edward Morgan, un hombre valioso en extremo, es mi vicegobernador y, además, un buen amigo. He aquí lo que haremos: yo pondré a buen recaudo y bajo custodia la parte del botín que habéis ofrecido a la Corona, una suma importante, como bien afirmáis. El resto lo podéis compartir con vuestros hombres. Si, contrario a lo que hoy pienso, el rey me ordenara devolver lo capturado por vosotros en la Nueva España, Honduras y Nicaragua, la participación del rey sería lo único que yo devolvería a los españoles.

Henry hizo un ademán de levantarse para estrechar la mano del gobernador, pero este lo detuvo con un gesto.

—Hay dos condiciones que debéis comprometeros a cumplir. La primera, devolver vuestra patente de corso y las de vuestros cuatro capitanes. La segunda, ayudarme durante por lo menos un año a mejorar las defensas de la isla. No sé si lo sabéis, pero el almirante Myngs recibió instrucciones de regresar a Inglaterra con sus navíos armados en preparación de la guerra contra Holanda. Sin Myngs y sin corsarios, capitán Morgan, Jamaica se encuentra indefensa.

Henry meditó durante un instante. Bien podría dedicar un año a ayudar al gobernador a apuntalar la defensa de la isla mientras cuidaba de sus tierras y las sembraba. Dispondría también de tiempo para estar con su familia recién llegada. Además, lo más probable es que al cabo de uno o dos años la paz con España se quebrara y entonces podría recobrar su patente de corso y volver a su vida de corsario.

—Ignoraba lo de Myngs y el estado de indefensión en que se encuentra la isla, pero podéis contar conmigo —respondió, mientras se ponía en pie—. Escogeré algunos de mis hombres para que me ayuden en la tarea de reorganizar las defensas.

Modyford y Morgan sellaron el pacto con un apretón de manos y la conversación derivó entonces hacia el coronel Edward Morgan y su familia.

—En estos momentos vuestro tío debe estar invadiendo la isla de San Eustaquio; luego atacará Bonaire y, por último, Curazao, la principal colonia holandesa en el Caribe. Para colaborar en el ataque otorgué una patente de corso al almirante Mansfield, quien se dirige hacia Curazao con una flota de corsarios. La familia de Edward reside temporalmente en Spanish Town, en la antigua casa del gobernador español, que hice arreglar y les cedí por un tiempo. Lamento deciros que en la travesía de Inglaterra a Jamaica una de las hermanas murió de fiebres. Los demás están en Spanish Town, muy solicitadas las damas por algunos buenos muchachos de la isla. Desde que llegaron han estado preguntándome incesantemente por su primo Henry, así es que estoy seguro de que se alegrarán mucho de veros.

Henry se despidió del gobernador y emprendió enseguida el camino de vuelta a la taberna para compartir las noticias con sus compañeros de aventura. En el camino sintió una leve inquietud, que no supo comprender hasta que recordó las palabras del gobernador en torno a la popularidad de las primas Morgan entre los muchachos de Jamaica. ¿Por qué ese extraño desasosiego? El recuerdo de Mary Elizabeth, a quien Henry debía su primer encuentro con el mar hacía ya tantos años, volvió a vagar brevemente en su memoria. ¿Cómo se vería hoy, ya mujer y vestida de luto?

15

Londres, febrero de 1685

La semana había sido agotadora y John Greene se alegró de que fuera jueves y de no tener que regresar a la Corte hasta el siguiente lunes. El interrogatorio de Lefty Grooves había resultado mucho más favorable de lo que él hubiera podido imaginar y las gradas abarrotadas, en las que se mezclaban gente del pueblo con una que otra persona de alcurnia, le indicaban que Henry Morgan seguía siendo un hombre popular en Londres. Mientras abandonaba Westminster Hall en compañía de Lefty, seguido de cerca por el amanuense cargado de libros y papeles, el abogado meditaba en los próximos pasos. Su plan original consistía en traer a declarar de nuevo a Basil Ringrose a fin de que desmintiera alguna de las aseveraciones calumniosas y ofensivas del libro de Exquemelin en las que describía torturas inimaginables y crueldad extrema de parte de los vencedores en los asaltos liderados por Henry Morgan a Portobelo, Maracaibo y, especialmente, a Panamá. Sin embargo, antes de entrar de lleno en un tema tan controvertido, que el abogado defensor Devon esperaba con ansias, John Greene sentía que aún le hacía falta presentar ante la Corte un esbozo del carácter, de las cualidades personales de Henry, y para ello nada resultaría tan efectivo como una alusión a su vida familiar en Jamaica. El apego de Henry a su familia era único en el mundo de los piratas y sin duda había influido en el ánimo del rey cuando le otorgó el título de sir y lo designó vicegobernador.

¿Cómo arreglárselas? El mejor testigo habría sido Thomas Modyford, conocido protector de los corsarios y amigo íntimo de Morgan, pero el exgobernador de Jamaica había fallecido en Londres hacía algunos años y su hermano James, también amigo de Morgan, vivía permanentemente en la isla, igual que otros de sus compañeros de aventuras.

Cuando el abogado salió a la plaza dispuesto a eludir a la muchedumbre que siempre aguardaba para preguntar por Henry, un hombre de mediana estatura, enfundado en abrigo de muy buena lana, bufanda y sombrero de fieltro, se le acercó con la mano extendida.

—Abogado Greene, permitidme presentarme. Soy Robert Byndloss, cuñado de sir Henry. Llegué a Londres esta mañana y…

—¡El Señor acaba de oír mis ruegos! —exclamó Greene, interrumpiendo a Byndloss.

—Pues me alegro mucho —dijo Byndloss, extrañado—. Decía que llegué esta mañana a Londres y os traigo una carta de sir Henry. Estuve esta tarde presenciando el juicio y quiero felicitaros. Mi cuñado no podría haber escogido un mejor abogado.

—Pues muchas gracias, pero más que felicitarme podríais hacerme un gran servicio; a mí y a vuestro cuñado. ¿Podéis presentaros a declarar en el juicio el lunes temprano?

Sorprendido por la solicitud del abogado, Byndloss no supo cómo responder.

—Presumo que estaréis aquí la próxima semana, ¿no? —insistió Greene.

—Sí, pienso permanecer un mes en Londres arreglando asuntos familiares. Pero, francamente, no he venido preparado para actuar como testigo en ningún juicio.

—No hace falta ninguna preparación, señor Byndloss. Vuestro testimonio no versará sobre hechos sino sobre las cualidades personales de sir Henry, con énfasis en sus relaciones familiares. ¿Quién mejor que vos, que estáis casado con la hermana de su esposa?

—Francamente, no sé —se resistió aún Byndloss.

—El resultado del juicio puede depender de vuestro testimonio —exageró Greene—. No es lo mismo calumniar a un hombre que no tiene nada que perder frente a la sociedad que a uno que tiene un nombre que cuidar, por su posición y por ser miembro de una familia respetable. Ante la ley no es igual tildar de meretriz a una prostituta que a una dama de sociedad. ¿Dónde os hospedáis?

—Estoy en el George Inn, sobre High Street.

—Entonces yo os llevo. No es prudente andar a oscuras por las calles de Londres, ciudad que se torna cada día más peligrosa. Además, con este clima hasta las pestañas se congelan.

Sin despedirse de Lefty, que haciendo caso omiso al frío seguía relatando anécdotas a un grupo de devotos de Morgan, el abogado tomó a Byndloss del brazo y ambos hombres atravesaron la plaza seguidos siempre de cerca por el amanuense que, agobiado por el peso de los legajos, resoplaba bocanadas de vapor.

—Veréis, amigo Byndloss —dijo Greene, retomando la conversación dentro del coche—, mi casa está en las afueras de la ciudad, sobre el Támesis, y normalmente yo me traslado a la City en una pequeña balandra. Es más rápido y más seguro, pero ocurre que este año nuestro río se ha congelado impidiéndome navegar.

John Greene no paró de parlotear hasta que el coche se detuvo frente a la posada donde paraba Robert Byndloss, quien para entonces ya estaba convencido de que si no se presentaba a declarar el lunes, el caso de Henry Morgan contra los libreros londinenses estaría irremisiblemente perdido.

—No os preocupéis, Robert —había dicho el abogado al despedirse—. Os aseguro que a más tardar el miércoles estaréis libre y podréis dedicaros a atender vuestros asuntos. A las nueve de la mañana pasaré a recogeros para desayunar juntos antes de presentarnos ante la Corte.

En las dos horas que tomó al coche recorrer el trayecto de vuelta a su casa, el abogado, con energía renovada, volvió a repasar mentalmente el desarrollo del proceso y llegó a la conclusión de que el balance resultaba muy favorable a los intereses de su cliente. La oportuna aparición de Robert Byndloss, que John no dudó en atribuir a la buena estrella que siempre parecía acompañar a Henry Morgan, venía a llenar un vacío importante en su estrategia. Poco a poco fue elaborando en su mente las preguntas que le formularía al inesperado testigo, imaginó los posibles cuestionamientos del abogado de la contraparte y cuando estuvo satisfecho del resultado cerró los ojos y se recostó en el asiento. No había terminado de dormirse cuando los caballos se detuvieron ante la puerta de su casa.

Como siempre, Claire lo esperaba con un acogedor fuego en el hogar, las pantuflas frente a su sillón favorito y la copita de jerez en la mesita lateral. Antes de tomar el *London Gazette*, John se sentó a leer la carta recién recibida de su cliente y amigo. La misiva, mucho menos extensa que la anterior, venía escrita con letra más irregular de lo usual.

Jamaica, 1 de noviembre de 1684

Querido John:

Aprovecho el viaje de mi muy querido amigo y familiar Robert Byndloss para haceros llegar unas breves palabras. Como ya sabréis, Robert está casado con Ana Petronila, una de las hermanas menores de mi adorada Mary Elizabeth. Es un hombre que goza de toda mi confianza.

En Jamaica la situación de los dueños de plantaciones ha venido empeorando cada día más. Los comerciantes, sobre todo los traficantes de esclavos, se han adueñado del Consejo y ocupan todos los cargos importantes en el gobierno. Robert podrá informaros más sobre esta situación que pone en peligro el futuro de la colonia. Yo sigo tratando de regresar al Consejo con algunos de mis compañeros de lucha política, pero aquí ya se ha comenzado a hablar del libro del tal Exquemelin, a quien nunca he conocido. Aunque he hecho divulgar que interpondré una demanda por calumnias contra los libreros que publicaron la obra en Inglaterra, me está resultando muy difícil volver al Consejo. Seguiré intentándolo, apelando a los amigos de Londres, especialmente al joven duque de Albemarle, con quien mantengo una sincera amistad. Insisto en que está en juego la supervivencia misma de la isla pues sin caña de azúcar, jengibre, tabaco, algodón y demás productos de la tierra, muy pronto Jamaica se quedará sin nada que vender.

Recibid, con la amistad y agradecimiento de siempre, mis devotos saludos que hago extensivos a vuestra muy estimada esposa,

Henry Morgan

John terminó de leer la carta y, mientras la guardaba, se prometió redoblar esfuerzos para llevar a feliz término la demanda de Henry. Después miró a Claire, que tejía sin levantar la vista.

—Henry te envía sus saludos —dijo en tono conciliador.

Claire alzó la mirada y, por primera vez desde que se iniciara el proceso, preguntó:

—¿Cómo marcha ese asunto?

—Muy bien, muy bien —se apresuró a responder John, emocionado por el inesperado interés de su esposa, y comenzó a contarle los pormenores del juicio.

A las dos de la tarde del lunes, Robert Byndloss subió al estrado como testigo de la acusación. Los de las graderías se sintieron decepcionados: ellos esperaban otro pirata como Lefty y en su lugar apareció un señor con aspecto de comerciante, bien vestido y arreglado. Tan pronto el testigo se identificó, el abogado Devon se puso en pie para preguntar qué rayos pintaba en un juicio por calumnia un pariente político del demandante cuyo testimonio, sin duda alguna, sería parcial.

—Permitidme explicar a mi distinguido colega que el señor Byndloss ha llegado a Londres inesperadamente en un momento muy oportuno y yo he creído conveniente robar algo de su tiempo para ilustrar a la Corte sobre aspectos importantes de la personalidad y el carácter de mi representado —a medida que hablaba, John Greene se iba entusiasmando con su propio discurso, consciente de que el tema que se discutía era novedoso dentro de un proceso *coram rege*—. Como los ilustrados magistrados sabéis mejor que quien os habla, la calumnia ataca directamente la buena reputación y estima de que goza el ofendido en la sociedad en la que convive. De no existir estos atributos, cualquier proceso por calumnia sería en vano, razón por la cual es de gran importancia probarlos, que es lo que me propongo hacer. Los libros publicados por los acusados contienen afirmaciones que afectan la reputación de mi representado. Para refutar tales aseveraciones injustas y temerarias he traído ante este tribunal evidencia importante. Nada impedirá al abogado Devon, si a bien lo tiene, aportar a este tribunal evidencias que desmientan o demeriten cualquier cosa que el testigo que hoy presento tenga que decir acerca del carácter de mi representado.

Aunque para quienes seguían el proceso desde las graderías la jerga del abogado Greene era poco comprensible, la controversia entre los abogados había logrado captar su atención y, por supuesto, la de los magistrados del rey. John Greene se felicitó por ello.

—Reitero mi total desacuerdo con el testimonio de Robert Byndloss —insistió Devon— y, si la Corte decidiere aceptarlo, me reservo el derecho de presentar evidencias que lo desmientan.

—Muy bien, abogado —respondió el magistrado presidente—. Esta Corte tomará en cuenta vuestras palabras. El testigo puede declarar.

—¿Puede decir el testigo en qué circunstancias conoció a sir Henry Morgan y cuál es vuestra relación con él? —preguntó John Greene, tan pronto el alguacil terminó de juramentar a Byndloss.

—Yo llegué a Jamaica en el año 1660 para dedicarme a la agricultura aprovechando un decreto, expedido originalmente por el usurpador Cromwell y confirmado por el rey Carlos II, que ofrece tierras gratuitas a quienes emigran a Jamaica. Me fueron asignados quinientos acres en el norte, cerca de Río Nuevo, que sembré con caña de azúcar. En esos días los españoles atacaban repetidamente las pequeñas poblaciones que se iban estableciendo en esa área y se decidió crear una milicia para defenderla, a la cual me incorporé. Allí conocí a sir Henry, quien prestaba servicios como teniente y acababa de regresar de expulsar a los españoles de una fortificación que construían en Río Nuevo.

Robert Byndloss hizo una pausa, como si esperara que John Greene formulara otra pregunta.

—Continuad, por favor —se limitó a decir el abogado.

—Pues bien, el entonces teniente Morgan, gracias a sus servicios militares, había adquirido, también gratuitamente, una finca de igual tamaño que la mía en la misma región y decidimos unir esfuerzos y explotarlas juntos. Luego él se embarcó en la flota del coronel Myngs para atacar a los españoles en Cuba, que entonces amenazaban con una invasión, y dejó su tierra a mi cuidado. Siempre interesado en la agricultura, cada vez que regresaba de alguno de sus viajes acudía a visitar la finca.

Byndloss hizo una nueva pausa.

—Proseguid —lo animó una vez más el abogado Greene.

—En el año 1664 llegaron a Jamaica el coronel Edward Morgan, tío de sir Henry, y su familia. Unos meses después sir Henry regresó de una exitosa campaña contra los españoles en la Nueva España y Centroamérica. Para entonces...

Como impulsado por un resorte, el abogado Devon se levantó de su asiento y, antes de que su colega pudiera protestar, interrumpió al testigo:

—Cuando el señor Byndloss habla de «una exitosa campaña contra los españoles en la Nueva España y Centroamérica» ¿se refiere a los ataques y saqueos no provocados de Villahermosa, Trujillo y Granada?

—Señor presidente —dijo Greene, volteándose lentamente—, ya hemos pasado por esto antes. El distinguido abogado de la defensa podrá formular sus preguntas cuando yo termine con el interrogatorio al testigo.

—Señor Devon —advirtió con desgano el presidente—, bien sabéis que estáis fuera de orden. Aguardad vuestro turno y no prolonguéis innecesariamente este proceso, que ya va para largo. El testigo ignorará la pregunta por ahora. Continuad, señor Byndloss.

16

Jamaica, 1665

Tres noches con sus días duró la celebración del regreso triunfal de Henry Morgan y sus corsarios a Port Royal. El jolgorio no terminaría hasta que los cuerpos de los juerguistas quedaran exánimes en los camastros de los burdeles, sobre las mesas de las cantinas o en cualquier lugar de la villa donde los sorprendiera el agotamiento total. Henry Morgan emergió de *The Sign of the Mermaid*, el más cotizado de los prostíbulos, decidido a ir a ver a sus parientes en Spanish Town. Robert Byndloss, poco dado a los excesos de los piratas y corsarios, había partido dos días antes rumbo a la plantación de Río Nuevo. Saludaría primero a Ana Petronila en Spanish Town, a quien ya cortejaba, y avisaría a la familia de la próxima visita de su primo.

Henry abordó el coche sin haberse repuesto todavía de los efectos de los tres días de juerga. Un malestar general, una gran pesadez en la cabeza y una revoltura de tripas le impedían pensar con claridad y no había transcurrido la primera media hora del viaje cuando ya se arrepentía de haberlo emprendido. Si bien era necesario visitar a sus primos en algún momento, ¿por qué tanta premura? Sus recuerdos de infancia eran solamente eso, recuerdos, y el hombre en que Henry se había convertido distaba mucho de aquel niño que soñaba con escapar de la vida campesina y lanzarse a navegar por los mares. Tal como afirmaba Robert, las hijas de Edward Morgan habían recibido una educación exquisita, hablaban varios idiomas y estaban acostumbradas a tratar con nobles y cortesanos. Henry, en cambio, apenas si hablaba algo de francés, más por necesidad del oficio que por verdadera instrucción, sus modales eran rudos y la mayoría de sus amigos y conocidos eran gente acostumbrada al maltrato, al alboroto y al altercado. Además, la vida de un corsario era incompatible con las responsabilidades familiares y él acababa de dar el primer gran paso hacia el liderazgo absoluto de sus compinches. A sus treinta años era un hombre rico y cuando llegara el momento de dejar el mar y la guerra se retiraría a su finca y quizá para entonces querría tener a su lado una mujer que le hiciera compañía. Quizá, porque por ahora era feliz con sus compañeros de juerga y con sus prostitutas, que a cambio de una noche de placer solamente exigían un par de reales de ocho. En fin, Henry se sentía satisfecho con su vida y su oficio de corsario: al mismo tiempo que se enriquecía, también servía a su patria, ganándose el respeto y la admiración de muchos. El año próximo, mientras cumplía el compromiso que acababa de adquirir con el gobernador de reorganizar la milicia de Jamaica, aprovecharía para comprar más tierras hasta poseer por lo menos dos mil acres que, sembrados de caña de azúcar, le permitirían un ingreso significativo y le asegurarían un lugar en la comunidad como uno de los más importantes hacendados de la isla. Con su tío y sus primos se comportaría como un miembro más de la familia y los ayudaría en lo que estuviera a su alcance, pero siempre manteniendo la distancia necesaria para no alterar su vida y su felicidad. Las divagaciones de Henry terminaron por sumirlo en un profundo sueño del que solamente despertó cuando el cochero anunció que habían llegado a Spanish Town.

—Preguntad por la casa del coronel Edward Morgan —le ordenó Henry.

—La conozco bien, señor. Es aquella que se ve al final de la calle, junto a la iglesia. Antes perteneció al gobernador español. En breve llegaremos.

Aunque había visto mejores años, la casa que habitaba la familia del coronel Morgan estaba construida en piedra, era de dos plantas y la rodeaba un hermoso jardín. Henry descendió del coche y ascendió lentamente los tres escalones que llevaban al portal de la vivienda. Antes de que pudiera tocar la puerta una muchacha acudió a abrir.

—¡Llegó el primo Henry! —gritó.

—¿Mary Elizabeth? —preguntó Henry.

—No, soy Johanna, la menor de las tres hermanas... que quedamos. Pero pasad, por favor.

—Siento mucho la pérdida de vuestra hermana —dijo Henry, descubriéndose.

En ese momento apareció otra muchacha en el rellano de la escalera.

—Primo Henry, ¡cuánto te has hecho esperar!

Cuando terminó de bajar y se acercó, Henry reconoció enseguida en aquella hermosa mujer a su compañera de juegos infantiles. Las mismas mejillas sonrosadas, los mismos ojos profundamente azules y la misma sonrisa, que parecía iluminarle el rostro. Aunque Mary Elizabeth había dejado de ser niña, su rostro y su expresión reflejaban la misma ingenuidad, la misma ternura. Henry no sabía de qué manera saludarla y estaba por extenderle la mano cuando ella lo abrazó y le plantó un beso en cada mejilla.

—Ven, Henry, vamos a sentarnos en el portal.

Él la siguió y se sentaron, uno frente a otro, con una mesita de mimbre de por medio.

—Johanna fue a buscar limonada —dijo Mary Elizabeth mientras, sin ningún recato, examinaba a su primo de pies a cabeza.

De haberlo encontrado en la calle no lo habría reconocido. Ella recordaba un niño con rostro de querubín, abundantes bucles y mejillas regordetas. Lo único que no había cambiado eran los ojos oscuros e inquisitivos, enmarcados en cejas muy negras y pobladas. Por lo demás, Mary Elizabeth tenía que reconocer que su primo se había convertido en un hombre guapo. Alto, delgado, de hombros muy anchos, piel bronceada, un fino bigote y una pequeña barba en punta que servían de marco a la boca de labios carnosos. Vestía con elegancia pero sin ostentación y lo único discordante en su apariencia era una pequeña argolla de oro que pendía de su oreja izquierda.

Aunque con mayor recato, Henry también observaba a Mary Elizabeth. Cuando ella descendía por la escalera había visto que era dueña de una hermosa figura y que su blancura contrastaba favorablemente con el color negro que llevaba por luto. Ahora que la miraba de cerca y a plena luz se dio cuenta de que nunca había conocido una mujer tan hermosa.

—Primo Henry, quién iba a imaginar que aquel niño que allá en Gales soñaba con conocer el mar se convertiría, veinte años después, en uno de los corsarios más célebres de Jamaica —había una pizca de picardía en la voz de Mary Elizabeth.

Henry no supo cómo reaccionar y agradeció la llegada de Johanna con la jarra de limonada y varios vasos. Detrás de ella venía otra muchacha, muy parecida a la menor de las hermanas, que se presentó como Ana Petronila. «La novia de Robert», pensó Henry, mientras se levantaba para saludarla.

—¿Un vaso de limonada, primo? —dijo Johanna, y procedió a servir sin detenerse a escuchar la respuesta.

—Sí, gracias. Lo cierto es que tengo mucha sed. ¿Qué han sabido del coronel Morgan? —preguntó Henry, con la intención de desviar la conversación a otros temas.

—Está, como siempre, haciendo la guerra, esta vez a los holandeses —respondió Mary Elizabeth—. Hace más de tres meses que no sabemos de él.

—¿Y los primos Charles y Raymond?

—Raymond murió antes de cumplir los dieciséis años —intervino Ana Petronila—. Charles está ahora mismo tratando de convertir un pedazo de tierra inculta en una hacienda productiva.

—¿Y qué piensa sembrar? —volvió a preguntar Henry, dirigiéndose a Ana Petronila.

—Caña de azúcar, por supuesto —respondió Mary Elizabeth—. Es lo que mejor se da aquí y tiene más mercado. Pero estoy segura de que todo esto ya lo sabes. Según entiendo, tú y Robert Byndloss también piensan unir esfuerzos para sembrar caña.

—Así es, pero hay otros productos, como el tabaco y el jengibre, que tienen buena salida —respondió Henry, algo incómodo.

—¿Por qué en vez de conversar sobre temas tan aburridos como la agricultura el primo Henry no nos habla de sus aventuras? —preguntó Johanna, mientras volvía a llenarle el vaso de limonada.

«¿No habrá ron en esta casa?», se preguntó Henry. Eran casi las cuatro de la tarde y a esa hora, usualmente, iniciaba su recorrido por los bares de Port Royal.

Las tres hermanas quedaron a la expectativa mientras Henry se revolvía en la silla. Mary Elizabeth se dio cuenta de que su primo no se hallaba cómodo con el tema, y decidió dar por terminada la conversación.

—Ya habrá otra oportunidad para que Henry, con más calma, nos cuente sus andanzas. Él ha hecho un largo viaje para venir a visitarnos y supongo que quiere regresar a Port Royal antes de que anochezca.

—Así es —contestó Henry enseguida, levantándose de la silla—. En mi próxima visita yo les contaré mis aventuras como corsario y vosotras me hablaréis de vuestra vida en Europa.

Ana Petronila y Johanna se despidieron y entraron a la casa mientras Mary Elizabeth acompañaba a Henry hasta el coche.

—Me dio mucho placer volver a verte —dijo Mary Elizabeth—. Es curioso, pero el recuerdo de aquellos años que con mayor precisión quedó grabado en mi mente es el del día que te llevamos a ver el mar por primera vez. Olvidé como se llamaba el pueblo...

—Abertawe —aclaró Henry.

—Sí, Abertawe. Desde la orilla observamos una nave que se alejaba con las velas desplegadas y tú, arrobado, dijiste que algún día navegarías al mando de tu propio barco. ¿Lo recuerdas?

—Claro que lo recuerdo, Mary. Ese día supe que mi destino era el mar. Ahora debo marcharme, pero no te olvides de que en Port Royal me tienes a tus órdenes.

—Gracias, Henry. Esperamos que vuelvas pronto.

Después de conocer a las primas y observar de cerca el sosiego de la vida doméstica, Henry sentía la urgente necesidad de volver a lo suyo. En Port Royal, se dirigió a *The Sign of the Mermaid* en busca de un trago de ron y de una prostituta. Unos cuantos asiduos que comenzaban otra noche de excesos lo invitaron a su mesa, pero Henry rehusó la invitación y fue directamente en busca de Pamela, la meretriz más cariñosa del lugar. Camino a la habitación recogió en la barra una botella de ron. «Sólo una», se prometió, porque al día siguiente lo esperaba el gobernador para discutir los planes de la defensa de la isla.

A las nueve de la mañana, recuperado de otra noche de juerga, entró Henry en la Casa del Rey y encontró a Modyford examinando en su despacho un gran plano extendido sobre la mesa. Tras intercambiar saludos, el gobernador fue al grano.

—Si yo hubiera sido jefe militar de la isla cuando se la arrebatamos a los españoles me habría olvidado del villorrio de pescadores que los indígenas llamaban Caguaya y habría hecho construir la ciudad en este otro sitio —el dedo índice de Modyford recorrió en el mapa la bahía de Jamaica, una extensa lengua de mar en cuya punta occidental se ubicaba Port Royal, y se detuvo en el extremo opuesto, donde convergían la península y el resto de Tierra Firme—. En esta ubicación seríamos prácticamente inexpugnables; algún día se levantará allí la capital de Jamaica. Yo mismo comenzaría las obras enseguida si contara con los fondos y el apoyo del rey.

—Los indios arawaks se establecieron en el extremo de la península por su proximidad al mar —observó Henry, recordando lo leído en el libro del pastor Gage—. Vivían de la pesca y nunca sospecharon que algún día la guerra entre los europeos llegaría a sus playas. Más que los ataques desde el mar me preocupan los asaltos por tierra. Hasta ahora los españoles, con sus galeones, verdaderas fortalezas flotantes, han preferido los enfrentamientos marítimos y el sometimiento de las ciudades costeras sitiándolas hasta rendirlas, pero hoy deben estar dudando de la efectividad de sus métodos. Los corsarios siempre hemos atacado sus ciudades por tierra, venciéndolas sin mayores dificultades. No sería de extrañar que si los españoles deciden intentar algún día la reconquista de Jamaica sus tropas llegarían por tierra y no por mar. Además, es la única forma de contar con el elemento sorpresa.

—Todo ello es cierto, capitán Morgan, pero no debemos olvidar que hoy la guerra es con Holanda.

—No lo olvido, gobernador, y precisamente los corsarios holandeses, que es la única fuerza naval de que dispone Holanda en esta parte del mundo, también prefieren el combate terrestre al naval. Propongo, en consecuencia, que sin descuidar las defensas marítimas, reforcemos las terrestres. Si fuéramos invadidos por este sitio —Henry indicó un punto en el mapa al este de la bahía— y no lográramos contener el ataque, Port Royal quedaría atrapado entre las fuerzas invasoras y el mar.

—¿Qué sugerís entonces? —preguntó Modyford, felicitándose por haber reclutado al joven corsario.

—Sugiero dos cosas, principalmente —Morgan volvió a señalar en el mapa—. Para rechazar un posible ataque terrestre, establecer un sistema de vigilancia aquí, en la costa oriental de la isla, fortificar el área donde se inicia la península, aproximadamente en este sitio, y levantar otra fortificación a dos millas de Port Royal, y tener así tiempo de prepararnos para defender la ciudad en caso de un ataque. En cuanto a las defensas marítimas, debemos reforzar Fort James y Fort Charles y, además, establecer una nueva batería de cañones justo enfrente del muelle. Es importante que los cañones se puedan movilizar con facilidad para que no nos ocurra a nosotros lo que a los españoles, que como mantienen sus cañones fijos y apuntando al mar se demoran en hacer uso de ellos cuando el enemigo ataca por tierra.

Modyford estudió con atención el mapa e hizo algunas anotaciones en los puntos indicados por Henry.

—Bien, capitán. ¿Cuándo comenzamos?

—Tan pronto disponga de los hombres y los materiales. Se requerirán por lo menos cien obreros y cuatro capataces para terminar las obras en los siguientes seis meses. También habrá que adquirir cañones, pólvora y mosquetes.

—Proceded entonces con el reclutamiento de los hombres, que yo me encargaré de los materiales y el armamento. A partir de este momento comenzaréis a recibir un sueldo equivalente al de un coronel en el ejército, rango al que acabáis de ser ascendido. Tal vez no necesitéis el dinero, pero es lo justo —bromeó Modyford.

Gratamente sorprendido por la familiaridad en el trato, la confianza y el sentido de equidad del nuevo gobernador, Henry se despidió. Antes de abrir la puerta se dio vuelta para preguntar:

—¿Se ha sabido algo del coronel Morgan?

—Nada todavía, pero en cuanto tenga noticias las compartiré con la familia. ¿Ya tuvisteis oportunidad de visitar a vuestros primos?

—Sí, ayer estuve en Spanish Town. Fue una visita muy agradable.

—Sabéis que ellos cuentan con mi apoyo en caso de necesitarlo.

—Gracias, gobernador.

—Muy bien, Henry. Espero que en nuestro próximo encuentro me llaméis por mi nombre, Thomas.

—Así lo haré.

Transcurrida una semana de su reunión con el gobernador, Henry tenía localizados ya los puntos en los que se levantarían las nuevas fortificaciones y se emplazarían los cañones. El reclutamiento de trabajadores le resultó más difícil de lo que anticipaba debido a la poca inclinación de los hombres de Port Royal por dedicarse a labores que exigieran algún grado de permanencia. Casi todos los que acudían a su llamado lo hacían pensando que el líder de los corsarios estaba reclutando gente para una nueva aventura y se retiraban decepcionados al comprobar que no era así. Para contratar los cien obreros Henry tuvo que prometerles que tan pronto se reanudaran las hostilidades contra España los incluiría en su ejército.

Poco pensaba Morgan en sus primas hasta que un día llegó Robert Byndloss a invitarlo a Río Nuevo para inspeccionar los avances de la siembra en las tierras que habían acordado explotar en común.

—En junio me entregarán los trocitos de caña que he adquirido para sembrar los primeros cien acres —explicó Byndloss—. Tenemos veinte bueyes y treinta esclavos arando la tierra y esperamos comenzar a plantar dentro de cuatro o cinco meses, en época de lluvia.

—¿Necesitas que te adelante más dinero? —preguntó Henry.

—No, pero sí quiero que veas cómo avanzan los trabajos. El valle en el que están nuestras fincas se ve aún más espléndido ahora que hemos desbrozado. El Río Nuevo lo atraviesa en toda su extensión y disponemos de agua todo el año.

—De acuerdo. ¿Cuándo partimos?

—Mañana mismo. ¿Vamos a caballo?

—Francamente prefiero el coche. Son varias horas de camino.

Al día siguiente, Byndloss llegó a la pequeña vivienda que ocupaba Henry en las afueras de la villa y antes de que el sol comenzara a calentar partieron para Río Nuevo.

—Me cuenta Ana Petronila que no han sabido más de ti desde que los visitaste hace casi un mes— comentó Byndloss mientras dejaban atrás Port Royal.

—He estado muy ocupado con las nuevas responsabilidades que me ha encomendado el gobernador. ¿Cómo van tus amores con mi prima?

—En realidad, muy bien. Estoy esperando a que regrese tu tío Edward para pedir su mano.

—¡Hombre! —exclamó Henry—. No sabía que el asunto fuera tan serio.

—Creo que tú también deberías ir pensando en lo mismo —dijo Byndloss, más en broma que en serio.

—¿Casarme yo? Bien sabes que los corsarios no se casan, Robert. Nuestra libertad tiene que ser absoluta.

—Pero ahora eres, además de corsario, un agricultor como yo. Y los agricultores sí nos casamos y tenemos hijos que después nos ayudan a trabajar la tierra.

—Lo mío es el mar, querido amigo. El mar y la guerra. Los extraño y si no he vuelto a navegar es por cumplir la promesa que hice a Modyford. Ni el mar ni la guerra son sitios para una esposa.

Los amigos permanecieron en silencio un largo trecho observando el camino. Finalmente, Byndloss dijo:

—Cuando pasemos por Spanish Town vamos a parar un momento en casa de Ana Petronila.

Henry sonrió.

—¿No hay un camino más directo? —preguntó, burlón.

—Sí, si hubiéramos ido a caballo. Pero en coche no podemos salirnos del camino.

—Supongo que si hubiéramos ido a caballo también nos habríamos detenido a saludar a las primas —insistió Henry.

Byndloss soltó una carcajada.

—Supones bien, Henry.

En casa de los Morgan no esperaban visita y cuando el coche se detuvo frente a la entrada las tres hermanas estaban dedicadas a las faenas domésticas. Mary Elizabeth trabajaba en el jardín y Ana Petronila, con la ayuda de Johanna, trataba de colocar un cortinaje en el salón.

—No sabíamos que vendrías tan temprano —reclamó Ana Petronila a Robert mientras se abrazaban.

—Decidimos salir casi de madrugada de Port Royal para disponer de más tiempo en Río Nuevo.

Mientras Ana Petronila y Robert conversaban, Henry salió al jardín en busca de Mary Elizabeth. Se veía muy diferente sudorosa, las mejillas encendidas, un gran sombrero en la cabeza y las manos manchadas de tierra.

—Perdona la facha, Henry, pero no esperábamos visita a esta hora. Ni siquiera puedo darte la mano.

Henry advirtió más formalidad en el tono de voz de Mary Elizabeth que en el primer encuentro.

—Venimos de paso y tampoco yo sabía que nos detendríamos aquí. Pero Robert insistió en ver a Ana Petronila antes de llegar a Río Nuevo.

—Él para aquí siempre que va o viene de Port Royal. Parece que muy pronto mi hermanita dejará la soltería.

—Así me dijo Robert. ¿Se ha sabido algo del tío Edward?

—Nada todavía. Pero pasa mientras me pongo más presentable.

—Estás muy presentable así, prima. Te sienta muy bien la facha de jardinera.

Henry se arrepintió enseguida de sus palabras, un piropo que jamás tuvo la intención de decir.

—Eres tan amable como mentiroso, Henry. Pero como Charles trabaja en la plantación, a veces las mujeres tenemos que realizar labores de hombre. Espérame en el portal, que vuelvo enseguida.

Mary Elizabeth regresó a los cinco minutos. Además de lavarse la cara y las manos, se había despojado del sombrero y llevaba el cabello recogido. Al observar la increíble perfección del rostro de su prima Henry tuvo que hacer un esfuerzo para no soltar otro requiebro. Ana Petronila, Robert y Johanna habían desaparecido.

—No tenemos nada preparado pero te traje un vaso de agua —dijo Mary Elizabeth—. Me cuenta Robert que te has incorporado al ejército.

—No realmente, Elizabeth. El gobernador me ha pedido ayudar a organizar la defensa de la isla, pero realmente no estoy en el ejército. Tan pronto termine mi encargo volveré al mar.

—Al mar y a la guerra —murmuró Mary Elizabeth. Y añadió en voz alta—: ¿Qué hay con los planes de convertirte en agricultor?

—No tengo esos planes. La hacienda es solamente una inversión que me ayudará a sobrevivir cuando esté demasiado viejo para comandar una embarcación.

—¿Y cuándo regresarás al mar?

—Tal vez dentro de un año, a menos que se rompa antes la paz con España.

La conversación fue decayendo hasta que aparecieron nuevamente Robert y Ana Petronila.

—Nos vamos, Henry —dijo Robert—. Ana sugiere que esta noche durmamos en la cabaña de Charles.

Henry se levantó y fue a despedirse de Mary Elizabeth, quien también se había puesto de pie. Una vez más, Henry se sintió turbado frente a su prima: le parecía que todos lo observaban y no sabía si besarle la mano o abrazarla. Hizo un ademán de tenderle la mano cuando ella se había decidido por el abrazo y ambos quedaron en una posición embarazosa, el brazo de Mary Elizabeth rodeando la cintura de Henry mientras la mano derecha de él oprimía la izquierda de ella. Finalmente, Henry le rozó la mejilla con la suya y se separaron bruscamente.

De vuelta en el coche, Robert dijo, en son de chanza:

—Si no supiera que eres de los que no se casan pensaría que entre tú y Mary Elizabeth está surgiendo algo.

—Es mi prima, eso es todo lo que ocurre.

El tono de Henry era cortante y, como si obedeciera una orden, Robert cambió enseguida el tema.

—De aquí a la plantación tardaremos tres horas porque hay que rodear la cordillera. Espero que lleguemos a tiempo para que saludes a Charles.

Durante el resto del trayecto no se volvió a mencionar a las primas Morgan y Robert se dedicó a explicar a su socio los pormenores de los trabajos que realizaba en la plantación. En más o menos un año y medio recogerían la primera cosecha y para entonces deberían haber instalado el trapiche y adquirido más bueyes y más esclavos. Robert esperaba que después de vender la primera producción las siguientes inversiones las costearía la propia hacienda. Llegaron a su destino con las últimas luces del día y esa noche durmieron en la rústica cabaña construida por el primo Charles, al que no vieron porque ya había regresado a Spanish Town en busca de implementos y víveres. Mientras esperaba que llegara el sueño en el incómodo jergón, Henry no pudo evitar el recuerdo de Mary Elizabeth. Al despedirse de ella, en el breve instante en que sus mejillas se rozaron, había sentido, por primera vez, el verdadero olor de una mujer. Acostumbrado al perfume de las rameras, el aroma de su prima, a la vez suave y vivificante, lo había cautivado, le había abierto los sentidos a una nueva manera de apreciar la belleza. Sus recuerdos volvieron a remontarse a los años infantiles, a la mansión de Tredegar, donde por primera vez la había visto sonreír mientras jugaban a las escondidas; a aquel viaje premonitorio a conocer el mar donde, junto a ella, vio una nave alejarse hacia el horizonte con las velas al viento, como alas de un ave gigante; a los ojos llorosos de ella y a la pequeña angustia que lo sobrecogió en el momento de la despedida, cuando la guerra obligó a su tío Edward a llevarse a Mary Elizabeth lejos de Gales; a los largos años esperando en vano a que ella cumpliera su promesa de escribirle una carta. Y mientras recordaba, una inefable e insólita ternura, que jamás había sentido, fue invadiendo suavemente su espíritu. «¿Es así el amor?», se preguntó alarmado.

17

Jamaica, 1665

Transcurrirían tres semanas antes de que Henry Morgan volviera a ver a Mary Elizabeth. Durante ese tiempo dedicó los días a trabajar intensamente en las nuevas fortificaciones de Port Royal y las noches a libar con sus compinches en los bares de Thames Street, demostrando su legendaria capacidad de tolerancia a los efectos del ron. Por lo menos tres veces a la semana terminaba la fiesta en los brazos de su ramera favorita en *The Sign of the Mermaid* y en varias ocasiones había rehusado la sugerencia de Robert Byndloss de regresar a Río Nuevo a comprobar el progreso de los trabajos. Aunque no le faltaban deseos de observar el desarrollo de la plantación, le sobraban temores de volver a ver a Mary Elizabeth. Él sabía que sus renovados excesos de ron y de prostitutas obedecían en parte al deseo de acallar los sentimientos que lo abrumaban después de su último encuentro. Pero, invariablemente, lo primero que le venía a la mente al despertar cada mañana eran la sonrisa y los ojos azules de su prima. Aturdimiento para olvidar y lucidez para recordar se convertían en un círculo vicioso del que Henry no lograba escapar. «Los corsarios no se casan», se repetía tercamente para no flaquear en su empeño por conservar su libertad.

Como suele suceder, hechos imprevistos terminarían por vencer la reticencia de Henry, obligándolo a volver a la casa de los Morgan en Spanish Town. Al final de la tarde del 16 de octubre de 1665, cuando regresaba de inspeccionar los trabajos en Fort Charles, una conmoción en el puerto llamó su atención. Un grupo numeroso de personas, entre las cuales logró distinguir al gobernador Modyford, conversaban con los tripulantes de una balandra que acababa de anclar en la bahía de Port Royal. Impulsado por la curiosidad, Henry se dirigió hacia allá y, al verlo, el gobernador se separó del grupo para ir a su encuentro.

—Malas noticias, Henry —dijo cariacontecido—. Tu tío Edward pereció en el ataque a San Eustaquio. Ocurrió hace dos meses y según el mensaje que envió el coronel Theodore Carey, segundo al mando de Edward, no fue a causa de ninguna herida —Henry escuchaba en silencio, pensando más en Mary Elizabeth que en su difunto tío—. Él era un hombre obeso y mientras avanzaban por la playa rumbo al objetivo cayó fulminado. Murió en el acto, probablemente a causa de un corazón cansado. Ni siquiera pudo ejercer el cargo de vicegobernador. Era un gran hombre tu tío; lo extrañaré siempre.

—¿Lograron tomar San Eustaquio? —preguntó Henry.

—Sí, aunque no creo que podamos retenerla —respondió Modyford, en su rostro una expresión que reflejaba extrañeza por la poca importancia que Henry parecía concederle a la muerte del tío—. Los holandeses están armando una gran fuerza para retomarla y Carey piensa que lo mejor es retirarse. Pero ahora lo importante es trasmitirle la infausta noticia a la familia. Pobres muchachos: un hermano murió en plena adolescencia; seis meses antes de que la familia se embarcara para Jamaica, en Inglaterra, la madre había entregado su alma al Creador y en el trayecto entre Londres y Jamaica también falleció la hermana mayor. Y ahora muere el padre. Mañana mismo iré a ofrecerles mis condolencias.

—Yo también iré a primera hora. Byndloss, que es quien más cerca está de la familia, anda por Río Nuevo, así es que supongo que me corresponde a mí darles la noticia.

—Él todavía no es miembro de la familia y tú sí —reprobó Modyford.

—Sí, ya lo sé —respondió, Henry, cortante—. Ahora debo irme.

¡En mala hora había muerto el tío Edward! Dominado por la imperiosa necesidad de aturdirse para no pensar en Mary Elizabeth ni en el resto de la familia y mucho menos de qué manera les daría la trágica noticia, Henry encaminó sus pasos hacia *The Sugar Loaf*, la taberna más cercana al puerto y la más escandalosa. Allí se sentó con los primeros amigotes que encontró y pidió a la prostituta que hacía las veces de mesera que le sirviera ron. No había terminado aún con la primera botella cuando un insólito sentimiento comenzó a apoderarse de su ánimo. ¿Cómo podía emborracharse si él sabía lo devastada que quedaría Mary Elizabeth cuando le informara de la muerte de su padre? ¿Qué futuro la esperaba a ella y a sus hermanos en Jamaica, sin un padre que los guiara y los protegiera? ¿Hasta cuándo seguiría él negándose a aceptar lo mucho que le importaba la suerte de Mary Elizabeth? Henry observó a través de la ventana que comenzaba a anochecer. Para poder llegar a Spanish Town antes que Modyford tendría que salir muy temprano a caballo y cabalgar después de una borrachera no era recomendable. Sorprendiendo a todos se levantó y dejó sobre la mesa un real de ocho.

—Ahí les dejo para que no me extrañen —dijo, y se marchó.

Para llegar a su vivienda, Henry debía pasar frente a *The Sign of the Mermaid*. «La fiesta comenzó hoy más temprano que de costumbre», pensó al escuchar desde lejos las voces destempladas de los asiduos de siempre, mal acompañadas por el violín de Dusty Barber y el acordeón de John Higgins. Al pasar junto a la puerta, abierta de par en par, escuchó que desde dentro alguien gritaba:

—¡Henry Morgan… Henry Morgan!

Sin reconocer la voz, se detuvo y vio venir hacia él, con los brazos abiertos, a su amigo Basil Ringrose.

—¡Basil! ¿Cuándo llegaste?

—Esta misma tarde, Henry. Me dijeron que aquí te encontraría. Ven, que tenemos mucho de qué hablar.

Emocionado por la inesperada aparición de su antiguo amigo y compañero de armas, Henry se olvidó de la muerte del tío Edward y de Mary Elizabeth. Basil le echó el brazo alrededor de los hombros y lo llevó a la mesa que compartía con otros camaradas.

—Todos ustedes saben quién es Henry Morgan, pero lo que ignoran es que él y yo llegamos juntos a esta isla hace… ¿cuántos años, Henry? ¿Nueve, diez?

—Once años, Basil.

—Once años y diez que no nos veíamos. Tenemos mucho que contarnos, pero en privado.

Basil tomó una botella de ron y dos vasos y ambos se dirigieron a la mesa más alejada del bullicio.

—¿Dices que llegaste esta tarde? —preguntó Henry, tan pronto se sentaron.

—Así es, Henry. Vine en la misma balandra que trajo la mala noticia de la muerte de tu tío.

—¿Estabas con él en la invasión de San Eustaquio? No puedo creerlo.

—No, déjame que te cuente mi historia, que la tuya ya la conozco. Después de abandonar Jamaica, me uní a la cuadrilla de Edward Mansfield para atacar algunas ciudades costeras españolas en Centroamérica. Poco después, comandaba mi propio barco. Mansfield era un líder errático que casi siempre quería hacer su voluntad sin tener en cuenta la opinión del resto de los corsarios. Sus asaltos a los españoles fueron, casi todos, exitosos, pero la ganancia obtenida no era mucha y sus métodos de dividirla no dejaban contentos a los hombres. Aunque le había tomado cariño al viejo pirata, cuando algunos capitanes comenzaron a desertar me uní a ellos. Más tarde surgió el conflicto con Holanda y volví a navegar con Mansfield, quien había recibido una patente de corso del gobernador Modyford para atacar Curazao, apoyando las acciones que iniciaría tu tío, el coronel Morgan, en las islas holandesas más pequeñas. A medio camino Mansfield se arrepintió, supongo que porque él, cuyo apellido en realidad era Mansvelt y había nacido holandés, no quería combatir contra sus compatriotas. Entonces decidí abandonarlo y unirme a la flota de tu tío, pero mi barco encalló en las costas de San Eustaquio, la isla donde él murió. Cuando me enteré de que el coronel Carey enviaba una balandra mensajera a Port Royal, me ofrecí como voluntario y aquí estoy. He ganado más experiencia que reales de ocho y ahora estoy listo para que realicemos nuestro viejo sueño. Todavía piensas en tomar Panamá, ¿no?

Cuando Basil concluyó su relato estaban próximos a liquidar la segunda botella de ron, y Pamela y otra prostituta los acompañaban en la mesa.

—Por supuesto que algún día tomaré Panamá —dijo Henry, mientras vaciaba en su vaso el resto de la botella—. Será la culminación de mi vida de corsario. Por ahora, sin embargo, debo permanecer aquí unos meses más organizando la defensa de la isla. Tú puedes ser mi lugarteniente cuando nos embarquemos juntos después de que termine mi encargo. Tengo varias presas en mente, no tan importantes como Panamá, pero más fáciles de tomar.

Basil, aletargado ya por los efectos del alcohol, se quedó absorto, mirando su vaso vacío.

—Yo no tengo dinero, Henry, y no sirvo para soldado de a pie —respondió finalmente—. Necesito volver al mar, pero te prometo que antes de un año regresaré a Port Royal para que zarpemos juntos. Pero ahora, ¡celebremos nuestro rencuentro!

Al día siguiente, Henry abrió los ojos cuando el sol ya estaba próximo a alcanzar su cenit. Al sentir las punzadas en la cabeza y el malestar general se maldijo por haberle dicho a Modyford que llevaría a sus primos la noticia del fallecimiento del tío Edward. Ese no era el tipo de responsabilidad que él quería asumir, ni esa ni ninguna que tuviera que ver con asuntos de familia. Su único deber, como buen corsario, era para con su país, para con sus hombres y para consigo mismo. El ron y las prostitutas eran parte de la vida que había escogido y ninguna obligación podría forzarlo a prescindir de esos placeres. Ninguna.

—Buenos días, tesoro —dijo Pamela, que acababa de entrar en la habitación con una bandeja rebosante de frutas y viandas.

—Solamente quiero café —masculló Henry.

—Aquí traigo café, pero algo de fruta y unas tortillas te ayudarán a soportar el viaje hasta Spanish Town.

—No iré a Spanish Town.

Henry se levantó con dificultad, fue a lavarse la cara y las axilas y volvió a sentarse en el lecho, donde Pamela lo esperaba con la taza de café y un trozo de tortilla de maíz, que él aceptó de mala gana.

—Creo que debes ir a ver a tu familia —insistió Pamela, suavemente—. Anoche repetiste varias veces que se lo habías ofrecido al gobernador.

—Eso fue ayer, hoy es otro día. Además, ya Modyford debe estar con ellas.

—Pero él no es familia y tú sí.

—¡Déjame en paz!

Pamela ni siquiera se inmutó, acostumbrada como estaba a los malos humores de Henry después de una francachela como la de la noche anterior.

—¿Quieres más café?

Henry la miró con desdén que poco a poco se fue convirtiendo en afecto. Esa era la clase de mujer que lo comprendía y lo toleraba sin exigir nada a cambio, la única con la que sabía cómo comportarse.

—Dame otra taza de café y también otro pedazo de tortilla. Me harán falta para el viaje.

Pamela sonrió mientras terminaba de alimentar a su hombre. Así era él, gruñón pero, a la larga, comprensivo.

Avanzada la tarde, Henry llegó a la casa de los Morgan en Spanish Town. Había cabalgado durante casi tres horas maldiciéndose por no haber conseguido un coche. Maldijo también la lluvia incesante, el lodazal en que se había convertido el camino, la rigidez de la silla de montar, pero, sobre todo, se maldijo a sí mismo por su debilidad de carácter. Cuando finalmente arribó, se sorprendió de ver una gran cantidad de coches y caballos. Él esperaba encontrar, además de sus primos, a Modyford y a Byndloss, pero ahora parecía que todo Spanish Town se había congregado en casa de los Morgan.

Henry se apeó de la cabalgadura y esperó a que le pasara el entumecimiento de las piernas y el dolor en las rodillas. En el portal se despojó del capote y del sombrero. Cuando su figura apareció en el marco de la puerta, el murmullo general que recorría el salón se convirtió en un silencio lapidario. Rostros extraños e inexpresivos lo observaban con curiosidad. Incómodo, Henry buscó a sus primos, pero sólo distinguió a Byndloss, que lo saludó con un gesto de la mano, y a Modyford, que se limitó a inclinar brevemente la cabeza. En ese momento, un joven alto y corpulento, increíblemente parecido a su recuerdo del tío Edward, se acercó a recibirlo.

—Tú debes ser el primo Henry. Yo soy Charles; mis hermanas están preparando bebidas y alimentos en la cocina.

Henry abrazó a su primo.

—No sabes cuánto siento la muerte de tu padre. Tenía muchos deseos de verlo otra vez.

—Gracias, Henry, lo sé. Vamos a buscarte una silla.

—¿Podría saludar antes a tus hermanas?

—Por supuesto, sígueme.

En la cocina, más amplia que el salón, las tres hermanas Morgan se afanaban en atender a los visitantes. Ana Petronila y Johanna trabajaban en la mesa ubicada en el centro de la estancia mientras Mary Elizabeth, de espaldas, revolvía con un cucharón el contenido de una gran olla que colgaba sobre el fogón.

—El primo Henry viene a saludar —anunció Charles.

Ana y Johanna dejaron lo que hacían, se limpiaron las manos en el delantal y abrazaron a Henry, llorosas. Como si no hubiera escuchado, Mary Elizabeth siguió revolviendo la olla hasta que, finalmente, se dio vuelta y clavó en su primo los ojos azules.

—Bienvenido —dijo, secamente. Henry se estremeció ante la recriminación que advirtió en su expresión. Avanzó hacia ella para abrazarla, pero Mary Elizabeth lo detuvo con un gesto de la mano.

—Estoy hecha un asco. Acepto tus condolencias.

Henry quedó petrificado. Por un instante no supo cómo proceder, pero aquellos ojos, aquellas mejillas aún más encendidas, las pizcas de sudor que le humedecían la frente y el labio superior, el profundo dolor que emanaba de todo su ser, terminaron por quebrar la firmeza de sus propósitos. Sin pensarlo más, avanzó y la tomó entre sus brazos.

—Sé que debí llegar antes y te pido perdón —le susurró al oído—. Nadie puede reemplazar a tu padre, pero quiero que sepas que desde hoy puedes contar conmigo para siempre.

Mary Elizabeth intentó librarse del abrazo de Henry, pero él la sujetó con más firmeza. A pesar del fuerte olor a cebolla, a humo y a ajo, el cabello y las mejillas de Elizabeth seguían exhalando un aroma delicado, como una flor que rehúsa marchitarse.

—Aún no me has perdonado —insistió él, hablándole al oído.

—Me confundes, Henry, pero te perdono.

Se separaron. En los labios de su prima Henry advirtió el atisbo de una sonrisa y en sus ojos, más azules por las lágrimas, el destello de una inagotable ternura. En ese instante supo que su lucha interna había terminado, que había perdido y que tendría que esforzarse por armonizar la profesión de corsario con la vida de casado.

18

Jamaica, 1665-1666

La muerte inesperada del coronel Edward Morgan precipitó
el enlace matrimonial de Ana Petronila con Robert Byndloss.
La primera en dar su bendición fue la hermana mayor, Mary
Elizabeth. Sin su padre, en la familia haría falta un hombre que
velara por todas. Su hermano Charles trabajaba en la plantación de caña, que ahora representaba el único sostén de la familia, y a veces pasaban semanas antes de que pudiera regresar
a Spanish Town. Robert había contratado un capataz que su-
pervisara el trabajo de sus esclavos para pasar más tiempo cerca de Ana Petronila.

Henry Morgan también había adquirido la costumbre de
visitar semanalmente a Mary Elizabeth. Aunque su actitud no
era la de un pretendiente, en la familia se aseguraba que algún
día serían marido y mujer.

—Ni siquiera me ha tomado la mano —respondía Mary
Elizabeth cuando sus hermanas le preguntaban por sus planes
matrimoniales.

Y era cierto. Aunque estaba segura de que él la quería, no
dejaba de extrañarle su actitud, más que tímida, casi huraña,
cuando de expresar sentimientos se trataba. Pero la visitaba
con frecuencia y, seguramente aconsejado por Robert, de vez
en cuando se presentaba con un ramo de flores o algún obse-
quio. Para su cumpleaños le había regalado un hermoso collar
de perlas, oportunidad que ella aprovechó para preguntarle

cómo lo había obtenido y tratar de hacerle hablar de sus asaltos a los pueblos españoles. Pero Henry siempre encontraba alguna excusa para mantenerla al margen de sus aventuras. Mary Elizabeth, que conocía su fama de bebedor empedernido y mujeriego, seguía insistiendo, con suavidad y ternura, hasta que finalmente llegó el día en que Henry decidió sincerarse. Para él, contarle su vida pasada equivalía a una insinuación de matrimonio y así se lo dio a entender.

—Te voy a hablar de mis aventuras, mis hábitos y mis planes futuros —le dijo, solemnemente, una tarde que regresaban de llevar flores a la pequeña lápida sin sepultura que recordaba a Edward Morgan en el camposanto de la iglesia—. Quiero que estés consciente de que esta confidencia significa que algún día tú y yo seremos marido y mujer.

«Vaya forma de proponer matrimonio», pensó Mary Elizabeth, feliz, sin embargo, de que al fin su primo hubiera hablado de casamiento.

—La vida de un corsario es muy dura, muy incierta y, al mismo tiempo, muy satisfactoria. Si tenemos éxito, podemos llegar a hacernos muy ricos, pero si fracasamos acabamos muertos o en prisión. Es por eso que celebramos con tanto entusiasmo cuando regresamos con un buen botín: hemos burlado la muerte, ganado una buena fortuna y, además, servido a la patria. Espero que esto aquiete tu curiosidad y que seas comprensiva cuando vengan a contarte que me vieron festejando en las tabernas de Port Royal.

«Vaya manipulador», se dijo Mary Elizabeth, sin querer entrar en una discusión para la que ya habría tiempo más adelante. A sabiendas de que si no lo hacía ella él nunca se animaría, tomó la mano de Henry mientras seguían caminando, ahora más despacio. Él la sujetó con firmeza.

—Según me ha contado el gobernador —aventuró Mary Elizabeth—, después de tu última incursión en la Nueva España y Centroamérica tienes dinero y tierra suficiente para vivir holgadamente. ¿No puedes entonces convertirte en un simple agricultor y disfrutar del resto de tu vida, de nuestras vidas, en paz?

Comenzaba la coerción femenina, ya anticipada por Henry.

—La continuidad de nuestra presencia en esta isla depende de los corsarios —se defendió—. Modyford te puede confirmar que en caso de un ataque español, que es muy probable, Jamaica es muy vulnerable. Ahora estoy dedicado a colaborar con él, organizando mejor las defensas, pero más adelante los corsarios seremos necesarios para conservar la colonia.

—Creí que la guerra era contra Holanda y no contra España —comentó Mary Elizabeth, escéptica.

—Por ahora, pero el enemigo siempre será España, que es el gran imperio que nos impide hacer negocios en esta parte del mundo.

Habían llegado a la casa y Mary Elizabeth quiso saber a qué hora emprendería Henry el regreso a Port Royal.

—He alquilado una casa aquí, en Spanish Town, Elizabeth —dijo Henry, mientras se sentaban en el pequeño sofá de mimbre—. Ya no tendré que regresar a Port Royal cada vez que te visito.

—¡Oh, Henry, qué buena noticia! —exclamó Mary Elizabeth, y lo abrazó.

Henry sintió el calor de la mejilla de su prima en la suya, aspiró el olor de su cabello y, tímidamente, la besó en el cuello. Sin dejar de abrazarlo, Mary Elizabeth echó la cabeza hacia atrás y lo miró, con una mezcla de asombro, regocijo y coquetería. Era el primer momento romántico que compartían y no iba a permitir que se le escapara. Lentamente, como para no amedrentarlo, acercó sus labios a los de él y lo besó levemente, con dulzura. Henry, que aún no sabía de qué manera tratar a una mujer como Mary Elizabeth, se paralizó un instante pero después, tratando de controlarse y de no besar a su futura esposa con lujuria similar a la que le inspiraba Pamela, devolvió el beso.

A partir de esa noche, los planes de matrimonio de Henry y Mary Elizabeth se aceleraron. Robert y Ana Petronila habían escogido como fecha para casarse el 15 de enero de 1666, respetando así el luto de tres meses que imponía la costumbre. Por su parte, Mary Elizabeth decidió que la boda de ella con Henry tendría lugar el primero de marzo. Robert y Ana vivirían en la casa familiar de Spanish Town, pero Henry tenía que seguir en Port Royal y para Mary Elizabeth mudarse a esa ciudad, centro del pecado, significaría un verdadero sacrificio. Pero ella sabía muy bien que su presencia allí era necesaria para controlar a Henry, que seguía visitando tabernas y lupanares, aunque con menos frecuencia. Así, cuando Henry trató de insinuar que después del matrimonio ella podía quedarse en Spanish Town y él la visitaría cada fin de semana, Mary Elizabeth se opuso rotundamente.

Después del primer beso Henry trataba a Mary Elizabeth con el respeto y delicadeza que una dama de alcurnia merecía y aunque ahora se besaban y abrazaban con mayor libertad y pasión, el día de la boda se aproximaba sin que él se hubiera atrevido siquiera a insinuar que quería hacerle el amor. Sus deseos sexuales seguía satisfaciéndolos con Pamela y ella era la única a quien se atrevía a confiarle sus dudas de cómo tratar en la cama a su futura esposa.

—Ella es una mujer como cualquier otra —repetía hasta el cansancio Pamela, pero Henry insistía en que existía una gran diferencia entre Mary Elizabeth y las prostitutas a cuyo trato estaba acostumbrado.

—En el fondo, todas las mujeres somos prostitutas, solamente que unas se acuestan con un solo hombre y otras con muchos —filosofaba Pamela, cosa que exasperaba a Henry.

Para salir de dudas, faltando una semana para la boda, Henry decidió confiarle su dilema a Robert, que para entonces ya llevaba dos meses de casado.

—¿Me lo preguntas en serio? —exclamó Robert, sin poder contener la risa.

—No estoy bromeando, Robert. Realmente no sé cómo comportarme.

—Lo único que te aconsejo es que esa noche estés sobrio. Sospecho que la rudeza con la que dices que tratas a tus mujeres es consecuencia del ron.

Dos días antes de la boda Henry dejó de ir a las tabernas y se deshizo de las botellas de ron que guardaba en su casa. Pero la falta de alcohol, en lugar de calmarlo, le trastornó los nervios. No lograba controlar el temblor de las manos, sudaba sin razón alguna y casi no podía dormir. Aun así decidió mantenerse sobrio.

La boda, en la que el único invitado no miembro de la familia era el gobernador Modyford, se celebró, por insistencia de Mary Elizabeth, quien todavía profesaba la antigua religión de Gales, en la única iglesia católica de Spanish Town. Henry, tembloroso y afiebrado, se asombró al ver que se casaba conforme a las normas religiosas de los papistas. Presidió la ceremonia un cura católico, muy anciano, el primero que había llegado a la isla en tiempo de los españoles y, según él mismo afirmaba, el último que verían en Jamaica. Pero la religión preocupaba mucho menos al joven corsario que el deseo de complacer a su futura esposa y cumplió a cabalidad con cada uno de los ritos. Terminado el acto, regresaron a la casa para las celebraciones. Preocupada por el aspecto de Henry, Mary Elizabeth decidió llamar al médico quien, luego de un somero examen, concluyó que padecía de un grave envenenamiento. Al inquirir por los alimentos y bebidas consumidas en las últimas horas, Henry confesó que lo único diferente que había hecho era abstenerse de beber ron.

—¿Lo consume diariamente? —preguntó el doctor, y al escuchar la respuesta afirmativa le ordenó tomar enseguida un trago. Media hora después Henry Morgan estaba totalmente recuperado y listo para la fiesta, en la que procuró beber con moderación. Llegada la medianoche los recién casados se despidieron para dirigirse a la casa que alquilaba Henry en el pueblo. Cuando entraron a la recámara, que Mary Elizabeth había embellecido, Henry, siguiendo los consejos de Byndloss, se excusó para permitir a su esposa desvestirse en privado. Ella lo miró con coquetería, lo besó en la boca y le prometió no tardarse. En la sala, Henry se desnudó rápidamente y se envolvió en un camisón de noche, especialmente cosido por Mary Elizabeth para la ocasión. Su falta de erección la atribuyó a los nervios que, él lo sabía, nada tenían que ver esta vez con el ron sino con su incertidumbre de cómo tratar en el lecho a una mujer decente y virgen.

—Henry, ya puedes entrar —llamó Mary Elizabeth.

La habitación se hallaba iluminada con profusión de velas y Henry, al contemplar la hermosura de su esposa que, totalmente desnuda, le sonreía desde el lecho, quedó paralizado. Jamás había visto senos tan blancos, pezones tan rosados y erguidos, formas tan sensuales ni pubis tan rubio y fino. Mary Elizabeth dio dos palmaditas en el lecho, invitándolo a acompañarla. Él se acercó lentamente y ella le pidió que se desnudara.

—Siempre he querido verte desnudo, Henry —dijo con voz ronca. Henry, avergonzado por la flacidez de su miembro, obedeció y se acostó al lado de su esposa, que enseguida lo abrazó y besó con inusitada pasión.

—¿Me encuentras hermosa? —preguntó Mary Elizabeth.

—Jamás he visto mujer más bella en mi vida. Me da miedo hacerte daño —respondió él, justificándose.

—Ya se acabaron los miedos, Henry. Todo lo que tengo es tuyo y me gustaría que comenzáramos a disfrutarnos —dijo Mary Elizabeth. Enseguida, suspendida, se colocó de frente sobre él y comenzó a bajar lentamente. Mientras dirigía un seno generoso hasta la boca de Henry, con la mano libre le acariciaba el miembro.

Henry la levantó y la atrajo para besarle los labios y después la fue bajando despacio para volver a besar sus senos, su ombligo y saborear la suavidad de su pubis. Para entonces ya sabía que Pamela tenía razón: en la cama todas las mujeres eran iguales, sólo que a algunas había que tratarlas con más delicadeza que a otras. Ahora era Mary Elizabeth la que recorría con sus labios la anatomía de Henry, ya completamente liberado de sus temores porque sabía que la rigidez de su miembro, finalmente alcanzada, era capaz de vencer la virginidad de su mujer y satisfacer sus deseos. Las caricias se prolongaron, tiernas y sin límites, hasta que entre gemidos y suspiros ella pidió que la hiciera suya. Mientras lo hacía, él le suplicó abrir los ojos para mirarse en ellos en el preciso momento en que alcanzaran el éxtasis. Ambos quedaron agotados, uno al lado del otro, y minutos después Mary Elizabeth se levantó para apagar las velas.

—Ya no necesitamos luz para seguir haciendo el amor —dijo, y volvió a acurrucarse en los brazos de su marido.

19

Jamaica, 1666-1667

Los primeros meses en Port Royal fueron un verdadero infierno para Mary Elizabeth. Los recién casados vivían en la casa que había alquilado Henry en las afueras, cerca de un risco que daba sobre la bahía, pero hasta allá llegaba la algarabía de la juerga permanente de los bares y lupanares que mantenían boyante la economía de la ciudad portuaria. Aunque Henry procuraba regresar al lado de su mujer antes de que anocheciera, en ocasiones llegaba tarde y tambaleándose. Las excusas eran siempre las mismas: algún compañero corsario acababa de llegar a Jamaica después de una larga ausencia, otro festejaba su cumpleaños. Siempre los malditos corsarios.

Lo cierto es que Henry, como todo hombre de mar, se aburría en tierra. Las nuevas fortificaciones y la renovación de las antiguas ya estaban terminadas y ahora su trabajo se limitaba a entrenar a los milicianos y velar porque se mantuvieran en estado de alerta. Para Mary Elizabeth este aburrimiento era en parte responsable de la renuencia de Henry a dejar el ron. Y con la ayuda de Robert y el gobernador, comenzó a maniobrar para que su marido se interesara más en la agricultura.

—En el Consejo de la isla y en la Asamblea que la Corona acaba de instituir están surgiendo dos grupos con intereses opuestos —le recordaba Mary Elizabeth—. Los comerciantes, que ya tienen como líder a Lynch, y los agricultores, que no tienen a nadie que los guíe porque el gobernador Modyford, que es el más grande de los hacendados, está impedido por su cargo. Tú podrías convertirte fácilmente en el líder que necesitan.

Al principio Henry no le prestaba mucha atención, pero después de conversar del tema con Robert y con Modyford, se convenció de que su mujer llevaba razón: para los agricultores resultaría sumamente peligroso que el gobierno de la isla quedara en manos de los comerciantes, cuya principal fuente de ingresos era la trata de esclavos, actividad de primordial importancia para la economía agrícola. Cualquier incremento arbitrario en el precio de los esclavos o importar menos de modo que la demanda se encargara del aumento, sería catastrófico para la producción de azúcar, tabaco o jengibre. Pero aún más peligroso resultaba el hecho de que los comerciantes, en particular su líder Lynch, veían con muy buenos ojos que se mantuviera una paz duradera con España. Poco a poco Henry comenzó a pasar más tiempo en su hacienda de Río Nuevo hasta que decidió construir allí una casa que le permitiera vigilar más de cerca los trabajos. Añoraba el mar, pero Inglaterra seguía en paz con España y Modyford rehusaba expedir patentes de corso para atacar ciudades españolas. Mary Elizabeth se sentía más tranquila ahora que sabía que su estancia en Port Royal era temporal y que en breve ella y Henry trasladarían su hogar a la hacienda, sitio ideal para criar una familia. Su mayor preocupación era que el tiempo pasaba y el hijo que ambos anhelaban no acababa de anunciarse.

A principios de 1666 llegó a Jamaica la noticia de que Edward Mansfield, jefe de la Hermandad de la Costa, tras desistir de atacar a los holandeses en Curazao, había asaltado y tomado la isla de Old Providence, a la que los españoles llamaban Santa Catalina. A pesar de que con la incursión en una posesión española se violaba abiertamente el convenio de paz entre Inglaterra y España, Modyford ya estaba convencido de que Jamaica no podía subsistir sin los corsarios y no solamente pasó por alto la transgresión de Mansfield sino que resolvió enviar un contingente que ayudara a mantener Old Providence bajo el dominio inglés. Para desempeñar la misión nombró al capitán Whetstone, el sobrino renegado de Oliver Cromwell, quien desde el ataque y saqueo de Santiago de Cuba bajo el liderazgo de Myngs se había convertido en un corsario más. Mientras tanto, en Panamá, Juan Pérez de Guzmán, gobernador y presidente de la Audiencia, hacía poco reinstalado en su cargo después de haber sido injustamente destituido, ansioso por demostrar su lealtad a la Corona y su capacidad militar, organizaba una flota para reconquistar Santa Catalina. Ingleses y españoles ambicionaban su posesión; los ingleses porque la pequeña isla podía servir de trampolín a los piratas para coordinar desde allí los asaltos a las posesiones españolas y los españoles porque era el sitio ideal para detectar e interceptar cualquier ataque contra sus ciudades en Tierra Firme. Cuando el contingente español de seiscientos hombres desembarcó, Whetstone comprendió que ciento cincuenta ingleses no serían suficientes para rechazar la ofensiva enemiga y depuso las armas a cambio de recibir un trato justo, que nunca se daría. Whetstone y su lugarteniente fueron enviados a una prisión en Panamá y al resto de la tropa se les trasladó, con grillos y cadenas, a las mazmorras de La Habana y Portobelo.

Al mismo tiempo que los españoles recuperaban Santa Catalina, Mansfield y sus hombres eran rechazados en Costa Rica, donde habían intentado tomar la ciudad de Cartago. Derrotado, Mansfield se dirigió a Tortuga, isla en la que predominaban los piratas y bucaneros franceses, con el propósito de armar una flota más poderosa. Unos meses más tarde llegó a Port Royal la noticia de que Mansfield había fallecido en circunstancias inciertas. La vacante en el liderazgo de la Hermandad de la Costa se producía en el mismo momento en el que los espías de Modyford confirmaban que en Cuba los españoles se preparaban para atacar Jamaica, lo que llevó al gobernador a obtener del Consejo de Jamaica autorización para volver a expedir patentes de corso que atrajeran nuevamente a Port

Royal a los desencantados corsarios. La sucesión de acontecimientos determinó que el nombre del coronel de la milicia,
Henry Morgan, volviera a mencionarse con insistencia en los
centros de diversión de Port Royal y en las sesiones del Consejo de Jamaica, en cuyo seno hasta los comerciantes partidarios de Lynch abogaban en favor de una mejor defensa para la
isla. El momento histórico parecía forzar a Henry Morgan a
regresar al mar. El rumor de que Henry había sido escogido
como nuevo líder de los corsarios llegó a oídos de Mary Elizabeth días antes de la Navidad de 1667. A pesar de no haber podido darle un hijo, durante casi dos años había logrado
mantener a Henry a su lado y desde hacía más de seis meses,
no obstante las frecuentes escapadas de su marido a Port Royal, ambos gozaban de la placidez de la vida bucólica en la casa
construida entre el Río Nuevo y el cañaveral, hacienda a la que
su marido le había puesto el nombre de «Llanrumney» en recuerdo de sus padres y de su infancia. Ese día se sentó en el
portal, desde donde se divisaban a un tiempo las aguas tranquilas del río y un ondulante mar de cañas, a esperar a que su
marido regresara de revisar los trapiches. La frialdad del saludo bastó para que Henry supiera que Mary Elizabeth se había enterado de lo que ya todos comentaban en Port Royal y
Spanish Town.

—¿Qué pasa, Elizabeth? —preguntó él, fingiendo ignorancia.

—¿Cuándo me lo ibas a decir, Henry? ¿El mismo día que
volvieras a embarcarte? —preguntó ella a su vez. La expresión de profunda decepción y la voz apagada, tan diferente de la que estaba acostumbrado a escuchar, conmovieron
a Henry.

—Pude haber rehusado, Elizabeth, pero habría faltado a
mi deber para conmigo mismo, para con mi país y para contigo.

—¿Para conmigo? Lo único que yo quiero es que te
quedes aquí, en Llanrumney; que envejezcas a mi lado, que

podamos criar juntos a nuestros hijos, si es que Dios nos los quiere enviar.

—Para que esta hacienda y esta casa sigan existiendo es necesario que también subsista Jamaica. El gobernador ha recibido noticias alarmantes de sus espías en Cuba que indican que los españoles preparan una gran ofensiva para retomar nuestra isla —Henry se sentó al lado de Mary Elizabeth y le tomó ambas manos—. Si no te lo dije fue porque no había ninguna seguridad de que me volvería a embarcar. Pero hace dos días Modyford recibió confirmación de lo que ya sospechábamos y el Consejo de Jamaica lo autorizó para volver a expedir patentes de corso. Muerto Mansfield, los corsarios me escogieron como su nuevo líder.

—¿Y por qué a ti? —gritó Mary Elizabeth, frustrada—. ¿Es que no hay otro que pueda guiarlos, Morris, Jackman, Freeman, cualquiera de esos buenos capitanes que tanto mencionas?

—Es en mí en quien confían y no puedo defraudarlos, ni a ellos ni al gobernador ni al rey.

—¿El rey? ¿Qué le importa al rey lo que pasa aquí? ¿No me has dicho tú mismo que por estar bien con los malditos españoles ha abandonado Jamaica?

—Sí, lo he dicho porque me cuesta entender por qué hay una política inglesa para Europa y otra para el Caribe. Modyford está convencido de que nosotros tendremos que aprender a defendernos solos hasta que el rejuego de intereses en Europa obligue a España a reconocer oficialmente que Jamaica es una colonia inglesa.

—¿Cuándo te embarcas? —preguntó Mary Elizabeth, secándose las lágrimas que tanto había luchado por reprimir.

—Todavía no lo sé, pero esta expedición será solamente para recabar información más detallada y actualizada sobre lo que traman los españoles. No combatiremos a menos que sea necesario. Nadie más lo sabe, pero navegaremos rumbo a Cuba.

—Ay, Henry. Comprendo lo mucho que te atrae el mar y luchar por tu país, pero yo esperaba que te hubieras habituado a la vida tranquila y sin sobresaltos de los agricultores.

—Disfruto mucho junto a ti, Elizabeth —Henry volvió a tomarle las manos—. Te prometo que antes de cinco años dejaré para siempre el mar y nos quedaremos aquí, tú y yo, tranquilos, sin sobresaltos, viendo florecer la caña y el jengibre y educando a nuestros hijos.

Mary Elizabeth se libró de las manos de Henry, lo abrazó y comenzó a llorar, suavemente.

—Oh, Henry, estoy segura de que si te hubiera dado un hijo no nos abandonarías.

—Los hijos vendrán, Elizabeth. Y no te estoy abandonando, al contrario, estaré luchando por nosotros, por nuestro futuro.

Cuando llegó el momento de la partida, Mary Elizabeth insistió en acompañar a su marido a Port Royal y despedirlo en el muelle. Con ella acudieron su hermana, Ana Petronila, embarazada de su primer hijo, y su cuñado, Robert, que a petición de Henry había sido incorporado por Modyford a la milicia como comandante de Fort Charles. Diez naves, con más de cuatrocientos hombres a bordo, constituían la flota comandada por Henry Morgan, recién ascendido por el gobernador y el Consejo de Jamaica al rango de almirante. En medio de su frustración, Mary Elizabeth no pudo dejar de sentir un profundo orgullo al comprender que el futuro de Jamaica dependía del coraje, la audacia y el liderazgo de su querido Henry.

Londres, Corte del Rey, febrero de 1685

El interrogatorio del testigo Byndloss se había prolongado más allá de lo anticipado por John Greene, quien observaba con preocupación la falta del interés del público y de los magistrados por la vida familiar de Henry Morgan. Muchos habían abandonado las tribunas y a los que todavía permanecían sentados se les notaba el aburrimiento en el rostro. Era hora de traer nuevamente al estrado a Basil Ringrose, que tan buena impresión había causado a lo largo de su primer testimonio. Pero antes le correspondía el turno a la defensa.

—Con la venia de la Corte —dijo el abogado Devon— formularé una sola pregunta al testigo Byndloss para no alargar innecesariamente una declaración que, a pesar de las afirmaciones de mi colega de la acusación, francamente encuentro poco pertinente. Señor Byndloss, si no os he entendido mal, resulta evidente que, a pesar de su casamiento, Henry Morgan continuó frecuentando las tabernas y burdeles de Port Royal.

Antes de responder, Robert Byndloss miró a John Greene, cuyo rostro permanecía imperturbable.

—Creo que expliqué con claridad que era en esos sitios donde se reunían los amigos de sir Henry, corsarios y agricultores.

Devon enarcó las cejas, se acercó al testigo y preguntó, sarcástico:

—¿Eso es todo, señor Byndloss? ¿Fue impulsado por su incomparable sentido de la amistad que Morgan siguió embriagándose en tabernas y lupanares?

Byndloss guardó silencio y John Greene prefirió no hacer más comentarios sobre un tema en el que llevaba las de perder.

Al advertir que, luego de excusar al testigo, el presidente consultaba la hora en su reloj de bolsillo con la intención de decretar un receso, John Greene, que no quería que la última impresión fuera la que quedó flotando en el ambiente luego de la pregunta de Devon, se levantó para llamar a su siguiente testigo.

—Se hace tarde, señor Greene. Podemos empezar mañana con vuestro siguiente testigo —sugirió el presidente.

—Es cierto, Su Señoría. Pero hay leña en el hogar y el señor Ringrose está esperando para testimoniar. No sería justo…

—Está bien, está bien. Pero os advierto que tan pronto oscurezca daré por concluida la sesión de hoy.

—Gracias, señor presidente. Llamo nuevamente al estrado al Basil Ringrose.

Como si hubieran escuchado un campanazo, las pocas personas que aún permanecían en las gradas parecieron volver a la vida y un murmullo recorrió la sala cuando, con paso resuelto, Basil Ringrose caminó hacia el estrado. En lugar de la ropa de corsario que traía durante su primera aparición en el juicio, ahora vestía como un típico comerciante londinense, enfundado en un abrigo de pieles del que se despojó tan pronto tomó asiento.

—Se os recuerda que estáis bajo juramento —le advirtió el presidente antes de indicarle a Greene que podía proceder.

—Bienvenido nuevamente al estrado, señor Ringrose. Quisiera que nos hablarais ahora del rencuentro con vuestro amigo sir Henry.

—Con placer, señor abogado. En realidad, después de mi primer rencuentro en Port Royal con sir Henry, en 1665, volvimos a separarnos por más de tres años. Él, que ya era un hombre rico, decidió permanecer en Jamaica como comandante de las milicias, y yo, que todavía estaba necesitado de dinero, volví a embarcarme como corsario bajo el mando de Edward Mansfield. Fue a principios del año 1668, en las costas de Cuba, cuando volvimos a encontrarnos, esta vez para combatir juntos contra el enemigo español.

20

Jamaica, Puerto Príncipe, Portobelo, 1668

Tan pronto como la nave insignia de Henry Morgan, bauti-
zada con el nombre de *Lilly*, desplegó sus velas en alta mar, el
nuevo líder de los corsarios volvió a sentirse dueño de su destino. Tres años habían transcurrido desde su retorno triunfal
de Centroamérica y desde entonces no había vuelto a poner
pie en la cubierta de un barco. Enamorado de su mujer, llegó un momento en que casi se dejó convencer de abandonar
la guerra para dedicarse por entero a la agricultura. En su hacienda Llanrumney poseía ya dos mil quinientos acres sembrados de caña, algodón y jengibre que lo convertían en un
importante hacendado y uno de los hombres más ricos de Jamaica, superado únicamente por el gobernador Modyford y
por el traficante de esclavos Thomas Lynch. Además, varios de
sus amigos ocupaban puestos en la Asamblea y en el Consejo, circunstancia que, junto a la estrecha amistad que lo unía al
gobernador, le permitían ejercer una gran influencia en el gobierno. Pero no era para vivir del campo, ni para dirigir milicias, ni para hacer política que Henry Morgan había llegado a
Jamaica. Durante todo el tiempo que permaneció en tierra no
pasó un día en que no añorara el mar y la guerra, tema obligado en las juergas que a menudo compartía con sus antiguos
compañeros de lucha.

La flota de Morgan, en la que navegaban sus amigos los capitanes Jackman, Morris y Freeman, se reuniría en los cayos

de las Doce Leguas, muy cerca de la costa de Cuba, sitio ideal para ocultarse del enemigo, reparar velas, llenar de agua los barriles, recolectar frutas, cazar puercos salvajes y atrapar tortugas, cuya carne era muy apreciada por los bucaneros. A fines de enero de 1668, el *Lilly* entró a la ensenada de los cayos, donde cinco navíos franceses esperaban para unirse a la flota.

—La noticia de que Henry Morgan retornaba a la piratería se propagó como reguero de pólvora en el Caribe y aquí estamos, listos para seguirte —declaró el capitán Legraux, líder de la flotilla francesa, quien se expresaba en una extraña mezcla de francés e inglés. Lo bueno para Henry fue enterarse de que a bordo de una de las naves francesas venía su amigo Basil Ringrose.

—Cuando me enteré de que tú eras el nuevo líder de los corsarios y de que llamabas a un encuentro en los cayos, convencí a Legraux, a quien me uní después de la muerte de Mansfield, de sumarnos a tu flota y aquí estamos. ¡Ahora sí podremos realizar nuestros sueños, hermano de la costa!

Emocionado, Henry prometió a Basil hacerlo rico y, como no había un navío disponible para entregarle, le pidió que fuera su lugarteniente y navegante a bordo del *Lilly*.

Cuatro días después, ya habían anclado en la ensenada el resto de las naves inglesas y Henry Morgan convocó un congreso de capitanes para acordar las normas y definir la siguiente presa. A nadie, ni a Basil ni a sus más cercanos colaboradores, había revelado Henry que la patente de corso que le había expedido el gobernador solamente lo autorizaba para recabar información sobre los planes del enemigo. En su poder tenía una nota confidencial, anexa a la patente, en la cual Modyford, previendo la necesidad de que tuvieran que defenderse de algún navío de guerra español o que, «a juicio del almirante Morgan fuera conveniente atacar alguna de las posesiones españolas en Tierra Firme» lo autorizaba para llevar a cabo tales acciones. Desde antes de embarcarse en Port Royal,

Henry estaba convencido de la necesidad de atacar La Habana, principal baluarte de los españoles en el Caribe occidental. En el congreso de capitanes, todos menos Legraux estuvieron de acuerdo en La Habana como objetivo. Según el francés, había recibido información sobre la fuerza de los españoles de unos expresidiarios franceses, evadidos del Morro de La Habana hacía poco tiempo.

—Se necesitan por lo menos mil quinientos hombres para tomarla

—concluyó Legraux, en su extraña jerga. Siguiendo la costumbre, los capitanes sometieron el asunto a la consideración de las tripulaciones y La Habana fue descartada.

Se habló entonces de Santiago, pero esta ciudad ya había sido asaltada en dos ocasiones y quizá las autoridades, además de reforzar las defensas, habían ordenado a los habitantes mantener escondido el dinero y los objetos valiosos. Finalmente, Henry sugirió Puerto Príncipe, ciudad que, a pesar del nombre, quedaba a unas quince leguas de la costa.

—La ciudad fue fundada a orillas del mar —explicó a sus capitanes, recordando sus lecturas del libro de Gage—, pero por miedo al ataque de gente como nosotros fue trasladada veinte leguas tierra adentro. Se trata de un pueblo de agricultores y ganaderos que mantienen un constante comercio con La Habana. Si logramos sorprenderlos, podremos alzarnos con un buen botín.

La propuesta fue aceptada por los capitanes y los marineros y tres días después la flota ancló en una pequeña ensenada, frente al muelle abandonado donde originalmente se asentaba el primer emplazamiento de Puerto Príncipe, al que los nativos llamaban Camagüey. Al día siguiente del desembarco, al frente de cuatrocientos hombres, Henry Morgan inició la marcha rumbo al objetivo. Las naves quedaban al cuidado de una cincuentena de hombres, bajo el mando de un inconforme Ringrose. Para justificar su decisión, Henry le contó el incidente de Yucatán, cuando había perdido todas sus naves a manos de los españoles por no contar con un comandante con experiencia que las defendiera. Y agregó:

—Te necesito aquí y, además, no te perderás ninguna batalla importante en Puerto Príncipe, que será una presa fácil.

Aunque no lo exteriorizaran, ambos sabían que Henry no quería arriesgarse a perder en una primera incursión al amigo por quien tanto tiempo había esperado.

Guiándose por el instinto que le sugería estar siempre preparado para lo peor, Morgan obligó a sus hombres a caminar por las colinas, lejos del camino que conducía hacia Puerto Príncipe. Sus precauciones rindieron fruto cuando al llegar a la última elevación divisaron un gran contingente de soldados, a caballo y a pie, que advertidos de la llegada de los piratas se aprestaban a defender la ciudad. Entre la colina y los muros de Puerto Príncipe se extendía una amplia sabana, sitio que habían escogido los españoles para dar la batalla. Los hombres de Morgan, armados de picas, espadones y mosquetes, bajaron a la llanura y se colocaron en semicírculo para resistir la primera carga de la caballería. Mientras las balas de los mosquetes daban cuenta de varios jinetes, las puntas de las picas atravesaban los petos de las cabalgaduras, deteniéndolas en seco. Rápidamente, los atacantes rodearon al enemigo y cayeron sobre ellos. En el enfrentamiento cayó herido de muerte el gobernador de Puerto Príncipe, lo que provocó la desbandada del ejército defensor. Morgan ordenó perseguirlos sin tregua y menos de tres horas después la ciudad caía en sus manos.

Los primeros interrogatorios a los prisioneros confirmaron que vigías, apostados en puntos estratégicos de la costa, advirtieron de la llegada de los piratas y casi todos los habitantes lograron huir de la ciudad, llevándose consigo el dinero y los objetos de valor. Morgan envió a varios de sus hombres tras ellos y mantuvo como rehenes a algunos notables del pueblo con la advertencia de que si no lograban recoger bienes equivalentes a doscientos mil reales de ocho destruiría la ciudad y a ellos se los llevarían como prisioneros de guerra a

Jamaica. Tres días después, sus hombres regresaron con las manos casi vacías y el vicegobernador solicitó un plazo de quince días para cumplir las exigencias de Henry. Sospechando un engaño, varios de los rehenes fueron torturados hasta que uno de ellos confesó que desde hacía varios días mantenían comunicaciones secretas con las autoridades de Santiago y que muy pronto llegaría un destacamento a liberar la ciudad. Decidido a no correr ningún riesgo y previendo sus próximas acciones, Henry ordenó entonces a los habitantes recoger mil cabezas de ganado y arrearlas hasta la costa, donde fueron descuartizadas, saladas, empacadas en barriles y subidas a bordo de las naves. Terminada la faena, Morgan ordenó la liberación de los rehenes.

El primer ataque de Henry Morgan como líder de la Hermandad de la Costa había producido, sin contar la carne salada y otros alimentos, únicamente cincuenta mil reales de ocho, suma que al ser distribuida entre los hombres resultó muy inferior a sus expectativas. Después de una agria discusión, los franceses, bajo el liderazgo de Legraux, decidieron dejar a Henry Morgan y zarparon de vuelta a Tortuga para unirse al capitán galo L'Ollonais, famoso por su crueldad y osadía. Con el líder de la Hermandad permanecieron cuatrocientos veinte hombres, repartidos en nueve naves. Henry se enfrentó entonces a la disyuntiva de regresar a Port Royal para armar una flota más poderosa, como aconsejaba Ringrose, o atacar enseguida una nueva presa que rindiera un mejor botín. En su cañaveral de Llanrumney lo esperaba Mary Elizabeth, pero él no quería regresar con las manos vacías ni mucho menos permitir que en Port Royal se dudara de su capacidad de liderar la Hermandad de la Costa. Con la ayuda de Jackman, Morris y Freeman, y del joven capitán Bradley, cuyo valor y audacia en la batalla de Puerto Príncipe habían impresionado a Henry muy favorablemente, convenció a los marineros de acompañarlo en una nueva empresa mucho más prometedora. Su siguiente víctima, que no había revelado a nadie, sería la ciudad portuaria de Portobelo, segunda en importancia del istmo centroamericano después de la legendaria ciudad de Panamá. Distante de esta unas escasas veinte leguas, Portobelo era la caja fuerte de España en América. Allí llegaban y se guardaban, para ser enviados luego a Sevilla, los fabulosos tesoros de plata y oro que el imperio extraía de las minas de Sudamérica, principalmente de la de Potosí, en el Alto Perú. Desde que el famoso pirata William Parker la tomara en 1601, las defensas de la ciudad habían sido reforzadas y nadie se había atrevido a volver a atacarla.

El 25 de mayo de 1668 zarpó la flota comandada por Henry Morgan. Seis de las naves eran comandadas por amigos de Henry: John Morris, su hijo John Jr., David Jackman, Bill Freeman, Edward Collier y Joseph Bradley. Basil Ringrose se mantenía como su lugarteniente y navegante a bordo del *Lilly*.

Henry sabía que los cañones de los tres fuertes y de las dos baterías que custodiaban Portobelo hacían imposible un ataque por mar y que, debido al reducido número de su tropa, el éxito de un asalto por tierra dependía enteramente del elemento sorpresa. Después de navegar durante tres semanas divisaron las costas de Panamá y, manteniéndose alejada del litoral para no ser avistada por los vigías españoles, la flota pasó frente a la desembocadura del río Chagres y se dirigió a la isleta Longa de Mos, a escasas cinco millas de Portobelo. Al anochecer, faltando pocas leguas para llegar a su destino, las naves arriaron velas, excepto la trinquetilla, y lentamente entraron en la ensenada de la costa oriental de la isleta. Allí desembarcaron en las versátiles canoas que desde el ataque a Campeche se habían convertido en elemento esencial de la estrategia del nuevo líder de la Hermandad de la Costa. Sólo entonces los corsarios, piratas y bucaneros escucharon de Henry que su próxima presa sería Portobelo. Muchos se opusieron y quisieron rebelarse alegando que era la ciudad mejor custodiada por los españoles y se necesitaba una fuerza tres veces más grande para tomarla. Cuando terminaron de hablar, Henry lanzó una arenga en la que los invitaba a desafiar las posibles adversidades a cambio de conquistar la gloria y un botín que al ser repartido entre los pocos valientes que se arriesgaran constituiría el más jugoso que jamás hubieran podido soñar.

—La sorpresa, el coraje y la habilidad para la guerra están de nuestro lado y si me siguen les aseguro que venceremos —fueron sus palabras. Después de murmurar entre ellos, surgieron las vivas y las expresiones de apoyo y a las tres de la madrugada Morgan y sus hombres iniciaron la marcha. Luego de atravesar los manglares de la costa llegaron a un camino empedrado que, según había investigado Morgan, comunicaba el castillo San Lorenzo con Portobelo. Bajo una pertinaz llovizna, los hombres marchaban aprisa pero en absoluto silencio y cuando Morgan calculó que faltaban menos de doscientas yardas para arribar al pueblo envió a cinco de sus más diestros secuaces a capturar al vigía apostado en la puerta de tierra de la ciudad. Cuando regresaron con el infeliz, el propio Henry lo interrogó sobre la disposición de hombres en el fuerte San Jerónimo, ubicado a un costado de la entrada del pueblo. Obtenida la información deseada, obligaron al prisionero a servir de guía hasta llegar a la fortaleza, que rodearon sin hacer ruido. Morgan le quitó entonces la mordaza al prisionero y, siguiendo la tradición, lo envió como mensajero a conminar al castellano la rendición de la plaza a cambio de su vida y la de sus soldados.

—Decidle que somos más de mil hombres.

En respuesta, los españoles abrieron fuego contra los asaltantes y Morgan ordenó atacar por todos los flancos.

—Debemos tomar el castillo sin demora para evitar que en el pueblo se preparen para el combate —dijo a sus comandantes.

Los españoles se defendieron bravamente, pero los ciento treinta que defendían el fuerte no pudieron con la furia y la habilidad de los trescientos cincuenta bárbaros que cayeron sobre ellos como plaga bíblica. Menos de una hora duró el combate por el castillo San Jerónimo, que dejó como resultado setenta españoles y cinco piratas muertos. Al conducir a los prisioneros a las mazmorras del castillo, los piratas encontraron, encadenados, famélicos y cubiertos por sus propios orines y excrementos, doce prisioneros ingleses que fueron liberados y llevados enseguida en presencia de Morgan para contar sus historia. Conmovido por el penoso aspecto de sus compatriotas, Henry se enteró de que se trataba de un grupo de soldados capturados por los españoles durante la recuperación de Old Providence hacía poco más de un año. El menos maltrecho contó con voz temblorosa:

—El comandante Whetstone, a sabiendas de que sería inútil resistir, rindió la plaza a cambio de que fuéramos enviados de vuelta a Jamaica, pero los españoles no cumplieron la palabra empeñada. A nosotros nos trasladaron aquí. De los veinticinco que éramos, más de la mitad murieron a consecuencia de los trabajos forzados, de las enfermedades o del encadenamiento en condiciones infrahumanas.

—¿Y Whetstone? —quiso saber Henry.

—Creemos que fue enviado a Panamá o a La Habana, junto con el mayor Smith, su segundo en el mando en Old Providence —el que hablaba miró a los demás prisioneros antes de continuar—. Cuando llegamos aquí había otro prisionero, a quien trataban un poco mejor y disponía de una celda para él solo. No nos permitían comunicarnos con él, pero creemos que se trataba del sobrino del rey.

—¿El príncipe Maurice? —preguntó Henry, asombrado. El prisionero asintió con un movimiento de cabeza.

Cinco años atrás, el príncipe Maurice, sobrino muy querido de Carlos I, había desaparecido cerca de la isla de Puerto Rico mientras navegaba entre Inglaterra y Jamaica. Se rumoraba que su nave había sido apresada por galeones españoles y él permanecía prisionero, probablemente en La Habana. Si el relato de los presidiarios ingleses era cierto —y él no tenía por qué dudarlo— Henry había encontrado la excusa perfecta que le permitiría a Modyford defender ante la Corona el ataque a Portobelo a pesar del tratado de paz con España. En cualquier caso, trataría de corroborar el relato al interrogar a los prisioneros de guerra españoles.

—¿Tenéis algo más que decir?

—Sí, señor —respondió el vocero de los recién liberados—. El español que incumplió a Whetstone su palabra de militar y nos envió a todos a morir en prisión es el mismo que hoy ejerce como gobernador de Portobelo: José Sánchez Jiménez.

Iracundo, Morgan ordenó capturar con vida al gobernador y, dirigiéndose a Basil, que actuaba como su lugarteniente, le pidió dividir a los hombres en dos batallones.

—El que tú comandas atacará la fortaleza de San Felipe, en la entrada de la bahía. Necesitamos someterlo de modo que las naves puedan acercarse al muelle para cargar el botín. El resto vendrá conmigo a tomar el castillo Triana, que está próximo al ayuntamiento.

En la ciudad reinaba una gran confusión. Muchos de los habitantes permanecían encerrados en sus viviendas en tanto que otros corrían despavoridos intentando escapar de la horda de piratas. La débil resistencia montada por el gobernador en la calle principal fue fácilmente vencida y en un santiamén Morgan y sus hombres llegaron frente al castillo Triana, una mole de piedra levantada en medio de la ciudad, con puertas reforzadas de hierro que la hacían prácticamente inexpugnable. Allí se había refugiado el gobernador con sus mejores soldados y algunos voluntarios. Los piratas trataron de lanzar los garfios de sus escalerillas a los altos muros, pero una y otra vez fueron rechazados por los defensores que disparaban sus mosquetes y les lanzaban granadas explosivas obligándolos a buscar refugio. Luego de una hora de intentar en vano penetrar la defensa española, Morgan ordenó a diez de sus hombres ir en busca de los notables del pueblo. Media hora después regresaron, pero en lugar de los notables traían consigo algunos sacerdotes y monjas católicos.

—Los notables huyeron, señor —dijo el que dirigía el grupo—. Pero en las iglesias encontramos a estos papistas.

Sin pensarlo dos veces, Henry ordenó utilizarlos como escudo.

—Por ahora dejad aquí a las monjas. Si los curas fallan, entonces los reemplazáis con ellas.

De nada sirvieron los ruegos ni los lamentos. El tiempo pasaba y la ciudad tenía que ser sometida antes de que se recibieran refuerzos desde Panamá.

—Si los soldados españoles son tan papistas como vosotros sin duda se rendirán antes de mataros —dijo Henry a los atemorizados religiosos.

Agazapados detrás de dieciocho curas, los piratas se acercaron a los muros. En las filas de los defensores hubo indecisión, pero cuando los piratas comenzaron a subir por las escalerillas volvieron a tronar los mosquetes y a estallar las granadas. Para entonces ya Henry había logrado colocar varios de los bucaneros en los techos y colinas cercanas al castillo y desde allí, con certeros disparos, comenzaron a causar bajas entre los españoles. Aprovechando el desconcierto, la avanzada pirata logró entrar al castillo y minutos después abrían el portón de acceso. De ese momento en adelante de nada sirvió el coraje con el que lucharon los españoles atendiendo las órdenes de su comandante, el gobernador Sánchez Jiménez, quien no se cansaba de exhortarlos a vencer o morir. Enterado de la presencia en el castillo del verdugo de Old Providence, Morgan, seguido de cinco de sus hombres, fue tras él con la intención de apresarlo con vida y obligarlo a hablar sobre el paradero de Whetstone, de Smith y del príncipe Maurice. Pero Sánchez Jiménez estaba decidido a no dejarse apresar y espada en mano se abalanzó sobre Morgan. Al ver a su jefe en peligro, uno de sus hombres cercenó de un hachazo la yugular del gobernador, quien cayó sin vida en medio de un enorme charco de sangre.

Asegurado el castillo Triana, Morgan se dirigió con el resto de sus hombres a apoyar a Ringrose, pero tan pronto salió del pueblo pudo contemplar, con gran satisfacción, que ya el pabellón inglés ondeaba sobre una de las torres del fuerte San Felipe. En menos de diez horas la batalla de Portobelo había llegado a su fin. Henry envió un par de mensajeros a avisar a los hombres que permanecían en las naves que el camino estaba despejado para navegar hasta la bahía donde, según la leyenda, setenta y dos años atrás, en un ataúd lastrado de plomo, el cadáver de sir Francis Drake había sido confiado a las aguas.

En la ciudad de Panamá, dos días después del ataque, el gobernador encargado, don Agustín de Bracamonte, marqués de Fuente Sol, recibía de boca de dos exhaustos jinetes la alarmante noticia de la toma de Portobelo por piratas ingleses. Otros defensores de Portobelo que lograron escapar a la furia de los invasores llegaron más tarde con información detallada del ataque y la todavía más perturbadora noticia de que al frente de los asaltantes estaba el temido Henry Morgan, líder de la camarilla de malhechores que se hacía llamar con el ostentoso nombre de La Hermandad de la Costa. Bracamonte ordenó enseguida levantar un ejército y al frente de trescientos soldados regulares y quinientos voluntarios, salió a rescatar la ciudad-puerto de manos del invasor.

En Portobelo, Morgan había hecho encarcelar en el castillo San Jerónimo a los soldados capturados, a las autoridades y algunos notables, al mismo tiempo que sus hombres iniciaban su acostumbrado ritual después de una dura batalla. Primero recorrieron todas las tabernas en busca de ron y mujeres y luego iniciaron el saqueo indiscriminado de casas de gobierno, almacenes, iglesias y viviendas. La mala noticia, que enfureció a Henry, fue que no encontraron en la bahía galeones españoles cargados con los famosos tesoros que iban y venían entre América y Sevilla. Comprometido con sus hombres a obtener un botín que justificara la temeraria acción en la que habían perecido veintitrés de sus compañeros y resultado heridos treinta y siete, se prometió no abandonar la ciudad recién tomada hasta lograrlo. Sin embargo, resultaba evidente que cuanto más tiempo permaneciera en Portobelo más se exponía a un contraataque español desde Panamá o desde Cartagena, aparte de que la ciudad atlántica, construida entre pantanos y manglares, era reconocida por ser un foco de pestilencia, fiebres tropicales y enfermedades diversas, sobre todo durante la época de lluvias, ahora en su apogeo. Meditaba Morgan sobre estos temas cuando el capitán Bradley se presentó con un grupo de nativos, enemigos de los españoles, que venían a informarle del avance hacia Portobelo de un gran ejército de más de tres mil hombres comandado por el gobernador de Panamá.

—¿Tres mil hombres? ¿Estáis seguros? —preguntó Morgan, cuyos informes indicaban que en Panamá había solamente alrededor de quinientos soldados y no más de diez mil habitantes.

—Eso parece —respondió el líder de los indígenas en buen español, lengua con la cual Henry comenzaba a familiarizarse—. Pero si son mil o tres mil no importa porque por la garganta que nosotros llamamos Salto Largo solamente pueden pasar cien a la vez.

—¿Y no pueden tomar otro camino?

—No si vienen para Portobelo.

—¿Cuándo llegarán a Salto Largo?

—Mañana. Tienen mucho apuro.

Los indígenas se ofrecieron a servir de guías y Henry pidió a Bradley que fuera con ellos a cerciorarse de la exactitud de la información y, de resultar cierta, reunir doscientos hombres, incluyendo a los mejores tiradores, para ir a enfrentar a los españoles en el sitio indicado. Acto seguido, envió por el vicegobernador de Portobelo a las mazmorras y le advirtió que si en cuatro días no le traía trescientos cincuenta mil reales de ocho procedería a destruir la ciudad.

Cumplidas sus responsabilidades inmediatas, Henry indagó por la mejor taberna y hacia allá se dirigió en compañía de Basil y de su guardia personal. Según había escuchado decir al cirujano de a bordo, no había mejor antídoto contra las enfermedades tropicales que el ron.

—Ni nada como una buena hembra para aligerar el peso de las responsabilidades —agregó Henry. En esos momentos de desahogo, el recuerdo de Mary Elizabeth terminó por desvanecerse.

Siguiendo la recomendación de los indígenas, los piratas emboscaron la vanguardia del ejército español en Salto Largo, causándole más de cien bajas, entre muertos y heridos, sin que Bradley perdiera ni uno solo de sus hombres. Mientras su ejército era masacrado, el gobernador Bracamonte recibió una misiva del vicegobernador de Portobelo comunicándole la exorbitante demanda de Morgan para no destruir la ciudad y rogándole auxilio en vista de que sus habitantes carecían de los medios para reunir siquiera una quinta parte del rescate solicitado. Bracamonte, que había enviado mensaje al gobernador de Cartagena solicitándole apoyo para liberar la ciudad, sabía que este tardaría por lo menos dos meses en llegar. La humillante derrota de su ejército terminó por convencerlo de que la mejor manera de resolver el dilema, por mucho que le repugnara, era negociando con el jefe de los piratas. Con el mismo mensajero que había traído la misiva de Morgan le envió una nota en la que, luego de tildarlo de pirata y malhechor, le ofrecía, motivado únicamente por el bien de las víctimas inocentes de sus atropellos y latrocinios, pagar cincuenta mil reales de ocho a cambio de liberar la ciudad. Morgan respondió que lamentaba la equivocación del gobernador al tildarlo de pirata cuando él era un soldado al servicio de su país, pero reiteró la exigencia de la suma de trescientos cincuenta mil reales de ocho. Se inició así una negociación que continuó durante dos semanas, tiempo que Morgan aprovechó para comenzar a cargar en sus naves joyas, platerías, sedas, cueros y otros bienes valiosos sustraídos en la aduana, en las casas de los ciudadanos más acaudalados y en las cuatro iglesias que atendían las necesidades religiosas de los papistas. Incautó, además, cuarenta esclavos negros, en buenas condiciones físicas, que serían vendidos al llegar a Port Royal. Transcurridas las dos semanas y ante nuevas amenazas de Morgan, el gobernador acordó enviar la suma de doscientos cincuenta mil reales de ocho a cambio de la liberación inmediata de todos los prisioneros y que no fuera destruida la ciudad ni sus fortalezas, condiciones que Morgan finalmente aceptó. El 27 de julio de 1668, treinta y un días después de haber tomado la ciudad, el corsario zarpó de Portobelo con un botín calculado en más de medio millón de reales de ocho, trescientos cinco mil de los cuales lo constituía dinero contante y sonante. Cumpliendo su parte del acuerdo, liberó a todos los prisioneros y, salvo por los daños ocasionados durante el combate y la inutilización de los cañones, no había causado mayores daños a la ciudad. En la última carta enviada a Bracamonte le aseguraba que pronto regresaría, «pero esta vez para tomar Panamá».

Antes de regresar a Jamaica, las naves de Morgan se reunieron en Isla de la Vaca, cerca de la costa de La Española, sitio preferido por los corsarios y piratas para distribuir los botines de guerra. Sabedor de que con sus acciones había violado la paz con España, Morgan no quería que él ni sus hombres corrieran el riesgo de ver confiscado el botín por razones políticas. Si Modyford se mantenía todavía al frente de la gobernación, no debería tener ningún problema en conservar el botín, pero este era un hecho que nadie podía garantizar. En cualquier caso, guardaría una porción para animar a su amigo a defender los asaltos a Puerto Príncipe y a Portobelo frente a las autoridades inglesas. En el informe que dictó a su secretario en el trayecto hacia Isla de la Vaca citaba varios testimonios obtenidos de prisioneros de guerra españoles, algunos ciertos y otros exagerados, que confirmaban que España se preparaba para lanzar una ofensiva contra Jamaica desde La Habana y Cartagena. También puso énfasis en el maltrato y la traición del gobernador de Portobelo, Sánchez Jiménez, fallecido en la batalla por el castillo Triana, quien en lugar de cumplir su palabra de militar poniendo en libertad a Whetstone, a Smith y a sus hombres en New Providence, los había enviado a los calabozos de La Habana y Panamá. Por último, señaló la probabilidad de que el príncipe Maurice hubiera estado prisionero en Portobelo y permaneciera todavía en manos españolas. El informe terminaba expresando la gran satisfacción que sentía por el cumplimiento de la misión que le habían encomendado, así como también por haber debilitado, con los ataques a Puerto Príncipe y Portobelo, la capacidad de los españoles de invadir Jamaica.

21

Jamaica, 1668

El regreso de la flota de Henry Morgan a Port Royal se vio retrasado por vientos huracanados que la sorprendieron apenas zarparon de Isla de la Vaca. Imposibilitados de regresar a las aguas tranquilas de la ensenada, arriaron velas y durante dos días soportaron la furia del viento y del oleaje. Una vez más, la buena estrella de Henry permitió que las nueve naves capearan la tempestad y tres días después llegaron a Jamaica, donde fueron recibidos por un cielo azul sin nubes. Antes de entrar en la bahía de Port Royal, el almirante Morgan ordenó el despliegue de banderas en los mástiles y el redoble de tambores en cubierta.

El recibimiento fue apoteósico. Cañonazos, campanadas y vítores se confundían para dar la bienvenida a los corsarios que no bien pusieron pie en tierra se encaminaron a las tabernas y burdeles a despilfarrar sus ganancias. Sin contar lo recibido por el asalto a Puerto Príncipe, del saqueo de Portobelo le había tocado a cada marinero el equivalente a ochenta libras esterlinas, cantidad que muy pocos ingleses ganaban en el transcurso de su vida. Tantos reales de ocho circularon en Port Royal que a partir de aquel día la moneda española fue aceptada en Jamaica como de uso corriente.

Thomas Modyford recibió a Henry Morgan en el muelle y de allí fueron directamente a la Casa del Rey. Además de entregarle un informe escrito a Modyford, Henry le contó en detalle los asaltos a Puerto Príncipe y Portobelo.

—Es obvio que fuiste más allá de lo que tu patente de corso indicaba —comentó Modyford cuando Henry terminó su relato.

—Tuve que hacerlo para obtener información sobre los planes españoles de atacar Jamaica, tal como me indicaste en la carta anexa a la patente —respondió Henry, esbozando una media sonrisa.

—No me extrañaría que cuando lleguen a España las noticias se acabe la paz —razonó en voz alta Modyford.

—Pero ahora Jamaica contará con La Hermandad de la Costa para defenderla de cualquier ataque.

—Así es, Henry, así es. Pero hablemos del botín. Veo que los saqueos produjeron ganancias importantes.

—Sobre todo el de Portobelo. Ya repartí el botín entre mis hombres y guardé el diez por ciento para que lo utilices como creas conveniente.

Sin siquiera parpadear, Modyford preguntó:

—¿Y la participación del rey?

Morgan dudó un momento. ¿Hablaba en serio Modyford?

—No asaltamos ningún galeón, así es que a la Corona nada le corresponde.

—No creo que sea oportuno utilizar las leyes de guerra de los corsarios como excusa para no pagar al rey lo que le corresponde; algo se me ocurrirá —dijo Modyford—. Enviaré el informe al duque de Albemarle indicándole por qué fueron necesarios los ataques a Puerto Príncipe y a Portobelo y le notificaré que la parte del botín que corresponde a la Corona será utilizada en el reforzamiento de las defensas de la isla, en especial de Fort Charles.

—Excelente solución. El diez por ciento del gobernador te lo haré llegar esta misma tarde.

—Gracias, Henry. Salúdame a Mary Elizabeth cuando llegues a casa.

—Así lo haré, Thomas. Pero primero debo celebrar con mis hombres. Sin duda en las tabernas de Port Royal también me han extrañado.

Durante dos días Henry Morgan fue festejado en las tabernas y burdeles de Port Royal. En *The Sign of the Mermaid* los brazos de Pamela lo acogieron primero que los de Mary Elizabeth, algo que para él, que antes de ser esposo había sido y seguiría siendo un corsario, no tenía mayor importancia.

La noticia del regreso de Henry llegó a oídos de Mary Elizabeth un día antes de que él apareciera en Llanrumney. Matty, su fiel esclava y compañera, la había escuchado de labios de uno de los esclavos que laboraba en el trapiche.

—Dicen que el amo llegó hace dos días y que como parte de un gran botín trajo varios esclavos —había comentado Matty mientras le preparaba el baño.

Mary Elizabeth sintió que el corazón le daba un vuelco. ¡Su Henry había regresado sano y salvo! Aunque le molestaba la demora en venir a verla, imaginó varios escenarios que justificarían su tardanza y, como siempre, decidió perdonarlo. Sin embargo, no pudo evitar que volviera anidar en ella el gusanillo del resentimiento.

Durante los diez meses que duró la ausencia de Henry, Mary Elizabeth se había dedicado a ayudar a su hermana Ana Petronila en el cuidado de su hijo. «¿Por qué ella es tan fértil y yo no?», se preguntaba a menudo, tratando de desechar cualquier pensamiento que atribuyera a la vida libertina de su marido la infecundidad de su matrimonio. Todo parecía indicar que a Henry le sería imposible adaptarse por completo al papel de esposo hogareño, dedicado a hacer producir la tierra y a disfrutar de una existencia tranquila. Él amaba la libertad que solamente encontraba en la infinitud del mar, ambicionaba el poder que traía consigo la acumulación de riquezas y era feliz arriesgando la vida en cada nueva aventura. ¿Dónde encajaba ella en este escenario? ¿Necesitaba Henry el amor incondicional que ella le brindaba o significaba para él lo mismo el amor que la satisfacción de los deseos carnales? ¿Cómo hacer para mantenerlo a su lado, disfrutando de la tranquilidad de las faenas del campo? Poco a poco, de tanto anidar preocupaciones, el rostro de Mary Elizabeth comenzaba a acusar el paso del tiempo. Surgían surcos en su frente y en la comisura de los labios la sonrisa luchaba con las primeras arrugas.

El día que Henry apareció a caballo en el camino que, bordeando los sembradíos, se estrechaba hasta llegar frente a la casa, Mary Elizabeth puso a un lado todas sus ansiedades y lo recibió con un abrazo y un beso mucho más tierno que apasionado.

—¡Bienvenido a casa, mi amor!

—Te extrañé mucho, Elizabeth.

Ella le brindó un vaso de coñac, traído de Francia para él, y se sentó a escucharlo hablar de sus triunfos.

—En Puerto Príncipe, más que riquezas, recogí valiosa información sobre los planes de España y en Portobelo, además de obtener información, capturé un extraordinario botín —Henry saboreó el coñac antes de continuar—. ¿Puedes creer que con sólo cuatrocientos hombres conquisté una ciudad defendida por tres fortalezas y más de mil soldados? Ahora sí puedo decir que soy un hombre rico, que somos muy ricos, Elizabeth.

—¿Quieres decir, entonces, que ya no tendrás que volver a navegar? —preguntó Mary Elizabeth, esperanzada.

Henry sonrió.

—Por riquezas no, Elizabeth, pero sí por Inglaterra. En este viaje confirmé que España prepara un gran ataque contra Jamaica y la mejor manera de defenderla es atacando primero. Nadie lo sabe, pero mi próximo blanco es Cartagena, la más poderosa de las fortalezas españolas. Desde allí piensan atacarnos y por eso retomaron Old Providence, que les servirá como punta de lanza. Después de Cartagena, tomaré Panamá, la perla de la Corona española, y entonces sí te prometo terminar mi carrera de corsario para dedicarme a la agricultura y a la política. No sé si estás enterada, pero tan pronto desembarqué Modyford me puso al corriente de que Lynch y sus comerciantes están tratando de lograr la mayoría en el Consejo. Algo tendré que hacer porque…

Mary Elizabeth escuchaba arrobada a Henry, que ahora hablaba más como un político que como un corsario. La aseveración de que Panamá sería su última aventura la llenaba de esperanza y de ahora en adelante se dedicaría a suplicarle al Señor que lo mantuviera con vida, no solamente por su propia felicidad sino también por el bienestar de Jamaica.

Esa noche hicieron el amor con más propósito que pasión, Henry pensando en satisfacer sexualmente a su mujer, abandonada durante diez largos meses, y Mary Elizabeth movida por el deseo de concebir un hijo que viniera a completar su familia y su hogar.

Después, mientras escuchaban la lluvia golpear contra la ventana de la habitación, ella le contó que había descubierto el sitio en el que quería construir la casa de sus sueños.

—¿Y esta casa? —preguntó Henry, sin darle mucha importancia.

—He pensado que se la podemos vender en términos favorables a Johanna y a Henry Archibold. No sé si recuerdas haberlo visto antes, pero desde hace ya tiempo corteja a mi hermanita con intenciones serias. Creo que muy pronto se casarán.

—Conozco muy bien a mi tocayo Henry Archibold. Es capitán en la milicia y fue uno de mis colaboradores más cercanos durante la reconstrucción de las defensas de la isla —aclaró Henry.

Luego, volteándose en el lecho hacia Mary Elizabeth, le preguntó, con ternura poco usual en él:

—¿Y dónde queda ese lugar que tanto hace soñar a mi amada esposa?

—No está muy lejos de aquí. Mañana iremos… si deja de llover. La mañana siguiente amaneció radiante y fresca. Tan pronto desayunaron, Henry y Mary Elizabeth subieron a sus cabalgaduras y partieron con rumbo a la costa. Menos de una hora más tarde, al subir a un promontorio, se abrió ante ellos una hermosa vista de la pequeña ensenada de Port María.

—Es aquí —dijo Mary Elizabeth, mientras se apeaba del caballo.

—Este lugar me trae recuerdos del día en que tu padre y tú me llevaron a ver el océano por primera vez, allá en Abertawe.

Mary Elizabeth, la mirada más azul que nunca, le escrutó los ojos.

—¿No has pensado volver algún día a Gales? —preguntó.

—No sé, tal vez si tuviera que ir a Londres. No he vuelto a saber de mis padres ni de mi hermana desde que me embarqué para América —Henry se quedó cabizbajo un instante y, como si hablar de sus padres le incomodara, cambió el tema—. Este sitio es realmente hermoso, Elizabeth. No muy lejos de aquí, después que los echamos de Spanish Town, enfrentamos a los españoles que intentaban levantar una fortaleza cerca del Río Nuevo. En el villorrio de pescadores que ves allá —Henry apuntó con el dedo— habían comenzado a construir un puerto al que llamaban Santa María y que después de la derrota dejaron abandonado. Me alegro de que hayas escogido este sitio para construir la casa de tus sueños, de nuestros sueños.

«Y aquí podrás contemplar siempre el mar y tal vez así no lo extrañarás tanto», pensó Mary Elizabeth, pero prefirió callar antes que revelar a Henry el verdadero motivo que la impulsaba a construir allí su nueva casa.

La fortuna adquirida en el asalto a Portobelo terminó por convertir a Henry Morgan en un hombre muy rico y tercer terrateniente en importancia, solamente superado por Modyford y el propio monarca inglés que, previendo el futuro promisorio de la agricultura en la colonia, había dispuesto invertir parte de su fortuna en siembras de caña de azúcar y algodón. A pesar de la oposición férrea de Thomas Lynch y los comerciantes, la alianza entre Modyford y Morgan se hizo con el control de la Asamblea y del Consejo de Jamaica, lo que les permitió tomar las decisiones políticas más importantes.

Lynch seguía abogando por una paz duradera con España, apoyado por la corriente españolista en Londres, uno de cuyos más influyentes representantes era el Secretario de Estado, lord Arlington. Sin embargo, después del asalto a Portobelo las relaciones entre ambas naciones habían vuelto a resquebrajarse y el monarca inglés terminó por aceptar como fidedignas las informaciones que había recabado Morgan sobre la captura del príncipe Maurice y los planes de invasión a Jamaica propiciados por la Corona española.

Felipe IV había fallecido en 1665, escasos cuatro años después de ver realizado su anhelo de tener un hijo varón que le sobreviviera. El heredero de la Corona, Carlos II de España, había venido al mundo con graves problemas de salud que le valdrían más tarde el apodo de *El Hechizado*, por presentar las patologías típicas de las relaciones endogámicas de sus ancestros. Para regir los destinos del reino mientras su heredero llegaba a la mayoría de edad, Felipe IV designó en su testamento a Mariana de Austria, su segunda esposa y madre del futuro rey, quien al no dejar descendencia sería el último de los Habsburgo en ceñir sobre su cabeza la corona. La regenta, influenciada por su confesor y principal consejero, el jesuita Juan Everardo de Nithard, enemigo acérrimo de los apóstatas ingleses, decidió no solamente iniciar acciones para la recuperación de Jamaica, sino que además dispuso hacer la guerra a Inglaterra en el Caribe de la misma manera como la habían hecho los ingleses a España: otorgando a navegantes españoles patentes de corso equivalentes a las inglesas.

Las noticias del ataque de naves piratas españolas a embarcaciones mercantes inglesas obligaron a Modyford a hacer planes para reforzar las defensas de la isla. Muy pronto él y Henry llegaron a la conclusión de que la mejor defensa era el ataque y dispusieron que el líder de la Hermandad de la Costa comenzara a preparar la toma de Cartagena, la más importante de las plazas militares de España en el Caribe.

Preocupado porque tendría que volver a hacerse a la mar menos de tres meses después de su retorno de Portobelo, Henry procuró dedicarle más tiempo a Mary Elizabeth y satisfacer todos sus deseos. Después de adquirir dos mil acres más de tierra frente a Port María, él mismo contrató el maestro de obras que se encargaría de la construcción de la casa y le ordenó complacer cualquier capricho de su esposa sin reparar en gastos. Tejas de arcilla y telas de la mejor calidad fueron encargadas a Europa, mientras hombres de confianza de Henry buscaban en Port Royal y en las demás colonias inglesas maderas preciosas, muebles finamente construidos, vajillas y adornos de plata y oro, muchos de los cuales habían sido sustraídos a los españoles como botines de guerra por el propio Henry.

Como ya era usual, Mary Elizabeth se enteró de que el líder de los corsarios volvería a navegar antes de que su esposo se lo informara. Esta vez no hubo resentimientos ni reclamos, tal vez porque ahora estaba convencida de que el liderazgo de su esposo era imprescindible para que Inglaterra ganara la guerra, o tal vez porque la nueva ausencia le permitiría terminar de construir la casa a la que Henry se retiraría a disfrutar de la vida bucólica después de casi quince años de combatir contra España. El día de la partida, Mary Elizabeth prefirió no acudir al muelle y se despidieron, sin dramatismos, en la casa de Río Nuevo; ella le pidió no arriesgarse en vano y él le prometió regresar pronto.

Gracias a su fama, engrandecida después de la victoria de Portobelo, a Henry Morgan le bastaba hacer correr en el Caribe la voz de que preparaba una nueva expedición para que corsarios, piratas y filibusteros acudieran a su llamado. La cita tendría lugar en Isla de la Vaca, donde todos los capitanes de navíos fueron invitados a presentarse antes del primero de enero. Henry y cuatro de sus comandantes más fieles, entre ellos Ringrose y Bradley, zarparon de Port Royal en sendas embarcaciones a mediados de noviembre en busca de provisiones para el largo trayecto hasta Cartagena. Además de capturar tortugas y cazar cerca de la costa puercos y pavos salvajes, visitaron algunos villorrios españoles de los que sustrajeron cantidades apreciables de maíz, gallinas, cabras, caballos y vacas. Aseguradas las provisiones, la flotilla se dedicó a la tarea de explorar las costas cercanas al lugar del encuentro para cerciorarse de que no había navíos españoles que pudieran aguarle la fiesta. A mediados de diciembre llegaron, finalmente, a Isla de la Vaca y Henry se encontró con la agradable sorpresa de que nueve navíos ya habían respondido a su llamado. Un simple cálculo le indicó que no habría suficiente espacio en las embarcaciones para el número de voluntarios, la mayoría bucaneros, que todavía llegaban desde la costa de La Española en cualquier trasto capaz de mantenerse a flote.

La mejor sorpresa, sin embargo, estaba por venir. El primer día del año 1669 apareció en lontananza un enorme navío que en un principio Morgan confundió con un galeón español. A pesar de que el intruso parecía navegar sin compañía, impartió órdenes de prepararse para un posible enfrentamiento naval. Cuando estuvo a distancia de distinguir con el catalejo su arboladura y el nombre, Henry no pudo contener su entusiasmo.

—¡Es el *Oxford*! —gritó.

Al mando de la fragata inglesa, la misma que en cumplimiento del Designio Occidental de Oliver Cromwell había traído al Caribe, quince años atrás, al general William Penn, venía el capitán Edward Collier, uno de los más leales seguidores del líder de los corsarios. Tan pronto echó anclas, Henry subió a saludar al amigo y a reconocer el barco.

—¿Te alistaste en la marina inglesa? —preguntó en son de chanza.

—Más bien es el *Oxford* el que se ha alistado en la marina de los corsarios —respondió Collier—. Modyford te envía esta nota que explica mi presencia aquí y el nuevo destino del *Oxford*.

Henry rompió el sello y leyó la carta en la que Modyford le informaba que por primera vez el monarca inglés había escuchado sus ruegos y destinado el *Oxford* a la flota de los corsarios para combatir a España. «Se trata de un acto importante en la lucha contra nuestros enemigos naturales. Mi decisión inmediata fue asignártelo a ti como barco insignia para el ataque a Cartagena. La casualidad quiso que el capitán Collier se encontrara en Jamaica buscando un navío para acudir a la cita en Isla de la Vaca y quién mejor que él para cumplir la misión de hacerte llegar al *Oxford* y esta nota. Por el bien de Jamaica y de Inglaterra te deseo, una vez más, el mayor de los éxitos».

Encantado con su nuevo navío, el primero realmente digno de su fama y de sus hazañas, Morgan invitó a los capitanes a una reunión a bordo en la que se discutirían los pormenores del próximo ataque. Al principio hubo reticencia de algunos, especialmente de los franceses, en atacar Cartagena, ciudad-fortaleza que se hallaba siempre en estado de alerta contra cualquier asalto pirata. Pero Henry, destacando el nuevo poderío adquirido con la incorporación del *Oxford*, terminó por convencerlos de que, siempre que atacaran por tierra, Cartagena era el blanco más conveniente, por su riqueza y porque sería un golpe de gracia a la hegemonía española en el Caribe. Concluido el cónclave, todos pasaron a la amplia cabina reservada al comandante donde compartirían bebidas y alimentos. A las siete de la noche, después de brindar varias veces por el éxito de la nueva empresa, se sentaron alrededor de la mesa donde los sirvientes de cabina comenzaron a servir las viandas. En ese instante una terrible explosión hizo que todo volara por los aires. Henry perdió momentáneamente el conocimiento y cuando volvió en sí se encontró flotando en las aguas de la ensenada. Se escuchaban gemidos de dolor y muy cerca ardían los restos del *Oxford*, que lentamente comenzaban a hundirse. A unas brazadas de él, Ringrose maldecía mientras intentaba aferrarse a un trozo de madera. Lo primero que a Henry le vino a la mente fue que su buena estrella lo había abandonado.

—¿Qué diablos pasó? —preguntó Ringrose.

—Estalló la pólvora de la santabárbara —respondió Henry—. Del *Oxford* no queda nada. ¿Estás herido?

—No, estoy bien. ¿Tú?

—Un poco aturdido solamente.

A la luz de las llamaradas que consumían al *Oxford*, Basil y Henry pudieron observar que de los otros barcos comenzaban a bajar botes para rescatar a los náufragos.

Londres, Corte del Rey, febrero de 1685

Tal como lo sospechara John Greene, el público y, más importante aún, los magistrados, seguían con renovada atención los pormenores del relato de Ringrose, que se expresaba en un inglés que cualquier miembro de la barra envidiaría. «Escucharlo es como presenciar una obra de teatro desde la primera fila», pensaba el abogado, satisfecho de la calidad del testigo al que procuraba no interrumpir salvo que hubiera necesidad de aclarar algún punto importante. La explosión del *Oxford* le proporcionaba al abogado la oportunidad de destacar otro aspecto de la personalidad de sir Henry, pero había que manejar el tema con mucho cuidado.

—¿Podría el testigo indicar a la Corte cuáles fueron las consecuencias de la tragedia del *Oxford*?

—En cuanto a pérdida de vidas fue terrible —Ringrose bajó el tono de la voz—. En la explosión murieron nueve de los catorce capitanes, incluyendo algunos muy allegados a sir Henry y a mí: Freeman, Marteen, Jackman y Morris, el joven. Únicamente nos salvamos los que estábamos sentados más cerca del capitán Morgan: Collier, Bradley, Morris el viejo, el cirujano Richard Browne y yo. Fallecieron también algunos segundos de a bordo y toda la tripulación del *Oxford*, doscientos setenta y cinco en total.

Un respetuoso silencio, que John Greene dejó prolongar, siguió a las palabras de Ringrose.

—¿Qué ocurrió después?

—Toda la noche estuvimos en los botes buscando sobrevivientes entre los escombros. Aparte de los capitanes y del cirujano, que ya mencioné, se salvaron solamente los dos sirvientes auxiliares de cabina que nos servían la cena en el momento de la explosión. Según Henry, en la catástrofe del *Oxford* perdió más hombres que en todos los combates contra los españoles en los que había participado.

—Después de la pérdida del *Oxford,* ¿desistió sir Henry de atacar Cartagena? —preguntó ahora John Greene.

Ringrose, que no esperaba esa pregunta, vaciló un momento.

—Bueno, señor, como comprenderéis, a la mañana siguiente de la tragedia nos dedicamos a enterrar a nuestros muertos, algunos de cuyos cuerpos habíamos tenido que disputárselos a los tiburones. Nadie, ni siquiera Henry, pensaba en Cartagena, ni en España, ni en la guerra. Fue la primera y creo que la única vez que lo vi deprimido. Henry es un hombre supersticioso, supongo yo que debido a la influencia de la extraña religión que practican algunos de sus esclavos africanos, y estaba convencido de que su buena estrella lo había abandonado. Habló, incluso, de regresar a Jamaica junto a su mujer para dedicarse por entero a la agricultura, pero entre Bradley y yo lo convencimos de que había sido precisamente su buena estrella la que permitió que él y quienes estábamos a su lado sobreviviéramos al accidente. He dicho *accidente*, pero Henry sospechaba, y así me lo confió, que se trataba de un sabotaje.

—¿Podéis elaborar más en esa sospecha de sir Henry?

Ringrose se reacomodó en la silla de los testigos. Ahora que le quedaba clara la estrategia del abogado su voz pareció cobrar nueva vida.

—Henry y los franceses de Tortuga, la mayoría de ellos piratas y bucaneros, no tenían una buena relación, en parte porque los franceses resentían el hecho de que fuera un inglés quien liderara la Hermandad de la Costa y en parte, supongo, porque mientras los ingleses también peleábamos por defender Jamaica a los franceses lo único que les interesaba era el botín. Esta animadversión se agudizó cuando Henry se vio obligado a rechazar a varios bucaneros y filibusteros franceses que llegaron a la cita en Isla de la Vaca sin embarcaciones adecuadas para navegar a través del Caribe. Después de la pérdida del *Oxford*, el capitán francés Legraux retiró de la flota su navío *Le Cerf Volant*, uno de los mejor pertrechados, y se llevó con él más de doscientos hombres. Henry sospechaba que había dejado atrás a algunos de sus espías con instrucciones de sabotearlo. Como todavía quedaban varios franceses en la flota, no quiso profundizar en el asunto. Creo que solamente lo comentó con Bradley y conmigo.

—¿Podríais decir a esta Corte qué ocurrió después?

—Apenas se sobrepuso del percance, Henry nombró nuevos capitanes en reemplazo de los que habían perecido, siempre con la aprobación de las tripulaciones, que a veces rehusaban aceptar a los segundos de a bordo. Él volvió al *Lilly* y cuando la flota estuvo reorganizada, llamó a un nuevo cónclave para decidir si se mantenía a Cartagena como siguiente objetivo. Aunque casi todos los capitanes estábamos en contra, incluyéndome a mí que no quería que la brillante carrera de mi amigo terminara con un previsible fracaso, él insistió y expuso su plan de atacar por tierra con setecientos de sus novecientos hombres mientras las naves, sin arriesgarse, simulaban un ataque por mar. Al final su elocuencia venció sobre nuestra prudencia y el ataque a Cartagena fue ratificado.

22

Mar Caribe, Maracaibo, Gibraltar, 1669

El primero de febrero de 1669 zarpó la flota de Morgan, compuesta ahora por trece barcos y ochocientos veinte hombres. El próximo punto de reunión sería la isla Saona, última etapa antes de atravesar el Caribe rumbo a Cartagena. Allí rellenarían los barriles de agua y procurarían obtener carne y frutas suficientes para la larga travesía. Tan pronto estuvieron en alta mar, la flota tropezó de frente con vientos huracanados que mantuvieron las naves en continua zozobra. El trayecto entre Isla de la Vaca y Saona, que debió tomar a lo sumo tres días, demoró más de dos semanas y los hombres de todas las embarcaciones llegaron agotados, física y mentalmente. Los tripulantes del *Lilly* comentarían más tarde que nunca habían visto al capitán Morgan luchar contra el viento y el oleaje como en aquella travesía. «A veces parecía un loco, retando al viento y al mar a que se atrevieran a hundirlo. A nosotros se nos helaba la sangre, pero al final salimos del huracán sanos y salvos y con más confianza que nunca en nuestro líder». Cinco de las naves sufrieron averías importantes y sus capitanes, cuatro franceses y un holandés, apoyados por sus tripulaciones, decidieron no continuar el viaje. Henry, extenuado también, los dejó partir y convocó a un nuevo cónclave de capitanes quienes decidieron que con ocho embarcaciones y menos de quinientos hombres el ataque a Cartagena quedaba descartado. Algunos sugirieron regresar a Jamaica para tratar de armar una flota más poderosa, pero Henry, con el respaldo de Ringrose, Morris y Bradley, los convenció de que no podían regresar con las manos vacías y propuso atacar ciudades de la costa venezolana.

—¡Maracaibo! —exclamó Saintpierre, el único de los capitanes franceses que quedaba en la flota. A pesar del acento, su inglés era claro—. Yo estuve con L'Ollonais hace tres años cuando asaltó esa ciudad, que es muy rica. Conozco muy bien la entrada al gran lago en cuyas orillas está situada. Es como entrar por el cuello estrecho de una gran botella; sé como hacerlo y os puedo guiar.

—¿Cuánto lograron saquear? —preguntó Bradley.

—Menos de lo que esperábamos, porque L'Ollonais es un bruto que en lugar de capturar rehenes para averiguar dónde guardan los tesoros prefiere torturar a los prisioneros hasta matarlos. Para él la crueldad es más importante que la riqueza. Pero el capitán Morgan, según he escuchado, sí sabe cómo utilizar a los rehenes.

Venciendo su desconfianza hacia los franceses, Morgan sometió a votación la proposición de Saintpierre. Todos menos Bradley y el propio Henry, quien se abstuvo, votaron a favor.

—Entonces zarpamos hacia Maracaibo —dijo Morgan, recobrando el entusiasmo—. Consulten a sus tripulaciones, que sin duda aprobarán el nuevo destino. En cuanto terminemos de reparar las naves, iniciaremos la travesía.

El doce de marzo, después de llenar los barriles de agua en Curazao y recoger provisiones y leña en Aruba, la flota arribó a la bahía de Maracaibo. Henry dio la orden de arriar las velas y esperar a que oscureciera para entrar en el gran lago sin ser vistos. El capitán Saintpierre piloteaba ahora el *Lilly*. Pasada la medianoche, en la más completa oscuridad, desplegaron velas auxiliares y procurando no hacer ningún ruido entraron al cuello de la botella. Varias islas, Zapara, Bajo Seco y San Carlos las más importantes, parecían custodiar la entrada obligando a las embarcaciones a maniobrar en zigzag en aguas pocos profundas. Amanecía cuando Saintpierre anunció que estaban ya dentro del lago, a una legua de Maracaibo. Con los primeros rayos del sol cayeron también las primeras balas de cañón muy cerca del *Lilly*.

—¡Ese fuerte no estaba allí! —chilló Saintpierre.

En la cumbre de la isla San Carlos, dominando completamente el último tramo de la entrada al lago, los españoles habían construido una enorme fortaleza, seguramente para evitar otro ataque como el de L'Ollonais.

—¡Allí no había nada! —insistió Saintpierre, esta vez sin levantar la voz.

—¡Pero ahora sí hay una fortaleza —gritó Henry, exasperado— y sus cañones son más poderosos que cualquiera de los nuestros! Si no la tomamos no podremos entrar al lago y los habitantes de Maracaibo tendrán tiempo de huir y esconder sus tesoros.

Mientras ponía la nave a salvo del alcance de la artillería española, Henry ordenó al segundo de a bordo el toque de trompeta para convocar a un nuevo cónclave. En menos de dos horas los ocho capitanes se reunieron en la cubierta del *Lilly* a fin de decidir la estrategia.

—Tenemos que desembarcar y atacar por tierra —dijo Bradley.

—No hay otra solución —confirmó Morris—. Si tratamos de pasar, sus cañones nos despedazarán.

—¿Alguien se opone? —preguntó Henry.

—Todos estamos de acuerdo; yo quiero estar en la primera avanzada —exclamó Saintpierre, deseoso de reivindicarse.

Bradley y Ringrose también se ofrecieron para liderar la vanguardia, pero Henry ya había decidido que él iría al frente.

—El líder no debe arriesgarse —le recordó Bradley.

—Esta vez debo hacerlo. Saintpierre, quien conoce el área, vendrá conmigo.

El desembarco comenzó en medio de un gran chubasco y antes del mediodía cuatrocientos hombres, empapados, esperaban en tierra las órdenes de Henry Morgan para asaltar el castillo. El calor era insoportable y, alborotados por la humedad, los insectos se ensañaban con los invasores.

—Saintpierre y yo marcharemos primero con cincuenta soldados para reconocer el terreno y tratar de averiguar cuántos hombres defienden la fortaleza. En una hora me seguirá Bradley con cien hombres, a menos que reciba alguna señal en contrario.

Ocultándose entre la maleza, Henry y sus hombres avanzaron hasta llegar a cuarenta yardas de las murallas. El último tramo tendrían que atravesarlo sin ninguna cobertura.

—¡Adelante, acaben con ellos! —gritó Henry, y en medio de alaridos e imprecaciones los hombres corrieron tras su líder hasta alcanzar las murallas. De la fortaleza no se había escuchado ningún disparo.

—Algo anda mal —comentó Henry a Saintpierre, que jadeaba a su lado.

Avanzaron hasta el gran portón de entrada, que abrieron sin necesidad de derribarlo, y una vez en el patio Henry pidió silencio a sus hombres. Nada, ni ruidos ni soldados enemigos.

—Abandonaron el fuerte —vociferó Henry—. Me huele a emboscada.

—¿Cómo nos pueden emboscar sin soldados? —preguntó Saintpierre.

—No lo sé, pero no es normal que abandonen el castillo que cuida la entrada del lago, dejando desprotegida la ciudad.

—¿Llamo a los demás hombres? —preguntó el trompetero.

—Todavía no. Vamos primero a reconocer el castillo. Divídanse en cinco grupos de diez hombres.

Tan pronto empezaron el recorrido, Henry sintió un olor peculiar.

—¿Qué es ese olor? —preguntó, alzando la voz. Saintpierre, que caminaba a su lado, se detuvo a olfatear.

—Humo —dijo.

—Humo y algo más. Huele a soga chamuscada.

¡Esa era la emboscada! Henry vaciló un momento. ¿Evacuaba a los hombres o buscaba el sitio del ardid?

—¡Al polvorín! —gritó y corrió en su busca.

Al encontrarlo confirmó sus sospechas. Conectados a un pedazo de soga encendido, los españoles habían acumulado en el polvorín barriles de pólvora en cantidad suficiente para volar varias veces el castillo. Para que el fuego llegara hasta la pólvora faltaba menos de un pie. Cuidándose de que no saltaran chispas, Henry apagó la mecha con la bota antes de arrancarla.

—Si hubiéramos entrado diez minutos más tarde ya estaríamos en el infierno —dijo Henry, mostrando a sus hombres el trozo chamuscado.

—¡Viva el capitán Morgan! —gritó Saintpierre, y todos corearon.

—De vuelta a los barcos —ordenó Henry—. Hay que atacar Maracaibo cuanto antes. Nos llevaremos la pólvora y los armamentos que podamos cargar.

—¿No sería mejor volar el fuerte para que no nos impida después la salida del lago? —se atrevió a preguntar Saintpierre.

—Necesitamos la pólvora. Con inutilizar los cañones será suficiente.

De vuelta en el *Lilly*, mientras definían la estrategia del ataque a Maracaibo, Henry contó a Ringrose y a Bradley la celada de los españoles.

—Debes sentirte orgulloso, Henry —comentó Basil —, tanto desean los españoles tu muerte que estaban dispuestos a sacrificar la fortaleza que cuida la entrada al lago.

—Además —añadió Bradley—, ha quedado claro que tu buena estrella brilla todavía.

—Que para mí es lo más importante —convino Henry.

Para llegar más rápido a Maracaibo y tener una mejor maniobrabilidad, Morgan dispuso continuar navegando solamente en las embarcaciones de menos calado. Cuando divisaron la ciudad y el fuerte que la custodiaba, los primeros doscientos hombres se trasladaron a las canoas para desembarcar. Una vez en la orilla, avanzaron sin mayor tropiezo hasta la puerta principal de la fortaleza, que también había sido abandonada. Temiendo otra trampa, revisaron cada rincón del lugar, pero esta vez los soldados españoles se habían llevado consigo la pólvora y el armamento. A Maracaibo llegaron media hora más tarde y se encontraron con una ciudad fantasma donde nada más permanecían algunos moribundos y un par de ancianos.

Sintiéndose burlado, Henry pidió a Bradley que escogiera cien hombres para ir en busca de los habitantes y sus tesoros y ordenó traer todas las naves y anclarlas frente a la ciudad.

—Mientras esperamos que Bradley traiga de vuelta a los que escaparon —dijo a Ringrose—, vamos a cargar cualquier cosa de valor que encontremos en este infierno, incluyendo agua y provisiones.

Saintpierre, quien desde el incidente del fuerte San Carlos no se separaba de Henry, sugirió entonces atacar Gibraltar, en el extremo del lago.

—Aunque es una ciudad más pequeña, L'Ollonais obtuvo allá mejor botín que en Maracaibo. Yo puedo guiarlos.

—Todo a su debido tiempo, Saintpierre —respondió Henry—. De aquí no nos vamos con las manos vacías. Mientras esperamos vamos a tomarnos todo el ron que encontremos en las tabernas. Lamentablemente parece que no quedó ninguna mujer, ni de alcurnia ni de la calle.

Pasaron dos días antes de que Bradley regresara con unos cien prisioneros, todos varones.

—Estos parecen ser los jefes del pueblo —reportó Bradley a Henry, que había instalado su cuartel en la catedral—. Los obligamos a desenterrar las monedas y las joyas que habían escondido, pero me temo que no sea mucho.

—¿Cuánto? —preguntó Henry, aún bajo los efectos del alcohol.

—Unos veinte mil reales de ocho.

—Es poco. ¿Crees que vale la pena seguir buscando?

—Me temo que no. Los apresados fueron torturados; estoy seguro de que no tienen más bienes.

—Bien. Entonces encárgate tú mismo de avisar al resto de los capitanes que preparen a sus hombres para embarcarse mañana a primera hora. Zarparemos rumbo a Gibraltar y nos llevaremos a cincuenta de los prisioneros civiles. Escógelos tú mismo y envía al *Lilly* los doce más prominentes.

Dos días después la flota llegaba frente a Gibraltar y Morgan ordenó acercarse al fuerte que protegía la ciudad para comprobar si también había sido abandonado. Casi se alegró cuando escuchó el rugir de los cañones y vio un par de balas levantar chorros de agua a poca distancia de la nave. Después de anclar fuera del alcance de la artillería, hizo bajar un bote en el que, acompañados de dos bucaneros, envió a tierra a los doce prisioneros portando una bandera blanca y el acostumbrado mensaje para el comandante de la fortaleza: si rendía la plaza se respetarían las vidas de sus habitantes y no se destruiría la ciudad.

—Después de que entreguéis el mensaje y llevéis la respuesta a mis hombres, que esperarán en la canoa, quedaréis en libertad —agregó para sorpresa de los rehenes.

La respuesta del comandante de la fortificación fue enfática: prefería morir peleando por España que rendirse ante un pirata.

—¡Al fin alguien que acepta combatir! —exclamó Henry—. Ya creía yo que el calor infernal que hace en este maldito lago les había derretido el coraje. Atacaremos mañana, tan pronto salga el sol.

Al amanecer los piratas desembarcaron en la playa cercana a la ciudad y enseguida se ocultaron en el bosque que la rodeaba. Allí prepararon el ataque en avanzadas de cincuenta hombres cada vez, pero tan pronto lo iniciaron se dieron cuenta de que nuevamente se repetía la historia de la isla San Carlos y de Maracaibo: la fortaleza y la ciudad estaban desiertas.

—Los malditos cobardes dispararon los cañones para ganar tiempo —gritó Henry y marchó personalmente al frente de sus hombres para perseguir y capturar a todos los prófugos. Una semana más tarde, junto a Morris y Collier, comenzó el interrogatorio de los más de doscientos cincuenta jefes de familia y veinticinco esclavos capturados en la redada. Antes de que comenzara la etapa de los tormentos, uno de los esclavos se ofreció a llevar a sus carceleros al sitio donde los más ricos y las autoridades del pueblo habían escondido sus tesoros. Según él, habían sido cargados en un barco que permanecía oculto en las aguas de uno de los tantos ríos que desembocaban en el lago. Allá se dirigieron los filibusteros guiados por el esclavo, y después de tres días de búsqueda, en medio de la jungla, dieron con una balandra custodiada por dos soldados que al ver a los piratas depusieron las armas. En ella encontraron bienes, monedas y joyas cuyo valor calcularon en más de treinta mil reales de ocho.

Luego del hallazgo, Morgan estimó que el botín recogido entre Maracaibo y Gibraltar ascendía a cincuenta mil reales de ocho, más el precio de los cincuenta y dos esclavos, cantidad todavía muy reducida para tan largo viaje. Reunió entonces a todos los rehenes en la catedral y desde el púlpito los conminó a recoger en los siguientes tres días veinticinco mil reales de ocho si querían evitar la destrucción de su ciudad. Cumplido el plazo, el representante de los rehenes vino a informarle que reunir esa cantidad en Gibraltar había resultado imposible, pero que estaban seguros de que en Maracaibo podrían obtener hasta diez mil reales de ocho. Para garantizar el cumplimiento de la promesa, cuatro de ellos se mantendrían como prisioneros, propuesta que no fue aceptada por Morgan, que prefirió otorgarles dos día más de plazo.

Había transcurrido ya más de un mes desde que la flota ingresara al lago Maracaibo y Morgan no daba ninguna señal de querer emprender el regreso. Collier, Ringrose y Bradley coincidían en que desde la explosión del *Oxford* su líder no era el mismo. Lo encontraban más impulsivo y menos interesado por la suerte de sus hombres y decidieron plantearle sus inquietudes.

En el patio de la casa del gobernador, a la sombra de un gran árbol, Henry había hecho colgar una hamaca donde pasaba la mayor parte del tiempo. Era temprano en la mañana y todavía no había comenzado a beber cuando llegaron los tres capitanes.

—¿No crees que es hora de regresar a Port Royal? — preguntó Basil sin rodeos.

Henry lo miró extrañado.

—El botín recogido hasta ahora no es suficiente.

—Es cierto, pero lo hemos obtenido sin perder ningún soldado en combate —observó Bradley—. Cartagena no está lejos de aquí y los españoles enviarán refuerzos tan pronto se enteren del ataque a Maracaibo. Creemos que es hora de regresar.

Tras meditar un instante, Henry preguntó:

—¿Están los demás capitanes de acuerdo?

—Ellos han sido los primeros en comentar que temen quedar atrapados en el lago —dijo Collier—. Ya sabes que no rehuimos el combate, pero no queremos dar oportunidad al enemigo de hacerse fuerte.

—Bien, bien —respondió Henry, sin mucho entusiasmo—. Yo también he pensado en ello, pero calculaba que todavía disponíamos de un par de semanas más antes de que los españoles llegaran a Maracaibo. Zarparemos mañana. Bradley, encárgate de decirle a los rehenes que acepto su propuesta de entregar diez mil reales de ocho en Maracaibo y escoge a los tres que, además de su líder, vendrán conmigo como garantía.

Satisfechos con el éxito de su misión, los capitanes comentaron con regocijo que Henry había vuelto a ser el de antes. Pero la dicha no duraría mucho.

Cuando los corsarios llegaron de vuelta a Maracaibo, el pueblo todavía estaba desierto, salvo por un orate que al verlos aparecer en la Plaza Mayor comenzó a gritarles desde el atrio de la iglesia.

—Hombres endemoniados, discípulos de Satanás, piratas herejes, vuestra hora se acerca; pronto moriréis todos.

Henry pidió al esclavo que les había informado sobre el tesoro escondido por los gibraltareños que tradujera lo que vociferaba el loco. Al enterarse, rio de buena gana, pero como el iluminado seguía repitiendo su letanía, decidió interrogarlo.

Cuando comenzaban a ascender los escalones que llevaban al atrio, el loco se escabulló y entró a la iglesia. Lo encontraron arrodillado en un banco, persignándose sin cesar mientras murmuraba palabras ininteligibles.

—Parece que su religión trastorna a los papistas —comentó Henry, mientras él y Ringrose aguardaban a que el esclavo terminara el interrogatorio.

Varios minutos después el esclavo regresó, los ojos desmesuradamente abiertos.

—Dice el viejo que llegó la Armada de Barlovento y está esperando en la entrada del lago para vengar a sus compañeros de armas y a todos los españoles que el pirata Morgan ha asesinado.

Henry, quien estaba convencido de que los orates rara vez mentían, salió de la iglesia alarmado y, siempre acompañado de Ringrose y del esclavo, se dirigió al muelle bajo uno de los descomunales chubascos que acompañaban, sin refrescarlo, el calor endemoniado de Maracaibo. Allí pidió a un botero que los trasladaran al *Lilly*, anclado a unos trescientas yardas, y tan pronto abordó preguntó al contramaestre si se había reportado la presencia de navíos en la entrada del lago.

—En la mañana había mucha niebla y con este temporal no se puede divisar nada que esté a más de media legua.

—Levemos anclas y despleguemos solamente velas de apoyo para aproximarnos a la entrada —ordenó Morgan.

—¿Vamos a combatir, señor?

—No. Se trata de un simple reconocimiento.

El *Lilly* navegó un par de leguas antes de arriar velas y Henry esperó pacientemente a que terminara de llover. Cuando finalmente escampó pudieron, a simple vista, divisar las tres embarcaciones que bloqueaban la salida del lago. Morgan tomó el catalejo.

—Son tres fragatas. La menos artillada tiene por lo menos treinta cañones por banda —comentó mientras le pasaba el catalejo a Ringrose.

—La más grande, que parece ser la nave insignia, es la *Marquesa*, que cuenta con unos cuarenta y ocho cañones —dijo Ringrose—. Las otras son la *Magdalena* y la *Santa Luisa*, una con más o menos treinta y otra con treinta y seis. En total tres veces el poderío de nuestros barcos.

Basil enfocó entonces el catalejo hacia el fuerte de la isla San Carlos.

—También han retomado el fuerte y aumentado el número de hombres y cañones. Parece que tendremos que pelear para regresar a Jamaica.

En la voz de Ringrose había un dejo de reproche y Henry comprendió que sus capitanes habían estado en lo cierto al advertirle de los riesgos que conllevaba retardar el regreso de Gibraltar.

—Desplieguen velas y regresemos —ordenó.

De vuelta en Maracaibo, Henry hizo traer a dos de los rehenes para enviar un mensaje al comandante de la nave insignia española.

—Decidle que a cambio de que nos entregue veinticinco mil reales de ocho y después se vaya me comprometo a no destruir la ciudad y a liberar a todos los rehenes. Tiene veinticuatro horas para enviar su respuesta con vosotros y si no volvéis descuartizaré a vuestros compañeros de infortunio.

Antes del anochecer del día siguiente, vencido el plazo, retornaron los rehenes con una carta del comandante de la *Marquesa*.

Henry rasgó el sobre, que venía sellado, y fue directamente al nombre debajo de la muy elaborada firma: «Vicealmirante Alonso del Campo y Espinosa, comandante de la Armada de Barlovento».

—Nada menos que el jefe de la famosa Armada de Barlovento. Realmente un pez gordo. ¿Alguno de vosotros sabéis inglés? —preguntó dirigiéndose a los rehenes.

—Yo hablo inglés —respondió el de más edad.

—Traducidme la carta.

En la misiva, fechada el 16 de abril de 1669, el vicealmirante rechazaba de plano la oferta de Henry y juraba darles muerte a él y a sus hombres para vengar así todas las ofensas cometidas contra España y Su Majestad católica. Sin embargo, si en veinticuatro horas se entregaban, liberaban a los rehenes y devolvían el botín capturado en Maracaibo y Gibraltar, incluyendo los esclavos, ofrecía perdonarles la vida y devolverlos a Jamaica. También advertía que además del poderío de sus naves, que en total cargaban más de cien cañones, disponía de otras treinta piezas de artillería en el fuerte San Carlos y que desde Cartagena venía en camino una flota compuesta por quince navíos de guerra, todas con instrucciones de perseguirlo a él y a sus piratas hasta el mismo averno de ser necesario. Henry, quien no esperaba una respuesta diferente, sabía ahora a quién y a qué se enfrentaba.

—Basil, tú y los demás capitanes lleven a los hombres a la plaza y sepárenlos por nacionalidades. Díganles que quiero hablarles.

Cuando estuvieron todos reunidos, cada grupo con un traductor asignado, se presentó Henry vestido con su atuendo de guerra: un pañuelo rojo amarrado a la cabeza, una camisa blanca de manga larga abierta en el pecho, pantalón y botas negras y al cinto una pistola y una espada.

—Nos hemos reunido aquí, bajo este sol abrasador, para decidir nuestro destino —aunque Henry hablaba lentamente el tono era vibrante—. Allá afuera nos esperan tres fragatas españolas que cargan cien cañones y en el fuerte cincuenta soldados más, con otros treinta cañones listos para volar nuestras naves. El comandante español me ha escrito diciendo que nos perseguirá hasta darnos muerte a todos, a menos que nos entreguemos y devolvamos el botín, en cuyo caso nos perdonaría la vida y nos enviaría de vuelta a Jamaica. Yo no les creo a los papistas, pero si les creyera y la decisión fuera únicamente mía pelearía hasta vencer o morir. Nosotros hemos probado una y otra vez que somos mejores soldados que los españoles. Un barco nuestro vale por cinco de ellos, un cañón por diez y un corsario por veinte papistas. Pero la decisión no es solamente mía y de mis capitanes y por eso os pregunto: ¿estáis dispuestos a pelear por lo que es nuestro o preferís entregaros a la misericordia del enemigo?

—¡Pelear, pelear, pelear! —gritaron todos al unísono—. ¡Muerte a los españoles, muerte a los papistas!

—No esperaba otra cosa de vosotros. Ahora vayamos a preparar las armas y a diseñar la estrategia.

Henry, que ya tenía un plan, ordenó a varios de sus hombres ir en busca de toda la pólvora, el azufre y la brea que pudieran encontrar. A los carpinteros dio la instrucción de cortar maderos y moldearlos imitando cañones y torsos de hombres e hizo recoger gorras y pañuelos. Los más hábiles fueron comisionados para preparar con tela y paja, como si se tratara de espantapájaros, rostros que parecieran humanos y cubrirlos con una gorra o un pañuelo. Finalmente pidió a sus capitanes escoger doce hombres que estuvieran dispuestos a jugarse la vida a cambio de recibir una porción más cuantiosa del botín. Su misión sería la de conducir un barco de fuego o barco antorcha, capaz de destruir el navío insignia de los españoles.

Cuatro días después, el barco antorcha estuvo listo, cargadas de pólvora las bodegas, rociadas de brea y azufre y poco afianzadas las maderas de la cubierta y los flancos de modo que la explosión tuviera un mayor alcance, los muñecos en sus puestos simulaban ser combatientes, los cañones de madera con sus bocas pintadas de negro asomaban en las troneras, los garfios con sus cuerdas largas y gruesas, preparados para enganchar a la *Marquesa*, y los doce voluntarios, capitaneados por Bradley, que se había ofrecido para dirigir al grupo, listos para cumplir su misión. Detrás del barco de fuego navegarían los demás barcos de la flota en formación de combate. El *Lilly* de Morgan, junto a embarcaciones más pequeñas y rápidas, atacaría la *Santa Luisa* y el resto, encabezados por el *Dolphin* de Morris, se encargarían de la *Magdalena*.

Cuando el vicealmirante Campo y Espinosa fue advertido de que los piratas venían hacia ellos en formación de guerra, casi con alegría pidió a sus capitanes alinear los barcos para el combate, con su nave insignia a la cabeza. Era la oportunidad que había estado esperando para acabar con los ingleses apóstatas y, particularmente, con Henry Morgan, a quien muchos católicos fervientes consideraban un engendro del mismo Satanás. Cuando la *Marquesa*, más pesada y voluminosa que el barco de fuego, comenzó su maniobra para colocarse de costado y disparar sus cañones, el vicealmirante observó con asombro que el barco pirata, mucho más rápido que el suyo, venía de frente hacia él.

—¿Qué hacen estos locos? ¿Acaso nos quieren embestir? —gritó, y ordenó al timonel enderezar su nave.

Ya no hubo tiempo para la maniobra y el comandante español observó, aterrorizado, cómo el barco de fuego se acercaba a la *Marquesa*, giraba a babor y se acodaba para lanzar los garfios. Solamente cuando los tuvo al alcance de su pistola el comandante español comprendió que había sido objeto de un engaño. Los cañones y los hombres eran de palo y paja.

—¡Es un barco de fuego! —chilló —. No permitáis que afiancen los garfios.

Pero ya los mosquetes de los piratas habían dado cuenta de los soldados españoles ubicados en el puente y cerca del barandal y los garfios habían sido lanzados y asegurados en la arboladura de la *Marquesa*. El mismo Bradley, antes de saltar con sus hombres al agua, había encendido la mecha de la pólvora, calculada para estallar en tres minutos. Morgan seguía la escena con el catalejo y tan pronto presenció la explosión del barco de fuego supo que la batalla estaba ganada. La *Marquesa* comenzó a arder y minutos más tarde otra explosión, más terrible que la anterior, acabó con sus días de gloria. En medio de la confusión, solamente habían tenido tiempo de bajar un bote, en el que Morgan creyó distinguir el uniforme del vicealmirante español.

El *Lilly* y los tres barcos más pequeños atacaron enseguida, desde distintos ángulos, a la *Santa Luisa*, cuyo capitán, convencido de que sin el barco insignia la batalla estaba perdida, prefirió encallar su nave en los arrecifes de la isla de San Carlos y prenderle fuego antes de permitir que cayera en manos de los piratas. Mientras tanto, el *Dolphin* de Morris y el resto de los navíos atacaron y capturaron a la *Magdalena*. La estrategia del barco de fuego había dado resultado y en menos de tres horas Henry Morgan había acabado con lo que restaba de la Armada de Barlovento. Él sabía, no obstante, que mientras no tomaran el fuerte que custodiaba la entrada del lago no podían cantar victoria.

Habiendo aprendido que, aun en situación de ventaja, en la guerra a veces es necesario negociar, Henry envió un nuevo mensaje a don Alonso del Campo y Espinosa. Los mismos rehenes fueron llevados en un bote a la isla de San Carlos con una nota de puño y letra del líder de la Hermandad de la Costa en la que nuevamente amenazaba con reducir a cenizas la ciudad de Maracaibo y pasar por las armas a los rehenes si no permitía que sus barcos salieran del lago sin ser atacados.

Como era previsible, don Alonso respondió que jamás incurriría en semejante traición a su patria y a su rey y si por él fuera podía hacer lo que quisiera con Maracaibo y sus rehenes, esos malos españoles que no habían sabido defender su ciudad y su honor.

Mientras los mensajes entre Morgan y el comandante del fuerte iban y venían, Henry hizo traer a varios de los prisioneros capturados por los piratas en la *Marquesa*, entre ellos al piloto, que no parecía español y que, según Basil, era el mejor candidato a decir cuanto se le preguntara. El prisionero se expresaba en perfecto inglés y no hubo necesidad de presionarlo para que comenzara a hablar. Primero informó a Morgan, en detalle, cuántos cañones, pólvoras, mosquetes y hombres había enviado don Alonso a la fortaleza y de qué calibre eran esos cañones. Luego añadió algo que dejó a Henry gratamente sorprendido: la *Santa Luisa*, encallada por su capitán en los arrecifes de la costa e incendiada antes de permitir que los piratas se la apropiaran, transportaba una cantidad importante de reales de ocho y de barras de plata.

—¿Por qué me contáis todo esto? —quiso saber Morgan, receloso.

—Porque quiero unirme a vosotros —respondió el prisionero, sin siquiera parpadear.

—¿Y los españoles?

—Pagan bien pero rezan mucho y carecen de... imaginación.

—¿Cuál es vuestro nombre y de dónde sois?

—Mi apellido es O'Connor y mi nombre de pila José. Mi padre es un irlandés que emigró a España, se hizo marino y se casó con la mujer más guapa de Sevilla. Como podéis ver, tengo un claro problema de fidelidades.

Morgan rio de buena gana. «Aunque no sepa blandir una espada ni disparar un mosquete —pensó— un buen conversador puede hacer menos tedioso un largo viaje.»

—Si lo que habéis contado es cierto, vendréis en mi barco como piloto auxiliar. Seguro lo conocéis bien porque se trata de la antigua *Magdalena*, de la Armada de Barlovento, que ahora será el *Elizabeth*, de la Hermandad de la Costa.

En ese instante Henry recordó a su mujer y sintió cierto remordimiento porque a la hora de escoger el nombre no había pensado en ella sino en la legendaria reina inglesa de los días en que sir Francis Drake era el tormento de los españoles.

Después de encargar a Basil y a Bradley que eligieran a los más leales de sus hombres para ir a buscar el tesoro de la *Santa Luisa*, Henry se tendió en la hamaca a pensar en cómo salir del lago. Si fuera cierto que de Cartagena o, tal vez de la misma Caracas, los españoles habían enviado refuerzos, disponía de no más de una semana para escapar. El pomposo vicealmirante don Alonso había demostrado una clara tendencia a caer en las trampas, así que sería preciso ir pensando en otra.

Mientras Morgan meditaba y comprobaba que el ron de Maracaibo era de tan mala calidad como su clima, se presentó Basil con la buena noticia de que todo lo dicho por O'Connor era cierto.

—Calculamos que hay más de treinta mil reales de ocho y por lo menos mil barras de plata.

—¡Bravo! —gritó Henry, eufórico—. Ahora sí nos iremos de este maldito lugar con un buen botín, aunque todavía faltan las diez mil piezas ofrecidas por los rehenes de Gibraltar.

—¿Crees que todavía es necesario exigírselas? —preguntó Basil, más divertido que extrañado.

—Por supuesto, Basil. Tenemos un acuerdo, ¿no?

—Así es, Henry —rio Basil—. ¿Has pensado cómo tomaremos el fuerte?

—Mejor todavía. He llegado a la conclusión de que no hará falta tomarlo.

—Pero sabemos que el español peleará hasta la muerte. O lo matamos nosotros aquí o lo ejecutan en España.

—Así es. Pero antes de hablar de estrategia vamos a traer a la catedral todo el botín para distribuirlo según hemos acordado.

—¿Sin la autorización de Modyford ni del Consejo del Almirantazgo? —preguntó Basil, sorprendido.

—Ya lo hemos hecho antes. Se trata de una situación de emergencia y cualquier cosa puede pasar cuando intentemos salir —Henry meditó un instante antes de continuar—. Quiero que los hombres reciban lo que se han ganado y si mueren, que mueran ricos. Además, ya estamos en época de huracanes y no sabemos si podremos volver a reunir la flota para hacer el reparto antes de llegar a Jamaica.

Henry cumplió lo prometido, repartió el botín conforme a los acuerdos de la Hermandad de la Costa, no si antes advertir que cualquier robo a bordo sería sancionado con la pena de muerte. Terminada la distribución de las cuarenta mil libras esterlinas a las que equivalía el botín, incluyendo lo colectado de los rehenes de Gibraltar, los hombres quedaron más dispuestos que nunca a luchar y vencer para poder regresar a Port Royal a derrochar sus ganancias. Sólo entonces Henry les reveló su casi risible plan de escape.

—Mañana, tan pronto el sol comience a calentar, bajaremos los botes de los navíos y los enviaremos a tierra cargados de hombres armados hasta los dientes. Deben arribar a la costa detrás de los manglares que crecen a media legua del fuerte de modo que aunque desde el castillo no los vean descender, los españoles se convenzan de que, efectivamente, han desembarcado. Luego, los mismos hombres regresarán acostados unos encima de otros en el fondo de los botes para no ser vistos. Estaremos todo el día llevando hombres a la orilla y trayéndolos de vuelta de modo que el arrojado vicealmirante crea que preparamos una gran ofensiva por tierra. Como no cuenta con fuerzas suficientes para repelerla, tendrá que mover los cañones que ya no apuntarán hacia el lago sino al lugar por donde esperan el ataque. A medianoche levantaremos anclas y partiremos sin ser molestados.

Los piratas se miraron unos a otros, intercambiaron opiniones en voz baja y después de que los traductores terminaron de explicar el plan a los franceses, a los holandeses y a los negros esclavos se armó un gran jolgorio que terminó con renovados vivas al líder de la Hermandad de la Costa.

El plan de escape de Henry Morgan funcionó tal cual había sido previsto. A la luz de la luna los barcos pasaron frente a la fortaleza, donde los artilleros se afanaban en vano en volver a cambiar los cañones de posición, y se alejaron sin ser perturbados. Solamente cuando ya estaban fuera de alcance se escucharon algunos cañonazos tardíos e inofensivos. Al día siguiente, los rehenes y los prisioneros fueron liberados en la isla Zapara y Henry hizo disparar uno de los cañones de su nuevo barco insignia, el *Elizabeth*, en señal de despedida. No pasaría mucho tiempo antes de que el dos veces burlado vicealmirante, don Alonso del Campo y Espinosa, fuera arrestado y enviado a Madrid para ser juzgado y sentenciado por la pérdida de la Armada de Barlovento. Años más tarde, la reina regente, después de perdonarlo, lo designó gobernador, primero en Puerto Rico y luego en Cuba, a donde nunca llegaría porque el navío que lo transportaba desapareció entre San Juan y La Habana sin dejar rastro.

23

Jamaica, 1669-1670

A finales de abril, la flota de Henry Morgan, a la que ahora se habían sumado el nuevo *Elizabeth* y los otros tres barcos capturados en las incursiones de Maracaibo y Gibraltar, salió rumbo a Jamaica. Aunque en medio de la travesía fueron dispersados por una tormenta, al final todos llegaron a su destino. El 17 de mayo de 1669, el *Elizabeth* entró en la bahía de Port Royal y como tres de los navíos de la flota ya se le habían adelantado el pueblo entero esperaba al líder de la Hermandad de la Costa para un recibimiento grandioso. Con el ánimo de informar a Modyford de los pormenores del viaje, Henry se dirigió de inmediato a Spanish Town, donde el gobernador había decidido trasladar la Casa del Rey para alejar al gobierno de los excesos de Port Royal, conocida ya en esos días como la Sodoma del Caribe. Henry prometió a sus capitanes y a los marineros que regresaría para celebrar en grande tan pronto terminara con los asuntos oficiales.

A pesar de que el gobernador ya estaba informado de los nuevos triunfos del líder de la Hermandad de la Costa, recibió a Henry sin la euforia acostumbrada.

—Lo de Maracaibo es grave —dijo Modyford después de intercambiar saludos—. Atacar Cartagena resultaba lógico porque así impediríamos ataques españoles a Jamaica, pero Maracaibo y Gibraltar no tienen ninguna importancia militar que justificara el asalto y el saqueo.

—Después de la explosión del *Oxford* —explicó Henry—, los franceses desistieron de ir a Cartagena y, peor aún, camino del punto de encuentro el mal tiempo hizo que perdiera otras embarcaciones. Con sólo ocho navíos y menos de quinientos hombres no podía atacar Cartagena.

—Ya lo sé, Henry. Pero, ¿por qué Maracaibo… y Gibraltar?

—Me extraña la pregunta, Thomas. ¿De qué otra manera podía pagarles a los hombres que me acompañaban? El día que armemos una flota y no tengamos ningún botín que repartir, los corsarios nos abandonarán y la isla quedará indefensa.

—Eso ya lo sabemos —convino Modyford—. Pero lee estas instrucciones recibidas de lord Arlington.

Henry leyó la extensa carta del Secretario de Estado en la que, con miras a no entorpecer las negociaciones de paz que, una vez más, se adelantaban con España, ordenaba a Modyford retirar todas las patentes expedidas a los corsarios.

—El asunto es grave —reconoció Henry.

—Peor de lo que puedes imaginarte. También recibí comunicación de mi hijo Charles, quien sigue en Londres como mi representante ante la Corona, anunciándome que el duque de Albemarle está a punto de morir. Tal vez, mientras hablamos, ya dejó de existir. Sin mi primo y protector y con lord Arlington aconsejando al rey sobre la necesidad de firmar un tratado de paz con España, estamos en una situación sumamente precaria. ¿Cómo puedo justificar el ataque y saqueo de dos ciudades insignificantes?

Un prolongado silencio siguió a las desalentadoras palabras de Modyford, finalmente interrumpido por Henry.

—En el lago de Maracaibo destruí la Armada de Barlovento y tengo informes de un piloto español, capturado durante el enfrentamiento, que confirman que esa flota fue enviada por la reina de España con el propósito de recuperar Jamaica. ¿No te parece suficiente justificación?

—Sí, había pensado ponerlo en el informe. Pero su llegada al lago de Maracaibo persiguiéndote a ti fue una casualidad.

—Más bien fue un acto de suerte, una indicación de que mi buena estrella no me había abandonado a pesar del incidente del *Oxford*.

—Creo que tendremos que hacer algo más, Henry, algún acto que pueda incluir en mi informe a Arlington y que lo mueva a aceptar las explicaciones de tus últimos ataques a España.

—¿En qué has pensado?

—En un acto público al que me acompañes a anunciar juntos el retiro de todas las patentes de corso.

—Y sin corsarios, ¿cómo piensas que podremos defendernos de los españoles? —preguntó Henry, consternado.

—Sería una medida temporal. Arlington y nuestro embajador en Madrid, sir William Godolphin, llevan años negociando con el conde de Molina, embajador de España en Londres, el reconocimiento de Jamaica como un territorio inglés, algo que no creo que ocurra nunca. Cuando se reanuden las hostilidades volveré a entregar las patentes de corso.

—Tú eres el político, Thomas. Si lo consideras tan importante puedes contar conmigo. Ahora debo irme. Todavía no he celebrado el retorno con mis hombres ni he podido ir a ver a Elizabeth, que debe estar esperándome en nuestra nueva casa.

—Me dijo Byndloss que se trata de una verdadera mansión. ¿Por qué no anunciamos el retiro de las patentes de corso dentro de dos semanas, primero en Spanish Town y después en Port Royal?

—Por mí está bien. Sólo avísame con tiempo para estar sobrio.

Ambos rieron y cuando Henry se levantaba para despedirse Modyford preguntó:

—¿Y el botín? Estoy seguro de que el rey verá mi informe con mejores ojos cuando sepa a cuánto asciende su participación.

—El botín fue equivalente a unas cuarenta mil libras esterlinas. Lo que corresponde al rey, al Lord del Almirantazgo, así como la parte del gobernador de Jamaica, lo tengo a buen recaudo. La de los corsarios la repartí antes del enfrentamiento con la Armada de Barlovento porque no sabía realmente cómo terminaría aquello y quería que por lo menos murieran ricos.

—De acuerdo. Te cuento que muy pronto el rey tendrá más plantaciones que tú y que yo. Últimamente no acepta que le siga invirtiendo su dinero en mejorar las defensas de la isla y quiere que emplee su parte de los botines de guerra en la compra de tierras.

—No podemos negar lo positivo que es tener al rey dentro del gremio de los hacendados —observó Henry.

—También es socio de Lynch y forma parte del gremio de los comerciantes. Recuerda que los reyes tienen que complacer a todos sus súbditos —rezongó Modyford.

—Ahora que me obligan a abandonar el mar —dijo Henry mientras se despedía— también yo invertiré en más tierras y me retiraré a Port María a vivir de mis rentas. Nada hará más feliz a Elizabeth.

Henry regresó ese mismo día a Port Royal para celebrar sus asaltos a Maracaibo y Gibraltar. Después de tres días de festejos arribaron los últimos dos barcos de la flota, que ya todos daban por perdidos, y la celebración cobró nuevo impulso. Como siempre, el dinero de los corsarios corrió alocado por las tabernas, burdeles y demás comercios de la ciudad y al cabo de una semana la mayoría estaban otra vez tan pobres como antes de embarcarse. No fue sino hasta diez días después de su retorno que Henry llegó finalmente a Port María. Nada le reprochó Mary Elizabeth, acostumbrada a las largas juergas de su marido, y, luego de abrazarlo y besarlo, le mostró, orgullosa, las varias estancias y habitaciones de los dos pisos de su nuevo hogar, con énfasis en cada objeto de lujo adquirido. A Henry lo que más le entusiasmó fue el jardín sembrado de flores y plantas nativas de Jamaica y la espléndida vista que se contemplaba desde el portal donde Mary Elizabeth había hecho colgar su hamaca.

Esa noche, después de hacer el amor con más ternura que pasión, Henry le informó a Mary Elizabeth que sus días de corsario habían terminado. Sin entrar en mucho detalle, le contó su conversación con Modyford y le dijo que en breve tendría que regresar a Port Royal para hacer público el anuncio del retiro de las patentes de corso.

—Es la mejor noticia que podrías darme, Henry —dijo Mary Elizabeth y añadió, coqueta—: Ahora podremos dedicarnos de veras a tener el hijo que tanto anhelamos. ¿Y Panamá?

—Sí. Panamá… quedará como un sueño que no pude realizar. Si se firma la paz y España acepta una Jamaica inglesa, no habrá ya ninguna justificación para atacarla.

Mary Elizabeth no se dejó conmover por la nostalgia que percibía en la voz de Henry.

—No sabes cuánto me alegro. De hoy en adelante debes soñar únicamente con convertirte en el más importante de los agricultores del Caribe.

—Tendré que superar al rey y al gobernador —bromeó Henry antes de volver a los brazos de su esposa.

El 14 de junio de 1669 fue un día triste para todos los corsarios del Caribe y para los comerciantes de Port Royal. Precedidos por un tamborilero y un pregonero, aparecieron ese día en la plaza del mercado el gobernador Modyford y el líder de la Hermandad de la Costa, Henry Morgan, a repetir lo que el día anterior habían anunciado en Spanish Town:

—Oíd, oíd —gritó el pregonero—. El gobernador Thomas Modyford y el almirante Henry Morgan notifican a todos los que habitan en esta ciudad, o en cualquier otro sitio de Jamaica, que a partir de este momento han sido revocadas todas las patentes de corso expedidas en favor del mencionado almirante Henry Morgan por el gobernador Modyford, así como también aquellas que el almirante Morgan, o cualquier otra autoridad, hayan otorgado a los corsarios de Jamaica o de cualquier otro lugar del Caribe.

La noticia se propagó rápidamente y los primeros en acercarse a averiguar qué ocurría fueron los capitanes Morris, Ringrose, Collier y Bradley.

—Vamos al *Green Dragon* para ponerlos al corriente de todo lo ocurrido —sugirió Henry, y hacia allá se encaminaron.

Cuando terminó su explicación, Bradley fue el primero en preguntar qué harían ahora los corsarios y los bucaneros para ganarse la vida.

—Por lo pronto —respondió Morris irónico—, Collier y yo, imitando a Henry, somos propietarios de un par de plantaciones de caña en el norte de la isla. Te sugiero que tú también solicites una concesión.

—Eso jamás —dijo Bradley, sin ocultar su enojo—. Henry tiene familia y es comprensible que él quiera retirarse a su plantación con su mujer, pero yo no tengo a nadie y no me veo muriendo de viejo en una cama de la mano de una esposa. Lo mío es la guerra… y lo de ustedes también.

—Con España siempre hemos tenido guerra —observó Ringrose—. ¿Por qué ahora es distinto, Henry?

—Ya expliqué que el tratado que se está negociando reconocerá la posesión de Inglaterra sobre Jamaica —reiteró Henry—. Esa es la gran diferencia. Es lo que siempre hemos querido.

—¿Y de qué serviría el reconocimiento de nuestra soberanía en Jamaica si España se niega a comerciar con nosotros? —insistió Ringrose.

—Modyford piensa que no seguirán negándose y está enviando cartas a los gobernadores de Puerto Rico, La Española y Cuba proponiendo acciones concretas de intercambio comercial ahora que estamos en paz.

—No creo que haya una respuesta positiva —reiteró Ringrose—. España e Inglaterra son como perro y gato. Nosotros el perro, por supuesto. Pero dejémonos de hablar necedades y vamos a acabar con esa botella de ron que tiene ya mucho tiempo de estar abierta y abandonada.

—Proposición aceptada —respondió Henry, alzando su vaso—. Les propongo, además, recorrer todos los bares y burdeles para consolar a nuestros hombres… y a unas cuantas prostitutas, y prometerles ayuda ahora que quedan desamparados. Brindemos por la subsistencia de la Hermandad de la Costa —Henry dudó un momento— y, ¡qué mierda!, por la guerra, el botín, las mujeres y el ron.

—¡Salud! —gritaron todos.

Durante el resto del año 1669, Henry se dedicó por entero a su hogar, en el que ayudaba a Mary Elizabeth en el jardín y el bosquecillo de árboles frutales que rodeaba la parte posterior de la vivienda. También aprovechó para legitimar sus nuevas concesiones de tierra en los alrededores de Port María. Con alguna frecuencia se trasladaba a Spanish Town a reunirse con Modyford y discutir la situación política de la isla. Todavía los agricultores mantenían el control del Consejo y de la Asamblea, pero a ambos le preocupaba que su viejo rival, Thomas Lynch, líder de los comerciantes, se encontrara desde hacía cinco años en Londres abogando en favor del tratado con España y estableciendo vínculos mercantiles con los más cercanos colaboradores del rey. Las últimas noticias sobre la salud de George Monck, duque de Albemarle, lo describían postrado en cama esperando pacientemente a que la Parca viniera a buscarlo. Una vez que falleciera su primo y protector, a Modyford no le quedaría nadie más a quién recurrir en busca de apoyo. Si algo pesaba todavía en el ánimo de Carlos II en favor de los corsarios y los dueños de plantaciones era la enorme popularidad de que gozaba Henry Morgan en Londres, tanto entre la aristocracia como en el pueblo. Veían en él una figura legendaria, similar a la de Drake y Raleigh, que ayudaban a mantener la autoestima. Ningún inglés podía olvidar que durante la reciente guerra contra los holandeses los barcos enemigos habían subido por el Támesis logrando bloquear la orgullosa capital del imperio inglés. Y así, cada vez que llegaban noticias de otro triunfo del líder de los corsarios sobre los españoles, en Londres se celebraba por igual en palacios y tabernas.

Ese año los Morgan de Jamaica festejaron juntos la Navidad y la llegada del Año Nuevo en la mansión de Port María, que tenía espacio para hospedarlos a todos. Convencida de que Dios ya no la bendeciría con hijos, Mary Elizabeth cuidaba el de su hermana, Ana Petronila, como si fueran propios y esperaba con impaciencia el nacimiento del vástago de Johanna y Henry Archibold, quienes habían contraído matrimonio a mediados del año. Charles permanecía soltero y ahora se dedicaba menos a la agricultura y más a visitar los bares de Port Royal, en cuya milicia había ascendido al grado de coronel.

Los primeros días de enero Modyford llamó a Henry a consulta para informarle que aunque no había recibido ninguna respuesta a las cartas enviadas a los gobernadores españoles, tenía la intención de comenzar el año devolviendo algunos prisioneros a Cuba en señal de buena voluntad.

—Con los prisioneros enviaré otra carta al gobernador de Manzanillo, en Cuba, ofreciéndole iniciar el comercio con Jamaica. De ello encargaré al capitán Bart, comandante del *Mary Jane*. La nave irá cargada con mercancía que estoy seguro que necesitan allá. ¿Qué opinas tú?

—No estoy seguro —respondió Henry—. Si reciben a los prisioneros pero se niegan a comerciar sería una invitación a reanudar las hostilidades. Aunque, pensándolo bien —Henry sonrió— tal vez es lo mejor que puede pasar.

—¿Por qué lo dices?

—Porque nuestros corsarios lo están pasando muy mal. Unos cuantos han logrado comerciar con los cortadores de palo de tinte de Campeche y con algunas villas indias, pero no es suficiente. Me temo que pronto los perderemos y se irán a Tortuga en busca de patentes de corso francesas. En cuanto a los bucaneros, casi todos mis mejores soldados han regresado a su antiguo oficio de matarifes y curtidores de carne en las costas de Cuba y en La Española. En otras palabras, Thomas, Jamaica se está quedando sin ejército que la proteja y todavía no sabemos si habrá un tratado definitivo de paz con España.

—Todo eso es muy cierto, Henry, pero mi obligación como gobernador es tratar de promover el comercio.

—¿Aunque ello signifique darle una ventaja a los comerciantes sobre nosotros, los agricultores? Tú sabes tan bien como yo que tan pronto se consolide el comercio con las posesiones españolas, Lynch y sus aliados comenzarán a venderles esclavos, que es su principal producto.

—Actividad en la que el rey y su hermano son sus socios —remarcó Modyford.

—Lo cual lo torna más peligroso todavía. En cuanto a Bart, sin duda escogiste bien. Es uno de los corsarios más tranquilos que conozco y sabe hacer bien sus cosas.

Bart partió en el *Mary Jane* para Manzanillo, un viaje que, aun con vientos desfavorables, debía demorar a lo sumo un par de semanas, y no se supo más de él hasta dos meses después, cuando en una canoa larga llegaron a Port Royal, moribundos, nueve de los tripulantes del *Mary Jane*. Lo que contó Cornelius Carstens, cocinero de Bart, dejó consternado a Modyford. El navío inglés había llegado al puerto de Manzanillo donde Bart cumplió con entregar al gobernador la carta de su homónimo y los doce prisioneros españoles. Después de sufrir una rigurosa inspección, pudo vender la carga con facilidad y enseguida zarpó de vuelta para Jamaica deseoso de transmitir la buena noticia. Todavía no habían desplegado todas las velas cuando se les aproximó un buque que ondeaba la bandera inglesa y Bart, siguiendo la costumbre, acercó el *Mary Jane* para intercambiar saludos e información sobre las condiciones del mar. Sin ninguna advertencia, el navío abrió fuego y después de batallar en condiciones desiguales durante día y medio, Bart y veinte de sus hombres habían perdido la vida tratando de evitar que el *Mary Jane* fuera capturado por el enemigo.

—El capitán español-portugués del navío pirata me pidió que os transmitiera personalmente este mensaje, que me hizo escribir —dijo Carstens al concluir su relato. Y leyó—: «Soy el corsario Manuel Rivera Pardal y navego con una patente de corso expedida por instrucciones de la reina de España, válida por cinco años en todo el mar Caribe, que será utilizada en venganza del cobarde asalto pirata a las ciudades de Portobelo y Maracaibo. Vosotros, perros ingleses, pagaréis caros vuestros pecados».

Modyford guardó la nota de Carstens y envió enseguida a buscar a Henry a Port María.

—Tenías razón, Henry —dijo en cuanto este entró por la puerta de la Casa del Rey—. Yo creía que habías exagerado los informes de inteligencia para hacer creer al rey que los españoles preparaban una gran ofensiva contra Jamaica. Pero escucha lo ocurrido a Bart.

—¡Malditos españoles! —exclamó Henry cuando Modyford terminó su relato—. Estoy seguro de que el pobre Bart peleó en condiciones muy desfavorables y vendió cara su vida.

A Henry lo asaltaban sentimientos encontrados. Aunque ya se iba acostumbrando a la idea de dedicarse a su familia, a sus plantaciones y a la vida hogareña, extrañaba el mar, la emoción del combate, los compañeros de juerga. Extrañaba la libertad.

—¿Qué piensas hacer? —preguntó mientras Modyford, inquieto, se paseaba por el despacho.

—Debemos tratar de obtener más evidencia de que España, mientras finge negociar la paz, está librando una guerra oculta contra nosotros.

—No tan oculta, Thomas. Es obvio que por lo menos el tal Pardal ha querido hacerla pública.

—¡Ese debe ser un loco!

—Igual que algunos de nosotros. Tú me dirás cuándo y cómo quieres actuar. Recuerda que ahora soy un hacendado y necesitaré más tiempo para prepararme para la guerra —Henry sonrió—. Además, para una operación de tanta envergadura, necesito una nave insignia como el *Oxford*, bien artillada y con capacidad suficiente para cargar por lo menos ciento cincuenta hombres.

—Lástima el accidente del *Oxford*, Henry. Para reemplazarlo pienso traer a Port Royal el *Cerf Volant*, que comanda un tal capitán Legraux. He dado la orden de incautarlo porque ejecutó actos de piratería contra España en violación del mandato del rey.

—Conozco bien a Legraux y conozco el *Cerf Volant*; es un buen barco y serviría muy bien como navío insignia. Yo mismo puedo ir en su busca.

—Entiendo que Collier lo tiene detenido en alguna de las ensenadas de los cayos de las Doce Leguas. Cuando estés listo para partir te entregaré los documentos que acreditan que te lo he asignado para tu siguiente misión.

Antes de despedirse Henry confió a Modyford su convicción de que lo ocurrido al *Oxford* no había sido un accidente.

—Fue sabotaje de algún francés, quizás del propio Legraux. Pero aquello debe quedar sepultado en el pasado porque ahora me harán falta embarcaciones francesas para completar la flota más grande que se haya reunido en el mar Caribe. ¿Cuál es el próximo paso?

—Supongo que tratar de obtener más información sobre los planes de España que me permita enviar un informe completo a lord Arlington y cubrir nuestras espaldas.

No fue necesario ir en busca de nuevas evidencias porque estas comenzaron a llegar a Jamaica muy seguido y de diferentes fuentes. Pocos días después del incidente del *Mary Jane*, arribó a Port Royal el capitán Bradley con una historia aún más comprometedora para España. Mientras negociaba la compra de palo de tinte en la región de Campeche, sus dos barcos mercantes habían sido atacados por el *San Nicolás de Talentino*, cuyo capitán, creyéndolos una presa fácil, e ignorante de que sus tripulantes eran corsarios y bucaneros, ordenó atacarlos. El navío español fue rápidamente sometido por Bradley y trasladado a Port Royal donde, tras un minucioso registro, se encontró en el escritorio del capitán una patente de corso expedida por el gobernador de Santiago de Cuba, en la que se citaba la Cédula Real emitida por la reina regente desde el 20 de abril de 1669 y se ordenaba a los gobernadores del Caribe «ejecutar todas las hostilidades permitidas en la guerra para tomar posesión de todas las naves, islas, ciudades y puertos ingleses». Aunque semejante documento constituía evidencia suficiente del doble juego de la Corona española, pocos días después Modyford recibió de parte del gobernador de Curazao otra patente de corso expedida por el gobernador de Cartagena a un navío español capturado por los holandeses. Para rematar, el exaltado Pardal se dedicó a atacar pequeños villorrios ingleses ubicados en las costas de Gran Caimán y el norte de Jamaica. En su última incursión en Montego Bay, no muy lejos de una de las plantaciones de Henry, tuvo la osadía de dejar clavado en un árbol un pergamino cuidadosamente elaborado en el que, después de echarse flores y llamar *perros* a los ingleses, retaba al general Morgan a un duelo en alta mar. Para entonces Pardal había llevado el *Mary Jane* a Cartagena como botín de guerra y era considerado un héroe por los españoles, cansados de ser siempre las víctimas.

En Port María, Mary Elizabeth, preocupada porque los españoles estaban llevando la guerra muy cerca de su hogar, terminó por suplicar a Henry que volviera al mar.

—Una cosa —dijo indignada— es batallar por el control de territorios y otra muy distinta asaltar poblaciones costeras donde habitan y trabajan familias indefensas, como la nuestra.

—Y yo que ya me había acostumbrado a esta vida placentera de hacendado —respondió Henry, haciéndole un guiño.

Pocos días después, Modyford y Morgan volvieron a reunirse en Spanish Town para concretar estrategias, reunión en la que el gobernador ofreció otorgar al almirante todos los poderes que fueran necesarios para impedir una invasión de España a Jamaica.

—Esta vez no habrá límites de ninguna clase, Henry. Dime lo que necesitas y juntos vamos al Consejo para que lo aprueben —aseguró Modyford.

Entre ambos elaboraron el proyecto de patente de corso con cada una de las autorizaciones requeridas para cubrir los posibles enfrentamientos con España, incluyendo una cláusula que permitía al almirante y comandante en jefe utilizar su propio criterio en caso de duda. La reunión del Consejo que autorizó a Modyford a otorgar a Henry la patente de corso previamente acordada se celebró en la Casa del Rey el 29 de junio de 1670 sin la presencia de ningún representante de los comerciantes partidarios de Lynch, que se excusaron de asistir. Los consejeros decidieron, además, añadir una nueva autorización para que el almirante Morgan tuviera «el poder de desembarcar en territorio enemigo tantos hombres como lo considere necesario y con ellos marchar a cualquier lugar en que se le hubiere informado de la existencia de fuertes con polvorines o fuerzas enemigas y tomar, disponer o destruir todo aquello que pueda utilizarse para violar la tranquilidad de Jamaica, por ser este el principal interés de Su Majestad». Para oficializar el acto, un tamborilero y un pregonero llegaron una vez más a las plazas de Spanish Town y Port Royal a leer la nueva proclamación. Los pocos corsarios y bucaneros que aún permanecían en Port Royal salieron enseguida a difundir la buena noticia y a celebrar. La tarea encomendada a Henry era monumental. Había que reunir fuerzas suficientes para atacar alguno de los puntos más sensibles del imperio español del Caribe en momentos en que casi todos los corsarios se habían hecho a la mar en busca de otra forma de ganarse la existencia. Los pocos barcos que permanecían anclados en la bahía de Port Royal necesitaban reparaciones y sus propietarios, fueran empresarios o capitanes, carecían de los medios económicos para costearlas, circunstancia que obligó a Henry a solicitar personalmente de los comerciantes más prósperos los empréstitos necesarios. Concluidos los trabajos de restauración, los navíos se sumaron a la flota y zarparon a divulgar la noticia de que el líder de la Hermandad de la Costa llamaba a una nueva acción contra España. El primer encuentro se daría en isla Tortuga antes del último día de septiembre y el definitivo en Isla de la Vaca, de donde zarparía la gran flota a principios de diciembre.

Mientras tanto Modyford, siguiendo su buen hábito de dejar asentado en los archivos oficiales cada asunto importante que acontecía en la isla, había enviado un extenso informe a lord Arlington en el que incluía todas las evidencias del doble juego de España y acompañaba copia del acta del Consejo de Jamaica autorizando el otorgamiento de una patente de corso al almirante Morgan para defender la isla «conforme a los deseos de Su Majestad». Alrededor de esa misma fecha, después de seis meses de silencio, lord Arlington había remitido a Modyford un despacho oficial confirmando que se había llegado a un acuerdo de paz en el que España reconocía finalmente la soberanía inglesa sobre Jamaica. Las naves que llevaban ambos correos se cruzaron en el Atlántico y antes de que en Jamaica se recibiera la comunicación de lord Arlington anunciando la paz, ya Henry había zarpado de Port Royal para volver a hacer la guerra a España. Primero iría en busca del capitán Collier en los cayos de las Doce Leguas para recibir el *Cerf Volant,* conforme a las instrucciones de Modyford, hecho que le serviría años más tarde para defenderse de quienes lo acusaban de haber ignorado las órdenes del rey poniendo en entredicho la paz lograda con España después de una larga y difícil negociación.

La víspera de su partida, toda la familia Morgan acudió a la mansión de Port María para despedir a Henry. Después de un largo y suculento almuerzo, rociado con abundancia de ron, coñac y buenos vinos, las hermanas, cuñados y sobrinos se retiraron. Charles permaneció un rato más para pedir a Henry que lo llevara con él como parte de su ejército.

—Suficiente con un Morgan corsario. A ti te toca, junto a tus cuñados, velar por la familia y porque las plantaciones produzcan cada vez más —había respondido Henry.

Después de que Charles se retiró cabizbajo, los esposos Morgan, animados por los efluvios del alcohol, se encerraron en la habitación y esa noche hicieron el amor con inusitada pasión. Antes de encender las bujías, Elizabeth quiso saber qué ciudad española atacaría Henry.

—Supongo —añadió— que será una muy importante para que los españoles comprendan que no pueden jugar con Inglaterra ni con mi Henry.

—Así es, Elizabeth. Pero su importancia puede ser más simbólica que militar.

—¿A qué te refieres?

—A que golpearé a España donde nunca ha sido tocada: en el corazón de su imperio colonial.

—¿Estás pensando en Panamá?

—Es la palabra que ha estado revoloteando en mi cerebro desde que llegué al Caribe. ¡Panamá! Cuando leí el sonoro nombre de aquella ciudad en el libro que hace muchos años me prestó el pastor Gage supe que sería la estrella polar de mi destino. ¡Panamá! ¿No te parece que tiene sonido de animal salvaje, de bestia que lucha para no ser sometida?

TERCERA PARTE

24

Londres, Chiswick, febrero de 1685

El 6 de febrero de 1685, sin que los habitantes del reino se hubieran enterado de las dolencias que lo aquejaban, falleció el rey Carlos II. Como no dejó descendencia, lo sucedió en el trono su hermano, James II, duque de York, Lord del Almirantazgo y católico declarado. Para celebrar las exequias de uno y la ascensión al trono del otro, se suspendieron durante una semana las actividades oficiales, incluidos todos los procesos judiciales, y John Greene se dispuso a disfrutar del inesperado pero bienvenido descanso. Al calor del hogar, procuraba ponerse al día en sus lecturas y olvidar durante un tiempo el juicio contra los dos libreros de Londres. En sus manos tenía el segundo de los doce tomos del *Paraíso perdido*, de John Milton, adquirido no hacía mucho tiempo — ¡oh casualidad! — en la librería de William Crooke, uno de sus demandados. A medida que se adentraba en los versos sobre el infierno, el abogado se reafirmaba en su opinión de que el exministro de Lenguas de Oliver Cromwell había sido mucho mejor poeta que político. A su lado, feliz de tener a su marido en casa, Claire a ratos bordaba y a ratos también leía.

Pero por más que lo intentara, John Greene no podía abstraerse por completo del proceso que había motivado su retorno a los tribunales. Un rey católico en el trono, ¿influiría negativamente en el resultado del juicio, que ya se prolongaba por más de dos semanas? Resultaba innegable que la interacción entre una Inglaterra anglicana, puritana y protestante y una España defensora del catolicismo había tenido un gran peso no solamente en el futuro de Jamaica sino también en la conducta de Henry y en la manera como sus actuaciones se percibían dentro del círculo más íntimo de la Corona. ¿Podrían ahora los integrantes de ese círculo, en su mayoría partidarios de relaciones diplomáticas más estrechas y permanentes con el imperio español, presionar de alguna manera a los magistrados que conocían del juicio de Henry? En esas elucubraciones andaba John cuando escuchó el relinchar de caballos frente a su casa.

—Ha llegado alguien —dijo Claire, poniendo a un lado el ovillo.

—¿Quién podrá ser? —preguntó John, mientras dejaba el libro y se levantaba para abrir la puerta.

Su sorpresa fue grande cuando, sonriendo nerviosamente en el umbral, encontró al librero Crooke. El gran sombrero y el abrigo de pieles, que le quedaban holgados, lo hacían ver aún más pequeño y frágil de lo que recordaba el abogado.

—Buenas tardes —saludó Crooke, descubriéndose, sin dejar de sonreír.

—Señor Crooke, qué agradable sorpresa. Por favor, pasad y decidme a qué debo el honor. ¿Os puedo ofrecer un jerez para ayudaros a espantar el frío?

—Gracias, señor Greene, y perdonadme si soy inoportuno, pero es preciso que hablemos… fuera de la Corte.

Claire saludó discretamente, se apresuró a servir las dos copas de licor y se retiró. Después de tomar el sombrero y el abrigo del librero, John le indicó una silla y ambos hombres quedaron sentados uno frente al otro.

—Comprenderéis que es un tanto… irregular que hablemos sin la presencia de vuestro abogado —dijo John, rompiendo el silencio.

Crooke, sentado al borde de la silla, comenzaba a agitar la pierna.

—Es que nunca pensé que el asunto llegaría tan lejos. Más bien mi abogado me hizo creer que ni siquiera habría un juicio.

—Estoy seguro de que eso es lo que Devon, que es un hombre honesto, pensaba en ese momento. El trasfondo legal de nuestro caso es, por decirlo de alguna forma, muy complicado.

El librero, más parecido que nunca a una ardilla, miraba hacia todas partes, sonreía de manera intermitente y seguía agitando la pierna. No había probado el jerez.

—¿Cómo podríamos solucionar esto? —preguntó, de pronto. Era una interrogante sobre la cual John Greene no había meditado con profundidad. Antes de que pudiera responder, Crooke prosiguió.

—Comprenderéis que no dispongo de diez mil libras esterlinas ni ninguna suma parecida. Soy un simple librero que trata de ganarse la vida honradamente en un negocio harto difícil. Lo que sí está en mis manos es ofrecer a sir Henry una disculpa pública.

En la mente del abogado se agitaban pensamientos contradictorios. Si bien el objetivo de su cliente era recuperar la fama y el honor comprometidos por el libro de Exquemelin, no dejaba de ser cierto que la principal razón que lo había impulsado a él a regresar a los tribunales después de tanto tiempo había sido la oportunidad de sentar un precedente importante que dejara su nombre inscrito en los anales de la jurisprudencia inglesa. Tal vez existía la posibilidad de lograr ambos propósitos: llegar a un acuerdo con Crooke, ganando así la mitad de la batalla, y al mismo tiempo mantener el proceso contra Malthus, el otro librero que había rehusado presentarse ante la Corte. Sin embargo, no existía ninguna seguridad de que los magistrados resolverían el asunto a favor de sir Henry, sobre todo ahora que los vientos políticos comenzaban a soplar en favor de España. ¿Qué hacer, entonces? Por lo pronto, ganar tiempo.

—¿Comprendéis, señor Crooke, que el abogado Devon debe ser informado de esta conversación?

—Por supuesto, y lo será oportunamente. Pero lo que está en juego es mi pellejo y mi dinero —respondió el librero, en un tono tan enérgico que sorprendió a John—. Tengo la impresión de que el abogado Devon, por razones de su profesión, está tan entusiasmado como vos con este litigio, que ya ha devenido en tema obligado de conversación en los corrillos de Londres. A mi establecimiento llegan ahora los parroquianos no a comprar libros sino a verme a mí, el librero demandado por Henry Morgan.

La candidez de Crooke conmovió a John. Había venido hasta Chiswick, a espaldas de su abogado, a proponer un acuerdo, situación que sin duda favorecía a sir Henry. Aunque su apego a la ética judicial le impedía aprovecharse de la desesperación del librero, estaba de por medio el interés de su cliente. Además, la tentación de anotarse un triunfo era muy grande. Dentro del juicio faltaba por abordar el saqueo de la ciudad de Panamá, sin duda el asunto más importante y controvertido, aquel en el que Exquemelin había dado rienda suelta a su imaginación mancillando sin contemplaciones la reputación de sir Henry. John y Ringrose habían conversado ampliamente sobre el tema con miras a que tan pronto se reanudara el proceso, su testigo estrella se encargaría de desacreditar al tal Exquemelin y desmentir sus infundios. Resultaba de suma importancia para su cliente que el juicio no concluyera sin que los magistrados escucharan esa parte del testimonio. ¿Cómo sacar ventaja de la situación por partida doble?

¿Validaría o anularía la Corte una transacción celebrada entre el abogado del demandante y uno de los acusados, actuando sin la presencia de su abogado? Luego de mucho meditarlo, John concluyó que valía la pena tomar el riesgo.

—Os diré qué podríamos hacer —dijo, midiendo cuidadosamente sus palabras—. En atención a que habéis venido a mi casa en un gesto abierto y amigable, estoy dispuesto a aceptar, en nombre de sir Henry, un acuerdo provisional que satisfaga los intereses de ambas partes. La única condición es que lo mantengamos confidencial hasta que concluya el proceso o hasta que yo os indique que lo podemos hacer público. Nadie más que nosotros dos sabremos de la existencia de dicho convenio.

Los ojillos de Crooke brillaron, se desplazaron por toda la estancia y luego se clavaron en el rostro de Greene.

—No entiendo lo que proponéis —dijo finalmente.

—El asunto, señor Crooke, es que para mi cliente es importante continuar el proceso durante unos días más, por lo menos hasta que terminemos con el testimonio sobre la toma de Panamá. Pero lo que pueda ocurrir en el juicio de ahora en adelante no cambiaría en nada nuestro acuerdo de hoy.

—¿Lo suscribiríamos ahora?

—Es lo que os propongo. Además, tendríais que aceptar una invitación a cenar.

Crooke sonrió, esta vez con naturalidad.

—Gracias. Aunque lo lamento por vuestra esposa, acepto con gusto. Pero, ¿cuáles serían los términos del acuerdo?

—Ya lo hemos hablado. El pago de una suma de dinero y una disculpa pública que también sería incluida en una próxima edición que haréis del libro de Exquemelin.

—¿Y de qué cantidad hablamos? —Crooke había dejado de sonreír.

—No os preocupéis, que no excederá del monto total de mis honorarios —respondió John, el amago de una sonrisa en el rostro austero—. ¿Os parece bien trescientas libras?

—Me parecerían mejor cien.

—¿Transamos por doscientas?

—De acuerdo, abogado. Redactemos ahora la disculpa.

Luego de concluida la cena, Claire, encantada con la oportunidad de ayudar a John en su trabajo, escribió en dos ejemplares el documento que su marido le dictó en el que se dejaba constancia del acuerdo confidencial entre el demandado

William Crooke, representándose a sí mismo, y el demandante Henry Morgan, representado por su abogado, John Greene. Ambas partes determinarían en qué momento lo harían del conocimiento de la Corte.

Durante el resto de la velada no se volvió a hablar del juicio y esa noche, mientras se preparaban para dormir, los esposos Greene comentaron lo ameno y agradable que había resultado el inesperado visitante.

—Supongo que el acuerdo con Crooke significa que volveré a tenerte en casa como antes —dijo Claire.

John demoró en responder.

—No, Claire. El proceso debe continuar. Además, temo que si más adelante Crooke se arrepintiera de haber firmado el acuerdo, Devon podría lograr que la Corte lo anulara.

—Entonces, ¿para qué lo hiciste?

—Para golpear por delante y obtener una pequeña ventaja, confiando en que Crooke respetará la confidencialidad acordada.

Londres, Corte del Rey, febrero de 1685

El lunes siguiente continuó el juicio y Basil Ringrose volvió a ocupar la silla de los testigos. Mientras se levantaba para reiniciar el interrogatorio, John Greene creyó percibir en la expresión del demandado Crooke una mirada cómplice. A su lado, el abogado Devon mantenía su acostumbrada sobriedad. El momento de desenmascarar a Alexander Exquemelin había llegado.

—Decidme, señor Ringrose —comenzó Greene—, ¿estuvisteis con Henry Morgan durante la toma de Panamá?

—Por supuesto que sí. Yo comandaba uno de los navíos, el *Lilly.* Una vez en Tierra Firme estuve junto Henry a lo largo de toda la campaña de Panamá.

—Y, decidme, durante dicha campaña, ¿conocisteis a algún miembro de la tripulación, cirujano y barbero para ser más precisos, de nombre Alexander Exquemelin?

—No, señor. Os puedo asegurar que ningún miembro de la tripulación, y menos un cirujano, se llamaba de tal manera.

—Sin embargo, señor Ringrose, estamos aquí precisamente porque cada uno de los libreros demandados en este juicio publicó un libro escrito y firmado por un tal Alexander Exquemelin quien, según él mismo alega, estuvo en la invasión de Panamá con sir Henry Morgan en su condición de cirujano-barbero. ¿Cómo os lo explicáis? Entiendo que habéis leído el libro, ¿verdad?

—Sí, lo he leído y contiene falsedades y exageraciones. Por ello, tal como dije en mi testimonio anterior, me vi obligado a escribir un relato de lo que yo presencié durante el ataque a Panamá. Esa narración está en manos del señor William Crooke y está pendiente de ser publicada.

—Ya veo, ya veo —John Greene se paseó frente al testigo, las manos detrás de la espalda, antes de formular su siguiente pregunta—. Entonces, señor Ringrose, vuestro relato y el de… nuestro fantasma, Exquemelin, ¿difieren?

—Así es. El fantasma habla de cosas que nunca sucedieron.

—¿Podrías decir a este Corte como ocurrieron, realmente, los hechos durante la toma de Panamá?

—¡Con la venia de la honorable Corte! —el abogado Devon se había puesto en pie como picado por un tábano—. Antes de pasar a los hechos de la invasión os ruego que me permitáis formular algunas preguntas al testigo sobre Alexander Exquemelin.

Antes de que el magistrado presidente pudiera responder, el abogado Greene, que había anticipado la reacción de Devon, hizo un gesto de conformidad y regresó a su puesto.

—Veo que no hay objeción, así es que podéis proseguir.

—Gracias, señor presidente. Señor Ringrose, ¿recordáis cuántos navíos y cuántos hombres participaron en la invasión de Panamá?

—Bueno, en números exactos no. Pero puedo deciros que fueron alrededor de mil ochocientos hombres repartidos en treinta y ocho navíos.

—Y vuestra memoria es tan buena que podéis afirmar, sin temor a equivocaros, que recordáis el nombre de cada uno de esos hombres.

—Perdonadme, señor letrado, pero jamás me habría atrevido a afirmar semejante barbaridad. He afirmado, y lo ratifico, que entre esos mil ochocientos hombres no había ninguno que respondiera al nombre de Alexander Exquemelin. No se trata de recordar mil ochocientos nombres sino de no olvidar uno, extraño y muy sonoro.

Del público se escuchó un rumor que el presidente no se molestó en acallar.

—Además…

El testigo iba a continuar, pero fue bruscamente interrumpido por Devon.

—¿Conocéis la expresión «seudónimo», señor Ringrose?

—Por supuesto. Es el nombre que utiliza el autor de una obra que quiere ocultar el suyo propio.

—¿Es posible que Alexander Exquemelin sea un seudónimo?

—Con la venia de la Corte —interrumpió John Greene, incorporándose en su asiento—. El testigo está aquí para hablar de hechos que ha presenciado y no para emitir opiniones personales.

—Calmaos, señor Greene. El señor Devon no está preguntando nada que no sospechemos todos. El testigo puede responder.

—Es posible, sí —respondió Ringrose, lacónico.

—Gracias, señor Ringrose. Podemos concluir, entonces, que no se trata de un fantasma sino de una persona de carne y hueso que por motivos comprensibles ha decidido contar una historia ocultando su nombre. ¿Por qué lo hizo? No es difícil de entender: exponer la verdad histórica sobre las atrocidades de los piratas, ingleses, franceses u holandeses, puede resultar muy peligroso, sobre todo si los personajes que quedan en entredicho son, precisamente, individuos para quienes la vida humana no tiene más valor que servir a sus ansias de riqueza y poder.

—¡Señor presidente! —bramó John Greene, levantándose de su asiento con insospechada agilidad—. El señor Devon acaba de violar normas fundamentales de ética. No es posible...

—Señor Devon —cortó el presidente, que, por primera vez desde que se iniciara el juicio utilizaba un tono de reproche— vuestra conducta no es la que se espera de un letrado que goza de un bien ganado prestigio. Guardad vuestros argumentos para cuando os corresponda alegar y no provoquéis una sanción de parte de esta Corte.

El abogado Devon inclinó la cabeza antes de decir, con más dramatismo que convicción:

—Os ruego me disculpéis, señor presidente. He terminado con el testigo, por ahora.

Cuando regresó a su mesa, Devon buscó en los ojos inquietos de su cliente un gesto de aprobación y se extrañó cuando este rehuyó su mirada.

John Greene se levantó lentamente, se aproximó al testigo, hizo con la mano un ademán desdeñoso como para dejar atrás el penoso incidente, y volvió a insistir:

—Muy bien, señor Ringrose. Vos que estuvisteis en el teatro de la acción, ¿podríais relatar a esta Corte todo lo sucedido durante el asalto de sir Henry Morgan a la ciudad de Panamá?

25

Jamaica, Isla de la Vaca, New Providence, 1670

Henry Morgan zarpó de Port Royal a mediados de julio de 1670, cuando todavía no había recibido de Modyford el documento oficial en el que constaba la patente de corso autorizada por el Consejo de Jamaica. A bordo del *Lilly* iba rumbo a los cayos de las Doce Leguas a encontrarse con Collier para recibir el *Cerf Volant*, que convertiría en su nuevo navío insignia, para el cual ya había escogido el nombre de *Satisfaction*. Basil Ringrose, quien navegaba con él, se encargaría del *Lilly* y navegaría hacia Tortuga para alentar el reclutamiento de los corsarios franceses. Mientras tanto, Henry regresaría a Jamaica a recibir su nombramiento oficial y a recoger el resto de la flota para el encuentro definitivo en Isla de la Vaca a mediados de diciembre.

En los Cayos aguardaba Collier, quien, luego de hacer entrega formal a Henry del *Cerf Volant*, partió rumbo a Tierra Firme donde atacaría Riohacha, ciudad costeña famosa por su agricultura y ganadería. La misión de Collier, a diferencia de las tradicionales incursiones piratas, era obtener maíz, carne, frutas y cualquier otro alimento suficiente para suplir la flota que acompañaría al almirante Morgan en su siguiente golpe contra España. Henry permaneció en los Cayos únicamente el tiempo necesario para reparar el *Cerf Volant* y cambiarle el nombre. La primera semana de agosto entró con su nuevo *Satisfaction* en la bahía de Port Royal y enseguida ordenó a los corsarios que allí se encontraban que se prepararan para zarpar en una semana. Siguiendo su vieja costumbre, para satisfacer su sed de ron y de Pamela, el primer sitio que visitó después de desembarcar fue *The Sign of the Mermaid*. En brazos de su prostituta favorita recibió el mensaje del gobernador que le pedía ir a verlo con urgencia a Spanish Town y hacia allá partió, intrigado, al día siguiente.

—Tenemos problemas graves —dijo Modyford tan pronto Henry entró al despacho—. Hace cuatro días llegó una nota oficial de lord Arlington comunicándome que ya se había concluido un acuerdo de paz en el que España acepta de manera formal la posesión inglesa sobre Jamaica y las demás colonias del Caribe. Solamente faltaría la firma y la ratificación del Parlamento. Aquí la tienes.

Henry observó la carta y se la devolvió a Modyford sin leerla.

—Ya es muy tarde para reconsiderar nuestros planes, Thomas. La nueva ofensiva contra España está en marcha y nadie, ni el mismo rey, puede detenerla. Esta conversación nunca tuvo lugar y sugiero que arregles lo que sea necesario para que quede constancia de que yo zarpé de Port Royal antes de que arribara a la isla cualquier noticia de la paz con España.

Con la carta en la mano, el gobernador Modyford se quedó pensando durante un significativo instante.

—No creo que pueda hacer eso, Henry. Son instrucciones del rey y yo soy su representante en la isla. ¿Sabes a lo que nos exponemos?

—Lo sé perfectamente, Thomas. Si fracasamos, quizás iremos presos a la Torre de Londres o tal vez nos ahorquen por insubordinación. Si triunfamos, seremos héroes.

—No sé, Henry, no sé.

Henry se acercó al gobernador y con un gesto amistoso, inusitado en él, le puso una mano sobre el hombro.

—Escúchame, Thomas. Londres y la monarquía viven en un mundo completamente distinto del nuestro. Allá en Europa los reyes están envueltos en guerras interminables por motivos religiosos y políticos que a veces resultan incomprensibles. En los últimos diez años hemos estado en guerra con España, con Holanda y con Francia. Hacemos la guerra en Europa con la misma improvisación con la que firmamos la paz y mientras tanto acá en Jamaica, la más importante de las colonias inglesas en el Caribe, tenemos que defendernos de los enemigos no sólo sin el apoyo material de la Corona sino, lo que es más grave, sin su comprensión y muchas veces sin su consentimiento. Mientras el rey y su hermano reciben con una mano un porcentaje de nuestro botín, con la otra firman notas de disculpa a los representantes de la Corona española aceptando que quienes defendemos a Inglaterra en el Caribe somos piratas y malhechores. No alcanzo a imaginar qué intereses comerciales ocultos existen detrás de la firma del tratado de paz con España. Tú y yo sabemos que para España la paz significa permitirles a ellos atacarnos mientras nosotros nos quedamos cruzados de brazos, ¡como unos grandes imbéciles!

Thomas Modyford fue a sentarse a su escritorio donde permaneció en silencio y cabizbajo. Finalmente, levantó la mirada, sonrió y procedió a firmar unos documentos.

—Aquí tienes tu patente de corso, Henry. Como verás, tiene fecha de hace un mes. Esta conversación nunca ocurrió.

—Gracias, Thomas. Mañana mismo levaré anclas rumbo a Tortuga.

Al día siguiente, 14 de agosto de 1670, antes del mediodía, zarpó Henry de la bahía de Jamaica. Apenas dos navíos estuvieron listos para acompañar al *Satisfaction* en la apresurada partida y Henry, personalmente, se cuidó de que los registros de salida de Port Royal asentaran que había levantado anclas un mes antes. Le dolía no haber tenido tiempo de ir hasta Port María para compartir con Elizabeth la noticia de su nuevo navío insignia, los temores de Modyford y la manera como se iban perfeccionando en su mente los planes para atacar Panamá. Henry sabía que la expedición que iba a emprender no se comparaba con ninguna de las que él había llevado a cabo o de las que hubiera intentado cualquier otro pirata o corsario. Se trataba de armar una flota jamás vista en el mar Caribe para acometer la más temeraria de las acciones bélicas intentada contra el imperio español de ultramar. Una empresa de tal envergadura requería una preparación prolija y cuidadosa en todos sus aspectos. Aparte de los armamentos y el avituallamiento de los navíos, varios factores debían considerarse, entre ellos, tal vez el más importante, las condiciones del imprevisible mar Caribe al momento de iniciar la larga travesía desde Isla de la Vaca. Entre agosto y diciembre era la época de huracanes y tormentas, por lo que sería necesario esperar hasta finales del año a fin de garantizar la integridad de la flota. Durante esos cuatro meses exigiría a todos los capitanes carenar sus navíos, reparar mástiles, palos, velas, jarcias y cordajes, verificar el estado de cañones y mosquetes y organizar a la tripulación asignando mandos y ocupaciones. Para el combate en tierra estableció rangos alternos para los jefes de tropa, de modo que una vez que desembarcaran él sería general, los vicealmirantes serían coroneles, los capitanes tenientes coroneles, los segundos de a bordo mayores, y así sucesivamente. A nadie, ni siquiera a sus más íntimos comandantes, había confiado Henry cuál sería su siguiente presa. Sin duda, a los gobernadores de La Habana, Santiago, Veracruz, Cartagena, Portobelo y Panamá llegaría la noticia de que el almirante Morgan se encontraba armando una gran ofensiva contra España y cada uno de ellos asumiría que su ciudad sería la próxima víctima de los infames piratas. Todos acudirían a la Corona en busca de refuerzos y, sin siquiera darse cuenta, disiparían y confundirían el esfuerzo de guerra español. Jugar con los nervios del enemigo había sido una de las estrategias favoritas de Henry Morgan en cada una de sus campañas.

Antes de llegar a la costa occidental de La Española, la flotilla de Henry Morgan fue azotada por un violento huracán que pareció surgir de las mismas entrañas del océano. A pesar de que las naves se dispersaron y algunas sufrieron averías, todas superaron los embates de la naturaleza y pudieron llegar a refugiarse en la rada más próxima a Isla de la Vaca, donde una grata sorpresa esperaba a Henry. En la misma ensenada se guarnecía el *Dolphin*, de su amigo Jack Morris, en compañía de otro navío de inconfundible aspecto español. Más grata aún resultó la sorpresa cuando Henry se enteró de que se trataba del *San Pedro y la Fama*, del loco Rivero Pardal, el pirata español y portugués que después de atacar navíos y poblados ingleses indefensos había tenido la osadía de retar al líder de La Hermandad de la Costa a un duelo en alta mar.

—Me lo encontré en uno de los cayos de las Doce Leguas, esperando a que amainara una tormenta —contó Morris entre risotadas—. Nunca se imaginó el maldito pirata que su verdugo sería el *Dolphin*. Con menos cañones y tonelaje, pero con hombres que no temen ni al mismo diablo, caímos sobre su flamante fragata como una plaga bíblica. Debo admitir que Pardal murió combatiendo, igual que otros treinta y seis españoles y portugueses. Nosotros perdimos un solo hombre y en la bodega tengo tres prisioneros, incluyendo al segundo de a bordo, por si quieres interrogarlos. Además, Pardal tenía en su cabina una patente de corso otorgada por el gobernador de Santiago con la autorización de la reina regente, que demuestra, una vez más, que España predica la paz mientras hace la guerra.

Morris y Henry celebraron la muerte del pirata español, que vengaba la del capitán Bart, y después de la tercera botella de ron comenzaron a buscar un nombre apropiado para el nuevo navío que se uniría a la flota. Fue Morris quien finalmente sugirió aquel que entre burlas y brindis aceptaron ambos. El *San Pedro y la Fama* llevaría ahora el inofensivo nombre de *Lamb*, que, de existir el más allá, mantendría a Rivero Pardal avergonzado por el resto de la eternidad. En cuanto a los prisioneros, Henry dispuso dejarlos en libertad en las costas de La Española después de asegurarse de que escucharan de la tripulación el rumor de que Cartagena sería su próxima víctima. Confundir al enemigo con falsas noticias constituía parte del juego en el que Henry Morgan era experto.

Después de visitar, brevemente, la isla Tortuga y de comprobar que por lo menos ocho navíos franceses se unirían a la flota, Henry, en compañía de Morris y el *Dolphin*, se dedicaron a recorrer las costas de La Española y Cuba, tanto para verificar si había embarcaciones españolas en el área como para buscar provisiones. A principios de noviembre llegaron finalmente a Isla de la Vaca, frente a Cabo Tiburón, punto de encuentro antes de partir rumbo a Tierra Firme, y Henry se dio cuenta de que había más hombres que navíos donde embarcarlos. Como todavía era época de huracanes y Collier no había regresado de Riohacha, Henry se dedicó a comprobar el estado de los navíos, de sus armamentos y de los avituallamientos. Además, contestó y envió de vuelta, en las mismas chalupas que las traían, cartas confidenciales recibidas de Modyford poniéndolo al día sobre las relaciones con España. En la última, que quedaría sin respuesta, el gobernador le informaba que el convenio de paz había sido finalmente firmado a finales de julio con el pomposo nombre de Tratado de las Américas y esperaba en cualquier momento la ratificación del Parlamento inglés para entrar en vigor.

En los primeros días de diciembre aparecieron en el horizonte el *Bristol* de Collier, dos embarcaciones pequeñas y otra de mayor envergadura que Henry no logró identificar con el catalejo. Tres horas después se encontraron sobre la cubierta del *Satisfaction* y el informe de Collier no pudo ser mejor. En Riohacha había logrado recoger dos mil naranjas, seiscientas fanegas de maíz y más de mil cabezas de ganado cuya carne, debidamente secada y salada, venía en las bodegas de la flotilla. Y todo esto sin perder un solo hombre.

—Los habitantes —contó Morris divertido— ignorantes de que veníamos en busca de provisiones, nos entregaron sus pocas joyas y monedas tan pronto entramos en la ciudad. Yo, por supuesto, no las rehusé. Había que ver la expresión de incredulidad del jefe de la plaza cuando le dije que esta vez el botín sería maíz y ganado. Ni siquiera hubo necesidad de tomar rehenes para que cumplieran nuestras demandas. Pero lo mejor vino después, cuando emprendimos el regreso: no habíamos desplegado todo el velamen cuando nos topamos con *La Gallardina*, ¿la recuerdas? Era el navío que acompañaba al loco Pardal en sus ataques a Jamaica. La capturamos sin necesidad de matar un solo hombre, salvo al capitán, a quien hice ahorcar por negarse a declarar que su patente de corso para atacarnos se la había entregado el gobernador de Cartagena por instrucciones de la reina regente. El segundo de a bordo sí habló enseguida y me dijo eso y más.

Henry hizo distribuir las provisiones entre todos los navíos y dispuso celebrar un primer conciliábulo con sus capitanes más íntimos para lograr el apoyo previo de su plan de atacar Panamá. Dos días más tarde, el 14 de diciembre, se celebró a bordo del *Satisfaction* el cónclave con todos los capitanes que integraban la flota. El líder de la Hermandad de la Costa comenzó indicando que había dos objetivos posibles, Cartagena y Panamá, y expuso las razones por las cuales la primera ciudad debía ser descartada. Entre ellas, la más importante, que Collier había recogido información en Riohacha y entre los prisioneros de *La Gallardina* se confirmaba que el gobernador de Cartagena había reforzado las defensas de la ciudad y reclutado voluntarios ante un posible ataque de los corsarios. Habló después de Panamá, la más rica de las ciudades españolas, donde se almacenaba el oro y la plata proveniente del Perú para ser enviada a España. Con su acostumbrada elocuencia continuó explicando por qué Panamá era el blanco ideal.

—La ciudad cuenta con algunas defensas orientadas hacia el mar, pero es indefendible por tierra. Aunque se encuentra a orillas del otro océano, el mar del Sur, dista solamente veinte leguas de Portobelo y de la desembocadura del río Chagres. Una alternativa es volver a tomar Portobelo y desde allí marchar sobre Panamá, pero mis informes indican que después del último ataque, los españoles han fortalecido notablemente las defensas de la ciudadela. Sería preferible tomar el fuerte San Lorenzo, entrar por el río Chagres y navegar hasta el poblado de Cruces, a unas siete leguas del objetivo. De allí marcharemos hasta Panamá, la someteremos y recogeremos el botín más grande que recuerde la historia. De paso, cortaríamos la yugular del imperio español en América y abriríamos el camino para que Inglaterra pueda arrebatarle una parte importante de su imperio de ultramar.

Tal como Henry había previsto, la votación en favor de atacar Panamá fue unánime. Acordada la próxima presa, los capitanes se dedicaron a redactar el acuerdo que regiría la expedición y el reparto del botín, conforme a las normas usuales de la Hermandad de la Costa. Dos días más tarde, el 16 de diciembre de 1670, zarpó de Isla de la Vaca la flota pirata más grande que registra la historia. Mil ochocientos hombres, entre ellos antiguos soldados ingleses que aún conservaban el uniforme de los tiempos de Cromwell; bucaneros, principalmente ingleses y franceses provenientes de las selvas de La Española y Tortuga, provistos de sus largos y certeros mosquetes; simples aventureros que, atraídos por la fama de Henry Morgan, se embarcaban con él por primera vez, e indígenas de La Española, expertos en el uso del arco y la flecha. La mayoría, sin embargo, la constituían corsarios que habían acompañado antes a Henry o a algún otro de los capitanes ingleses en sus ataques a las posesiones españolas.

De las treinta y ocho naves que integraban la flota, la de mayor tonelaje era el *Satisfaction*, con veintidós cañones, comandada por el almirante Morgan y el recién nombrado vicealmirante Collier como segundo de a bordo. Seguían el *Dolphin*, de Morris, con dieciséis cañones; el *Mayflower*, de Bradley, con catorce cañones, y el *Lilly*, de Ringrose, también con catorce cañones. Entre las embarcaciones se contaban varios mercantes, convertidos en navíos de guerra, y también algunas chalupas de tan poco tonelaje que solamente podían transportar a veinte hombres con sus armas, pero ningún cañón. De los capitanes, treinta eran ingleses y ocho franceses. Aunque desde el incidente del *Oxford* los franceses no le inspiraban a Henry ninguna confianza, representaban una tercera parte de los combatientes y eran famosos por su crueldad, arrojo, destreza en el combate y buena puntería en el uso de los mosquetes.

En la reunión de capitanes se había decidido, como parte de la estrategia, rescatar primero de manos españolas la isla Old Providence, cuya ubicación al norte de la costa de Nicaragua era ideal para establecer una cabeza de playa desde donde atacar cualquier objetivo en Tierra Firme.

El primer barco en llegar a las costas de Old Providence fue el *Mayflower*, del capitán Bradley, escoltado por dos navíos franceses. Siguiendo las instrucciones de Henry, quien había dispuesto que el primero en llegar a la isla atacara sin demora, Bradley desembarcó en la playa, a una milla de la primera fortaleza, e ingleses y franceses se lanzaron enseguida al ataque. No contaban, sin embargo, con que después de que los españoles recuperaron la isla, que ellos llamaban Santa Catalina, habían reforzado considerablemente las baterías de las cinco fortificaciones y enviado a sus mejores artilleros a disparar los cañones. Bradley no tuvo más remedio que ordenar la retirada y resolvió esperar el arribo del resto de la flota que esa misma tarde comenzó a congregarse en la ensenada de Aguada Grande. Al día siguiente arribó el *Satisfaction* seguido del resto de los navíos y el gobernador español, don José Ramírez de Leiva, pudo constatar, horrorizado, que los rumores de la gran invasión pirata eran ciertos. Henry envió enseguida un mensajero exigiendo la rendición a cambio de perdonar la vida a los españoles, oferta que fue aceptada por el gobernador siempre y cuando a los prisioneros se les enviara a alguna posesión española en Tierra Firme. Morgan aceptó, tomó posesión de la isla y enseguida se dirigió a las mazmorras donde, tal como sospechaba, encontró encerrados a algunos penados enviados desde Panamá por el gobernador Juan Pérez de Guzmán. Después de interrogar personalmente a varios de ellos, escogió a tres españoles y dos indígenas, conocedores de la ruta del Chagres y de la ciudad de Panamá que aceptaron servir de guías a cambio de su futura libertad.

Henry llamó entonces a un nuevo cónclave de capitanes para planificar detalladamente el siguiente paso. El capitán Joseph Bradley, a quien Henry consideraba el mejor de sus comandantes de infantería, al mando de cuatrocientos setenta hombres repartidos en tres de las embarcaciones de mayor tonelaje, tendría la misión de tomar el fuerte San Lorenzo, ubicado en la desembocadura del Chagres. El l7 de diciembre zarpó Bradley; Henry, con el resto de la flota, lo haría una semana más tarde. Panamá se encontraba ya al alcance de su mano y comenzaba a cristalizar aquel sueño que comenzó a acariciar la primera vez que contempló el mar siendo apenas un niño.

26

Panamá, 1670

En la ciudad de Panamá, el 19 de noviembre de 1670, don Juan
Pérez de Guzmán y Gonzaga, gobernador del reino de Tierra
Firme y presidente de la Real Audiencia, recibió una misiva
enviada por el gobernador de Cartagena en la que le informaba que los piratas habían atacado la población de Riohacha, no
muy distante de la heroica ciudad de Cartagena, en busca de
provisiones para la gran flota convocada por Henry Morgan
frente a Cabo Tiburón. Se confirmaba así lo que desde hacía
más de un año él, don Juan, venía pronosticando: que Morgan
no descansaría hasta atacar Panamá. Sus pedidos de refuerzos
a la Corona habían caído en oídos sordos, pero el gobernador
se había cuidado de dejar registradas en el libro oficial las varias misivas en las cuales, desde mediados de 1670, advertía sobre el inminente ataque de Morgan a Panamá y la necesidad de
reforzar las defensas de la ciudad. Las respuestas a sus reque-
rimientos, que también quedaron asentadas en el archivo, pro-
metían una ayuda que nunca había llegado. Pérez de Guzmán
sabía muy bien lo importante que resultaba mantener al día los
registros de la Real Audiencia: de no ser por ellos todavía estaría preso en Lima donde había sido enviado hacía dos años por
el conde de Lemos, virrey del Perú, acusado por los oidores de
la Audiencia de Panamá de malos manejos de los fondos reales, acusación que jamás pudo ser probada en el juicio de residencia que se le siguió. Gracias a la pulcritud y esmero con los

que don Juan había hecho copiar y guardar cada uno de sus actos oficiales logró que la reina regente escuchara su apelación, lo liberara de todos los cargos y lo restituyera en la presidencia de la Real Audiencia y en la gobernación de Panamá. Intuía que su experiencia militar había inclinado a la Corona a favorecerlo, sobre todo después del devastador ataque de Morgan a Portobelo. Por más irónico que se le figurara, tal vez la recuperación de su libertad y buen nombre se debía a la constante amenaza de Henry Morgan sobre Tierra Firme. Ahora, con los pocos recursos de que disponía, le tocaba demostrar a la Corona que no se había equivocado al encomendarle la formidable tarea de defender una de las más antiguas y emblemáticas de las ciudades españolas ante el inminente ataque de los piratas ingleses, sin duda el más ambicioso jamás organizado por el enemigo número uno de España en el Caribe. Don Juan estaba convencido de que la ofensiva vendría por el río Chagres, sobre todo porque después del último ataque a la ciudad portuaria de Portobelo sus defensas habían sido sólidamente reforzadas, hecho que Morgan, quien de seguro contaba con fuentes confiables de inteligencia a todo lo largo de la costa, no ignoraría. Por precaución, y porque Portobelo seguía custodiando caudales importantes de la Corona, envió doscientos soldados a reforzar los fuertes San Jerónimo y San Felipe, aunque la mayor parte de los recursos humanos y materiales de que disponía los destinó a apuntalar las defensas del castillo San Lorenzo, erigido por los españoles en la cumbre de un acantilado en la desembocadura del río Chagres para vigilar y proteger el más vulnerable de los accesos a la ciudad de Panamá. Como comandante del castillo designó a uno de sus más distinguidos lugartenientes, don Pedro de Elizalde, e incrementó a trescientos setenta el número de defensores, cuidándose de que todos fueran soldados profesionales de valor probado en el campo de batalla. La misión de apoyar la defensa del castillo y proteger el cauce del Chagres recayó en el capitán Francisco González Salado, quien al mando de ciento veinte hombres construyó cinco trincheras a lo largo del río y reforzó la existente en el poblado de Venta Cruces. La batería instalada cerca del caserío de Chagres, en la orilla opuesta al castillo, primera línea de defensa de González Salado, recibió diez cañones adicionales, con lo cual serían quince los que dispararían contra las naves piratas desde ese punto. Quedaba aún pendiente la defensa de la ciudad de Panamá, tarea que él sabía harto difícil si los piratas lograban tomar el castillo y vencer las defensas fluviales y las del poblado de Cruces. Su estrategia consistía en enfrentarlos en el sitio en el cual fueran más vulnerables. Para ello contaba con ochocientos soldados de infantería, doscientos de caballería y una milicia de voluntarios compuesta por quinientos mulatos y negros, la mayoría esclavos. Además, siendo don Juan un ferviente defensor y practicante de la fe católica y devoto de la virgen de la Inmaculada Concepción, reunió a los curas de los varios santuarios y les pidió celebrar misas diarias en la catedral de San Anastasio, la más alta y hermosa de todas las construidas hasta entonces en el Nuevo Mundo, para implorar la protección de Dios frente a los piratas herejes. En el fondo de su corazón don Juan esperaba estar equivocado y rogaba a Dios que el ataque de Morgan se produjera contra Cartagena, ciudad que desde hacía ya más de cien años había sido víctima de piratas ingleses y franceses, obligando a los monarcas españoles a convertirla en la posesión mejor defendida del imperio. Panamá, que había sido levantada a orillas del mar del Sur, donde la enorme fluctuación de las mareas hacía impensable un ataque marítimo, carecía de murallas y estaba rodeada en sus ejidos por una gran llanura que la convertía en blanco fácil de cualquier asalto por tierra. Las noticias sobre el inminente ataque de Morgan continuaban llegando a oídos de don Juan y los rumores que se propagaban entre los habitantes de la ciudad exageraban el número de navíos y de hombres bajo el mando del pirata inglés. El único mensaje alentador que recibió el gobernador de Panamá provenía de don Pedro de Elizalde, quien le escribió asegurándole que la guarnición de San Lorenzo no podría ser tomada ni por mil ni por diez mil piratas. El presidente de la Real Audiencia se cuidó de adjuntar la carta de Elizalde al minucioso registro de documentos que mantenía bajo su custodia personal.

Con resignación cristiana, y con la tranquilidad de haber hecho todo lo material y espiritualmente posible para defender su ciudad de los infieles apóstatas, don Juan pidió a sus gobernados celebrar la Navidad con la confianza de que el Señor los preservaría de todo mal. El primero de enero de 1671 se celebró una misa en la catedral de San Anastasio, presidida por el obispo, a la que asistieron seglares y religiosos, civiles y militares, señores y sirvientes, para dar gracias a Dios por la protección que hasta entonces les había dispensado.

Castillo San Lorenzo, río Chagres, 1670-1671

Cuando el capitán Joseph Bradley divisó el imponente castillo que, como un centinela gigante, custodiaba la entrada del río Chagres, comprendió que la tarea que tenía por delante no sería fácil. Aunque el catalejo no le permitía distinguir más allá de las almenas y de las torres de vigías, vio que el tamaño y la solidez de los muros eran realmente formidables. «Si los españoles han puesto tanto empeño en levantar semejante fortificación es porque saben que quien logre conquistarla tendrá abiertas las puertas de Panamá», pensó Bradley a manera de consuelo. Para planificar la estrategia, envió a reconocer el terreno a dos de sus hombres con uno de los guías indígenas rescatados de la mazmorra de Old Providence.

—Necesito un informe preciso de las defensas, de los puentes levadizos, de la cantidad de cañones y sus emplazamientos, de la profundidad de los fosos y un cálculo aproximado de soldados —dijo a los exploradores, quienes luego de remar media legua desembarcaron en una pequeña playa situada dos millas al este de la boca del río. El *Mayflower* y los otros navíos que componían la flotilla de Bradley se mantuvieron anclados más allá de la barrera de arrecifes coralinos que circundaban la costa.

Un día entero tardaron en regresar los exploradores. Al momento de rendir su informe, el indígena, que además de buen guía resultó un excelente dibujante, iba trazando sobre un papel la descripción del área. El acantilado, de roca sólida, resultaba imposible de escalar y un ataque solamente era posible atravesando la lengua de tierra que conducía hasta la fortaleza y servía como vía de suministro. Allí se hallaba la primera defensa de cañones emplazados al final de un espacio desolado, antesala de un gran foso, ambos imposibles de cruzar sin ser vistos. Entre esa primera trinchera y la fortaleza, también protegida por cañones y otro foso menos ancho y profundo, se abría otro espacio descampado de unas doscientas yardas. Las murallas de piedra tenían unos treinta pies de altura y no quedaba casi espacio entre ellas y el foso para colocar las escalerillas. Era difícil calcular el número de defensores, pero dada la dimensión de la fortaleza y el movimiento que lograron ver dentro de ella, calculaban que no menos de trescientos hombres la defendían. Tres baterías de cañones apuntaban hacia la entrada del río y cualquier barco que lograra superarlas debería enfrentar otra de cinco cañones, emplazada una media milla más arriba. Aunque no habían explorado más allá, era de esperarse que hubiera otras defensas similares a lo largo de la ruta fluvial. Bradley escuchó la información, pidió al indígena que dibujara detalles adicionales, los estudió y se retiró a su cabina. Disponía de cinco días para tomar el castillo y en el asalto morirían muchos más hombres de los que él había anticipado. Pero de su triunfo dependía el éxito de la misión de Morgan.

Esa misma noche, Bradley celebró una reunión con los otros dos capitanes de su escuadra para discutir la estrategia. Después de escuchar la información y revisar los dibujos llegaron a la conclusión, sugerida por Bradley, de que la única alternativa era un ataque frontal con todo el poderío de que disponían.

El elemento sorpresa ya no existía y sitiar al enemigo y vencerlo por hambre y sed no era viable porque de Portobelo o Panamá podían enviar refuerzos para levantar el cerco.

Con la salida del sol comenzaron a desembarcar los piratas, salvo los ochenta que quedarían custodiando las naves. Siguiendo la trocha abierta por los exploradores marcharon con dificultad, Bradley a la cabeza, abriéndose paso en medio de nubes de insectos que los atacaban sin misericordia. Aparte de las espadas, puñales y pistolas, llevaban doscientos mosquetes y varias cajas de pólvora y municiones. Los cañones fueron descartados por lo irregular del terreno que hacía muy difícil transportarlos sin retrasar la marcha. El grupo incluía a los soldados encargados de los tambores, las trompetas y el estandarte y también treinta granaderos, hombres cuyos brazos eran capaces de lanzar proyectiles a distancias inconcebibles y de cuya fuerza y destreza dependería, en gran medida, que la estrategia de Bradley diera buen resultado.

En la fortaleza San Lorenzo, el castellano, don Pedro de Elizalde, venía recibiendo desde hacía dos días información de sus vigías sobre la presencia de tres naves piratas en las cercanías de la desembocadura del Chagres, información que lo animó pues, según le había indicado don Juan Pérez de Guzmán, la armada de Morgan estaba integrada por no menos de cuarenta navíos. El día del desembarco uno de los vigías estimó que, de acuerdo al número de botes despachados desde las naves, alrededor de cuatrocientos piratas habían tocado tierra un par de millas al este del castillo.

—Estarán aquí después del mediodía —advirtió el castellano a sus lugartenientes y se dedicó a organizar la defensa.

También tuvo tiempo de escribir una carta al gobernador de Panamá confirmándole que cuatrocientos piratas ingleses habían llegado a Chagres y reiterando que ni aunque fueran cuatro mil podrían tomar el fuerte San Lorenzo.

Al mediodía comenzó a escucharse en el castillo la música de trompetas y tambores que anunciaba un ataque pirata y

Elizalde se sintió contrariado por lo alegre de la melodía, sensación que se acrecentó cuando escuchó las voces, para colmo armoniosas, de aquellos infieles que tenían el cinismo de cantar antes de enfrentar la muerte y el juicio divino. Los cantos siguieron llegando desde el bosque durante una larga hora sin que los piratas se dejaran ver.

Bradley había dividido su tropa en tres escuadrones de ciento treinta hombres cada uno que atacarían en oleadas sucesivas. Todo cuanto habían reportado los exploradores era exacto: para llegar hasta el primer foso había que atravesar una llanura despejada donde los hombres serían víctimas fáciles de la artillería enemiga. Pero a luchar y a morir habían venido y Bradley dio la orden de atacar. Los defensores del castillo no se dejaron impresionar por el grito de guerra de los piratas y con mucha precisión dispararon sus cañones y sus mosquetes sobre la primera avanzada. Los bucaneros que, con increíble sangre fría, se detenían y arrodillaban para disparar sus mosquetes, causaron unas cuantas bajas en el enemigo, pero al cabo de una hora de desigual combate Bradley se vio obligado a ordenar la retirada. Desde el primer emplazamiento los españoles gritaban eufóricos: «¡Victoria, victoria, victoria, muerte a los perros ingleses!»

Después de conversar con sus capitanes, Bradley decidió esperar a que anocheciera antes de reiniciar la ofensiva. Los españoles habían escogido a sus mejores artilleros para defender San Lorenzo y la luz del día se tornaba en un enemigo más de los atacantes. Para que sus hombres pudieran avanzar era indispensable que los granaderos llegaran con sus proyectiles hasta el segundo foso, donde ya los cañones no podrían dispararles. Tan pronto oscureció, Bradley envió a sus hombres en grupos más pequeños. Arrastrándose sin hacer ruido alcanzaron el primer foso, asaltaron las defensas y aniquilaron a los quince artilleros. En otro grupo siguieron los primeros granaderos y de allí, hechos sombras y protegidos por la primera avanzada, corrieron hasta llegar al segundo foso. Más de treinta pies separaba el fondo del foso de lo más alto de las murallas, pero esa distancia no impidió que los granaderos lanzaran sus proyectiles, de cuatro libras de peso, por encima de ellas. Bradley esperaba que las granadas estallaran dentro del patio de la fortaleza, que prendieran fuego a los techos de hoja de palma, ya resecos, que protegían a los defensores de la lluvia y el sol, y que el incendio se propagara al resto de la fortaleza, pero la suerte quiso que una de las granadas hiciera explotar las reservas de pólvora matando a varios soldados españoles y creando el caos dentro del fortín. Entusiasmados por su primer éxito, los piratas siguieron avanzando en oleadas sucesivas, y esta vez fueron los defensores, cuya silueta se dibujaba contra el fuego que ardía en el interior del castillo, los que ofrecieron un blanco fácil a las balas de los mosquetes ingleses y franceses. El combate continuó durante toda la noche, los atacantes tratando de derribar la puerta o abrir un boquete en las murallas y los defensores resistiendo y luchando por apagar el incendio que ya consumía una buena parte del primer patio del castillo. Antes del amanecer, reblandecida por las llamas, una de las murallas cedió y los españoles se vieron obligados a refugiarse en el segundo baluarte. Bradley llamó una vez más a la retirada para rescatar los cuerpos sin vida de sus compañeros de armas y atender a los heridos, tiempo que fue aprovechado para mitigar el hambre y tomar aliento antes de la siguiente ofensiva que, según Bradley, sería la definitiva. Para alcanzar el segundo baluarte era necesario atravesar el patio que comunicaban ambas fortificaciones y luego de intentarlo sin éxito Bradley nuevamente hubo de llamar a retirada a fin de revaluar sus opciones. Ahora no había fosos que atravesar, pero los cañones y los mosquetes seguían causando bajas considerables entre los piratas. Esperar nuevamente a que anocheciera no era una alternativa porque en dos días llegaría el almirante Morgan y para entonces el castillo debería haber caído en manos inglesas. Bradley decidió dividir los doscientos hombres que aún podían luchar en dos grupos de cien y atacar el baluarte por dos flancos, con la esperanza de que alguno cediera. Él mismo marcharía al frente del que asaltaría las murallas más cercanas al río. Con gritos desaforados los piratas iniciaron el ataque a las diez de la mañana y uno de los primeros en caer fue Bradley, la pierna derecha cercenada a la altura de la rodilla por dos balas de cañón, encadenadas una atrás de la otra. Pasado el mediodía los piratas lograron penetrar la fortaleza del río. La lucha ahora era hombre a hombre y los asaltantes, aún más enfurecidos por el deseo de vengar las heridas de su jefe, hicieron derroche de su habilidad con la espada y la pistola, de su crueldad y salvajismo. Los españoles no dieron ni pidieron cuartel y casi todos, incluido al capitán Elizalde, murieron defendiendo el castillo y su honor. Una veintena logró huir hacia el río bajando por una escalera cincelada en el risco y allí abordaron un bote para dirigirse a Panamá a informar al gobernador Pérez de Guzmán que el fuerte San Lorenzo había caído en manos de los piratas. Al final de la tarde, Bradley pidió que lo llevaran en camilla a presenciar el estandarte de San Jorge, enseña del almirante Morgan, ondeando en lo más alto del castillo. Sabía que muy pronto la gangrena le devoraría la pierna y le envenenaría la sangre, pero todavía mantenía la claridad mental necesaria para continuar liderando a sus hombres. Ordenó ocupar el poblado de Chagres y destruir la primera defensa del río, lo que no fue necesario porque los españoles, al enterarse de que San Lorenzo había caído, lanzaron al agua los cañones, las municiones y la pólvora y abandonaron la trinchera. Bradley pidió también un informe detallado de las bajas sufridas y su expresión se ensombreció aún más al enterarse de que cincuenta hombres habían muerto y de los cien heridos probablemente ochenta morirían también. Su última orden antes de perder el conocimiento fue para el cirujano, Richard Browne, a quien pidió mantenerlo con vida hasta la llegada de Henry con del resto de la flota.

27

Castillo San Lorenzo, río Chagres, Panamá, 1671

—El vigía acaba de anunciar que la enseña de San Jorge ondea en una de las torres del fuerte San Lorenzo.

Era el 2 de enero de 1671 y Henry Morgan, que en ese momento repasaba algunos informes relativos al emplazamiento, cantidad de habitantes, número de soldados y defensas de la ciudad Panamá, se quedó mirando un instante a su vicealmirante y amigo Edward Collier, se levantó y con un gesto poco usual en él lo abrazó.

—¡Sabía que Bradley no fallaría! —exclamó eufórico—. El fuerte del Chagres era el único obstáculo que se interponía entre nosotros y Panamá. ¿En cuánto tiempo llegaremos?

—Dentro de una o dos horas. Navegamos con viento de popa, pero no estoy seguro de si se mantendrá al acercarnos a la costa.

—Entonces, Edward, hay tiempo para celebrar. Tengo dos botellas de un exquisito coñac que Mary Elizabeth me obsequió para una ocasión especial, como esta.

—Sugiero que guardemos la segunda para después que tomemos Panamá —sugirió Collier.

—Ya veremos, ya veremos.

Cuando el contramaestre vino a avisar que estaban a menos de una legua de la desembocadura del Chagres, el almirante y el vicealmirante ya habían consumido la primera botella y la mitad de la segunda.

—Vamos a ver la llegada —dijo Henry, y ambos subieron a cubierta.

El sol brillaba en su cenit contra un cielo azul sin nubes y los vientos alisios dificultaban la tarea de arriar las velas. En la anchurosa desembocadura las aguas del río colisionaban con un mar embravecido formando una cinta de espumas encrespadas. Las gaviotas volaban a poca altura y sus gritos se confundían con los gualdrapazos de las velas. En la cima del majestuoso risco, en medio del verdor, se destacaban las murallas del castillo y en la torre más alta flameaba la insignia de San Jorge.

—¡Un hermoso espectáculo! —exclamó Henry, eufórico, apoyado sobre la barandilla de proa—. Creo que Panamá no nos decepcionará. Además, parece que la ría del Chagres es lo suficientemente profunda. ¿Nos aventuramos a entrar navegando?

Collier, consciente de que el coñac, las buenas noticias y la belleza natural habían prendido en ellos la chispa de un entusiasmo casi juvenil, trató de disuadir a su jefe.

—Puede que haya buena profundidad, pero la arena revuelta nos dificulta ver el fondo.

—Dile al piloto que entre con precaución —ordenó Morgan, confiado, como siempre, en su buena estrella.

Collier transmitió la orden y él y Henry permanecieron en la proa presenciando la maniobra. Los dos navíos que navegaban detrás del buque insignia entraron también a la ría. El timonel del *Satisfaction* procuraba mantener la nave equidistante entre ambas orillas, pero la combinación de la corriente fluvial y el oleaje marino la empujaban cada vez más cerca del risco. De pronto se escuchó un gran crujido y la nave se estremeció tirando a Henry y a Collier sobre la cubierta.

—¡Maldita sea, encallamos! —bramó Morgan, levantándose—.

¡Avisad a los que vienen detrás y bajad los botes!

Pero ya era muy tarde para maniobrar y los timoneles del *Port Royal* y el *Fortune* no pudieron evitar encallar también en el arrecife oculto por la turbulencia del agua. La brecha en el casco era tan grande que en menos de una hora el *Satisfaction* y las otras dos naves se fueron a pique. Afortunadamente, sólo seis tripulantes habían perdido la vida.

En la orilla de la ría, Henry no acaba de reponerse de la pérdida, ¡una vez más!, de su buque insignia. En ese momento, el capitán Richard Norman, segundo al mando de los vencedores de San Lorenzo, llegó a avisarle que el comandante Bradley, herido de gravedad en el asalto, lo esperaba en su lecho de muerte. Henry corrió enseguida tras Norman, quien en el camino le informó de lo difícil que había resultado la toma del castillo, de la gran cantidad de bajas y del liderazgo demostrado por Bradley al marchar al frente de sus hombres. Finalmente llegaron a una de las habitaciones del castillo donde yacía Bradley acompañado de Richard Browne, su cirujano de a bordo. Henry se sentó junto al lecho, tomó la mano del moribundo e interrogó a Browne con la mirada. Un leve movimiento de cabeza bastó para comprender que no había nada que hacer.

—Joseph, estoy aquí —susurró Henry al oído de Bradley—. Todos los hombres y yo te agradecemos inmensamente tu heroísmo. Si el castillo del Chagres no hubiera caído no podríamos ahora marchar sobre Panamá. Te juro que la tomaremos, cueste lo que cueste.

En ese momento Henry creyó sentir que Bradley le oprimía la mano. Minutos después expiraba.

—Con las heridas que sufrió debía haber muerto ayer —explicó Browne—. Me pidió mantenerlo vivo hasta que vos llegarais pero, realmente, no había nada que yo pudiera hacer. Su voluntad de vivir fue lo único que lo mantuvo con vida para escuchar lo que acabáis de decirle.

—¿Creéis que me escuchó?

—Seguro estoy de que sí.

Esa noche Henry no quiso ver a nadie, ni a Ringrose, ni a Collier, ni a Morris. En la misma habitación en la que Bradley exhalara su último suspiro, se encerró a meditar acompañado por la acostumbrada botella de ron y antes de que la vela se consumiera juró que Panamá sería su última aventura como corsario. Al hundimiento del *Satisfaction,* del *Port Royal* y del *Fortune,* un descuido imperdonable, se sumaba la dolorosa pérdida del mejor de sus soldados, quizá por haber él calculado mal el número de hombres que se requerían para tomar un castillo tan formidable como el de Chagres. Su buena suerte, o tal vez su pericia, o ambas, lo habían abandonado. No, no se arriesgaría a perder más barcos ni más amigos. Pero antes cumpliría su promesa a Bradley y terminaría lo que había venido a hacer.

Una semana permaneció Henry en San Lorenzo. Los primeros dos días los dedicó a tratar de salvar el armamento y las provisiones del naufragio del *Satisfaction* y de los otros dos navíos. Después de mucho esfuerzo, solamente se logró rescatar parte de los alimentos y la mayoría de los mosquetes, pero los cañones y la pólvora estaban perdidos para siempre. El tercer día comenzó a organizar la defensa del fuerte San Lorenzo, de gran importancia en sus planes por ser su única vía de escape luego de tomar Panamá. Allí dejaría al capitán Norman a cargo de cuatrocientos hombres y suficientes municiones y alimentos para resistir cualquier ataque del enemigo durante por lo menos un mes. Por último, organizó la marcha por el río cuyas aguas, a pesar del inicio de la estación seca, aún conservaban profundidad suficiente para las embarcaciones de menor calado. Escogió nueve de las más livianas, cuatro de ellas españolas capturadas en Chagres, cada una de las cuales podía llevar setenta hombres con sus armas, e hizo traer de los navíos treinta y dos canoas largas capaces de cargar cada una veinte hombres. El resto de su ejército lo distribuyó en doce bongos, botes de una sola pieza excavados en troncos de árboles, incautados a los indígenas que habitaban el poblado de Chagres. Finalmente, el 9 de enero de 1671 el general Morgan ordenó a sus treinta y seis coroneles y mil trescientos setenta hombres abordar a sus respectivas embarcaciones y la extraña flotilla inició el ascenso por el río Chagres.

Ciudad de Panamá, enero de 1671

En Panamá, mientras tanto, las fiestas de Navidad y Epifanía parecían haber mitigado las preocupaciones del gobernador y las de sus subordinados, quienes se aferraban a la esperanza de que la oración terminaría por salvarlos del ataque de los piratas. La ciudad había vuelto a la normalidad y se comenzaba a disfrutar del inicio de la estación seca y del frescor que traían los vientos del norte. La vieja urbe, fundada hacía más de ciento cincuenta años, seguía siendo una de las más ricas de Tierra Firme, no obstante la decadencia de las ferias de Portobelo y del poco apoyo de la Corona. Por sus calles empedradas y geométricamente trazadas de norte a sur y de este a oeste, circulaban desde muy temprano por la mañana las lujosas carrozas que llevaban a los representantes civiles y militares del reino, a los comerciantes y a las autoridades eclesiásticas a rendir culto al Señor en el templo de su predilección. Tan pronto amanecía, los jesuitas, los dominicos, los mercedarios, los franciscanos y las monjas de la Inmaculada Concepción lanzaban al viento las campanas de sus santuarios en franca competencia por atraer a los fieles. Las capillas de Santa Ana y San Cristóbal, situadas en los arrabales, rara vez recibían la visita de los más pudientes. Dentro de la ciudad, las únicas edificaciones construidas con piedra o cal y canto eran los templos, los conventos, los monasterios, los establos del rey, la casa del gobernador, las mansiones de los más ricos y la Casa de los Genoveses, donde se custodiaba a los esclavos traídos para la venta. El resto de las viviendas habían sido levantadas con diversas maderas que ayudaban a soportar el calor y la humedad durante los nueve largos meses que duraban las lluvias. Algunas eran de dos pisos, el superior bordeado de elaborados balcones en los que se sentaban los propietarios a recibir la brisa del atardecer. Más allá de los ejidos, en los arrabales conocidos con los extraños nombres de Pierdevidas y Malambo, construidos con cañabrava y techos pajizos, se dispersaban los bohíos de los sirvientes y obreros, en su mayoría mulatos y negros libres. Entre plebe y aristocracia habitaban en Panamá diez mil almas, de cuya seguridad debía responder ante la Corona don Juan Pérez de Guzmán, gobernador y presidente de la Real Audiencia.

No duraría mucho el sosiego de don Juan. El martes 7 de enero recibió de manos de un mensajero la misiva enviada por Elizalde notificándole el desembarco de alrededor de cuatrocientos piratas llegados en tres navíos a la costa atlántica del istmo. «No os preocupéis —concluía— que tal como os he garantizado ni siquiera cuatro mil piratas serían capaces de tomar este castillo que tuvisteis a bien poner a mi cuidado».

—¿Cuatrocientos hombres? —se preguntaba el gobernador mientras adjuntaba la carta al correspondiente registro—. ¿Exageraban, entonces, quienes informaban que eran más de dos mil los hombres reunidos por Morgan para su siguiente ataque?

De ser así, la noticia de la llegada de la flota no resultaba tan funesta porque cuatrocientos piratas, por más aguerridos que fueran y mejor armamento que portaran, no podrían tomar una fortaleza tan formidable como el castillo San Lorenzo. Para evitar que un pánico innecesario se apoderara de sus gobernados, don Juan decidió no comentar con nadie el arribo de los piratas y ordenó al mensajero hacer lo mismo bajo amenaza de arresto. «Quizá —se decía esperanzado— pronto recibiré buenas noticias.»

Al día siguiente, el gobernador amaneció con un fuerte ataque de erisipela y acudió más temprano que de costumbre a la iglesia de la Inmaculada Concepción a rogar a su patrona por una pronta mejoría y por su intercesión para que Elizalde pudiera derrotar a los infieles en San Lorenzo. Lo mismo hizo el jueves y el viernes. Conforme transcurría el tiempo sin recibir nuevos informes, en el ánimo de don Juan iba prendiendo cada vez más firme la ilusión de que la Virgen había hecho el milagro. Pero la misma tarde del viernes 10 de enero, a lomos de un caballo a punto de reventar, arribó a la casa de la gobernación el primero de los veinte defensores de San Lorenzo que pudieron escapar a la furia de los piratas. A don Juan le bastó ver la expresión de alarma en el rostro del soldado para comprender que la fortaleza había sido tomada. Luego de escuchar los detalles y confirmar que, junto a Elizalde y el resto de los defensores, por lo menos cien de los cuatrocientos piratas habían muerto durante el asalto, hizo tocar a rebato las campanas de todas las iglesias y envió pregoneros a convocar al pueblo en la Plaza Mayor. Allí informó a los atemorizados habitantes que el castillo San Lorenzo había caído en manos del pirata inglés Henry Morgan. Para evitar un pánico prematuro, aseguró que contaba con las fuerzas necesarias para repeler el ataque de los infieles ingleses y ordenó el reclutamiento de todos los ciudadanos capaces de portar armas. Al mismo tiempo, pidió al obispo exponer el Santísimo en todas las iglesias y convocar a una misa solemne en el santuario de la Inmaculada Concepción.

De vuelta en la gobernación, Pérez de Guzmán inició los preparativos para enfrentar a Morgan. Poner a salvo el tesoro real figuraba en su lista como prioridad, sobre todo ahora que en la ensenada de la isla Perico, que hacía las veces de puerto de la ciudad, acababa de echar ancla el galeón *Santísima Trinidad* con un cargamento de lingotes de plata procedente del Perú. El día anterior, aprovechando la marea alta, había enviado dos embarcaciones ligeras para descargar y traer a las Casas Reales el cargamento del galeón, que luego sería enviado a lomo de mulas a Portobelo y de allí a las casas de acuñación en España donde los lingotes se convertirían en monedas que, entre otras muchas obligaciones, pagarían los sueldos adeudados desde hacía varios meses a los soldados encargados de defender el imperio español. Don Juan envió enseguida en un bote a uno de sus secretarios a avisar al capitán de la *Trinidad* que, en vista del ataque de Morgan a San Lorenzo, detuviera la descarga, se mantuviera en espera de otros bienes y tesoros que le serían enviados desde la ciudad y preparara la nave para regresar al puerto del Callao.

No bien regresaron a sus casas, las familias ricas se olvidaron de los pronósticos optimistas del gobernador y comenzaron a recoger su dinero, joyas y bienes valiosos con el fin de llevarlos consigo a algún lugar seguro en el interior del istmo. Los religiosos, siguiendo la recomendación de don Juan, enviaron también los objetos del culto y obras de arte a bordo del *Santísima Trinidad*. Los súbditos más pobres, faltos de recursos para costear su propio transporte o el de sus escasas pertenencias, terminaron por atender el llamado del gobernador inscribiéndose como voluntarios en la milicia que defendería la ciudad.

Don Juan, militar de vasta experiencia, sabía que la batalla por la defensa de Panamá tenía que darse lejos de la ciudad, que carecía de murallas, preferiblemente en algún sitio donde los invasores tuviesen poca facilidad de maniobra. Escogió el villorrio de Guayabal, equidistante entre la ciudad y el poblado de Cruces, ubicado al final de la ruta fluvial del Chagres, a cuyo desembarcadero sin duda llegarían los piratas. Pero antes de reorganizar sus fuerzas resultaba imprescindible saber con certeza cuántos hombres integraban el ejército de Morgan y la suerte que había corrido el capitán González Salado, encargado de las defensas del río. En el mejor de los casos, dando crédito a la carta del difunto Elizalde y a las aseveraciones del testigo sobreviviente de la batalla, serían alrededor de trescientos. Pero a don Juan le costaba creer que Morgan, quien tenía fama de buen comandante, se arriesgara a atacar Panamá con tan pocos soldados. Por otra parte, si era mayor el número de piratas, ¿por qué, entonces, habían enviado solamente cuatrocientos hombres a atacar el casi inexpugnable castillo San Lorenzo? Para despejar ambas incógnitas, el gobernador dispuso enviar una tropa de reconocimiento al mando del teniente Castillo, un negro oriundo de la población de Chagres, avezado conocedor del río y de los poblados levantados en sus orillas. Envió por él a la cárcel, donde pagaba pena por haber agredido a un oficial de mayor rango, y le informó que su misión consistía en liderar una tropa de doscientos hombres para determinar la fuerza del enemigo, emboscarlo en el poblado de Barro Colorado, ubicado unas dos leguas antes de Cruces, para ir después a encontrarse con González Salado y desde allí enviar un mensajero a informar al gobernador el resultado de su cometido. Si cumplía su misión con éxito, lo indultaría por el delito de insubordinación y agresión a un oficial. Castillo aseguró a don Juan que no podía haber escogido un mejor hombre para tan importante misión y le garantizó que con los conocimientos que él tenía de la región detendría el avance del enemigo.

Río Chagres, enero de 1671

Henry Morgan y sus hombres navegaron los primeros dos días por el anchuroso Chagres sin mayores complicaciones. Poco acostumbrados al ocio, pudieron maravillarse ante la altura y frondosidad de los árboles que crecían a ambas orillas del río, cuyas copas se juntaban en la altura y envolvían el río en una sombra permanente, ambiente propicio para la multiplicación de insectos que atacaban sin piedad a los aventureros. Aunque habían visto antes cocodrilos, serpientes y tarántulas, nunca los imaginaron tan enormes y numerosos. Pero, por tratarse de sus mascotas preferidas, lo que más comentarios suscitaban entre los piratas era el exuberante colorido que exhibían en sus plumajes los loros y la increíble variedad de monos que, curiosos, seguían desde los árboles el lento ascenso de las naves. Al amanecer del tercer día los guías avisaron que doscientas yardas más arriba, donde el río comenzaba a estrecharse dificultando la navegación, se hallaba la primera trinchera levantada por los españoles, una empalizada apisonada con tierra que parecía abandonada. Los veinte hombres que envió Henry a investigar informaron que, aunque estaba desierta, cenizas todavía tibias indicaban que los españoles habían pasado allí la noche. Igual ocurrió con otras dos empalizadas que encontraron cuatrocientas y ochocientas yardas más adelante.

—Supongo que al ver un ejército tan numeroso han decidido abandonar las defensas para concentrarse en algún punto al final de la ruta fluvial donde puedan pelear con ventaja —comentó Henry a Ringrose.

A medida que el río se estrechaba, las aguas se tornaban menos profundas, desnudando poco a poco las enormes y recónditas raíces de los árboles, hasta que llegó un punto en que las naves de mayor calado no pudieron continuar. Henry decidió dejarlas al cuidado de cincuenta hombres, cuya selección se le dificultó porque todos querían seguir rumbo a Panamá para demostrar su valor a la hora del combate y obtener, así, una mejor tajada del botín. A fin de no entorpecer la marcha, los cañones y parte de los alimentos quedaron en las embarcaciones, cuyos ocupantes continuaron caminando por las márgenes del río, exponiéndose aún más a los insectos y a los reptiles. Siguiendo las normas de equidad pactadas por la Hermandad, cada cierto tiempo intercambiaban lugar con los que remaban en las canoas.

Más adelante, el Chagres comenzó a serpentear, a enroscarse sobre sí mismo como una culebra que quisiera morderse la cola, tanto que a los guías se les dificultaba distinguir cuándo se trataba del río y cuándo de alguno de sus múltiples afluentes. Para entonces, al no encontrar en la jungla animales cuya carne pudieran comer, Henry se había visto obligado a racionar los alimentos, dando prioridad a los que enfermaban víctimas de la fiebre tropical. Luego de perder día y medio extraviados, los guías anunciaron que estaban próximos a

Barro Colorado, un pequeño villorrio de aborígenes levantado en las faldas del cerro del mismo nombre, donde los españoles habían construido una empalizada de mayor envergadura. Esperanzado de enfrentar finalmente al enemigo y despojarlo de sus provisiones para alimentar a su tropa, el general Morgan ordenó el asalto inmediato.

Río Chagres, enero de 1671

El teniente Castillo, quien para hacer méritos ante el gobernador se había propuesto llegar cuanto antes a su destino, condujo a sus hombres por un atajo a través de la cordillera que circundaba el poblado de Cruces donde acampaba el capitán González Salado. En Barro Colorado reclutó a unos cincuenta indígenas y luego se dirigió al sitio donde la estrechez del río y los riscos que se alzaban en la orilla opuesta le permitirían emboscar con ventaja al enemigo. Al llegar lo sorprendió gratamente la empalizada que había levantado González Salado, que le ahorraba la excavación de trincheras, y colocó a sus soldados de modo que cubrieran todos los flancos. Luego partió al frente de una patrulla de doce hombres a localizar a las huestes de Morgan a fin de determinar el número de los piratas, la calidad de sus armamentos y formular su plan de hostigamiento. Castillo soñaba no solamente con la amnistía prometida por el gobernador sino también con regresar a Panamá nimbado de gloria. No habían transcurrido tres horas cuando desde lo alto de un barranco, en una de las tantas curvas del Chagres, divisó a los piratas. Escondido en la maleza junto a sus hombres se dispuso a observar y contar. Por la orilla del río, detrás de dos guías aborígenes, se abría paso la vanguardia pirata. «No son tantos», se dijo Castillo cuando pasaron los primeros cincuenta. Pero enseguida comenzaron a aparecer, una tras otra, las canoas cargadas de hombres que remaban con furia. La hilera parecía interminable. Armados con mosquetes, espadas, hachas y cuchillos se desplazaban tantos piratas que resultaba imposible contarlos. «Son más de mil», se dijo Castillo, sobrecogido por el pánico y ordenó a sus hombres, en cuyo rostro se reflejaba igual temor, no moverse. Una hora más tarde, después de asegurarse de que todos los invasores habían pasado, emprendió el regreso a Barro Colorado. Allí informó a su tropa que eran más de dos mil los piratas que avanzaban hacia Panamá y les ordenó levantar el campamento y llevarse consigo todas las provisiones. A los habitantes del villorrio les pidió no dejar en sus viviendas nada que pudiera ser aprovechado por el invasor. Después emprendió la marcha hacia Cruces para informar a González Salado el resultado de su poco fructífera misión. Tan pronto llegó, le contó cómo, arriesgando su propia vida y las de sus hombres, se había acercado lo suficiente a los invasores para determinar que sumaban tres mil hombres, muy bien armados, y que en cada canoa transportaban por lo menos un cañón. González, deseoso de justificarse, expresó su complacencia de que Castillo corroboraba lo que él había observado desde las empalizadas cuando decidió rehuir el combate. «Cuatrocientos españoles, por muy valerosos que seamos, no podemos enfrentarnos a tres mil piratas», concluyó, y enseguida reunió a su cuerpo de oficiales para acordar las acciones por tomar. Por unanimidad se decidió regresar a Panamá, no sin antes prender fuego a Cruces para no dejar nada que el enemigo pudiera aprovechar. En Panamá se unirían al ejército reclutado por el gobernador para combatir con mayores posibilidades de éxito. Por un extraño sentimiento de respeto, lo único que no incendiaron fueron los establos del rey.

Río Chagres, enero de 1671

Cuando la avanzada enviada por Henry regresó con la noticia de que también la empalizada y el villorrio de Barro Colorado habían sido abandonados, el general dispuso convocar a su Estado Mayor para analizar la situación y definir estrategias. En uno de los bohíos abandonados se reunieron Collier, Ringrose, Morris, el capitán francés Legrand, Lawrence Prince, escogido por Henry para reemplazar a Bradley, y Beldry Morgan, quien, enviado por Modyford, se había sumado a la expedición en New Providence y quien, a pesar del apellido, no tenía ningún parentesco con el líder de la Hermandad de la Costa.

—Todo parece indicar —dijo Henry al abrir la reunión— que la táctica de los españoles consiste en no ofrecer batalla hasta que lleguemos al sitio que ellos escogieron, que probablemente será algún desfiladero donde puedan emboscarnos.

—Además de arrasar con todo vestigio de alimentos para hacernos pasar hambre —señaló Collier—. Los hombres comienzan a quejarse y necesitamos alimentarlos antes de cualquier enfrentamiento.

—No creo que los españoles sepan que enfrentamos una escasez de alimentos —observó Ringrose—. Ellos siempre procuran no dejar nada al enemigo que le pueda ser útil.

—Concuerdo con Ringrose —dijo Henry—. Pero hay que aceptar que el problema es real: los hombres están hambrientos y tenemos que alimentarlos. Francamente, siempre creí que en caso de necesidad podríamos cazar o pescar lo necesario, pero en este río casi no hay peces y en la jungla los animales parecen haber desaparecido. Hasta los monos se esfumaron.

—Creo que la pregunta que debemos hacernos es cuántos días faltan para llegar a Panamá —opinó Morris.

—Según los guías —respondió Henry—, una vez lleguemos a Cruces, lo que debe ocurrir mañana al mediodía, faltaría solamente un día y medio para llegar a Panamá, todo en descenso por un camino empedrado, aunque estrecho. Pero, como dijimos antes, lo más probable es que los españoles decidan enfrentarnos en algún sitio mucho antes de llegar a la ciudad que, según sabemos, solamente cuenta con defensas adecuadas de cara al mar.

—Enviemos entonces exploradores que nos informen si los españoles se están preparando para ofrecer combate en Cruces —sugirió Prince—. Si así fuera, los hombres podrían marchar un día más con los alimentos que quedan.

—Eso hice tan pronto me enteré de que Barro Colorado también estaba abandonado —dijo Henry—. Espero que regresen con una respuesta antes de reanudar la marcha. Propongo entonces que mañana sigamos rumbo a Cruces y les digamos a los hombres que traten de pescar o cazar en el camino.

Pero parecía que cuanto más avanzaban los piratas por el río más huían de ellos los animales que habitaban la jungla panameña, como si también ellos quisieran ayudar a los españoles en su afán de vencer por hambre a los invasores. Para entonces los hombres comían cualquier yerba o raíz que los guías identificaran como alimenticia. Faltando poco para llegar a Cruces, mientras atravesaban un desfiladero con precipicios a ambos lados, cayó sobre la vanguardia una lluvia de flechas cuyo origen resultaba imposible determinar. Incapaces de responder al ataque, los piratas aceleraron el paso y se dispersaron para no ofrecer un blanco fácil. La andanada volvió a repetirse una vez más y al final de la emboscada once hombres habían resultado heridos, aunque no de gravedad. Al caer la tarde del séptimo día, ansiosos de entrar en combate y despojar al enemigo de vida y hacienda, los piratas llegaron a las afueras de Cruces, final de la vía fluvial. La decepción fue grande cuando observaron columnas de humo que salían del pueblo: una vez más los españoles rehusaban pelear y abandonaban el lugar luego de quemar todas las viviendas. En los establos del rey, único edificio que se salvó de las llamas, hallaron varios sacos de maíz y algunas hogazas que apenas les sirvieron para mitigar un poco el hambre. En las calles del pueblo, intentando escapar de las llamas, sorprendieron a varios perros, tan famélicos como ellos, a los que enseguida dieron muerte, asaron y consumieron. Pero el más preciado de los tesoros resultó ser un hermoso gallo que los hombres capturaron y llevaron a Henry para que dispusiera de él. Después de agradecer el gesto, el líder de los corsarios ordenó a su cocinero preparar una gran sopa que sirviera de alimento a los enfermos y heridos. Esa noche el ejército pernoctó en Cruces a fin de recuperar las fuerzas y prepararse para el asalto a Panamá. Más que la falta de alimentos, a Henry le preocupaba no haber podido capturar a ningún prisionero capaz de informarle de cuántos hombres y armamento disponía el gobernador para la defensa de la ciudad.

Ciudad de Panamá, enero de 1671

En Panamá don Juan esperaba ansioso noticias del frente de Chagres, que no acababan de llegar. El ataque de erisipela se había agravado y el médico, después de sangrarlo tres veces, le ordenó guardar cama. En su lecho de enfermo recibió de labios del propio González Salado la noticia de que eran tres mil los piratas que, armados hasta los dientes y sin ningún obstáculo que los detuviera, avanzaban rumbo a su objetivo. Luego de recriminar a González por haber desobedecido órdenes, hizo llamar a su lugarteniente y le pidió ordenar a su ejército y a los voluntarios que se habían enlistado formar filas para defender la ciudad. El gobernador calculaba que los piratas saldrían de Cruces a más tardar el 15 de enero y que ese mismo día llegarían a Guayabal, sitio que él había escogido para hacerles frente. Era imperativo que el ejército realista saliera cuanto antes para llegar a su destino con tiempo suficiente de reconocer el terreno, definir estrategias y distribuir los batallones y sus mandos. Él, por supuesto, marcharía al frente: ni la erisipela ni la creciente debilidad podrían impedirle librar la batalla más importante de su larga carrera militar. Después hizo venir al obispo para organizar una gran procesión que, llevando a la cabeza la imagen de la Inmaculada Concepción, recorriera todas las calles de la ciudad. En momentos como estos había que mantenerse muy cerca del Señor y no había mejor manera de lograrlo que con la intercesión de su Santísima Madre.

Cruces, Guayabal, enero de 1671

El 15 de enero, antes de abandonar el poblado de Cruces, Henry Morgan reunió a sus hombres en los restos humeantes de la plaza del pueblo. El líder de la Hermandad estaba muy consciente de que la incertidumbre se iba apoderando del ánimo de su tropa que, agobiada por el hambre y el agotamiento, comenzaba a dudar seriamente de su liderazgo.

—Comprendo muy bien —comenzó su arenga, mientras se paseaba entre sus hombres— que estéis desesperados por entrar en combate. El enemigo ha elegido huir después de arrasar con todo aquello que pudiera sernos de utilidad, particularmente alimentos. Muchos de ustedes, igual que el resto de los comandantes y yo, os sentís aguijoneados por el hambre, pero os aseguro que tan pronto comencemos el descenso hacia Panamá encontraremos alimento suficiente para recuperar las fuerzas que nos permitan una victoria rápida y contundente. Solamente un día y medio de marcha nos separa de nuestro destino. Lo peor ha quedado atrás y aunque el ejército español tal vez sea más numeroso, no nos supera en valor ni habilidad. Marchemos, pues, con la seguridad de que ante nosotros se abre la puerta que nos conducirá a la fortuna y a la gloria.

El breve discurso de Henry fue recibido con más estoicismo que entusiasmo, pero bastó para lograr su cometido: los hombres se olvidaron del hambre y de la fatiga y reemprendieron la marcha con renovada energía. Por el camino empedrado construido por los españoles caminaban de cuatro en fondo formando un largo y sinuoso gusano gigante de vistosos y diversos colores. Atrás quedaban las penurias de la densa jungla y del impredecible Chagres. Muy pronto llegaron a una sabana donde, para asombro y alegría de todos, pastaban plácidamente cerca de cien cabezas de ganado vacuno. Lanzando gritos de júbilo, los hombres se organizaron y mientras unos sacrificaban y descuartizaban a las bestias otros preparaban la hoguera para asarlas. Antes de que el sol llegara a su cénit, el hambre y la fatiga habían desaparecido y los piratas volvían a confiar plenamente en el liderazgo y la buena estrella de su líder. Con ímpetu renovado y paso vigoroso continuaron marchando hasta que al final de la tarde los exploradores trajeron la noticia de que el ejército español se hallaba acampado un poco más adelante, cerca del sitio conocido como Guayabal, a legua y media de Panamá. Calculaban más de mil cuatrocientos soldados, entre infantería y caballería. Del armamento y la artillería no estaban seguros.

Esa noche, alrededor de una gran hoguera, Henry reunió a sus comandantes para discutir estrategias.

Guayabal, enero de 1671

En su campamento de Guayabal, la misma tarde que Henry se enteró de la presencia del ejército español, recibió don Juan Pérez de Guzmán la noticia de que los piratas avanzaban por el camino de Cruces. Lo reconfortó escuchar de sus rastreadores que los piratas eran menos de lo que se temía, tal vez unos mil doscientos, y enseguida reunió a su Estado Mayor para definir las próximas acciones. El primero en hablar fue el capitán González Salado, quien lanzó la idea de que los piratas, que sin duda empleaban buenos guías, podían muy bien evitar el combate, rodear Guayabal e ir directamente a la ciudad, que hallarían desprotegida. Lo prudente en ese caso, sugirió, sería regresar a Panamá para asegurar su defensa y enfrentar allá al enemigo. Aunque varios de los oficiales estuvieron de acuerdo, don Juan rechazó la idea.

—No resulta lógico pensar —alegó— que Morgan, que ahora marcha sin mayores tropiezos por camino fácil, vuelva a internarse en la jungla. —Y añadió con determinación que no dejaba espacio para dudas—: Debemos detener al enemigo aquí y lo haremos mañana a primera hora.

El gobernador no hacía esfuerzo alguno por ocultar la rabia sorda que bullía en su ánimo, convencido, como estaba, de que la actitud del grueso de sus oficiales respondía más a una vergonzosa cobardía que a un auténtico deseo de proteger la ciudad. Sus temores quedarían tristemente confirmados cuando al amanecer del día siguiente comprobó que, influida por esos malos comandantes, una tercera parte del ejército había abandonado Guayabal. A don Juan no le quedó más remedio que regresar enseguida a Panamá para tratar de organizar la mejor defensa posible.

Final de la travesía, 17 de enero de 1671

Cuando Henry Morgan supo que, una vez más, el enemigo había rehusado combatir, decidió atacar Panamá cuanto antes. Convencidos de que los españoles ofrecerían muy poca resistencia, los piratas marcharon con paso redoblado. Entonando sus tradicionales canciones, caminaban ahora en terreno fácil, atravesando pequeños valles o bosques acogedores. Finalmente, al atardecer del 17 de enero, desde la última cima de la cordillera, pudieron contemplar el mar del Sur y algunas de las torres de los varios campanarios de la legendaria ciudad de Panamá. Anticipando el triunfo, lanzaron al aire sus sombreros al tiempo que gritaban vivas a la Hermandad de la Costa y a su líder indiscutible. Henry dejó a sus hombres celebrando y se alejó para contemplar a solas el mar del Sur, de un azul más profundo que el Caribe, salpicado por algunas islas cercanas a la costa. Al fondo, la infinitud del horizonte. Con el catalejo pudo distinguir con claridad varios navíos que permanecían anclados al suroeste junto a un pequeño islote que parecía servirle de fondeadero a la ciudad. Al sureste, iluminadas por el sol de la tarde, descollaban las edificaciones más altas, entre ellas una torre imponente y rectangular que sobresalía sobre las demás. Henry bajó el telescopio y sonrió satisfecho al recordar sus lecturas del libro del pastor Gage: «Panamá cuenta con muchas iglesias pero ninguna muralla que pueda defenderla de un ataque por tierra.» En la gran sabana que rodeaba la ciudad serpenteaban dos ríos de regular caudal que, flanqueando ambos extremos de la urbe, iban a desembocar en el mar. Alguna que otra colina de poca altura interrumpía la monotonía de la planicie.

Henry había llegado al final de su camino, listo para cumplir el primero de sus sueños de grandeza, que también sería el último. Ante sus ojos escudriñadores, el panorama dejaba de ser un hermoso paisaje para transformarse en un campo de batalla. El enfrentamiento se daría, sin duda, en la gran sabana y sería preciso tomar posesión de la colina que se levantaba al oeste, facilitando así la penetración en las filas enemigas. Acostumbrado al asalto de pueblos y ciudades, sería la primera vez que se enfrentaría al enemigo en campo abierto. Recordando lo aprendido durante sus días en el ejército, dispuso formar a sus hombres en rombo, asignando un comandante a cada uno de los ángulos. Lawrence Prince y John Morris, con trescientos hombres, irían a la vanguardia y Beldry Morgan, con otros trescientos, marcharía en la retaguardia; Collier comandaría el flanco izquierdo y él mismo lideraría el flanco derecho; esto sumaría entre los dos otros seiscientos hombres que avanzarían en armonía. Los más certeros tiradores de los bucaneros serían distribuidos de modo tal que ocuparan la primera fila en cada uno de los frentes. Iniciarían la avanzada a primera hora de la mañana y antes del anochecer del día siguiente Panamá, sus tesoros y la gloria serían suyos.

28

Ciudad de Panamá, Mata Asnillo, 18 de enero de 1671

El domingo 18 de enero de 1671 don Juan Pérez de Guzmán se levantó de su lecho más temprano que de costumbre. Todavía el ataque de erisipela no había cedido y sentía la debilidad producida por los sangrados, pero se trataba del día más importante de su vida. La víspera, después de que sus vigías avistaron a los piratas en las colinas ubicadas tres leguas al noroeste de la ciudad, se había apresurado a completar la organización de sus cuadros y antes del atardecer supervisó, personalmente, la colocación de los cinco cañones de que disponía en la pequeña planicie conocida como Mata Asnillo, donde se daría el enfrentamiento. Antes de retirarse a dormir había recibido la buena nueva de que casi todos los desertores de Guayabal se habían reincorporado al ejército, excepción hecha de algunos malos oficiales. González Salado había tenido el descaro de mandarle a avisar que él permanecería en el islote de Perico ayudando a las monjas, curas, mujeres y niños a escapar de los piratas y después se sumaría al combate. ¡Maldito cobarde!

A las siete de la mañana, rodeado de sus oficiales, de los pocos curas que permanecían en Panamá y de algunas autoridades civiles de menor jerarquía, don Juan acudió a la iglesia de la Inmaculada Concepción a orar por última vez ante su patrona. En expiación por la ayuda que recibiría de ella a la hora de combatir al hereje invasor, depositó a sus pies el mejor de sus anillos de brillantes, valorado en más de veinte mil reales de ocho. El resto de sus joyas las distribuyó, personalmente, entre los demás templos de la diócesis. A las ocho se reunió con el capitán de artillería, Balthasar Pau y Rocaberri, para asegurarse de que cumpliría al pie de la letra sus órdenes en caso de que se perdiera la batalla por Panamá. Antes que caer en manos enemigas, la ciudad debía ser destruida, para lo cual Pau y Rocaberri con cinco ayudantes prenderían las mechas de doscientos barriles de pólvora ubicados estratégicamente, unos en el polvorín, otros en las edificaciones de piedra y los demás en sitios escogidos de modo que las llamas se propagaran por todas las calles de la urbe. Solamente sería respetado el santuario de la Inmaculada Concepción: don Juan no se sentía capaz de destruir la morada de la Santísima Madre del Señor. Antes de las nueve de la mañana, el gobernador partió a caballo para el campo de batalla, distante media legua de la ciudad. En Mata Asnillo aguardaban sus órdenes doscientos jinetes al mando del capitán Francisco de Haro, uno de sus oficiales más fieles y valientes, de cuya carga inicial contra el invasor dependería en gran medida el desenlace final de la batalla. La infantería la conformaban mil seiscientos soldados, de los cuales mil doscientos eran milicianos negros y mulatos sin ningún entrenamiento militar. La mayoría de sus soldados profesionales, junto a las mejores piezas de su armamento, habían sido enviados hacía dos meses a reforzar las defensas de San Lorenzo y Portobelo. En Mata Asnillos sus hombres solamente disponían de arcabuces, de algunas pistolas y de muy pocos mosquetes capaces de causar bajas al enemigo a larga distancia. Como último recurso, el gobernador había reunido en cada uno de los flancos de su ejército manadas de toros salvajes que serían lanzadas en estampida contra las fuerzas enemigas con el ánimo de confundirlas. Era un día radiante de verano, ninguna nube manchaba la bóveda celeste y una brisa fresca bajaba de la cordillera. «Día hermoso para morir», se dijo don Juan. A su lado cabalgaban un fraile y un sirviente negro.

En el campamento pirata, Henry Morgan, temiendo un ataque sorpresivo, hizo despertar a sus hombres a las cinco de la madrugada. Después de un abundante desayuno, suficiente para resistir un día entero de combate, animándose con estandartes, redobles de tambores y canciones, marcharon hacia al campo de batalla. Henry estudió la disposición de las tropas españolas en el terreno y enseguida comprendió que la estrategia de don Juan consistiría en utilizar su superioridad numérica para rechazar el ataque y luego contraatacar. La infantería española, vestida con vistosos colores y animándose también con marchas militares, se encontraba apostada en el centro, detrás de unos pocos cañones, mientras la caballería había sido distribuida en ambos flancos. Henry planificó ataques simulados al centro y a los flancos para forzar un contraataque de modo que una vez separado algún cuerpo del resto del ejército enemigo, sus hombres lo envolvieran en una operación de pinzas. Después de impartir órdenes, guio a su tropa hacia una colina ubicada a escasa media milla de las filas españolas y desde allí esperó a que la vanguardia comandada por Prince simulara el primer ataque por el centro. En el primer intento, la avanzada pirata no llegó lo suficientemente cerca de la vanguardia enemiga, que se mantuvo en formación, limitándose a disparar sus cañones sin ninguna consecuencia. Henry descendió entonces con sus soldados para tentar a la caballería. Se acercaron hasta percibir el nerviosismo en el rostro de los jinetes que luchaban por mantener quietas a sus monturas y, dando alaridos aterradores, se lanzaron al ataque simulado. Del lado de los españoles se escucharon algunos disparos y gritos de «mueran los perros herejes»; los piratas dieron la vuelta y corrieron hacia la colina y De Haro, entusiasmado ante la retirada del enemigo, ordenó perseguirlos hasta la muerte. Tan pronto la caballería encabezada por De Haro llegó al límite de la colina, aparecieron los bucaneros franceses con sus mosquetes que, calmadamente, esperaron a tener en la mira a los desprevenidos jinetes. La primera andanada dio cuenta de cuarenta de ellos, pero De

Haro ya no podía detenerse y seguido por el resto de la caballería se internó entre las filas piratas hasta caer acribillado. Morgan ordenó enseguida un ataque frontal al desprotegido flanco español, cuyos integrantes, viéndose perdidos sin la caballería, tiraron las armas y emprendieron la fuga. Don Juan, destruida su defensa por el flanco izquierdo y temeroso de que el resto de sus hombres también desistiera de combatir, ordenó soltar los toros salvajes. Las bestias, guiadas por vaqueros de a caballo y de a pie, corrieron en estampida hacia los piratas cuyos mosquetes derribaron a las que lideraban la manada, provocando que las demás se dispersaran sin mayores consecuencias. Al fracasar la última de sus estrategias, a don Juan no le quedó más alternativa que jugarse el todo por el todo y atacar con el resto de sus fuerzas.

—Voy a colocarme a la cabeza de mis hombres para un último y definitivo ataque —le dijo con voz gruesa a Juan de Dios, el fraile que lo acompañaba—. Juré a la Inmaculada Concepción dar la vida por ella y por España y es un juramento que voy a honrar.

—¡No podéis hacer eso! —gritó el sacerdote—. Vuestra presencia en el istmo será aún más necesaria si se pierde la batalla. Alguien tendrá que reunir nuevas fuerzas para rescatar la ciudad de manos de los herejes y nadie mejor que vos. Os conmino en nombre del Señor a salvar vuestra vida.

—No podría soportar tanta vergüenza —insistió don Juan—. Vergüenza frente mis hombres pero mucho más ante mi santa patrona y ante el Señor, que todo lo mira.

En ese momento, el esclavo negro que lo acompañaba cayó de su cabalgadura, fulminado por una bala que le dibujó una flor de sangre en el pecho.

—Insisto, excelencia —chilló nuevamente Juan de Dios, aterrorizado—. Ni el Señor, ni la Virgen ni España quieren que perezcáis en esta batalla, que por lo visto ya está perdida. Salvaos para seguir sirviendo a vuestro Dios y a vuestro rey. Yo os acompañaré.

Viendo que los piratas habían penetrado ya todos los flancos de su ejército, don Juan decidió atender el insistente llamado que el Señor le hacía a través de su inesperado mensajero. Con pesar en el alma, dio vuelta a su cabalgadura y se alejó del campo de batalla. En medio de una verdadera masacre, los soldados españoles que no huían despavoridos caían acribillados por los disparos de los mosquetes o atravesados por las espadas de los piratas. Mientras abandonaba el campo de batalla, el gobernador le envió un mensaje a su artillero para asegurarse de que cumpliría la orden de destruir la ciudad. Cuando el mensajero llegó al polvorín, el capitán Pau y Rocaberri, que sabía perdida la batalla, ya había hecho estallar el primero de los numerosos barriles de pólvora que él y sus hombres habían colocado.

Ciudad de Panamá, enero 18 de 1671

Tan pronto escuchó las explosiones y logró distinguir las primeras llamaradas, Henry aceleró el ritmo de la batalla. ¡No había llegado hasta aquí para permitir que su presa más importante también fuera consumida por el fuego! Una hora más tarde, él, Collier y Prince, seguidos de doscientos hombres, llegaron frente a la única fortalecilla que protegía la ciudad por el oeste. Mientras planificaban el asalto, escucharon una terrible explosión y, asombrados, vieron que sin ellos haber hecho un solo disparo el fortín volaba en pedazos. Más tarde Henry confirmaría que cuarenta de los cuatrocientos cincuenta enemigos que perdieron la vida en la batalla por Panamá habían fallecido víctimas de la voladura apresurada del fortín de la Natividad. Los piratas entraron en la ciudad por el Puente del Matadero y Henry, desesperado, dio órdenes para evitar la propagación del incendio, que adquiría proporciones descomunales consumiendo todas las edificaciones que hallaba a su paso. En la playa, al observar que algunos soldados enemigos prendían fuego a dos pequeñas embarcaciones, varadas en la arena por falta de marea, mandó enseguida a Prince y a diez de sus hombres a tratar de salvarlas. Más adelante, en la Calle del Mercado, en medio del fuego y del humo, se toparon con una barricada enemiga y fueron sorprendidos por la última andanada de los cañones españoles que logró poner fin a la vida de tres de sus soldados, malhiriendo a otros cuatro.

Avivado por los vientos alisios, que se intensificaron al comenzar la tarde, el fuego se propagaba tan velozmente que resultaba inútil el esfuerzo de los piratas por sofocarlo. En la temprana noche Henry Morgan aceptó que aunque había ganado la batalla por Panamá había perdido la lucha contra la última estrategia concebida por Pérez de Guzmán. Salvo el Santuario de la Inmaculada Concepción, donde permanecía intacta la imagen de la Virgen, el resto de las edificaciones habían sido consumidas o seriamente dañadas por las llamas. Paradójicamente, las viviendas de los barrios marginales de Pierdevidas y Malambo, construidas de paja y cañabrava, fueron las menos afectadas por el gran incendio. Pero allí no había tesoros que buscar.

La frustración de Henry pronto se transformó en furia irrefrenable.

—Mañana ordenaré la captura, dondequiera que se encuentren, de los malditos habitantes que lograron huir y los obligaré a confesar el sitio donde ocultan sus joyas y dineros —bramó para sí.

Aunque la noticia de que solamente quince de sus soldados habían perecido en el ataque mitigó su decepción, antes de retirarse a descansar ordenó a sus comandantes evitar cualquier celebración.

—Digan a los hombres que el vino, el ron y todas las demás bebidas fueron envenenadas por los españoles. En realidad, no me extrañaría que así fuera: parece que esos malditos sólo saben combatir destruyendo lo que puede ser útil al enemigo. Aquí permaneceremos el tiempo que se requiera para recolectar el botín que vinimos a buscar; ya habrá ocasión de celebrar más adelante.

Henry pasó la noche en el claustro del Monasterio de la Merced, anexo al Santuario, que utilizaría como cuartel general durante la ocupación de Panamá. A la mañana siguiente, el panorama que contemplaron sus ojos era, verdaderamente, pavoroso, aún para un hombre acostumbrado al fuego, a la muerte y a la sangre. La legendaria Panamá, la ciudad de sus sueños, yacía moribunda entre ruinas calcinadas. En algunos sitios todavía ardían los rescoldos y un olor a vida chamuscada impregnaba el ambiente. Y, lo que era aún peor, el fabuloso tesoro que prometiera a sus hombres se había vuelto cenizas.

¡Tanto esfuerzo, tanto sufrimiento para acabar con las manos vacías! No, no era posible; la gloria de haber conquistado una de las más importantes ciudades españolas no bastaba para compensar el sacrificio de sus hombres y él, como líder de la Hermandad de la Costa, no podía aceptar que su última acción contra España produjera un botín inferior a los anteriores.

En la nave del santuario, bajo la mirada de la Inmaculada Concepción, Morgan reunió a sus comandantes para dar órdenes precisas. Lawrence Prince, con la ayuda del capitán Searle, convertiría en navíos de guerra las dos chalupas salvadas de la llamas, navegaría a lo largo y ancho de la bahía, capturarían cualquier embarcación que surcara sus aguas y después desembarcaría en islas y costas en busca de tesoros.

—Temprano esta mañana interrogué a los soldados que ayer intentaban quemar las naves —informó Prince—. Según ellos, hace dos días zarpó de Pericos rumbo al Ecuador la nave *San Felipe Neri*, colmada de tesoros provenientes de las iglesias y de los ricachones. Una semana antes había huido con el mismo destino la *Santísima Trinidad*, que acababa de llegar del Perú con un cargamento de barras de plata. Antes de entrar en alta mar ambas debían hacer escala en una isla, que llaman Taboga, a un par de leguas de aquí, para aprovisionarse de agua y avituallamientos. Hacia allá navegaré tan pronto pueda.

—Muy bien —dijo Henry, que comenzaba a recobrar el optimismo—. Collier, tú te encargarás de buscar y traer aquí a los habitantes que huyeron. Todos, repito, todos deben haber escondido monedas o alguna joya, aquí o en el lugar donde fueron a ocultarse. Lleva contigo trescientos hombres.

—Descuida, Henry, que ninguno se me escapará. Conmigo irá Cuchillos Braswell. Sólo con verlo los pobres diablos comenzarán a hablar.

—Al que no hable allá, lo traes acá —enfatizó Henry—. Beldry, tú irás con cuatrocientos hombres a montar guardia en Cruces. Es probable que de Portobelo despachen tropas hacia Panamá y habrá que detenerlos. Tan pronto llegues envía un mensajero a San Lorenzo a decir a Norman que Panamá es nuestro y que llegaremos allá alrededor del quince de febrero —Henry meditó un momento—. Según mis cálculos, disponemos de por lo menos un mes y medio antes de que puedan llegar refuerzos desde Cartagena o Perú. Morris, tú y yo, con el resto de los hombres, nos quedaremos en Panamá, o en lo que queda de ella, e intentaremos encontrar entre las ruinas cualquier objeto de valor.

Ciudad de Panamá, Cruces, San Lorenzo, febrero de 1671

Veintiún días permanecieron Henry Morgan y sus hombres en la desventurada ciudad de Panamá. En el transcurso de esas tres semanas Prince y Searle buscaron en vano el *San Felipe Neri* y la *Santísima Trinidad* en las aguas de la bahía. En cambio, lograron capturar tres naves de menor importancia, entre ellas una procedente del Perú en la cual, además de mercadería valiosa, incautaron veinte mil reales de ocho. En las islas de Taboga, El Rey y Otoque, y en algunas poblaciones costeras de Tierra Firme, localizaron más de setecientos refugiados que a cambio de sus vidas entregaron dinero y joyas. Collier, por su parte, regresó de las montañas y bosques circundantes con más de tres mil prisioneros, entre ellos cuatrocientos esclavos, que, luego de ser sometidos a intensos interrogatorios, rehusaron revelar el sitio en el que habían escondido su fortuna, fueron tomados como rehenes hasta tanto pagaran por su rescate. Morgan y Morris hicieron revisar las ruinas, los pozos artesanales, cisternas y albañales donde descubrieron algunas huchas colmadas de joyas, vajillas de oro y de plata y otros objetos cuyo valor calcularon en cuarenta mil reales de ocho. Además, enterados de que de las seiscientas mulas que existían en la ciudad doscientas habían sobrevivido a las llamas, enviaron a varios hombres en su busca.

El 14 de febrero Henry Morgan dio por concluida la misión de Panamá y a la mañana del día siguiente, frente a la torre semiderruida de San Anastasio, que parecía observar con estoicismo la partida de los piratas, inició el regreso a Jamaica. Ciento setenta y cinco mulas cargaban sobre sus lomos objetos religiosos de oro, plata y piedras preciosas, joyas diversas, algunas barras de plata encontradas entre los restos de la aduana real, telas finas y otros objetos de valor recuperados de las ruinas. Las bolsas con el dinero contante y sonante habían sido confiadas a Ringrose y a Morris. Detrás de las mulas marchaban los rehenes seguidos de los cuatrocientos esclavos capturados. A las mujeres y a los niños se les permitió hacer el trayecto a lomo de otras veinticinco mulas.

La caravana salió de la ciudad por el Puente del Rey a las nueve de la mañana y llegó a Cruces la tarde del día siguiente, 16 de febrero. Allí dispuso Morgan hacer un alto para permitir a los rehenes comunicarse con familiares y amistades residentes en Portobelo a fin de obtener los fondos necesarios para comprar su libertad. Los que fallaran en el intento fueron advertidos de que serían llevados a Jamaica como prisioneros de guerra. Durante los diez días que permanecieron los corsarios en Cruces llovió copiosamente en la cordillera y el Chagres volvió a ser navegable, aún para las embarcaciones de mayor calado. La víspera de la partida, Ringrose y Collier se acercaron a Henry para informarle que los hombres murmuraban que el botín era muy pobre y no alcanzaría para compensar las penurias sufridas en el asalto a Panamá.

—Supongo que los más exaltados son los franceses —más que preguntar afirmó Henry.

—Así es —respondió Ringrose—. Pero entre los nuestros también se comenta lo mismo.

—Cuando lleguemos a San Lorenzo repartiré el botín. Veremos qué ocurre entonces.

El 26 de febrero zarparon del desembarcadero de Cruces tres naves, treinta canoas y doce bongos cargados con los tesoros, los esclavos, los piratas y algunos rehenes que todavía no habían podido costear el precio de su liberación. Dos días después desembarcaban frente al fuerte San Lorenzo donde fueron recibidos por Norman y sus soldados con gritos de euforia y disparo de cañones. Tan pronto estuvieron dentro de la fortaleza, Henry Morgan decidió hacer cumplir una de las disposiciones de los acuerdos de la Hermandad de la Costa y, antes de repartir el botín, exigió a todos los soldados desvestirse para comprobar si guardaban entre sus ropas algún tesoro oculto. En vista de que algunos, particularmente los franceses, se resistían, Henry decidió dar el ejemplo y él y sus comandantes procedieron a despojarse de sus vestiduras. Disgustados y murmurando entre ellos, a los hombres no les quedó más remedio que proceder y varios, la mayoría franceses tuvieron que entregar alguna que otra joya o bolsa de dinero que habían ocultado «por error». Uno de ellos, a quien más tarde se le encontró oculta en la barba una sortija valuada en más de mil reales de ocho, fue puesto bajo arresto. Terminada la inspección, Morgan ordenó que todos los bienes que constituían el botín fueran llevados al patio principal del castillo y allí, en presencia de todos, se llevó a cabo el inventario y avalúo. Luego de un largo y tedioso procedimiento, Henry anunció que el botín alcanzaba la suma de cuatrocientos mil reales de ocho y enseguida procedió al reparto. Después de descontar las participaciones del rey y del Lord del Almirantazgo; las de los combatientes heridos de gravedad; las correspondientes a quienes habían ejecutado actos de valor extremo; las de los carpinteros y cirujanos de a bordo; las de los comandantes y la del propio almirante Morgan, la participación de cada uno del resto quedó establecida en una suma equivalente a sesenta libras esterlinas. Las protestas surgieron enseguida y un gran número de bucaneros, liderados por los franceses, amenazaron con amotinarse. Visiblemente contrariado, Henry les recordó que todavía faltaba por realizar y distribuir la ganancia que se derivaría de la venta de los esclavos en Jamaica, ordenó abrir las barricas de ron e invitó a todos a una bien ganada celebración. Esa misma noche, ordenó a sus comandantes liberar a los rehenes y escoger a los más leales entre sus tripulantes para zarpar al día siguiente de vuelta a Jamaica.

—Prometan a los hombres que en Port Royal, después de vender los esclavos, tendremos una mejor celebración y pídanle a Norman que también leve anclas tan pronto haya embarcado los cañones de bronce y dejado inservibles los de hierro.

—¿Y los demás hombres? —se atrevió a preguntar Collier.

—Nosotros nos llevaremos solamente cuatro navíos. El resto se los dejamos a los inconformes para que naveguen hacia donde les dé la gana. Asumo que querrán continuar atacando posesiones españolas, pero si resulta cierto el rumor de que se ha firmado la paz con España, que escuchó Norman mientras nosotros atacábamos Panamá, no les va a ir muy bien. En cualquier caso, no quiero confrontaciones con los franceses y mucho menos con los compatriotas que los apoyan.

El 28 de febrero zarparon de Chagres rumbo a Jamaica el *Mayflower*, del desafortunado Bradley, comandado por Henry Morgan y Edward Collier; el *Pearl*, al mando de Basil Ringrose; el *Mary*, guiado por Lawrence Prince y el *Dolphin*, que lideraba John Morris. Los cuatro navíos llevaban, apretujados, doscientos cincuenta hombres y trescientos cincuenta esclavos. Luego de navegar con vientos contrarios durante cuatro semanas, arribaron a Port Royal el 29 de marzo donde los esperaba un recibimiento apoteósico. Henry Morgan, líder de los corsarios y de la Hermandad de la Costa, había logrado lo que ni siquiera el legendario sir Francis Drake pudo alcanzar: la captura de la más antigua ciudad española de Tierra Firme clavando, de paso, una puñalada en el corazón del imperio de los papistas. Además, arribaba a Port Royal en momentos en que la paz recién acordada con España dibujaba un enorme signo de interrogación en el futuro de Jamaica y de los corsarios, lo que afectaba, sensiblemente, la estabilidad de la isla y la tranquilidad de sus habitantes.

Después de la derrota de Panamá, acompañado de una disminuida corte, don Juan siguió cabalgando hasta llegar a Natá de los Caballeros, la más antigua de las villas fundadas por los españoles en el interior del istmo, a unas setenta leguas de Panamá. Posteriormente, al enterarse de que los piratas buscaban en las áreas rurales a cualquiera que hubiera logrado escapar de la ciudad, continuó su huida hasta Penonomé, un villorrio habitado por indígenas en la falda de la cordillera central. Allí, después de enviar cartas al virrey Lemos, en Perú, y al gobernador de Cartagena, solicitándoles apoyo para la recuperación de la ciudad, se dedicó a preparar su defensa de cara al juicio que sin duda le seguiría la Corona española por la pérdida de Panamá.

29

Londres, febrero de 1685

Por fin había llegado el momento esperado por el abogado Devon. El extenso testimonio de Ringrose, pirata que se las daba de gran señor, en torno a la toma de Panamá, cuidadosamente orquestado por John Greene, había abierto espacios que él sabría aprovechar bien.

—«Señor» Ringrose —dijo Devon, irónico, acercándose al estrado de los testigos—, después de escuchar vuestro extenso y detallado testimonio, ¿debemos entender que estuvisteis siempre al lado de Henry Morgan durante el ataque a Panamá?

—No me atrevería a afirmar que estuve al lado de sir Henry en todo momento, pero sí, fui uno de sus comandantes durante la campaña de Panamá.

—También pude observar que en vuestro testimonio evitasteis el uso de la palabra *tortura*. Os pregunto ahora, directa y escuetamente: ¿hubo torturas, «señor» Ringrose?; ¿torturasteis a los habitantes de Panamá con el propósito de averiguar dónde habían ocultado el botín?

Un pesado silencio cayó sobre Westminster Hall. Mientras Ringrose se reacomodaba en su silla, el librero Crooke y el abogado Greene intercambiaron miradas, inquietas las del primero, tranquilizadoras las del segundo.

—Tal vez sea necesario definir lo que entendéis por *tortura* —respondió finalmente Ringrose—. Todos sabemos que en tiempos de guerra…

—Vamos, Ringrose —interrumpió Devon—, confío en que no perderéis ahora la elocuencia de que habéis hecho gala a lo largo de vuestro testimonio. *Tortura*, lo sabemos todos, es causar dolor a un ser humano con un propósito específico en provecho del torturador.

—¿Insinuáis que si le largo una bofetada a un prisionero de guerra que se niega a dar información que podría incidir en el resultado del combate, lo estaría torturando?

Iracundo, Devon se quedó mirando el rostro impasible de Ringrose.

—Os conmino a no jugar conmigo y mucho menos con la autoridad de los magistrados del rey —el abogado Devon se dirigió a su mesa con paso resuelto, recogió un libro y regresó—. Hablo, «señor» Ringrose, de torturas como las que se describen en este libro, escrito por un testigo presencial de los hechos. Con la venia de la Corte, procederé a leer textualmente el siguiente párrafo que aparece en la página 132 de la obra de Alexander Exquemelin.

El magistrado presidente hizo un gesto afirmativo con una breve inclinación de cabeza, y Devon, después de ajustarse los quevedos, comenzó a leer:

—«Sucedió que hallaron a un pobre miserable en la casa de un gran señor que se había vestido unos calzones de seda de su amo; y de la agujeta estaba pendiente una llave de plata; preguntáronle los piratas dónde estaba el cofre de dicha llave. Respondió el infeliz encalzonado que no lo sabía y que él halló aquellos calzones y la llave en la casa y se los había puesto. Conque no pudiendo sacarle de aquel propósito, le estropearon los brazos de tal modo, que se los tornaron y descoyuntaron y, no contentos con esto, le agarrotaron una cuerda a la cabeza, tan apretadamente que casi le hicieron saltar los ojos, que se pusieron tan hinchados como grandes huevos, pero (¡oh, inhumana crueldad!) no oyendo aun con todo eso más clara confesión de lo que le proponían, siéndole imposible responder cosa más positiva a sus deseos, le colgaron de los testículos, en cuyo insufrible dolor y postura le dieron infinitos golpes y le cortaron las narices unos y otros, las orejas y, finalmente, cogieron puñados de paja que encendieron contra su inocente cara y, cuando no pudo más hablar, ni aquellos tiranos tuvieron más crueldades que ejecutar, mandaron a un negro que le diese una lanzada; conque así obtuvo el fin de su martirio. Estos execrables tratos fueron unos de mil semejantes conque dieron último término a los días de muchos, siendo su máxima ordinaria recrearse en estos trágicos anfiteatros. No perdonaron a ninguno de cualquier sexo o condición que fuese, porque a los religiosos y sacerdotes eran a los que menos concedían cuartel, si no les valía alguna suma de dinero capaz de su rescate. Las mujeres no fueron mejor tratadas, si no cuando se entregaban a las libidinosas demandas y concupiscencias de los piratas; y a las que no quisieren consentir hicieron pasar por las más horribles crueldades del mundo; Morgan, que siendo su almirante y conductor, debiera impedir tales infamias y tratar no tan rigurosamente un tan delicado y frágil sexo, era el que primero lo ejecutaba e inducía a que los otros lo ejecutasen, manifestándose en esto el peor y más relajado de todos, porque, luego que traían a su presencia alguna hermosa y honesta mujer prisionera, la tentaba por todos modos para que condescendiese en sus voluptuosos ánimos.»

Devon terminó la lectura, miró uno a uno a los magistrados del rey, cerró el libro con gesto dramático y se acercó al testigo. El público seguía el interrogatorio como hipnotizado.

—¿Comprendéis ahora a qué tortura me refiero, Ringrose? —preguntó levantando la voz.

—Lo que me queda claro —respondió Ringrose, disimulando una sonrisa— es cuánta razón asiste a sir Henry al haber decidido entablar esta demanda por calumnia e injuria. En lo que acabáis de leer, señor letrado, no hay un ápice de verdad. Para empezar, no creo que exista un espécimen masculino de la raza humana, por mejor dotado que esté, que posea testículos lo suficientemente voluminosos como para ser atados con una cuerda y colgado de ellos —una risa, mal reprimida, recorrió el auditorio—. A menos, claro está, que los españoles sean tan diferentes de nosotros que en esa particular característica se asemejen más a los toros que a los hombres.

Ahora la risotada era general. Tratando de mantenerse serio, el presidente dio un martillazo sobre la mesa.

—Os exhorto a guardar la compostura si queréis continuar en la sala.

Tan pronto se acallaron las risas y murmullos, el presidente conminó al testigo a responder las preguntas de una manera más acorde con el respeto debido dentro de un proceso *coram rege*. Mientras Greene, el rostro inexpresivo, disfrutaba en su fuero íntimo de las ocurrencias de Ringrose, el librero Crooke, agitando la pierna sin cesar, miraba hacia todos lados. Nada podía ser tan dañino en una corte de justicia como hacer el ridículo y Devon, quien permanecía inmóvil frente al testigo sin saber qué hacer, acaba de tropezar en esa piedra.

Cerca de un minuto tardó el abogado de la defensa en reponerse del escarnio. Dejó el libro sobre la mesa y volvió a enfrentar al testigo.

—O sea, «señor» Ringrose, que Henry Morgan y vos, al mando de más de mil hombres desesperados por licor, mujeres y tesoros, llegasteis a Panamá y, después de prenderle fuego a la ciudad, preguntasteis con gran amabilidad a los desafortunados panameños por el lugar donde habían escondido sus tesoros y estos os guiaron encantados hacia ellos. ¿Es esto lo que pretendéis que esta Corte crea?

Devon había tratado de seguir el juego de Ringrose, estrategia no del todo equivocada, pero, al carecer de la gracia y picardía del testigo, el papel no le iba bien.

—No, señor letrado. Por supuesto que interrogamos a los prisioneros de guerra no solamente para que nos dijeran dónde habían ocultado sus bienes sino también, y sobre todo, para obtener de ellos información que nos permitiera saber los planes del enemigo. Conforme a las órdenes impartidas por el propio sir Henry y por sus comandantes, entre los cuales me incluyo, fueron tratados sin ninguna crueldad semejante a la mencionada en el libro de Exquemelin. Y otra cosa. El tal Exquemelin, entre otras barbaridades afirma que nosotros prendimos fuego a la ciudad. Nada tan absurdo y alejado de la verdad. Cuando, después del combate, entramos a Panamá, la ciudad ya estaba en llamas. El gobernador español había hecho estallar no sé cuántos barriles de pólvora para destruirla antes de permitir que cayera en nuestras manos. ¿Pensáis acaso que después de tomar el castillo de Chagres, donde perdimos más de cien hombres, y atravesar el istmo con grandes penurias, íbamos a destruir una ciudad cuyos tesoros eran nuestro objetivo?

—¡Es, precisamente, lo que quería escuchar, «señor» Ringrose! —exclamó, ufano, Devon—. Henry Morgan no atacó Panamá porque considerara esta ciudad un bastión militar importante en su guerra privada contra España. No. Su propósito, como acabáis de confesar, no era otro que el de saquearla, como había hecho con otras ciudades españolas del Caribe.

—Por supuesto que sí se trataba de una operación militar. ¿O es que ignoráis que cortar al enemigo la línea de suministro es una de las tácticas militares utilizadas en cualquier guerra? Panamá era la principal línea de suministro de metales preciosos de la monarquía española y hoy ya no existe. Además, como expliqué antes, los corsarios no cobrábamos nuestro sueldo del tesoro real; lo obteníamos incautando los bienes del enemigo después de derrotarlo.

—Vuestra desfachatez solamente es superada por vuestra insolencia. No tengo más preguntas que hacer, pero antes de que el testigo se retire quisiera recordar a la honorable Corte que cuando Henry Morgan atacó Panamá, entre Inglaterra y España se había firmado un tratado de paz que era ley de la nación y que...

—¡Señor presidente! —cortó Greene con voz de trueno—, el abogado defensor está absolutamente fuera de orden. La paz con España…

—No es necesario continuar con ese tema ahora, distinguido colega —cortó, a su vez, Devon, con elegancia—. He terminado con este testigo. Comoquiera que la acusación ha agotado sus testimonios, tan pronto se reanude el juicio presentaré el primer testigo de la defensa.

—Entonces se declara un receso hasta pasado mañana a las nueve —dijo, aliviado, el presidente.

John Greene abandonó la sala de audiencias preguntándose cuál sería el testigo que presentaría el abogado Devon. El acuerdo firmado con Crooke podía ser desestimado por la Corte y entre los abogados del foro se comentaba que el librero Malthus pronto indicaría su preferencia por un juicio ante jurados. Cualquier contratiempo en el proceso, que con tanto orden y nitidez se había desarrollado, podría afectar la decisión de los magistrados. Lo más conveniente sería acordar con Malthus iguales condiciones a las ya convenidas con Crooke y lograr que ambos convenios prevalecieran, pero todo dependería de que las incidencias del juicio continuaran favoreciendo a su cliente. ¿Sería posible que Devon hubiera logrado contactar al mismo Exquemelin y que este, o quienquiera que se escondiera detrás del seudónimo, fuera su misterioso testigo? De ser así, tendría que trazar alguna estrategia para contrarrestar ese testimonio. Luego de meditarlo, John llegó a la conclusión de que lo mejor era no adelantarse a los acontecimientos. Esperaría a la reanudación del juicio y sobre la marcha decidiría cómo proceder.

El 23 de febrero, pasadas las nueve de la mañana, el magistrado presidente pidió a Devon que presentara su testigo.

—Llamo al estrado a Richard Browne —anunció Devon.

La sorpresa de John Greene fue grande. Originalmente Browne había estado en su propia lista de testigos hasta que apareció Basil Ringrose, mucho más cercano a sir Henry. ¿Qué rayos se proponía Devon?

Con paso arrogante y actitud desenvuelta, Richard Browne subió al estrado. Alto, robusto, de cabello abundante y ondulado y barba recortada en punta, sus maneras eran tan o más suaves que las de Ringrose. Vestía como un civil cualquiera, aparentaba unos cincuenta años y el bronceado de su piel y complexión general reflejaban una salud envidiable.

—Os ruego identificaros ante esta augusta Corte y decir cuál es vuestro oficio —comenzó el abogado Devon.

—Mi nombre es Richard Browne, actualmente me dedico al comercio entre Londres y algunas islas del Caribe.

—¿Y a qué os dedicabais anteriormente?

—Por muchos años fui cirujano a bordo de embarcaciones inglesas pertrechadas por corsarios.

—Durante esos años, ¿conocisteis a Henry Morgan?

—Sí, hice la mayoría de mis viajes como cirujano a bordo de navíos comandados por el capitán Morgan.

—En este juicio se ha mencionado la explosión del *Oxford*, navío insignia de Morgan. ¿Estuvisteis a bordo de esa embarcación?

—Así es. Fui uno de los pocos sobrevivientes de la explosión del *Oxford*, junto a Morgan y algunos de sus capitanes. Tres de ellos, si mal no recuerdo.

Las respuestas de Browne, breves, concisas, no permitían a John Greene formarse un concepto claro del grado de compromiso de Browne con Devon. Pero escucharlo hablar de Henry Morgan sin utilizar el título de sir sugería que su relación con este no era muy cordial. ¿Cuál sería la estrategia de Devon?

—Posteriormente, ¿acompañasteis a Morgan durante el ataque a San Lorenzo y a Panamá?

—Morgan no participó en el ataque a San Lorenzo. Lo lideró el capitán Bradley, quien murió en el asalto. Él me había pedido que lo acompañara como cirujano de la expedición. En el ataque a Panamá sí participé junto a Morgan.

—¿Podéis decir a esta Corte si durante el ataque a Panamá Morgan y sus hombres incurrieron en abusos y atrocidades más allá de las que son usualmente permitidas en la guerra?

¡Ahora le quedaba clara a Greene la estrategia de Devon! El testimonio de Browne tenía como propósito desacreditar la declaración de Ringrose, restándole credibilidad. ¿Por qué entonces, cuando él hacía los preparativos del juicio, el duque de Albemarle le había sugerido el nombre de Browne como testigo favorable a sir Henry? El único que podía darle algunas luces sobre la relación de su cliente con Browne era el propio duque. Había llegado el momento de poner en práctica lo aprendido durante sus clases de arte dramático en el Theatre Royal.

—A pesar de que yo no participé…

La respuesta del testigo Browne fue interrumpida por un inesperado acceso de tos del abogado de la acusación, quien, sin parar de crisparse, se había puesto de pie agarrándose el pecho con ambas manos. Tosía con tanta fuerza que el rostro se le había tornado de un rojo encendido y los ojos comenzaban a lagrimear.

—¿Os encontráis bien, abogado? —preguntó, consternado, el magistrado presidente.

Greene hizo el intento de responder, pero tan sólo consiguió extender la mano antes de caer al piso, tosiendo aún con más violencia.

—¡Se declara un receso! —exclamó el presidente—. Alguacil, atended al abogado Greene y buscad enseguida un médico.

Ayudado por su amanuense y por el alguacil, Greene abandonó la sala, tosiendo todavía. Al llegar a su coche, con voz débil le dio las gracias al alguacil, le dijo que iría a ver a su médico particular y le pidió informarle el magistrado presidente que intentaría regresar a la Corte antes de las tres de la tarde.

—Vamos a la residencia del duque de Albemarle en Chelsea —dijo John a su cochero—. Esperemos que se encuentre allí.

Christopher Monck, duque de Albemarle, era el hijo primogénito del afamado George Monck, general cuya oportuna ayuda había sido decisiva para restaurar a Carlos II en el trono de Inglaterra. El rey, en agradecimiento, instituyó para él el muy importante y bien remunerado ducado de Albemarle. Siguiendo la tradición, su hijo Christopher, antes de cumplir los quince años, había sido designado por la Corona capitán en el ejército real y miembro del Parlamento. Dos años después falleció George Monck y Christopher heredó su fortuna y el título nobiliario. A los veinte años, haciendo honor a su rango y a la trayectoria militar de su padre, ya se había batido con gallardía en varios combates en defensa de Inglaterra. Además de contar con la confianza del rey y de sus ministros, el joven duque era conocido por su afición a la juerga, al juego y a la bebida. Durante la estadía de Henry Morgan en Londres como prisionero de Estado, luego de la toma de Panamá, Christopher se convirtió en protector del más célebre de los corsarios ingleses y entre este y el joven noble surgió una estrecha amistad que duraría el resto de sus vidas. Esa amistad determinó que fuera Christopher Monck la primera persona a quien John Greene consultara antes de instaurar el juicio por calumnia contra los libreros londinenses, entrevista en la que había escuchado de labios del duque el nombre de Richard Browne como uno de los compañeros de Morgan a quien John podría llamar como testigo por la acusación. ¿Cómo explicar, entonces, que quien había sido cirujano de confianza de sir Henry estuviera ahora dispuesto a declarar en su contra? El único que podía aclarar la incógnita era el joven duque y el abogado disponía de poco tiempo para obtener una respuesta.

Antes del mediodía John Greene llamaba a la puerta de la mansión ducal y el mayordomo le informó que el señor duque se preparaba para asistir a la sesión del Parlamento.

—Decidle que el abogado de sir Henry Morgan desea verlo con urgencia y que no tomaré mucho de su tiempo.

Poco después lo hicieron pasar a la biblioteca donde, sentado tras un inmenso escritorio, el duque revisaba unos papeles.

—Abogado Greene —saludó el joven Monck, tendiéndole la mano amistosamente—, ¿en qué os puedo ser útil? Entiendo que el juicio de sir Henry marcha muy bien.

El duque, quien a la sazón contaba apenas treinta y dos años, era un hombre espigado, de facciones alargadas y sonrisa fácil. Vestía con elegancia sin que en sus maneras hubiera afectación alguna. John lo puso al corriente de su predicamento y de lo urgente que se le hacía averiguar a qué obedecía la actitud de Browne, que ahora se presentaba al juicio como testigo de la defensa. Christopher meditó un momento antes de responder.

—Parece que pudo más el interés pecuniario que la lealtad —se lamentó—. Lo que sé de Browne y su relación con sir Henry lo escuché de boca de lord Joseph Williamson, Subsecretario de Estado y amigo mío desde hace varios años. Williamson es pariente lejano de Browne y ha sido su confidente y protector en la Corte. A lo largo de su carrera como corsario y cirujano, Browne mantenía una correspondencia constante con Williamson, en la que frecuentemente mencionaban a mi amigo sir Henry. Así me enteré, entre otras cosas, de los detalles de la explosión del *Oxford*, de la asombrosa y heroica toma de Panamá y de la animosidad de Browne contra su exjefe, a quien acusó ante Williamson de no haber repartido equitativamente el botín. Os preguntaréis, con toda razón, por qué sugerí el nombre del cirujano como testigo favorable a sir Henry —el duque hizo una pausa, esperando un comentario del abogado, pero como este permanecía en silencio, prosiguió—. El hecho, extraño si se quiere, es que seis o siete meses después de haberse quejado de Henry, y ante una investigación iniciada por el propio subsecretario Williamson atendiendo una de las tantas quejas del embajador de España, Browne aseguró en una de sus cartas que en la toma de Panamá no habían ocurrido los actos de tortura denunciados por algunos y que las mujeres habían sido tratadas con respeto por Henry y sus hombres. Como quiera que las acusaciones más drásticas de la obra de Exquemelin en contra de sir Henry guardaban relación con las atrocidades ocurridas en Panamá, y, a sabiendas del viejo resentimiento de Browne para con él, creí que había cambiado de opinión y su testimonio podría favorecer a nuestro amigo.

En el rostro del abogado asomó una expresión de satisfacción.

—Mil gracias, excelencia, ahora tengo todo muy claro. Os ruego perdonarme la premura, pero debo regresar cuanto antes a Westminster Hall.

Antes de las tres de la tarde, luego de que el abogado Greene asegurara al magistrado presidente que había superado el ataque de tos y que el médico lo había encontrado en buena salud, se reanudó el juicio.

—Me alegro de que mi distinguido colega de la acusación se encuentre bien —dijo Devon, una leve ironía en la voz y los gestos—. En el momento en que se interrumpió el interrogatorio, el testigo se disponía a responder una pregunta mía sobre la excesiva crueldad y abusos de toda clase, es decir, sobre las torturas perpetradas por Morgan y sus hombres durante el ataque a Panamá. Proseguid con vuestra respuesta, señor Browne.

—Decía yo que aunque no participé en ningún acto de tortura o crueldad extrema en contra de los prisioneros de guerra sí me pude percatar de que estos ocurrieron.

—¿Participó Morgan en la comisión de esos actos?

—No puedo asegurarlo, pero él era el jefe, el líder de la misión, y parece obvio que por lo menos debió enterarse y consentirlo. Que yo sepa, no hubo reprimendas ni castigos por los actos de tortura.

—Gracias, señor Browne —la actitud de Devon era la de aquel que habiendo estado siempre en posesión de la verdad se siente, al fin, reivindicado—. Pasando a otro tema, ¿me podréis decir qué ocurrió cuando llegó el momento de repartir el botín obtenido en Panamá?

—Morgan distribuyó el botín como le vino en gana. Después de calcular que este ascendía a cuatrocientos mil reales de ocho, entregó a cada uno de los hombres una suma ridícula.

—¿Qué ocurrió entonces?

—Hubo una protesta general. Los hombres consideraban que no era pago suficiente por las penurias sufridas durante el ataque a San Lorenzo, la marcha a través del istmo y el asalto a Panamá. La situación se tornó peligrosa al punto de que Morgan, junto a cuatro de sus capitanes, decidió regresar a Jamaica, furtivamente.

—¿Y el resto de los hombres?

—Permanecieron en Chagres, sin provisiones ni armamentos suficientes. Entiendo que muchos perecieron.

—Gracias, señor Browne. He terminado e invito al abogado de la acusación al estrado, si así lo desea.

—Muchas gracias, distinguidísimo colega. Por supuesto que lo deseo.

Caminando con más energía de la usual, Greene se aproximó al testigo.

—Interesante historia, debo admitir. Señor Browne, ¿conocéis a lord Joseph Williamson, Subsecretario de Estado de la Corona?

Al escuchar la pregunta, Browne miró instintivamente en dirección a Devon, que observaba la escena sin entender.

—Sí, claro que lo conozco —respondió finalmente—. Lord Williamson y yo somos parientes lejanos.

—Ya veo. Durante los años que os desempeñasteis como corsario y cirujano, ¿teníais por costumbre intercambiar correspondencia con vuestro pariente, lord Williamson?

Browne se revolvió en la silla. El gesto de autosuficiencia que había mantenido a todo lo largo del interrogatorio comenzaba a desvanecerse.

—Sí, solía escribir a lord Williamson y algunas veces también recibía cartas de él.

John Greene se dirigió a su mesa y, luego de revisarlos, recogió algunos documentos y regresó frente al testigo. Fingiendo leer preguntó:

—¿No escribisteis a lord Williamson, pocos meses después del ataque a Panamá, que en Londres se había exagerado lo relativo al comportamiento de sir Henry y sus hombres durante dicho ataque, que no se habían cometido excesos más allá de lo usual en un enfrentamiento con tropas enemigas y que con las mujeres el comportamiento de los atacantes había sido poco menos que ejemplar?

A pesar del frío, que había obligado al alguacil a reponer la leña, Richard Browne empezaba a sudar. «¡Maldito abogado! ¿Cómo habría obtenido copia de esos documentos?» En la mesa de la defensa el rostro de Devon expresaba sorpresa.

—Os recuerdo que habéis jurado decir la verdad —insistió Greene, con voz cavernosa.

—En realidad escribí muchas cartas a lord Williamson, quien me había solicitado mantenerlo informado de lo que ocurría en el Caribe. No puedo recordar con precisión, pero supongo que era natural que en esas cartas intentara defender las acciones de mis compañeros de armas. Estamos hablando de hechos ocurridos hace más de diez años.

—Ya veo, señor Browne. El transcurso del tiempo, ¿os ha hecho cambiar de opinión?

—Bueno, la situación que prevalece hoy en el Caribe hace innecesaria la acción de los corsarios.

—¿Y, en vuestra opinión, el paso del tiempo cambia la realidad de lo acontecido? Interesante tesis, señor Browne. Imagino lo difícil que sería escribir la historia si hubiera que depender de la apreciación de los hechos que realicen individuos tan volubles como vos.

—¡No fue eso lo que dije! —protestó Browne—. Los abogados sois expertos en tergiversarlo todo.

—Supongo que lo que acabáis de afirmar se aplica también al distinguido abogado Devon.

Una vez más comenzaban a escucharse murmullos y risas entre el público. En el estrado los magistrados intercambiaban miradas.

—Vayamos ahora al tema del reparto del botín. ¿Es o no cierto que cuando sir Henry y sus hombres, vos entre ellos, entrasteis a Panamá los españoles ya le habían prendido fuego a la ciudad que ardía por los cuatro costados y quedaría finalmente destruida?

—Es cierto, aunque logramos salvar algunos edificios.

—Gracias, señor Browne. Decidme ahora si es o no cierto que luego de ocupar la ciudad os enterasteis de que debido a que transcurrió más de una semana entre la conquista del castillo San Lorenzo y vuestra llegada a Panamá el gobernador pudo disponer del tiempo necesario para cargar en varios navíos los principales tesoros de la ciudad y enviarlos al Perú. Me refiero no solamente a los bienes reales, sino también a los artículos del culto religioso y a las joyas y dineros de los ciudadanos más pudientes.

—Es cierto, pero me temo que nunca sabremos de cuánto estamos hablando. Os recuerdo que para cargar el tesoro producto del saqueo de Panamá fueron necesarias ciento setenta y cinco mulas.

En las respuestas del testigo se percibía ahora más resignación que desafío.

—Lo que afirmáis consta en varios documentos, señor Browne, pero también yo debo recordaros que los verdaderos tesoros, aquellos fabricados con oro, plata y piedras preciosas, son por lo regular de tamaño pequeño. Si fueron necesarias tantas mulas me imagino que lo que cargaban eran objetos de mayor volumen, que no son tan valiosos.

—No comprendo muy bien lo que decís…

—No es una pregunta ni tenéis que responder —cortó el abogado—. Vayamos ahora al reparto del botín de guerra y a la supuesta huida de sir Henry. Habéis dicho que los soldados recibieron una suma ridícula. ¿Os parece, realmente, el equivalente a sesenta libras esterlinas una suma ridícula? Esta es la cantidad que correspondió a los que menos paga recibieron, si bien algunos cobraron una cantidad mayor por sus heridas o por acciones y gestos de valor inusitados. Además, a los cirujanos, vos entre ellos, y a los carpinteros y capitanes les tocó aún más. ¿Estáis conscientes de que sesenta libras esterlinas es, por lo menos, tres veces más de lo que aquí en Londres recibe cualquier artesano especializado en el curso de un año? ¿Os parecen pocas sesenta libras esterlinas por un mes de trabajo?

—¡No podéis hacer semejante comparación! Nosotros exponíamos nuestra salud y nuestras vidas por ayudar a la causa de Inglaterra.

—¿Insinuáis que debemos hacer la comparación con la paga que recibe un soldado en el ejército regular del imperio británico? ¿Os debo recordar que los soldados reciben el equivalente a quince libras anuales y también exponen su vida y su salud por la Corona?

Browne bajó la cabeza. El individuo que con actitud tan arrogante había entrado esa mañana a la Corte parecía ahora sumiso y derrotado.

—Finalmente, señor Browne —continuó John Greene, implacable—, hablemos de la supuesta huida de sir Henry. ¿Es o no cierto que después de que él, sus capitanes y sus hombres más leales zarparon de Chagres a bordo de cuatro navíos, quedaron más de treinta embarcaciones al servicio de los que escogieron no regresar a Jamaica con su líder?

Browne iba a responder, pero el abogado lo cortó con un gesto de la mano.

—Y, más aún, ¿no es cierto que la mayoría de los hombres que permanecieron en Chagres, liderados por capitanes franceses, a sabiendas de que se había firmado la paz con España decidieron, por sí y ante sí, continuar asaltando posesiones españolas en Tierra Firme y en el Caribe?

—Eso escuché —respondió, en voz casi inaudible, el testigo.

—Y vos, señor Browne, ¿qué rumbo tomasteis?

John Greene pisaba ahora terreno desconocido, pero su intuición y algunas de las respuestas del interrogatorio de Devon le indicaban que si estaba en lo cierto asestaría el golpe de gracia a la credibilidad del testigo.

—Yo regresé a Jamaica…, aunque no con sir Henry, sino con el capitán Morris, en el *Dolphin*.

Con la actitud de un padre que acaba de reprender al hijo, el abogado contempló por un instante al apesadumbrado Richard Browne, que finalmente había terminado por reconocer el título de sir a su cliente.

—He terminado, señor presidente.

Como si todos comprendieran que algo importante acababa de ocurrir, un elocuente silencio descendió sobre la sala de audiencia mientras John Greene, moviendo la cabeza de un lado a otro, regresaba a su silla.

—¿Señor Devon? —preguntó el presidente.

El abogado de la defensa se puso de pie con desgano.

—En vista de lo avanzado de la hora, no formularé preguntas adicionales a este testigo, aunque me reservo el derecho de hacerlo posteriormente.

Todos en el tribunal, John Greene, los magistrados y el propio Devon, sabían que Richard Browne no regresaría al estrado.

30

Jamaica, enero de 1672

Aunque Henry procuró celebrar la conquista de Panamá con el entusiasmo de siempre, para quienes lo conocían resultaba evidente que algo en él había cambiado. La primera en notarlo fue Pamela, su fiel prostituta.

—¿Qué ocurre, Henry? —le preguntó, después de que él terminara de hacerle el amor, casi con desgano.

—Nada. Los años no pasan en vano y el ataque a Panamá atravesando junglas y pantanos pestilentes ha consumido muchas de mis energías —y añadió, la mirada perdida en el vacío—: Perdí más hombres por la fiebre de los pantanos que en la guerra.

—¿Será que tú también la has contraído? —preocupada, Pamela le tocó la frente con el dorso de la mano—. Ahora que lo mencionas, te siento más caliente que de costumbre. Y yo que pensaba que era por el ardor del rencuentro…

—¡Claro que es por eso! —protestó él, pero, contrario a su costumbre, no intentó volver a hacerle el amor en toda la noche.

Al día siguiente, después de enviarle un mensaje a Elizabeth anunciando su llegada, Henry abordó el coche que lo conduciría a Spanish Town para informarle al gobernador Modyford sobre los acontecimientos de Panamá. Casi enseguida, comenzó a sentir escalofríos y un intenso dolor en el cuerpo. «La fiebre del Chagres», se dijo, alarmado. Pensó en

Mary Elizabeth y se sintió reconfortado y agradecido de que ella hubiera estado dispuesta a compartir su vida. Nadie mejor que ella para cuidar de él. Si bien su recuerdo se había mantenido adormecido en los días del ataque a Panamá, durante las seis semanas que tomó el trayecto entre Chagres y Port Royal, Elizabeth había vuelto a llenar sus pensamientos. Henry comprendía que si algo lo diferenciaba del resto de los corsarios y de los bucaneros era, precisamente, que él tenía una esposa a cuyo lado esperaba morir de viejo. Tal como juró en San Lorenzo la noche que murió Bradley, Panamá había sido su última aventura como líder de la Hermandad de la Costa. Con el botín obtenido, aunque no tan cuantioso como esperaba, incrementaría aún más su ya considerable fortuna y podría retirarse en compañía de su mujer a sembrar caña, tabaco, algodón y jengibre, y a contemplar amaneceres y ocasos en su hacienda de Port María. Tal vez los corsarios no se enamoraban igual que los demás hombres, pero él estaba seguro de querer a su prima desde aquella primera vez que contemplara su rostro en los jardines de Tredegar House, hacía ya casi treinta años.

Cuando Henry descendió del coche frente a la casa del gobernador, apenas podía sostenerse en pie. Sudaba copiosamente, una debilidad general se había apoderado de su organismo y era tan intenso el dolor de cabeza que temía que le explotara en cualquier momento. Modyford se asustó al verlo y enseguida envió por un doctor.

—Es la fiebre de los pantanos —dijo Henry antes de desmayarse. Dos días y dos noches estuvo Henry luchando con la enfermedad, más cerca de la muerte que de la vida. Cuando recuperó la consciencia tenía a su lado a Mary Elizabeth y a un doctor a quien no reconoció.

—¿Dónde estoy? —preguntó.

—En la casa del gobernador —respondió Mary Elizabeth—. Thomas envió por mí tan pronto te desmayaste. Este es el doctor Wilson; a él le debes estar vivo.

—En realidad, fue su propia fortaleza la que le permitió ganar la batalla contra la fiebre. Yo me he limitado a tratarlo con lo que mi experiencia en estos casos me aconsejaba. Lo prudente ahora es continuar descansando y bebiendo jugo de limón. Como la fiebre ha cedido, voy a suspender los enemas de agua tibia y los cataplasmas de barro.

—Gracias, doctor —dijo Henry, tratando de incorporarse en la cama—. ¿Cuándo podemos irnos a Port María?

—Todo depende del doctor —respondió Mary Elizabeth, acomodándole las almohadas de modo que pudiera permanecer sentado.

—Si en los siguientes dos días la fiebre no aumenta, podríais regresar a vuestra casa, siempre con la condición de guardar reposo y continuar con el tratamiento.

—¿Puedo mezclar el jugo de limón con algo de ron?

Convencido de que Henry bromeaba, el médico se limitó a sonreír.

—Ya veremos —se apresuró a decir Mary Elizabeth.

—Voy en busca del gobernador. Él me pidió avisarle tan pronto el paciente volviera en sí —dijo Wilson, y salió de la habitación.

—¿Fue muy duro lo de Panamá? —preguntó Mary Elizabeth, todavía sujetándole la mano.

—La batalla por el castillo San Lorenzo fue más difícil que la toma de la ciudad. Allí se vistió de gloria el pobre Bradley, que murió después de haber capturado la fortaleza. Luego, la marcha hacia Panamá fue muy dura, primero la navegación por un dificultoso río Chagres y después la travesía por junglas y pantanos, llenos de bichos e insectos de toda clase.

—Seguro que allí contrajiste la fiebre.

—Probablemente al regreso. Dos semanas después de zarpar me comenzaron las calenturas y ya no volví a sentirme bien.

Mary Elizabeth posó el dorso de la mano sobre la frente de Henry.

—Todavía tienes fiebre.

En ese momento se abrió la puerta y Thomas Modyford entró en la habitación.

—Bienvenido de vuelta al mundo de los vivos, Henry.

—Gracias por todo, Thomas. Si no es por ti estaría ahora mismo conversando con el mismísimo Satanás.

—No digas esas cosas, Henry —lo recriminó Mary Elizabeth—. Os dejo para que podáis conversar.

Tan pronto quedaron solos, el rostro del gobernador se endureció.

—Me temo que las noticias son malas, Henry.

—¿La paz con España?

—Es más que eso. Mi hijo Charles me ha escrito contándome que en Londres circula el rumor de que Lynch ha sido designado gobernador suplente y que la Corona ha dispuesto destituirme del cargo. Lo cierto es que la destrucción de Panamá ha desatado una ola implacable de revanchismo en la facción pro España, alentada, por supuesto, y más que alentada, exigida por el embajador español en Londres. Anda detrás de tu cabeza y de la mía.

—Tendremos que defendernos —dijo Henry, que comenzaba a sentirse más fatigado.

—El único a quien puedo recurrir es a Christopher Monck, hijo de mi primo George y heredero del ducado de Albemarle, pero desde hace seis meses se halla en alguna parte del continente guerreando contra los holandeses. Esa guerra no nos ayuda en nada porque, ahora más que nunca, el rey piensa que no puede abrir dos frentes y ha decidido complacer a los españoles. Tampoco hay que olvidar que nuestro monarca es católico.

Henry cayó en un nuevo sopor y Modyford, alarmado, fue en busca del doctor y de Mary Elizabeth.

—No os preocupéis —los tranquilizó Wilson—. La fiebre no ha aumentado. Después de dos días sin comer es normal que se encuentre muy débil. Tan pronto vuelva a despertar comenzad a darle frutas, sobre todo naranjas, y continuad con el jugo de limón. También podéis probar con trozos pequeños de ave hasta que el estómago vuelva a acostumbrarse a digerir alimentos. Debo ir a ver a otros pacientes, pero no dudéis en avisarme si notáis que empeora.

Pasaron tres días antes de que Henry se sintiera lo suficientemente fuerte como para emprender el viaje hasta Port María. Temprano esa mañana se había reunido con Modyford para contarle, a grandes rasgos, los sucesos de Panamá. Le prometió acudir al Consejo de Jamaica a rendir un informe pormenorizado tan pronto se sintiera mejor. Aunque el gobernador no quiso apurarlo, sí insinuó que cuanto antes cumpliera con esa obligación mejor sería para ambos.

—Corren muchos rumores relacionados con el botín —comentó Modyford—. Se dice que tú y tus comandantes más cercanos os quedasteis con una cantidad mayor de la que declarasteis y repartisteis.

—Sabes que no es así y que yo jamás engañaría a mis hombres y mucho menos a la Corona —respondió Henry—. Espero que cuando el rey y el duque de York reciban su participación mirarán con mejores ojos lo ocurrido en Panamá.

—No lo creo, Henry. El gran problema que tenemos es que destruiste Panamá después de que se había acordado la paz con España.

En la voz y las palabras de Modyford había cierto dejo de reproche que no pasó inadvertido a Henry. No era, por supuesto, el momento de pelearse con su mejor aliado, y se sentía demasiado fatigado para hacerlo, pero había que dejar las cosas claras.

—Es necesario que entiendas que yo no destruí Panamá —enfatizó Henry—. La destruyó el propio gobernador Pérez de Guzmán, quien a todo lo largo de la invasión utilizó la táctica de huir después de quemar cada uno de los lugares que atacaríamos para evitar que nos aprovecháramos de las provisiones, los armamentos o cualquier cosa que pudiera sernos de utilidad. Igual ocurrió en Panamá. Te confieso que yo mismo sentí pena al ver cómo el fuego acababa con la que ha debido ser sin duda la más hermosa de las ciudades españolas. Todo ello aparecerá en mi informe al Consejo de modo que se conozca también en Londres.

—Está bien, Henry. Veremos qué ocurre. Por lo pronto, cuídate para que puedas comenzar a luchar en defensa de los hacendados. Lynch viene decidido a acabar con nosotros. Parece que además de nombrarlo vicegobernador, el rey le ha otorgado el título de sir.

—Ese hombre con poder representa un peligro no solamente para los dueños de plantaciones sino para toda la isla —comentó Henry—. Habrá que combatirlo políticamente porque yo he jurado dejar las armas y el mar. Con la toma de Panamá he puesto fin a mi vida de corsario.

Dentro del coche que los conducía a Port María, Mary Elizabeth puso a Henry al corriente de todas las noticias familiares. Ana Petronila y Robert, igual que Johanna y Archibold, habían tenido otro hijo; su hermano Charles continuaba soltero y había abandonado la agricultura; las plantaciones daban más rendimiento del esperado y el hogar lo esperaba aún más hermoso y acogedor.

A Port María llegaron a tiempo de contemplar una majestuosa puesta de sol.

—Estoy feliz de estar definitivamente en casa —dijo Henry, abrazando a su esposa—. Hoy, 6 de abril de 1671, declaro solemnemente que me despido del mar y que mi único anhelo es envejecer a tu lado.

Mary Elizabeth, los ojos llenos de lágrimas, se acurrucó en los brazos de Henry.

—¿Por qué lloras, Elizabeth? —preguntó él, con ternura.

—Son lágrimas de alegría, querido mío. Hoy es el día más feliz de mi vida.

Aunque la convalecencia de Henry impediría por mucho tiempo a los esposos Morgan hacer el amor, dormían uno en brazos del otro y compartían cada instante del día empeñados

343

en disfrutar a plenitud de la nueva vida que se abría ante ellos. El líder de la Hermandad de la Costa abandonaba para siempre el mar, las armas y las batallas y se preparaba para iniciar una nueva vida dedicada a su familia, a la agricultura y a la política. Entre sus proyectos más importantes estaba la siembra de cacao, un fruto de exquisito sabor que él encontró en Panamá, cuyas semillas había guardado como si fueran parte del botín. En Port Royal la ausencia de Henry de los bares y burdeles suscitó toda clase de comentarios. Algunos aseguraban que la enfermedad que había contraído en Panamá lo mantenía al borde de la muerte y otros que la paz con España lo había obligado a huir y que se hallaba escondido en alguna isla del Caribe, probablemente en Tortuga. Lo cierto era que, a pesar de los cuidados de Mary Elizabeth, Henry no lograba reponerse completamente de la fiebre de los pantanos. Acataba las recomendaciones del médico, salvo que añadía un poco de ron al jugo de limón y naranja que ella lo obligaba a tomar todas las tardes. Aunque el tiempo pasaba y cada vez eran más intensos los rumores de que la Corona se preparaba para exigirles cuentas a él y a Modyford por la violación de la paz con España, Henry todavía no se animaba a viajar a Spanish Town para presentar su informe sobre el ataque a Panamá. Finalmente, el 30 de mayo, abandonó su retiro para acudir al Consejo a entregar la crónica que desde el momento que se embarcó en Chagres había comenzado a dictarle a su secretario. En la Casa del Rey fue recibido con vivas y aplausos. Hasta los consejeros pertenecientes a la facción de los comerciantes lo felicitaron por la gran hazaña y por la humillación infligida al imperio de los papistas españoles. En medio de un solemne silencio, Henry leyó el documento de doce páginas en el que relataba con lujo de detalles las incidencias ocurridas durante el ataque a Panamá, cuidándose de dejar debidamente aclarado su desconocimiento de los acuerdos de paz con España. Tan pronto concluyó la lectura, el Consejo, por unanimidad, aprobó una resolución encomiando al almirante Henry Morgan por haber cumplido a cabalidad las tareas que se le habían asignado. Una semana después, anticipando su futura defensa, Modyford enviaba un extenso informe al Lord del Almirantazgo justificando las patentes de corso otorgadas a Henry Morgan y a los demás capitanes que atacaron Panamá. Argüía, entre otras cosas, que la acción había sido necesaria en vista de las continuas incursiones de los corsarios españoles en Jamaica y al hecho, debidamente comprobado, de que por aquellos días España preparaba un ataque definitivo contra la isla para expulsar a los ingleses de la más próspera e importante de sus colonias en América.

A principios de julio, un mes después de que Modyford enviara su informe y antes de que este llegara a su destino, arribó a Jamaica, a bordo de la fragata *Assistance*, sir Thomas Lynch. Lo acompañaba otra fragata, la *Welcome*, ambas con tropas suficientes para hacer cumplir, por la fuerza de ser necesario, la misión que el rey le había encomendado. Lynch fue recibido por el gobernador con gran civilidad, al punto que, careciendo el nuevo vicegobernador y su joven y embarazada mujer de vivienda adecuada, fueron invitados a hospedarse en casa de Modyford. En la primera reunión que sostuvieron, Lynch informó a su anfitrión que, conforme a las instrucciones del rey, la primera medida que tomaría sería la eliminación de las patentes de corso otorgadas a los corsarios.

—Para compensarlos por sus esfuerzos en favor de Inglaterra, el rey me ha autorizado a emitir un perdón general por cualquier crimen cometido hasta ahora. Sin embargo —añadió—, quien siga ejecutando actos en contra de España será juzgado y condenado en el acto. A quienes violen el tratado de paz no les espera la cárcel sino la horca.

Modyford escuchó pacientemente al nuevo vicegobernador y no hizo ningún intento de contradecirlo, convencido, como estaba, de que el tiempo y los acontecimientos se encargarían de demostrarle cuán equivocado estaba. Aquella reunión terminó sin que Lynch mencionara que sus órdenes incluían la destitución y el arresto del propio Modyford ni que desde hacía varios meses su hijo, Charles, se encontraba prisionero en la Torre de Londres como garantía de que su padre acataría sin protestar las órdenes del rey. Tampoco reveló Lynch que traía consigo, en documento aparte, la orden de arresto de Henry Morgan para ser enviado también a Inglaterra como prisionero de Estado.

Sir Thomas Lynch dejó transcurrir un mes y medio antes de cumplir su misión, presuntamente porque la fragata *Assistance*, navío que debía trasladar a Modyford a Inglaterra, había sido enviada a Cartagena en una misión importante. Su capitán era portador de un ejemplar del Tratado de Madrid y de una carta de Lynch al gobernador español en la que le solicitaba que, en cumplimiento de las disposiciones del acuerdo y como preámbulo a las nuevas y amistosas relaciones entre ambos países, aceptara intercambiar los prisioneros ingleses que permanecían en las mazmorras de Cartagena por expresidiarios españoles que él enviaba en la *Assistance*. Cuando, mes y medio más tarde, Lynch recibió el aviso de que la fragata había regresado a Port Royal trayendo los catorce exprisioneros ingleses, invitó a los integrantes del Consejo de Jamaica y al gobernador a festejar a bordo del navío recién llegado su primera gestión exitosa después de la paz acordada con España. En medio de la celebración, sorpresivamente, Lynch comunicó a Modyford que había sido destituido por órdenes del rey Carlos II, advirtiéndole que a partir de ese momento quedaba detenido y que su hijo Charles, que permanecía recluido en la Torre de Londres como garante, no sería liberado hasta tanto Modyford acatara las instrucciones de la Corona ingresando él a la prisión londinense como prisionero de Estado. La acción de Lynch, quien enseguida declaró que asumía el cargo de gobernador, fue repudiada por la mayoría de los consejeros, pero ni ellos ni Modyford, que no se reponía de su asombro, se atrevieron a desobedecer una orden del rey. Tres días más tarde, Thomas Modyford, exgobernador de Jamaica y defensor incondicional de la colonia, zarpó rumbo a Inglaterra donde lo esperaba la cárcel. No iba a bordo de la fragata de guerra *Assistance* sino del mercante *Jamaica Trader* porque a última hora Lynch, temeroso de una rebelión en la isla, había decidido que la fragata permaneciera en Port Royal con todos sus efectivos a bordo.

En su hacienda, Henry continuaba asediado por fiebres intermitentes que le impedían reanudar su vida normal. Había perdido mucho peso, se sentía débil y le costaba abandonar el lecho. Observándolo luchar con la enfermedad, se suscitaban en Mary Elizabeth sentimientos encontrados: le preocupaba que Henry no lograra recuperarse de la fiebre contraída en Panamá pero, al mismo tiempo, la tranquilizaba tenerlo junto a ella, alejado de la vida loca de Port Royal.

Al día siguiente de la destitución y el arresto de Modyford, Robert Byndloss llegó a Port María con la noticia. Encontró a Henry acostado en la hamaca del portal, contemplando el cañaveral y, en lontananza, el verdor más claro del mar Caribe. A su lado, Mary Elizabeth tejía.

—Modyford ha sido destituido por orden del rey —anunció sin más preámbulo—. Lynch, que se autoproclamó gobernador, lo hizo arrestar y lo está enviando a Londres como prisionero de Estado.

—¿Cómo, cuándo? —preguntó Mary Elizabeth, alarmada, mientras Henry permanecía impávido, mirando el horizonte.

—Ayer. Invitó al gobernador y a todo el Consejo a una ceremonia a bordo de la *Assistance* para celebrar la llegada de catorce prisioneros ingleses liberados por el gobernador de Cartagena en cumplimiento de los acuerdos de paz. Allí, después de mostrarnos las órdenes del rey, le comunicó a Modyford su destitución, lo hizo arrestar y anunció que lo enviaría a Inglaterra. Lo único positivo fue que al final aclaró que ni la vida ni la fortuna de Modyford están en riesgo porque, según le había confiado lord Arlington, se trataba de una medida diplomática y política más que una sanción derivada de acciones criminales.

—¡Ese Lynch es un hipócrita y un malagradecido! —exclamó Mary Elizabeth, furiosa.

—Pero ahora es el gobernador de la isla —comentó Henry, saliendo de su mutismo—. Desde que se firmó el tratado con España, Modyford y yo esperábamos algo así, aunque nunca me imaginé que el rey actuaría tan drásticamente contra alguien que le ha servido bien, a él y los que habitan en esta colonia inglesa. Me temo que pronto vendrán por mí.

—¿Y qué vamos a hacer, Henry?

—Lo primero, no entrar en pánico, Elizabeth, y comprender que mientras perdure la guerra contra los holandeses el rey hará todo lo posible por mantener la paz con España. Tampoco hay que olvidar que Lynch y el rey tienen negocios comunes: la Royal African Company, que pertenece al duque de York, hermano del rey, compra en África esclavos que Lynch, como su agente comercial, vende después en Jamaica o distribuye en los mercados del Caribe. No es difícil imaginar que estos mercados crecerán inmensamente si perdura la paz con España.

—¿No has pensado abandonar la isla mientras pasa la tormenta? —preguntó Byndloss.

—¿Adónde iría, Robert? Además, no me siento con fuerzas suficientes ni siquiera para abandonar el lecho. No, a Lynch tenemos que tratar de frenarlo en la Asamblea y en el Consejo mientras los dueños de plantaciones conservemos la mayoría, aunque me temo que no será por mucho tiempo.

—Pero tú mismo has dicho que pronto vendrán por ti. ¿No temes que Lynch te envíe también a la Torre de Londres? —preguntó Mary Elizabeth, que veía esfumarse el sueño de una vida placentera y tranquila al lado de su marido.

Henry, consciente de que su vida daba un nuevo vuelco, decidió compartir con Elizabeth la decisión que acababa de tomar.

—Si Lynch no me hace arrestar, iré a Londres por mi cuenta a defender personalmente mis acciones como corsario. Me lo debo a mí mismo, a Modyford, quien ha sido un amigo leal, y a todos los hombres que me siguieron en mis combates contra España.

—Pero primero tendrás que reponerte de tu enfermedad; muerto no servirás para nada —dijo, tajantemente, Mary Elizabeth.

Henry sonrió con desgano. La capacidad de su esposa de enfrentar problemas y situaciones nuevas no dejaba de sorprenderlo.

—Es cierto, mujer. Así será.

En España, mientras tanto, los rumores de la toma de Panamá por el desalmado Henry Morgan y sus hombres se habían convertido en una terrible y apabullante realidad. Cuando llegaron las primeras cartas enviadas por Pérez de Guzmán y por el gobernador de Cartagena, la reina regente y su corte comprendieron que la derrota sufrida iba mucho más allá de la pérdida de una batalla. Panamá, ciudad símbolo, una de las más hermosas, antiguas e importantes de Tierra Firme, había quedado reducida a escombros. Más de setecientos seres humanos habían perdido la vida y el resto, incluyendo al gobernador y presidente de la Real Audiencia, habían huido hacia el interior en busca de refugio. La reacción no se hizo esperar. Si antes el conde de Molina, embajador de España en Inglaterra, parecía haberse conformado con la destitución y el arresto del gobernador de Jamaica, ahora exigía un castigo ejemplar contra el responsable directo del despiadado y humillante ataque a Panamá. Henry Morgan tenía que ser sancionado de manera ejemplar como condición para mantener la vigencia del Tratado de Madrid. En vista de que no terminaba de concretarse la paz con Holanda, lord Arlington y el rey concluyeron que había que calmar a los españoles y decidieron enviar una nueva misiva a sir Thomas Lynch apremiándolo a apresar enseguida a Morgan y enviarlo a Inglaterra para ser juzgado y sentenciado. Mientras tanto, la regente, presionada por el pueblo y los nobles, haciendo a un lado el tratado, ordenó convocar una gran armada cuya única misión sería la de reconquistar Jamaica para la Corona española.

Los rumores de la venganza española llegaron a oídos de Lynch antes que la carta del Lord del Almirantazgo, y el gobernador encargado se encontró frente a la sombría posibilidad de tener que enfrentar a la vez a los holandeses y a los españoles sin disponer de suficientes fuerzas navales ni terrestres. Desesperado, Lynch decretó la ley marcial en la isla y envió emisarios a los corsarios para que regresaran en busca de patentes de corso, mensaje que fue totalmente ignorado.

En Port María, Henry comenzaba a salir poco a poco de su convalecencia. Habían transcurrido seis meses desde la destitución y apresamiento de Modyford y en Mary Elizabeth arraigaba cada vez más la esperanza de que Henry no sería arrestado, sobre todo porque desde la declaración de la ley marcial Jamaica se encontraba en un estado de constante incertidumbre frente a las posibles acciones bélicas de Holanda y de España, y ella daba por descontado que volverían a requerir los servicios de su marido en defensa de la isla. Henry, que ya era capaz de recorrer a caballo su primera siembra de cacao, tenía más de un año de no dejarse ver por los bares de Port Royal. En *The Sign of the Mermaid*, Pamela se preguntaba cuán grave era en realidad la enfermedad de su pirata favorito y si algún día lo volvería a ver.

Llegaba a su fin la estación lluviosa y Henry, casi completamente recuperado, regresaba de visitar el trapiche de su nueva finca de Lawrencefield cuando divisó frente a su casa un coche con el emblema del gobernador. «Esto no puede ser bueno», pensó, aunque, contagiado por el optimismo de Elizabeth, mantenía viva la ilusión de que otra vez lo llamarían para encargarse de la defensa de Jamaica. Al descender de la cabalgadura, vio a Mary Elizabeth conversando en el portal con el mayor Bannister, jefe del Estado Mayor de Lynch y comandante en jefe de la milicia jamaiquina. Le bastó observar el rostro de su esposa para comprender que las noticias eran malas.

—Buenos días —saludó Henry, quitándose el sombrero.

—Buenos días, almirante Morgan —saludó a su vez Bannister—. Le contaba a vuestra distinguida esposa que traigo un mensaje del gobernador Lynch, que desea reunirse con vosotros en Spanish Town a vuestra más pronta conveniencia.

—¿Podríais decirme de qué se trata? —preguntó Henry. A su lado, Mary Elizabeth se retorcía las manos—. Supongo que si el gobernador ha enviado un mensajero tan importante es porque igual de importante debe ser el asunto.

—No tengo el privilegio de conocer esa información —respondió Bannister. Su tono de voz, aunque formal, no dejaba de ser cortés.

—¿Regresaré enseguida después de la entrevista o debo llevar ropa conmigo? —insistió Henry.

—Tampoco puedo responder a esa pregunta, almirante.

—Entonces, partamos cuanto antes. Elizabeth, prepárame un cambio de ropa y haz que Eusebio me lleve una cabalgadura a Spanish Town.

—¿No será mejor el coche? —preguntó Mary Elizabeth—. Recuerda que el trayecto es largo y todavía estás convaleciente.

La última frase contenía un mensaje para Bannister y, en última instancia para Lynch. Henry la interpretó como una muestra de debilidad y recriminó a su esposa con la mirada.

—Una cabalgadura y el coche por si acaso —masculló Henry. Y añadió, dirigiéndose a Bannister—. Os ruego aguardar mientras me pongo ropas más adecuadas.

Elizabeth lo siguió hasta la habitación y mientras Henry sacaba algunas vestimentas del armario preguntó en voz baja:

—¿De qué crees que se trate?

—De lo que temíamos, Elizabeth, aunque parece que Lynch quiere actuar civilizadamente.

—¿Regresarás?

—Pienso que sí. Lo más prudente será negociar con el gobernador.

En cualquier caso, te enviaría un mensaje con Eusebio.

—No dejes de hacerlo.

Después de tres horas de viaje, el coche se detuvo frente a la casa del gobernador. En el camino, el mayor Bannister, más cordial ahora que sabía cumplida su delicada tarea, había contado a Henry su experiencia cuando ejerció como gobernador en Surinam.

—Allí estuve hasta 1667, cuando el rey decidió intercambiar con los holandeses nuestra incipiente colonia por Nueva Ámsterdam, en América del Norte. Creo que la Corona hizo un buen negocio. De Surinam solamente recuerdo la lucha permanente contra la selva y los aborígenes. Me temo que pasará mucho tiempo antes de que surja allí una verdadera colonia.

Henry, por su parte, se limitó a hablarle de la importancia de los corsarios para la defensa y el mantenimiento de Jamaica.

—Sin la actividad que desarrollamos durante los últimos diez años hoy la colonia no existiría —concluyó; Bannister no lo contradijo.

En la casa del gobernador, Henry fue recibido por un mayordomo elegantemente trajeado. «¡Qué contraste con la sencillez de Modyford!», pensó. En el despacho que antes ocupara su amigo y protector le costó reconocer al hombre que se levantaba para saludarlo. En los seis o siete años transcurridos desde la última vez que discutiera con Thomas Lynch en una de las tormentosas sesiones del Consejo de Jamaica, su sempiterno rival había ganado unos cuarenta kilos, casi todos alrededor de la cintura, el rostro y el cuello. Se movía con dificultad y transpiraba copiosamente.

—Almirante Morgan —dijo, extendiendo una mano temblorosa.

—Sir Thomas —respondió Henry, estrechándosela.

—Tomad asiento, por favor. Como podéis ver, mi estado de salud no es el mejor. Cinco años en el clima malsano de Londres fueron demasiados. Os agradezco que estéis aquí y me alegro de que hayáis recuperado vuestra salud.

—Gracias, gobernador. En realidad, me tomó más de un año superar la fiebre de los pantanos. Estoy mucho mejor, aunque todavía no soy el mismo que desembarcó en Panamá.

—No quiero quitaros más tiempo del indispensable, así que iré directamente a la razón de esta entrevista —Lynch había vuelto a sentarse y sacó de la gaveta del escritorio un documento en el que Henry pudo distinguir el sello real—. Como sabéis, la destrucción de Panamá no hizo mucha gracia al gobierno de España, sobre todo considerando que a la fecha ya estaba vigente el Tratado de Madrid que tanto esfuerzo diplomático conllevó.

—Puedo aseguraros que cuando aprobaron mi patente de corso ni Modyford ni el Consejo sabían de la existencia del convenio de paz. Tampoco lo sabía yo cuando ataqué Panamá.

—La paz con España se venía discutiendo desde hacía cuatro años —afirmó Lynch, endureciendo el tono—. A ello obedecía mi permanencia en Londres.

—Si hubierais estado en Jamaica os habríais dado cuenta de que mientras los españoles hablaban de paz en Londres, la regente y sus gobernadores otorgaban patentes de corso a los capitanes españoles para atacarnos en alta mar y en la costa. La toma de Panamá no fue sino una respuesta a esos ataques —Henry procuraba mantener la calma.

—Podríamos discutir días enteros sobre ese tema sin llegar a un acuerdo. Basta decir que para cualquier inglés resulta obvio que Panamá no tenía ninguna importancia militar. ¡La ciudad ni siquiera está situada en el Caribe! Pero no os cité aquí para discutir…

—Si me permitís —interrumpió Henry—. Es importante que os aclare que si bien Panamá no era un emplazamiento militar, sí constituía el principal centro de suministro de oro y plata de la Corona española. Y es bien sabido que uno de los primeros objetivos de cualquier acción bélica es privar al enemigo de bienes que le permitan sostener la guerra.

Lynch miró a Henry con rabia a duras penas contenida.

—Decía que no os cité aquí para discutir —masculló—. Os he hecho venir para comunicaros que por orden del rey, como podéis leer en este documento, debo arrestaros y enviaros a Londres para ser juzgado.

Lynch entregó a Henry la orden real, que este leyó muy despacio, haciendo tiempo para ordenar sus pensamientos.

—También es mi deber informaros —continuó Lynch— que tengo instrucciones precisas de Su Majestad de respetar vuestra vida y vuestros bienes.

—¿De cuánto tiempo dispongo? —preguntó Henry, devolviendo a Lynch el documento.

—Deberéis embarcaros tan pronto eche anclas en Port Royal la fragata *Welcome*. Estimo que esto ocurrirá dentro de los próximos diez días. Confío en que estaréis listo y no será necesario utilizar la fuerza.

Henry clavó su mirada en los ojos hinchados y enrojecidos de su rival y sonrió despectivamente.

—Si me conocierais sabríais que en todas mis acciones he procurado obedecer al rey. Si hubiese querido quebrantar esa conducta lo habría hecho antes de que me comunicarais la orden de arresto, de cuya existencia sospeché después de lo ocurrido a Modyford, quien, debo expresarlo, desempeñó una excelente labor manteniendo el equilibrio necesario entre el reclutamiento de los corsarios y los deseos y necesidades de la Corona. A pesar de vuestro interés en la reconciliación con los españoles, os advierto que tan pronto cesen las hostilidades con Holanda, y quizás antes, volveremos a estar en guerra con España, que todavía controla el Caribe. Entonces comprenderéis, vos y el resto de quienes apoyan la paz comercial con España, el error histórico en el que habéis incurrido. Sé que ya lo habéis considerado porque, si no, ¿a qué obedeció que decretaseis la ley marcial?

Mientras Henry hablaba, el rostro de Lynch se enrojecía y sus ojos se transformaban en dos pequeñas rayas entre los párpados hinchados. El temblor de su mano derecha se había acentuado y Henry temió que le sobreviniera una convulsión.

—Debo reconocer, sir Thomas —continuó Henry, poniéndose de pie—, que habéis procedido con la civilidad que se espera de quien ostenta un título honorífico y ejerce, además, la autoridad suprema en la isla. Estaré pendiente de la llegada del *Welcome* y me embarcaré tan pronto me hagáis saber que está listo para zarpar.

—Así lo espero, almirante Morgan —Lynch, que parecía haberse serenado, no se molestó en levantarse de la silla—. Tenéis derecho a vuestra opinión, pero estoy seguro de que la historia le dará la razón a quienes abogamos por vivir en paz con el imperio que controla la mayor parte del mundo.

—Nadie puede saber cuánta importancia otorgará la historia a nuestras diferencias, pero lo cierto es que cada quien debe vivir de acuerdo a los dictados de su razón y su conciencia. Es lo que yo he procurado hacer. Adiós, sir Thomas, y espero que vuestra salud mejore.

Aunque no había asomo de ironía en la despedida de Henry, así lo interpretó Lynch. «Espero que el *Welcome* regrese antes de lo anticipado para que Jamaica se deshaga de una vez por todas de ese pirata insolente y arrogante», se dijo, satisfecho de haber cumplido la orden real sin mayor tropiezo.

Caía la noche y Henry decidió pernoctar en Spanish Town. Se dirigió a casa de Byndloss, a quien solicitaría velar por sus intereses en la isla y cuidar de Mary Elizabeth mientras durase su estadía en Londres. Ana Petronila lo recibió sorprendida, pero encantada de tenerlo en casa y le informó que Byndloss estaba en Port Royal y no demoraría en llegar. Luego insistió en que Henry pasara la noche con ellos y quiso saber qué lo traía por Spanish Town.

—Te cuento cuando llegue Robert —dijo Henry—. ¿Cómo están los muchachos?

—Creciendo y dando que hacer.

—¿Aprenden a leer y escribir?

—Sí, con el pastor de la parroquia vecina. Allí están ahora y no tardan en regresar.

Henry sonrió al recordar sus lecciones con el padre William en aquellos días lejanos de Llanrumney.

—También a mí me enseñó a leer un cura —dijo, nostálgico. Cuando se preparaban para cenar apareció Byndloss, quien se alegró mucho de ver a su cuñado ya repuesto de la enfermedad.

—¿Qué te trae por Spanish Town? —preguntó mientras se sentaban a la mesa.

—Para decirlo muy brevemente, estuve en casa del gobernador encargado, quien me entregó una orden de arresto firmada por el rey. Me envían a Londres dentro de diez días.

Robert y Ana Petronila quedaron atónitos.

—Nunca pensé que el asunto llegaría a tanto —dijo Robert, finalmente—. Cuenta con nosotros para lo que sea necesario.

—Me temo que la ausencia será larga, Robert. Debo organizar mis finanzas de modo que cuando esté en Londres disponga de fondos suficientes para mi sostén. Aunque, pensándolo bien, si me encierran en la Torre, tal vez la estadía me salga gratis —la broma de Henry no hizo reír a los Byndloss—. En cualquier caso debo pedirte que supervises mis plantaciones, especialmente la de cacao que recién comienza a despuntar. A ti, Ana, te pido que acompañes cuanto puedas a Elizabeth.

—Por supuesto que lo haré. Pero, ¿no has pensado que ella se encuentre contigo en Londres?

—No lo creo prudente, Ana, sobre todo si me encierran. Además, su presencia en Port María es necesaria. Pero ya veremos.

—Mañana mismo iré al Consejo a solicitar copia del acta en la que se te felicitó por el ataque a Panamá. Además, obtendré cartas de recomendación dirigidas al rey por los miembros del Consejo y por cada uno de los gremios importantes de la isla.

—¿Crees que en el Consejo estarían dispuestos a hacerlo, ahora que Lynch y sus comerciantes lo controlan?

—Deja eso de mi cuenta. Con la incertidumbre que reina en Jamaica y la política errática de Lynch, a todos los consejeros les interesa quedar bien contigo, que sigues siendo un factor importante en la isla. Además, mañana temprano te acompañaré a Port Royal para pedirle a nuestro exportador un crédito abierto contra tus cosechas del que podrás disponer en Londres.

—Gracias, Robert.

Durante el resto de la velada hablaron de la familia, de las plantaciones, de la situación con Holanda y con España y del catolicismo del rey Carlos II, que amenazaba con crear un nuevo cisma entre el Parlamento y la monarquía. Más tarde aparecieron los dos vástagos mayores de los Byndloss, Thomas y Charles, y la conversación tomó un nuevo giro, más distendido y jovial. El tema de los aprietos de Henry, que había permanecido latente en el ambiente, quedó momentáneamente olvidado mientras los mayores se divertían con las ocurrencias de los chiquillos. Henry los escuchaba y recordaba que él y Elizabeth, reconociendo que no podrían tener hijos, a menudo hablaban de distribuir su herencia entre los segundos hijos de sus hermanas.

Temprano al día siguiente, Henry envió al esclavo Eusebio a avisar a Elizabeth que el viaje a Londres había sido confirmado, que iría a Port Royal con Byndloss a arreglar algunos asuntos y tardaría un par de días en regresar a Port María. En Port Royal, él y Robert se reunieron con Cecil O'Connor, el principal comprador de cosechas y exportador de Jamaica, quien no tuvo ningún reparo en otorgar a Henry la carta que le permitiría disponer de los fondos que hicieran falta durante su estadía en Londres. Mientras Byndloss se ocupaba de comenzar a recoger las firmas de los miembros de la asociación de comerciantes, Henry fue a recorrer los bares y lupanares que hacía más de un año no visitaba. Entró primero a *The Sign of the Mermaid* para despedirse de Pamela, pero ella y las prostitutas más cotizadas se habían mudado a Tortuga, donde todavía circulaba, aunque menos abundante, el dinero de los corsarios, quienes ahora actuaban amparados con patentes de corso otorgadas por el gobernador francés. En realidad, con la despiadada persecución emprendida por Lynch contra cualquier cosa que oliera a piratería, Port Royal había dejado de ser la más bulliciosa y alegre de las ciudades del Caribe y las principales actividades económicas se centraban ahora en la exportación de productos agrícolas y la comercialización de esclavos, esta última controlada por Lynch y sus compinches. Después de contar doce establecimientos, entre cantinas y prostíbulos, que habían cerrado sus puertas, Henry entró finalmente en el *Green Dragon*, donde compartió una botella de ron con cinco marinos desocupados que se alegraron al verlo y brindaron porque volvieran los días felices de antaño, cuando nada era más importante que derrochar en ron y prostitutas el botín arrebatado a los papistas españoles.

Henry regresó a Port María y contó a Elizabeth, sin omitir detalles, su conversación con Lynch. Le mostró la carta del comerciante O'Connor, que le garantizaba fondos suficientes durante su estadía en Londres, así como la petición de indulgencia al rey. Estaba firmada por más de trescientos hacendados; ochenta y cinco comerciantes; todos los propietarios de bares y burdeles de Port Royal; los pastores evangelistas y el cura católico de Spanish Town; los comandantes de cada uno de los fuertes que protegían la bahía, y, finalmente, por los miembros del Consejo de Jamaica, incluidos, para sorpresa de Henry, los aliados de Lynch.

—El respaldo de la gente de Jamaica debe significar mucho a los ojos del rey —comentó Elizabeth, complacida por la enorme popularidad de que todavía gozaba su marido.

—Eso espero. Se lo debemos a Byndloss, quien durante la última semana se dedicó a recoger firmas de cuanto ser viviente se cruzaba en su camino —respondió Henry.

Los esposos Morgan pasaron los días previos a la partida de Henry recorriendo las siembras, comprobando la legitimidad de cada uno de sus títulos inmobiliarios y examinando el estado de sus finanzas, que les permitió comprobar que eran lo suficientemente ricos como para vivir sin necesidad de hacer producir la tierra durante veinte años y que, de ser necesario, Henry podía permanecer en Londres viviendo a la altura de los más pudientes durante los siguientes diez. Al final de la revisión de sus haberes, acordaron dejar sentado por escrito que sus herederos serían los segundos hijos de Ana Petronila y Johanna. Henry sugirió como única condición que al llegar a la mayoría de edad cambiaran el apellido de sus padres por el de Morgan.

—¿Crees que lo harían? —preguntó Elizabeth.

—Sin lugar a dudas —respondió Henry—. Tan pronto regrese de Londres hablaré con Byndloss y Archibold y les explicaré que una fortuna como la nuestra bien merece que los herederos no olviden el nombre de quien la forjó.

La víspera de la partida, Elizabeth sugirió a Henry aprovechar su estancia en Inglaterra para visitar a sus padres en Llanrumney.

—¿Vivirán todavía? No sé de ellos desde que me embarqué en Portsmouth, hace casi veinte años.

Elizabeth, cuyas miradas a veces eran más elocuentes que sus palabras, lo sermoneó con una muy penetrante.

—Son tus progenitores, Henry —dijo por fin, y no cesó de insistir hasta que él le prometió escribirles apenas desembarcara en Londres. Henry se embarcó el 4 de abril de 1672, un día después de recibir el aviso de Lynch de que la fragata *Welcome* se encontraba lista para zarpar. No quiso que nadie lo acompañara al muelle, ni siquiera Elizabeth.

—Recuérdame tal como me ves ahora, aquí en nuestra hacienda de Port María.

Subió al navío antes del amanecer, acompañado únicamente por el mayor Bannister, encargado por el gobernador de verificar que el prisionero subiera a bordo y de que todo estuviera en regla. Tan pronto Henry entró en su cabina, Bannister le entregó un sobre.

—Es una carta personal para el Lord del Almirantazgo.

—¿Quién la envía? —quiso saber Henry.

—La envío yo mismo. La he dejado abierta para que podáis leerla.

Os ruego sellarla luego.

—No sé si agradeceros o no —dijo Henry.

—No hace falta, almirante Morgan. Ha sido un honor escoltaros aunque las circunstancias no hayan sido las mejores.

Antes de abandonar la estancia, Bannister se cuadró ante Henry, que, sorprendido, respondió al saludo.

A las ocho de la mañana Henry subió a cubierta en busca del capitán Keene, comandante asignado por Lynch al navío, y se alarmó cuando vio el estado de abandono en que se encontraba la fragata. El velamen y la arboladura estaban visiblemente deteriorados, igual que la madera de la cubierta y los barandales.

—Almirante Morgan —saludó alguien a sus espaldas.

Henry se dio vuelta. Frente a él, John Keene ensayaba un saludo militar.

—Capitán Keene —dijo Henry, respondiendo al saludo—. Espero que esta tina nos lleve a Londres sanos y salvos.

Keene dudó un momento.

—Es cierto que esta fragata ha conocido días mejores, pero los fondos que se me suministraron apenas alcanzaron para carenarla y hacer las reparaciones más urgentes a las velas y a los mástiles. Había apuro en zarpar, almirante.

Sin embargo, conseguí que también me asignaran las dos embarcaciones más pequeñas que veis ancladas a estribor. Debo informaros que mis órdenes son llevaros solamente hasta alguno de los puertos ubicados en el canal de Spithead, probablemente a Portsmouth. Vuestro posterior traslado a Londres será tarea de otro oficial.

A pesar de que el capitán Keene hablaba con la suficiencia típica de aquellos que, por haber estudiado en una escuela militar se sentían superiores a quienes, como Henry, habían aprendido el oficio a golpe de experiencias, sus ademanes y el reconocimiento del grado de almirante del prisionero sugerían que se trataba de un joven razonable.

—De Portsmouth zarpé hace veinte años como un soldado más del ejército reunido por Oliver Cromwell para conquistar el Caribe —recordó Henry. Y, en voz baja, añadió—: Regresar allí equivaldrá a cerrar el círculo de mi vida en los mares, aunque nunca pensé hacerlo como prisionero de Estado.

—Estoy seguro de que se trata de algo temporal —aventuró Keene, e invitó a su prisionero a presenciar la salida.

Curioso por conocer el contenido de la misiva de Bannister, Henry se excusó y regresó a su cabina, que a la luz del día parecía aún más pequeña. Se sentó en la única silla, sacó la carta del sobre y leyó:

El portador de esta carta, el almirante Morgan, ha sido enviado de vuelta a casa a bordo de la fragata *Welcome*, presumiblemente para responder de cargos derivados de sus ataques a los españoles. No sé si sus actos serán aprobados en Inglaterra, pero sí puedo afirmar que aquí recibió un aplauso caluroso y honorable por los nobles servicios prestados a su patria, tanto de parte del gobernador Modyford como del Consejo de Jamaica que le otorgó su patente de corso para actuar contra España.

Espero poder decir, sin ofender, que él es una persona de gran coraje y valía que merece lo mejor y que, si así dispusiera Su

Majestad, puede desempeñar servicios que le serían muy venta-
josos a Jamaica si en algún momento volviéramos a estar en guerra con España.

Henry dobló la misiva y la guardó en el sobre. Una chispa
de esperanza fulguraba en sus ojos. Mientras existieran seres
como Bannister su carrera de corsario no había sido en vano.

31

Londres, 1672-1675

Transcurrirían siete largos meses antes de que Mary Elizabeth recibiera noticias de Henry. La carta llegó a Port María a finales de noviembre y tan pronto vio la letra irregular y puntiaguda de su marido sintió un gran alivio.

—¡Está vivo! —exclamó. Enseguida rasgó el sobre y se sentó en el portal a leer las tres páginas de la misiva.

12 de agosto de 1672

Mi queridísima Elizabeth:

Finalmente llegué a Londres, después de una travesía que quisiera olvidar. El *Welcome* resultó un navío venido a menos, con velamen y arboladura muy deterioradas. La cabina que me asignaron escurría humedad a consecuencia del poco mantenimiento de la madera de la cubierta y los costados. A medida que navegábamos hacia el Norte, el frío se hacía cada vez más intenso y esa combinación de humedad y bajas temperaturas terminaron por hacer que volvieran las fiebres. Lo pasé muy mal durante todo el trayecto, pero este viejo cuerpo ha aprendido a resistir y hoy que te escribo he vuelto a recuperar las fuerzas.

La fragata solamente llegó hasta Portsmouth, donde iba a ser degradada a barco de fuego, como el que utilicé contra la armada española en la rada de Maracaibo. No se me escapó la ironía de regresar como prisionero del rey al mismo puerto del que zarpé hace veinte años vistiendo el uniforme del ejército de Cromwell. En Portsmouth permanecí casi un mes, las primeras tres semanas internado en un hospital militar, no sé si como prisionero o como paciente. Cuando recobré la salud me subieron a una balandra y me llevaron a Londres.

Durante mi estadía en Portsmouth aproveché para escribir al joven duque de Albemarle, hijo de George Monck, poniéndolo al tanto de mi situación. Hacerlo fue un acierto pues, a pesar de contar apenas veinte años, él se mueve en el círculo más íntimo del rey. Además, aunque no he podido confirmarlo, lo supongo responsable del caluroso recibimiento en Londres. En el muelle había mucha gente, casi toda del pueblo bajo, deseosa de saludarme o hablar conmigo. La toma de Panamá, que tanto indignó al rey, parece haberme convertido en un héroe popular.

Como puedes adivinar, no me han llevado a la Torre de Londres, ni a ninguna otra prisión y se me ha dicho, aunque no oficialmente, que aunque debo permanecer en Londres estoy en libertad de ir donde quiera. A la Torre de Londres sí fui, pero a visitar a nuestro amigo Thomas, quien lleva ya más de ocho meses confinado sin que siquiera se le hayan formulado cargos. Su aposento, aunque algo frío, es aceptable y se le permite entrar y salir mientras no abandone la Torre. Modyford está dedicado a escribir su defensa para cuando llegue el juicio. Me ha dicho que mi ayuda es importante y me propongo visitarlo por lo menos una vez al mes. He encontrado hospedaje cómodo y razonable en el George Inn, de la calle Pickadilly. Christopher, el joven duque de Albemarle, quien se ha convertido en mi protector, insiste en que me mude con él a la casa ducal, algo que tal vez haga en un futuro próximo. Te agradará saber que entre las personas que han intercedido por mí ante el Lord del Almirantazgo está nuestro primo, Thomas Morgan, el hijo del tío Godfrey de Tredegar House, en cuyos jardines él, tú y yo jugamos juntos de niños. Parece que ha sabido acrecentar la fortuna de su padre y hoy es uno de los terratenientes y comerciantes más prósperos del sur de Gales. Le escribí enseguida y le pregunté por mis padres. A ellos también le escribí, pero no he recibido respuesta aún, tal vez porque debe ser difícil hacer llegar una carta a Llanrumney. El clima de Londres, húmedo y frío es, realmente, abominable. La situación política, en cambio, se calienta cada día más debido, sobre todo, a la firme oposición de la Cámara de los Comunes a las simpatías del rey por el catolicismo. La situación es confusa, pero no hay duda de que el tema guarda mucha relación con la paz entre Inglaterra y España. El propio duque de Albemarle me ha confiado que el Parlamento, del cual es miembro, está a punto de aprobar una ley que prohibirá a los católicos ocupar cargos públicos. Espero que la consecuencia de esta tensión se traduzca en un alejamiento de España que a la larga favorecerá nuestra causa.

Aquí cierro por hoy, querida mía. Espero que tú y la familia estén con buena salud y las plantaciones prosperando. Escríbeme tan pronto leas esta carta y cuéntame todo lo relacionado a la situación de Jamaica.

Siempre tuyo,

HENRY

* * *

23 de noviembre de 1672

Queridísimo Henry:

¡Qué alegría saber de ti! Tu carta me ha devuelto el alma al cuerpo, sobre todo porque ahora sé que gozas de libertad y que te has recuperado de los males del viaje. Espero que sigas cultivando la relación con el joven duque que sin duda te ayudará a que pronto puedas regresar a Jamaica.

La familia está muy bien, Ana Petronila de nuevo embarazada, lo mismo que Johanna, que espera su segundo hijo. Ellas me vienen a visitar a menudo, igual que lo hace Robert, y aunque me invitan a estar más tiempo con ellos me cuesta trabajo salir de nuestro hogar en Port María. Charles ha abandonado la milicia, temporalmente según él, para venir a estar conmigo y ayudarme con el manejo de las plantaciones. Ha tenido serias diferencias con el gobernador y no creo que mientras Lynch esté al frente de la isla regrese Charles al ejército. Mejor, porque así se mantiene alejado de las cantinas y casas de mal vivir de Port Royal.

Las siembras van todas muy bien, la caña, el algodón, el tabaco y el jengibre en plena producción y los arbustos de cacao crecen sanos y fuertes. En dos años debemos ver sus frutos. En septiembre Jamaica fue azotada por un furioso huracán que, por suerte, solamente afectó las regiones del sur. Nuestras plantaciones no sufrieron, pero Archibold y Johanna sí perdieron sus siembras de caña y algodón. En Port Royal varios edificios y tres embarcaciones que se hallaban en la bahía fueron gravemente afectados. Es la primera vez en la historia de la colonia que un huracán golpea la isla y la gente, que detesta al gobernador, ha dicho que todo se debe a la mala suerte que trajo consigo. Lo cierto es que Lynch sigue tan desacertado como siempre. Hace dos meses ordenó la captura de un par de capitanes jóvenes, uno francés y otro inglés, a quienes acusó de piratería. Sometidos a un juicio apresurado fueron condenados a muerte y sus cuerpos putrefactos todavía están expuestos en el patíbulo de Port Royal. Como podrás imaginarte, con ello consiguió alejar aún más a los corsarios de Jamaica que, según me dice Robert, hoy se encuentra totalmente indefensa frente a cualquier ataque de los holandeses o de los españoles. Parece que la enfermedad que aqueja a Lynch, gota según se dice, se ha agravado y ya casi no puede caminar. Son pocos los que no coinciden en que nombrarlo como gobernador fue un gran desacierto del rey, pero aunque sus aliados comerciantes controlan ampliamente el Consejo no han logrado desalentar la actividad de los agricultores que cada vez cultivan más terreno en la isla.

Me duele darte la triste noticia de que hace un mes murió Nero. No ha habido perro más fiel; aquí todos lo extrañamos mucho, comenzando por Eusebio, de quien no se separaba después de tu partida. Con nosotros quedó uno de sus cachorros, César, tan parecido a él que te será difícil diferenciarlos.

Esto es todo por hoy, Henry. No dejes de cuidarte, escríbeme cada vez que puedas y recuerda que el exceso de ron te hace mucho daño.

Con todo mi amor,

MARY ELIZABETH

Los londinenses abrieron sus puertas a Henry Morgan como si hubieran estado esperando la llegada de un héroe que rompiera el aburrimiento de sus predecibles vidas. La leyenda de sus proezas circulaba por igual en los salones de la nobleza y en los bares de los barrios populares. Todos querían escuchar de labios de aquel galés alto, esbelto y de piel bronceada, de qué manera había sometido las cuatro fortalezas de Portobelo; qué estratagema había utilizado para escapar del lago de Maracaibo destruyendo, de paso, la gran Armada Española de Barlovento, y, sobre todo, cómo había logrado cruzar del Caribe al Mar del Sur, venciendo junglas y pantanos inexpugnables, para finalmente conquistar Panamá, orgullo del imperio español en América. Aquellos que coincidían con él, ya fuera en alguna taberna cercana al mercado o en la mansión de algún miembro de la realeza, competían por conocer cada detalle de sus hazañas y Henry, que era un buen narrador, evocaba sus recuerdos con soltura, picardía y algo de exageración. Para entonces, se hacía vestir por los mejores sastres londinenses con telas de colores llamativos y cubría su cabeza con pelucas oscuras, largas y rizadas. Su popularidad no pasaba inadvertida al rey ni a sus ministros, que en silencio se felicitaban por no haberlo enviado a la Torre de

Londres. Fue precisamente esa popularidad la que motivó que la Corona reconsiderara el caso de Modyford y sus jueces decidieran dejarlo en libertad sin siquiera llevarlo a juicio. El conde de Molina escribió entonces largas cartas a Madrid dando cuenta de su preocupación por el cambio de actitud de la Corona inglesa hacia los responsables de la destrucción y el saqueo de Panamá.

El exlíder de la Hermandad de la Costa habitaba ahora en la casa del poderoso duque de Albemarle, en el exclusivo barrio de Chelsea, y derrochaba ingentes sumas de dinero que iban a incrementar considerablemente las ganancias de los propietarios de bares y burdeles del bajo Londres.

8 de abril de 1673

Mi queridísima Elizabeth:

Ayer, finalmente, recibí tu carta tan esperada y me apresuro a escribirte porque sé que pasarán otros tres o cuatro meses antes de que recibas esta.

El invierno de Londres, que recién acaba de terminar, es mucho peor de lo que hubiera podido imaginar. El frío, como si fuera agua, se cuela por todas partes y no hay abrigos ni hogueras que logren aplacarlo. A pesar de que todavía no acabo de recuperar la buena salud de que un día disfruté, y creo que ya nunca lo lograré, la primavera llegó sin que hubiera vuelto a enfermarme. Los árboles, desnudos durante tres meses, comienzan a llenarse de hojas, y el clima se vuelve más tolerable. No te he contado que en Londres abundan los parques para que los vecinos, que viven amontonados en calles y casas estrechas, puedan salir a respirar aire puro. Es de las pocas cosas buenas que puedo contar de por acá.

Desde hace tres meses habito en casa de Christopher, el joven duque, que insistió tanto en que me mudara con él que seguir rechazando su invitación lo hubiera ofendido. Dispongo de una habitación enorme, con dos chimeneas, y con un gran escritorio desde el que ahora te escribo. Debo decirte que durante el poco tiempo que llevo en Londres me he convertido en una celebridad. Cada semana acudo por lo menos a una fiesta de la nobleza donde me hacen relatar, una y otra vez, mis aventuras como corsario y líder de los bucaneros. Es como si la incertidumbre y el aburrimiento que prevalecen aquí los impulsara a buscar héroes y yo les he caído en gracia para desempeñar el papel. Por otra parte, Christopher me ha asegurado que pronto el rey me hará llamar a consulta sobre la presencia inglesa en Jamaica y el resto del Caribe. Parece que las cosas con España vuelven a complicarse ahora que Francia también le ha declarado la guerra a Holanda o las Provincias Unidas, como las llaman acá. Según me cuenta el duque, la paz con España ya no es tan necesaria, amén de que el Lord del Almirantazgo ha venido recibiendo noticias que indican que a pesar del tratado de paz, la Corona española está expidiendo patentes de corso a sus capitanes para atacar posesiones holandesas e inglesas. Como ves, las cosas se perfilan mejor. La gran noticia es que liberaron a Modyford de la prisión, según muchos por la gran aceptación que han tenido en el pueblo nuestras acciones contra España, especialmente la toma de Panamá. Thomas y yo nos vemos todas las semanas y dice que tan pronto termine de arreglar sus asuntos judiciales se embarcará de vuelta a Jamaica. Y hablando de temas judiciales, en una fiesta que en mi honor dio el duque conocí a John Greene, uno de los más prestigiosos abogados londinenses. Lo he contratado para que me represente en cualquier diligencia que hubiera que hacer por acá. A raíz de esto se ha convertido, igual que Christopher, en un amigo entrañable.

Aquí la moda es ir al teatro y a la ópera. Los Greene, John y su esposa Claire, me llevaron hace dos semanas a ver una obra de William Shakespeare, autor de moda que causa sensación por estos lares. Dos horas de total aburrimiento que me hicieron prometerme a mí mismo que nunca más me someteré a semejante tortura. Pero si el teatro fue una tortura, la ópera, a la que fui invitado por Christopher y su esposa Elizabeth, fue un verdadero suplicio. Era una obra de teatro, pero los personajes en vez de hablar se gritaban a pleno pulmón con música de fondo. Parece que a los londinenses les gusta sufrir.

Sigo sin saber de mis padres, ni de mi hermana, ni del primo Thomas. Mi condición oficial de prisionero, que todavía no ha sido revocada oficialmente, no me permite abandonar la ciudad y he vuelto a escribirles pensando que tal vez la primera carta se extravió. Triste lo de Nero pero alentador lo de su cachorro. Espero regresar a tiempo de que pueda aceptarme como el nuevo amo. No dejes de escribirme tan pronto recibas esta y no te preocupes por el ron, que aunque lo sigo consumiendo lo hago con el autodominio que exige mi nueva calidad de héroe.

Espero haberte hecho reír y me despido con un gran beso,

HENRY

* * *

12 de agosto de 1673

Mi queridísimo Henry:

¡Por fin otra carta tuya! Me alegro de que, después de todo, no la estés pasando mal en Londres. Pareciera que allá sí saben apreciar lo mucho que has contribuido al bienestar de Jamaica.

Por acá, como te habrás enterado por Robert, quien me reclama haberte escrito una larga carta sin recibir respuesta, Lynch sigue empeñado en perseguir a los corsarios, especialmente si tienen algo que ver contigo. Mantiene constantes enfrentamientos con la Asamblea que le niega todas sus peticiones de fondos. Como quiera que hasta sus propios aliados comerciantes le han dado la espalda, lo que ha hecho es disolverla y ahora gobierna sin consultar con nadie, como si fuera el rey. La medida le ha salido cara porque ha tenido que invertir sus propios recursos en la construcción de una nueva fortaleza que, a falta de corsarios, ayude a rechazar cualquier invasión de los españoles o de los holandeses, que es la que más se teme.

Lo más grave para nosotros en Jamaica, según me cuenta Robert, es que los barcos españoles, con patentes de corso de sus gobernadores, han intensificado el ataque a los mercantes ingleses, lo que significa que ellos no respetan la paz que le han impuesto a Inglaterra. El panorama del Caribe se ha complicado aún más porque ahora los franceses también están atacando a los holandeses. Ya no sabemos quién es enemigo de quién; lo único que yo sé es que ningún país es amigo de otro mientras haya intereses conflictivos de por medio y parece que siempre los hay.

La buena noticia es que Charles se ha incorporado de lleno a la administración de las plantaciones. Son pocos los viajes que hace a Port Royal y debo decir que, aunque todavía le gusta compartir rones con sus amigos, lo hace más prudentemente. Lo que no he logrado es que se enamore de alguna de las buenas muchachas de por acá. Hay una en especial, la hija del vecino Preston, el que tiene una gran siembra de caña, a quien quisiera que cortejase, pero él se rehúsa a adquirir compromisos serios. Ya veremos. Ojalá sepas pronto de tus padres. De tu última carta intuyo que falta poco para que regreses y no quisiera que dejaras Inglaterra sin haberlos visto o por lo menos sabido de ellos. Por tus gastos no te preocupes mucho que las haciendas están teniendo un año excelente. Imagino que la calidad de héroe conlleva importantes inversiones en vestuario y juergas. ¿Te hice reír?

Te abrazo con mucho amor,

ELIZABETH

La guerra entre Inglaterra y Holanda parecía no tener fin, y el rey y los miembros de su gabinete comenzaban a preocuparse seriamente por la suerte de sus colonias en el Caribe, en especial por Jamaica, cuyo comercio con Londres iba en aumento año tras año. Para la Corona ahora resultaba evidente que la designación de sir Thomas Lynch no había sido la mejor. Las noticias que llegaban de la isla daban fe de la incertidumbre que allí prevalecía debido al carácter temperamental del gobernador, quien no parecía llevarse bien con nadie. Luego de mucho meditarlo, y atendiendo los constantes consejos del duque de Albemarle, el rey ordenó al Secretario de Estado, lord Arlington, solicitar a Henry Morgan una evaluación de la situación en el Caribe y recomendaciones para la mejor defensa de las posesiones inglesas en esa lejana región. Henry, que estimulado por Albemarle llevaba meses trabajando en ello, envió su memorándum dos semanas después, lo que impresionó muy favorablemente tanto a lord Arlington, como al rey, no sólo por la eficiencia con la que había cumplido la solicitud sino, sobre todo, por el contenido sobrio y objetivo del documento, que demostraba la amplia experiencia del almirante Morgan en la región. Por primera vez el rey comprendió a cabalidad el papel desempeñado por los corsarios en beneficio de Jamaica y la habilidad demostrada por el exgobernador Modyford al haber sabido utilizarlos con gran sentido de equilibrio y prudencia. El informe hablaba también del balance de fuerzas entre españoles, ingleses y holandeses en el Caribe; la necesidad de enviar una fragata y artillería suficiente para convertir en navíos de guerra seis barcos mercantes y de reforzar las defensas terrestres y marítimas de la isla; la manifiesta hipocresía de la Corona española que mientras fingía negociar un tratado de paz en Londres atacaba los navíos y posesiones inglesas en el Caribe; lo inadecuado que había resultado el nombramiento de sir Thomas Lynch como gobernador, puesto que su principal interés se concretaba en el comercio de esclavos, realidad que lo colocaba en una situación permanente de conflicto con los agricultores, de cuya actividad dependían las exportaciones y, por ende, la prosperidad económica de

Jamaica. Después de leer el informe de Henry, el rey le ordenó a lord Arlington que lo convocara a una audiencia privada.

El 12 de enero de 1674, sobriamente vestido, Henry acudió a su cita con Carlos II, rey de los ingleses. El Whitehall Palace lo deslumbró por lo inmenso de sus espacios y por el lujo con el que estaban decoradas sus salas. El rey lo recibió en su estudio privado, acompañado únicamente por Henry Bennett, exembajador en Madrid, Secretario de Estado, primer lord Arlington y defensor a ultranza de una relación armoniosa con España. Después de los saludos protocolares, el rey se sentó en la poltrona que hacía las veces de trono y con un gesto de la mano invitó a Henry a ocupar una de las sillas frente a él. La otra la ocupó lord Arlington, que, ante una señal del monarca, inició la reunión.

—Almirante Morgan, ¿ratificáis en el contenido del memorándum que habéis enviado a mi atención? —lord Arlington hablaba pausadamente, casi con desgano.

—Por supuesto que sí, lord Arlington.

—¿Estáis consciente de que actualmente mantenemos una guerra con Holanda y de que la amistad de España es necesaria para poder dedicar todos nuestros recursos a esa guerra?

Henry dudó un momento. No sabía si el protocolo exigía no contradecir al Secretario de Estado frente al rey o si le era permitido hablar con libertad. Se decidió por lo último.

—Estoy consciente, mi lord. Si me lo permitís, quisiera ser más explícito.

Con un gesto de la mano, lord Arlington lo invitó a continuar. El rey se mantenía como un mero observador.

—Comprendo que lo que ocurre en Europa es mucho más importante para Inglaterra que lo que pueda suceder en el Caribe, donde vivimos una realidad distinta de la de aquí —Henry medía cuidadosamente sus palabras—. La Corona, sin embargo, ha decidido brindar apoyo a la colonia que hemos establecido en Jamaica porque sin duda aprecia la necesidad de contar con nuevos mercados que ayuden a la prosperidad del reino. Existen otras posesiones en el Caribe, como Barbados, que también sirven el mismo propósito y no se me escapa que en la América del Norte estamos desarrollando un proceso colonial ambicioso al que también debemos apoyar. Para cualquiera que respire el aire del mar Caribe resulta claro que el verdadero enemigo de Inglaterra es el imperio español. Lo ha sido antes y lo seguirá siendo mientras mantenga un monopolio comercial sobre sus muy vastas colonias. A pesar de que hace tres años se firmó el tratado de paz con España, todavía no hemos logrado que los puertos españoles del Caribe acepten intercambios comerciales con nosotros. Holanda, que busca establecer colonias en África y que posee algunas en el Caribe, es, en mi humilde opinión, un enemigo coyuntural, del momento. Estoy seguro de que, puesto que somos más poderosos que ellos, apenas se lo propongamos aceptarían firmar la paz y comerciar con nosotros. Lord Arlington hizo un gesto con la mano, como si estuviera cansado de oír la misma historia.

—Esa discusión ya la tuvimos a nivel del gabinete de Su Real Majestad…

—Dejad hablar al almirante Morgan —cortó el rey.

El Secretario de Estado hizo un gesto de disgusto y Henry continuó, más animado.

—Si queremos vivir en paz debemos prepararnos mejor para hacer la guerra, con España, con Holanda o con quien sea. Hasta ahora Jamaica ha dependido totalmente de corsarios como yo para su defensa, y la forma como hemos desarrollado esa defensa es mediante el ataque al enemigo español, manteniéndolos a raya y evitando que emprendan acciones bélicas contra nosotros.

—¿Acaso la toma de Panamá entraba en ese esquema, almirante Morgan? —preguntó, sarcástico, lord Arlington.

—La toma de Panamá no solamente entraba en ese esquema, como vos preguntáis, sino que lo trascendía. Os explico, Su Majestad —Henry hablaba directamente al rey—. Panamá es el centro de acopio y distribución de la plata que proviene de las minas del sur. Esa plata es la que el imperio español convierte posteriormente en monedas para pagarles a sus soldados y a sus acreedores. Cortando el suministro de plata debilitamos al ejército enemigo. Y lo hemos logrado, por lo menos durante un tiempo. El próximo paso, si hubiéramos contado con el apoyo de la Corona, habría sido lanzar desde Panamá una ofensiva hacia el sur para arrebatarle a España gran parte de su imperio colonial.

—¿Y cómo lo habríais logrado si hubierais contado con nuestra ayuda? —preguntó Carlos II.

—Diez mil hombres y ocho fragatas era todo lo que necesitábamos, Su Majestad.

—Interesante concepto, pero debo reconocer que es la primera vez que lo escucho.

—Pero no es la primera vez que mis peticiones han sido ignoradas, Su Majestad.

—Tampoco yo lo había escuchado —intervino el Secretario de Estado— probablemente porque cuando ocurrió lo de Panamá, que no solamente tomó por sorpresa a los españoles sino también a nosotros, no disponíamos de los recursos necesarios para semejante empresa. Cambiando de tema, almirante Morgan, si dependiera de vos, ¿cómo haríais para construir nuevas defensas en Jamaica, tal como recomendáis, en caso de que la Corona no pudiera aportar dineros para ese propósito?

—Obligando a todos los propietarios de la isla a aportar la décima parte de sus esclavos como mano de obra y creando un impuesto transitorio a los comerciantes para adquirir los materiales.

La respuesta fue tan rápida y directa que el rey y lord Arlington quedaron impresionados. Luego el rey miró a su Secretario de Estado, esbozó una breve sonrisa e inclinó la cabeza.

—Gracias, almirante. La entrevista ha terminado por hoy —anunció lord Arlington—. Próximamente oiréis de mí.

Henry salió del palacio de Whitehall ignorando si la reunión había ido bien o mal. En la casa ducal, después de escuchar el relato pormenorizado de la entrevista, Albemarle preguntó:

—¿Se mencionó el tema de tu condición de prisionero de Estado?

—No, no surgió y no me atreví a preguntar.

—Entonces, mi amigo, ¡tres veces hurra! El rey no puede aceptar que se equivocó al ordenar tu arresto, pero el hecho de no haberlo mencionado es una clara indicación de que el tema está superado y eres un hombre libre. No me extrañaría que muy pronto te enviaran de vuelta a Jamaica con el cargo de gobernador.

Pero en Londres, y muy especialmente en la corte, los asuntos de Estado llevaban un ritmo muy lento, sobre todo para hombres como Henry, acostumbrados a la acción inmediata. Pasaron varios meses durante los cuales nada supo de lord Arlington y por más que el duque intentaba calmarlo, Henry, desesperado por regresar a Jamaica, comenzaba a sentirse como fiera enjaulada.

A la mañana siguiente de una de sus frecuentes escapadas, el mayordomo le informó a Henry que un señor había preguntado por él la noche anterior.

—Se identificó como vuestro padre —dijo el mayordomo— y os dejó esta nota.

«Recibí tu carta. Estoy en la pensión Los Peregrinos, de la calle Portugal. Robert Morgan.»

Henry se dirigió enseguida a la pensión donde, sentado en el desayunador, encontró a un señor de cabello blanco, quien al verlo se levantó y comenzó a caminar hacia él. Aquel anciano, encorvado y de piel arrugada, ¿era su progenitor? Hasta que no lo tuvo muy cerca no pudo reconocerlo.

—¡Padre! Cuánto me alegro de que recibierais mi carta. ¿Y mi madre, y mi hermana?

—Tu hermana Catherine murió hace más de diez años. Regresó del continente a Llanrumney muy enferma del pecho y no duró más de un mes. Aunque no nos contó casi nada, creo que su vida allá fue tormentosa y difícil —Robert bajó la cabeza por un instante y cuando volvió a levantarla su mirada reflejaba una profunda tristeza—. Tu madre murió hace tres inviernos. Sus últimos pensamientos fueron para ti. Ella conocía tu fama y me hizo prometer que te buscaría para aconsejarte que dejaras la guerra y el mar.

Ambos se abrazaron y volvieron a separarse, escudriñándose todavía.

—No necesito ver la expresión de tu rostro para saber que he envejecido —dijo Robert—. Tú, en cambio, pareces todo un señor.

—Si mi madre viviera podríais decirle que hace justamente tres años renuncié a la guerra y al mar. Aquí me enviaron como prisionero de Estado por razones políticas que sería largo explicar…

—La destrucción de Panamá —interrumpió Robert.

—En supuesta violación de un tratado de paz cuya existencia desconocía —aclaró Henry, sorprendido de que su padre conociera lo de Panamá—. El asunto es que hace poco acudí a una audiencia ante el rey y no solamente he sido perdonado sino que en las altas esferas se rumora insistentemente que seré nombrado gobernador de Jamaica.

Robert tomó a su hijo del brazo y lo llevó a una pequeña sala que hacía las veces de recibidor.

—Ven, siéntate y cuéntame. ¿Te casaste o tu vida azarosa te lo ha impedido?

Henry rio de buena gana.

—¿Recordáis a Mary Elizabeth, la mayor de las hijas de vuestro hermano Edward? La conocisteis de pequeña, en Tredegar House, y luego en Glamorgan, cuando el tío vino al mando de las tropas reales.

—Recuerdo, ¿cómo olvidarlo?, aquel viaje a la casa de los parientes ricos de Tredegar, pero me temo que no recuerdo a las hijas de Edward.

—Pues bien, el destino quiso que el tío Edward fuese nombrado vicegobernador de Jamaica y hace diez años llegó allá con toda la familia. Yo me casé con Mary Elizabeth.

—¡Quién lo hubiera pensado! ¿Y mi hermano?

—Murió en una isla del Caribe, combatiendo contra los holandeses. ¿Y el tío Thomas?

—Después de la restauración de Carlos II se lo tragó la tierra. Nadie ha vuelto a saber de él, pero seguro sigue combatiendo en alguna parte del continente. Lo de él es la guerra, no importa contra quién ni en favor de quién.

Padre e hijo conversaron durante horas. Mientras Henry ganaba fama y dinero asaltando posesiones españolas, Robert seguía criando ovejas y produciendo quesos y hortalizas en Llanrumney.

—Dos peones me ayudan en las faenas de la finca. Tienen instrucciones de enterrarme al lado de tu madre, en la colina que está justo detrás de la cabaña. ¿Recuerdas? Allá solías ir en las tardes con tu perro en busca de las últimas ovejas rezagadas —Robert se quedó pensativo—. Eres mi único heredero así es que Llanrumney, por lo que pueda valer, será tuya.

—Mi otra Llanrumney, padre. En Jamaica Elizabeth y yo tenemos una hacienda que también lleva ese nombre.

Robert sonrió brevemente y quiso saber si antes de regresar a Jamaica Henry tendría tiempo de volver a Gales.

—Quisiera, pero estoy sujeto a lo que disponga el rey y debo permanecer aquí aguardando su decisión. ¿Por qué no os venís conmigo a Jamaica?

Robert miró a su hijo con nostalgia y negó con un leve movimiento de cabeza.

Aunque genuinamente contentos de volver a encontrarse, padre e hijo sabían que sus vidas habían tomado caminos muy distintos, imposibles de volver a juntarse. Robert ni siquiera quiso permanecer en Londres un día más.

—No soporto ni el clima, ni la aglomeración ni mucho menos el ruido infernal que parece surgir en cada rincón de la ciudad. Lo que más extraño de Llanrumney es el silencio que me permite escuchar el balido de las ovejas, el ladrido de los perros y el canto de las aves. Espero que en tu vejez puedas gozar del mismo sosiego.

Padre e hijo se despidieron con la tristeza estéril de quienes, a pesar de quererse, saben que nunca volverán a verse.

La primera noticia después de su audiencia real le llegó a Henry a principios del invierno de 1674 de labios del duque de Albemarle, quien le contó que lord Arlington había informado al Comité de Comercio y Agricultura la destitución de sir Thomas Lynch como gobernador de Jamaica y la designación de Edward Howard, conde de Carlisle, para ocupar el cargo. El de vicegobernador había recaído en Henry Morgan.

—Conozco muy bien a Carlisle —había dicho el duque—. Estará contento de delegar en ti toda la autoridad que pueda.

Esa noche los amigos recorrieron los bares de Londres celebrando el futuro retorno de Henry a Jamaica. Sin embargo, trascurriría un mes antes de que el nuevo vicegobernador recibiera su designación oficial. En ella se le nombraba, además, comandante en jefe de la isla «con todos los poderes, dignidades y emolumentos inherentes a su cargo, aparte de los que ejercerá en caso de ausencia del gobernador». El resto de sus instrucciones dejaban entrever que la Corona sabía que el gobernador no estaría mucho tiempo en Jamaica y quería asegurarse de que su suplente contara con los poderes necesarios para desempeñar sus funciones.

La felicidad de Henry disminuyó cuando Carlisle, por razones de salud, declinó el nombramiento de gobernador y en su lugar fue designado lord John Vaughan.

—De ese tendrás que cuidarte —le advirtió enseguida Albemarle—. Es un noble gordo y pedante, que se vanagloria de ser escritor, hijo de un viejo y leal realista a quien Carlos II ha querido distinguir. Después de la muerte de su padre, Vaughan ha comenzado a disfrutar de su herencia y a hacer alarde de sus cargos y títulos. No me extrañaría que el rey lo esté enviando a Jamaica porque ya no aguanta su petulancia.

Pero ahora las contrariedades llegaban acompañadas de buenas noticias y Henry se enteró, complacido, de que Thomas Modyford había sido nombrado jefe de magistrados de Jamaica. Ambos amigos se reunieron para festejar su retorno al escenario político de la isla y, entre otras cosas, acordaron emprender juntos el viaje de regreso.

32

Londres, Jamaica, 1674

En noviembre de 1674 llegó a Jamaica la noticia del nombramiento de lord Vaughan como nuevo gobernador, de Henry Morgan como su suplente y Thomas Modyford como jefe de magistrados. Lynch, que sabía que la hora de su destitución era inminente, se dedicó enseguida a complotar en contra de su viejo enemigo. Comenzaría por tratar de ganarse la confianza del gobernador entrante para después procurar indisponerlo contra el exlíder de la Hermandad de la Costa, nombre sonoro, según pregonaba Lynch, con el que los piratas, bucaneros y filibusteros pretendían esconder la mala índole de sus acciones.

En Londres las buenas noticias seguían sucediéndose y en diciembre de 1674, dos años y medio después de que Henry saliera de Jamaica rumbo a la cárcel, el rey volvió a llamarlo a una audiencia privada. Para entonces lord Arlington, quien todavía insistía en promover las buenas relaciones con España, había dejado el cargo de Secretario de Estado, que ahora ocupaba Joseph Williamson, cuyo único interés era promover el bienestar del reino. Henry fue recibido en el deslumbrante salón del trono donde, en una ceremonia celebrada en presencia de los ministros, de las autoridades civiles y eclesiásticas y de algunos nobles, entre los que se contaba el duque de Albemarle, el rey lo distinguió con el título de sir.

—El honor se le confiere —había leído el jefe de protocolo— en atención al cargo de gran responsabilidad que próximamente ocupará en la colonia inglesa de Jamaica y como reconocimiento a los valiosos servicios prestados a Inglaterra y a la Corona.

Mientras Carlos II lo tocaba en ambos hombros con su espada, Henry, de rodillas frente al monarca, pensaba en cómo llevaría el título Mary Elizabeth. *Lady Mary Elizabeth* le parecía demasiado largo y *lady Mary* muy común. «La llamaré *dame Elizabeth*», decidió, mientras escuchaba al monarca decir:

—Levantaos, sir Henry.

Plenamente consciente de la popularidad de su suplente en la corte, entre el populacho de Londres, pero sobre todo en Jamaica, lord Vaughan invitó a Henry a una reunión con el pretexto de planificar el viaje. Como irían en navíos diferentes, el gobernador en la fragata *Foresight* y Henry en el *Jamaica Merchant*, el primero entregó a Henry instrucciones escritas destinadas a asegurar que ambas naves arribarían a Port Royal al mismo tiempo. «El capitán del *Jamaica Merchant* —había escrito lord Vaughan— recibirá instrucciones precisas del gobernador suplente de no separarse del *Foresight,* salvo que el mal tiempo obligue a ello, en cuyo caso, pasada la calamidad, volverá a unírsele para continuar juntos el viaje. En caso de que por circunstancias imprevisibles el gobernador suplente arribare a Jamaica antes que el principal, aquel se abstendrá de tomar decisiones que de otra manera correspondería tomar a quien ejerce el cargo de gobernador.» Henry recibió sus instrucciones sin objetarlas y se limitó a informar a lord Vaughan que el nuevo jefe de magistrados, Thomas Modyford, iría también con él a bordo del *Jamaica Merchant*.

—¿No creéis, lord Vaughan —había añadido— que resulta una feliz coincidencia que el exgobernador regresará a Jamaica como jefe de magistrados en el mismo navío que lo trajo a Londres como prisionero de Estado?

Vaughan enarcó las cejas sin responder.

En realidad, Henry daba por descontado que la fragata de lord Vaughan llegaría a Port Royal mucho antes que el pequeño mercante que los transportaría a él y a Modyford. De todas formas, transmitió a su capitán, Joseph Knapman, las instrucciones del gobernador. El día señalado para la salida, el *Jamaica Merchant* levó anclas seis horas después del *Foresight*.

Al día siguiente no había señales del navío que conducía a lord Vaughan.

—Pareciera que es el gobernador quien quiere eludirnos —comentó el capitán Knapman.

Dos días después encontraron un pequeño convoy de naves mercantes que iban rumbo a Jamaica, y Henry sugirió al capitán unírseles. Así navegaron durante casi un mes hasta que un mar tempestuoso dispersó las embarcaciones. A mediados de febrero divisaron la costa de La Española y comenzaron a bordear el sur de la isla para continuar en línea recta hasta Jamaica. Henry, que conocía muy bien aquellos parajes, pidió a Knapman mantener la embarcación alejada de la costa, especialmente al pasar por Isla de la Vaca, donde los arrecifes penetraban más en el mar, pero el capitán, cuyo amor propio lo impulsaba a llegar a su destino antes que el *Foresight*, mantuvo el rumbo. Al amanecer del 22 de febrero los tripulantes y pasajeros del *Jamaica Merchant* sintieron una fuerte sacudida y un ruido desgarrador. Henry y Modyford subieron enseguida a cubierta donde se encontraron al capitán tratando de determinar la gravedad del daño.

—Encallamos —se limitó a decir.

A Henry le bastó un vistazo al casco para comprender que naufragarían y ordenó bajar enseguida los botes.

—Pero ni siquiera sabemos dónde estamos —protestó Knapman.

—Yo sí sé. Estamos a dos leguas de Isla de la Vaca. No os alejasteis como os sugerí.

Dos horas después, vapuleado por el oleaje contra los arrecifes, el *Jamaica Merchant* se inclinó sobre un costado y se hundió. Ninguna vida se había perdido pero sí los cañones y demás implementos bélicos que había solicitado Henry al Secretario de Estado Williamson para reforzar las defensas de la isla.

—Esta es la tercera vez que naufrago —comentó Henry a Modyford en el bote que los conducía a Isla de la Vaca—. Parece que mi buena estrella parpadea.

—Aunque todas las estrellas parpadean, Henry, nunca se apagan del todo. El problema ahora es cómo llegar a Port Royal.

—Esta ruta es muy frecuentada por los corsarios y alguno nos recogerá. Pero estrenarse como vicegobernador y comandante de la plaza perdiendo el armamento no es la mejor forma de iniciar una nueva carrera.

Dos días después del naufragio, atraído por la humareda que salía de la gran fogata encendida por los tripulantes del *Jamaica Merchant*, se aproximó a la costa una embarcación de regular tamaño de la cual bajaron dos botes. Del primero que llegó a la playa descendió el capitán Thomas Rogers, uno de los treinta y ocho que habían acompañado a Henry en la aventura de Panamá.

—Almirante Morgan, ¿os escapasteis de la Torre de Londres? —preguntó Roger al reconocer a Henry.

—Capitán Roger, cuánto me alegro de veros. Aunque vengo de Londres nunca estuve prisionero ni en la Torre ni en ninguna otra parte. Nuestro navío encalló en los arrecifes y debo llegar cuanto antes a Jamaica, donde he sido designado vicegobernador y jefe militar de la plaza.

—Es la mejor noticia que he oído desde que saqueamos Panamá —exclamó Rogers—. Mi bote es vuestro, almirante.

—¿Todavía comandáis el *Gift*?

—Ha sido mi único barco y yo su único capitán.

El 8 de marzo entró el *Gift* en la bahía de Jamaica. Roger había izado la bandera inglesa después de arriar la francesa, bajo la cual navegaba en virtud de una patente de corso otorgada por el gobernador de Tortuga. La noticia del regreso de Henry con el cargo de vicegobernador y de Modyford como jefe de magistrados corrió por las calles, los bares y prostíbulos de Port Royal dando inicio a una celebración espontánea. Al enterarse de que lord Vaughan no había llegado aún a Jamaica, Henry convocó para el día siguiente una reunión urgente del Consejo, asegurándose de que el gobernador en ejercicio, sir Thomas Lynch, fuera debidamente notificado. Despachó luego un mensajero a Port María para que avisaran a Elizabeth que llegaría a casa en dos o tres días. Esa noche, en contra de su vieja costumbre, se despidió temprano de los amigos de farra.

A la mañana siguiente se inició la sesión del Consejo bajo la presidencia de Lynch. Inmediatamente, Henry pidió la palabra e hizo que el secretario leyera la destitución de sir Thomas Lynch, el nombramiento de lord Vaughan como gobernador, el suyo como vicegobernador y el de Thomas Modyford como jefe de magistrados. Luego se leyó el decreto real que designaba a Henry sir del imperio británico y Lynch, quien ignoraba que el rey había otorgado a Henry la misma distinción que a él, recibió la noticia como una bofetada. «¡Tener que dirigirse a un pirata con el título de sir!» Concluidas las lecturas, entregó a Henry el sello del gobernador y abandonó el recinto. Después de clausurar la sesión y temeroso de que las noticias llegaran a oídos de Elizabeth antes que él, Henry partió a caballo para Port María, donde llegó al final de la tarde. Quería ver la expresión del rostro de su esposa cuando le informara que de ahora en adelante llevaría el título de lady. Tan pronto Henry bajó del caballo, Elizabeth se prendió de su cuello.

—Prométeme que nunca más te irás —dijo, reprimiendo las lágrimas.

—Jamás volveré a separarme de ti, mucho menos ahora que llevas un título honorífico.

Elizabeth lo miró, extrañada.

—¿De qué hablas?

—De que por disposición del rey yo soy ahora sir Henry y tú lady Morgan. Aunque, pensándolo bien, he decidido llamarte *dame Elizabeth*.

—¿Bromeas, Henry? —preguntó ella, incrédula.

—No, el título vino con el nombramiento de vicegobernador.

—Oh, Henry, oh Henry y tú que te quejabas de que tu buena estrella te había abandonado. ¿Me quieres contar todo antes o después de hacer el amor?

—Después, por supuesto. Será la primera vez, aunque espero que no la última, que me acuesto con una lady.

El regreso de Henry causó furor en Jamaica, sobre todo entre los agricultores, quienes presentían la llegada de días mejores. Aprovechando la buena acogida, y cumpliendo su recomendación al rey, Henry comenzó a organizar la construcción de una nueva fortaleza y una nueva batería, para lo cual pidió a hacendados y comerciantes que le permitieran disponer temporalmente del diez por ciento de sus esclavos y aceptaran pagar, además, un impuesto especial, también del diez por ciento, sobre sus ventas o exportaciones. Como quiera que en la isla se temía desde hacía meses ataques de los holandeses o de los españoles, estos últimos convertidos ahora en corsarios y agrupados bajo el apodo de *los Vizcaínos*, no hubo mayor oposición al requerimiento.

Una semana después entró en la bahía de Port Royal el *Foresight*, y Henry acudió a recibir a lord Vaughan con una delegación de las principales autoridades de la isla, entre ellos Modyford. La cara de disgusto del nuevo gobernador al encontrarlo en el muelle no pasó inadvertida a Henry, quien camino de la Casa del Rey informó a Vaughan de todas las vicisitudes de su viaje, incluido el naufragio del *Jamaica Merchant*.

—Cuando finalmente pude llegar esperaba que vosotros estaríais ya en Jamaica —concluyó Henry.

—Mi capitán decidió escoger una ruta más larga y segura para no incomodarme —masculló Vaughan—. Por lo menos espero que hayáis cumplido mis instrucciones.

—Así es, lord Vaughan. Cité a una reunión del Consejo con el propósito de cumplir con la formalidad de notificar nuestros nombramientos y la destitución de sir Thomas Lynch. Además, cumpliendo lo prometido a Su Majestad, he iniciado el reclutamiento de esclavos y el cobro de un impuesto especial para adquirir los materiales de la nueva fortaleza y de la batería de cañones.

—Ignoraba que construiríamos nuevas fortalezas —el tono de Vaughan seguía siendo hostil.

—En el Caribe todavía mantenemos una situación de guerra con Holanda, lord Vaughan. Además, a pesar de la paz con España, navíos españoles, con patentes de corso expedidas por los gobernadores del Caribe, están atacando embarcaciones inglesas. Se hacen llamar *los Vizcaínos* y se autoproclaman Nueva Hermandad de los Mares.

—Bien, Morgan, ya veremos. Tal como os indiqué en mis instrucciones escritas, es mejor que desde el inicio de nuestro gobierno sepáis que vuestra función se limita a reemplazarme en mis ausencias.

—Os recuerdo que el rey también me designó comandante de la plaza.

—Eso ya lo sé y espero que os dediquéis a ello.

Después del primer intercambio con lord Vaughan, Henry comenzó a preguntarse si no habría sido mejor continuar con Lynch como gobernador. Con este, por lo menos, sabía qué esperar; con Vaughan había que adivinar qué intereses motivaban sus actuaciones.

La primera iniciativa del nuevo gobernador fue exigir de Lynch una rendición de cuentas. Las arcas estaban vacías y no había constancia clara de dónde habían ido a parar los fondos. Lynch pidió un mes para poner al día los registros, periodo durante el cual logró convencer a Vaughan de que sus verdaderos enemigos eran los corsarios, quienes todavía obedecían las directrices de su exlíder, Henry Morgan, sobre todo ahora que este ocupaba un cargo importante dentro de la isla. Celoso de la indiscutible popularidad de Morgan, Vaughan se olvidó de las cuentas de Lynch e inició una mal disimulada persecución contra el vicegobernador. El asunto se le facilitaba porque, enterados del regreso de su líder, los corsarios comenzaban a llegar nuevamente a Port Royal, en cuyos bares y prostíbulos volvía a circular el dinero producto de sus asaltos a galeones y posesiones españolas y holandesas con patentes de corso otorgadas por el gobernador francés de Tortuga. Deseoso de volver a compartir recuerdos con sus amigos, Henry viajaba a menudo a Port Royal, no obstante los esfuerzos de Mary Elizabeth por retenerlo en Port María.

Preocupado por el renovado compañerismo entre el vicegobernador y sus antiguos camaradas de armas, Vaughan escribió una larga carta al Secretario de Estado denunciando el mal comportamiento y pésimo ejemplo de su subordinado y advirtiendo que el nombramiento del excorsario en el cargo de vicegobernador había sido un error.

«Henry Morgan es un individuo más interesado en embriagarse con sus amigos en los sitios de mal vivir de Port Royal que en desempeñar el cargo que le ha encomendado la Corona.» La misiva concluía con la sugerencia del nombramiento de Lynch en su reemplazo.

Henry decidió ignorar el acoso de lord Vaughan y se dedicó a adquirir más plantaciones. Los corsarios, al verse perseguidos por el gobernador, volvieron a abandonar Port Royal, temerosos de correr la misma suerte de algunos de sus compañeros, quienes, sin mayor justificación, habían sido llevados al patíbulo por Lynch. La desventura de unos casi siempre conlleva la dicha de otros y Elizabeth agradeció en su fuero interno a lord Vaughan porque, idos sus compinches, Henry permanecía ahora más tiempo en Port María. Aunque seguía bebiendo, lo hacía bajo el ojo vigilante de su esposa.

Después de enviar varios informes a lord Williamson denunciando que Henry se empeñaba en invitar a los corsarios a Jamaica, y cansado de esperar en vano una respuesta, el gobernador Vaughan resolvió actuar por su cuenta. Reunió al Consejo de Jamaica y presentó una querella formal no solamente contra Henry sino también contra su cuñado, Robert Byndloss, acusándolos de mantener trato con los corsarios en contravención de sus órdenes expresas, que eran también las órdenes del rey. Henry, a pesar de su cargo, ni siquiera fue citado a la reunión, y el otro acusado, Byndloss, estuvo presente únicamente por ser miembro del Consejo. Con gran solemnidad y grandilocuencia Vaughan procedió a presentar varias cartas y testimonios que, según él, ofrecían suficiente evidencia del complot existente entre los acusados y los corsarios, quienes continuaban haciendo de las suyas amparados por patentes de corso emitidas en Tortuga. Luego de escuchar al gobernador, el Consejo, sin pronunciarse, envió el expediente a la consideración del Secretario de Estado en Londres. Puesto sobre aviso, Henry decidió salir del ostracismo y defenderse de la nueva acusación del gobernador. En su descargo demostró que los documentos presentados por Vaughan en el Consejo eran falsos y que los testimonios habían sido obtenidos con engaños, entre ellos, el más importante, el de Charles Barré, que en el pasado había servido como secretario privado de Henry. En Londres, el Lord del Almirantazgo y el Secretario de Estado no solamente no hicieron caso a las acusaciones de Vaughan sino que le ordenaron nombrar a sir Henry Morgan en el Consejo de Jamaica. Furioso, Vaughan recrudeció sus ataques contra los corsarios y ordenó el arresto del capitán John Deane, muy apreciado en Jamaica por pasadas actuaciones en favor de la colonia, cuyo navío, el *Saint Davis*, proveniente de Campeche con un cargamento de palo de tinte, acababa de anclar en la bahía de Port Royal. Desoyendo la opinión del jefe de magistrados, Vaughan sometió a Deane a un juicio sumario en el que actuó al mismo tiempo como acusador y juez. En menos de veinticuatro horas lo declaró culpable y lo condenó a morir en la horca. Era la segunda vez que Vaughan abusaba de su cargo enviando al patíbulo, sin cumplir el debido proceso, a excorsarios a los que acusaba de piratería. Cansado de las arbitrariedades de lord Vaughan, Henry elevó el asunto a la consideración del Secretario de Estado Williamson, al mismo tiempo que, con el apoyo de la población y de todos los gremios de la isla, incluido el de los comerciantes, inició una protesta general contra los desatinos del gobernador. Atemorizado, Vaughan suspendió la ejecución de la sentencia y poco tiempo después emitió un perdón en favor del capitán Deane. Pero el asunto ya había tomado vuelo en Londres, donde los ministros del rey acordaron sustituir al gobernador de Jamaica por haberse excedido en el ejercicio del cargo arrogándose facultades que al propio rey le estaban vedadas. Los primeros días de febrero de 1678, sin avisar ni despedirse de nadie, antes de que llegara al Consejo la noticia oficial de su remoción, lord John Vaughan se embarcó de vuelta para Inglaterra. Tiempo después se enterarían los jamaicanos de que en los registros inmobiliarios aparecía que al momento de su partida lord John Vaughan era el terrateniente más grande de Jamaica con más de siete mil acres de tierra ociosa. Lo seguían Thomas Modyford y Henry Morgan, cada uno con algo más de seis mil quinientos acres cultivados.

33

Jamaica, 1678-1684

Tan pronto llegó a Port María la noticia de la partida de Vaughan, Henry Morgan se trasladó a Spanish Town, reunió al Consejo y asumió nuevamente el cargo de gobernador. En Europa, Luis XIV había hecho saber al monarca inglés que Francia no veía con buenos ojos los esponsales de Guillermo, príncipe de Orange y estatúder de las Provincias del Norte de Holanda, con Mary, hija de James, duque de York y primero en la línea de sucesión al trono de Inglaterra por carecer de descendencia su hermano, el rey Carlos II. El monarca francés temía que la unión matrimonial llevara a una alianza de Inglaterra y Holanda contra Francia y comenzaba a trazar estrategias para contrarrestarla. Su primera medida fue enviar parte de su poderosa armada al Caribe con instrucciones de atacar las colonias holandesas e inglesas en caso de que estallara el conflicto. Enterado Henry, declaró la ley marcial, impuso restricciones a la navegación y aceleró la construcción de las nuevas fortalezas. Los jamaiquinos daban gracias porque en momentos de tanto peligro para la isla fuera sir Henry Morgan quien ocupara la silla de gobernador.

—No hay que olvidarse de los españoles —comentaba Henry en las reuniones del Consejo—. Es posible que con los franceses tengamos que librar una guerra abierta, pero los españoles seguirán aprovechándose de la paz para que sus navíos continúen atacando a los nuestros impunemente.

El rey, aconsejado principalmente por el duque de Abelmarle, decidió nombrar nuevamente para el cargo de gobernador al conde de Carlisle y le pidió trasladarse cuanto antes a Jamaica. Todavía sin recuperarse del último ataque de gota, este aceptó a regañadientes y se embarcó a mediados de abril de 1679, no sin antes advertir al Secretario de Estado su intención de apoyarse en Henry Morgan para gobernar la colonia, especialmente ahora que se temía una guerra con Francia.

—Es un militar probado en combate al que la gente quiere y respeta.

Edward Howard, conde de Carlisle, arribó a Jamaica a finales de julio y enseguida invitó a Henry a reunirse con él en Spanish Town. Muy diferente de lord Vaughan, el conde, quien entonces contaba cuarenta y nueve años, era un hombre afable y campechano que se preciaba de saber evitar malentendidos con sus interlocutores.

—Al fin nos conocemos, sir Henry —dijo Carlisle, a manera de saludo—, debo deciros que he escuchado hablar mucho de vos, sobre todo al duque de Albemarle, y estoy complacido de que participéis conmigo en el gobierno de esta importante colonia.

—Gracias por la confianza, señor gobernador. Christopher os admira y siempre ha dicho que sois la mejor persona que el rey podría escoger para el cargo. Podéis contar con mi apoyo incondicional.

—Honor que me hacéis, sir Henry. Debo advertiros que mi salud es precaria y no creo durar mucho aquí. Pero contadme, ¿cómo andan las cosas con los franceses y los holandeses?

—Se especula mucho sobre una invasión francesa a Jamaica, para la cual ya nos hemos estado preparando. Con Holanda no ha habido mayores enfrentamientos desde que se negoció la paz en Europa. Yo sigo pensando que el verdadero enemigo es España. Cada vez se reportan con más frecuencia nuevos asaltos de los navíos españoles a los nuestros, especialmente aquellos que recogen cargamentos de palo de tinte en Campeche y en Honduras.

—¿Creéis que será necesario otro ataque similar al que llevasteis a cabo en Panamá? —preguntó, irónico, Carlisle.

—Francamente, señor, creo que esos tiempos pasaron, para mí y para el resto de los corsarios ingleses —respondió, sonriendo, Henry—. El tratado de paz ha reducido la guerra con España a escaramuzas que violan esa paz sin llegar a abolirla.

—¿Y Francia?

—No sabría qué deciros, pero os aseguro que estaremos listos para cualquier emergencia. Si me preguntaseis por Holanda os diría que la guerra con los holandeses nunca llegó al Caribe. En esta parte del mundo siempre nos hemos sentido sus aliados.

Como si fueran viejos amigos, ambos hombres siguieron conversando hasta que la necesidad de encender los candiles le indicó a Henry que era hora de despedirse. Camino de la puerta, Carlisle le puso una mano regordeta sobre el hombro.

—Dadme un par de días para recuperar un poco las fuerzas, sir Henry, y después os acompañaré a recorrer los emplazamientos defensivos de la isla.

—Así lo haré, señor conde. Me alegro de que os intereséis en nuestros esfuerzos de guerra.

De regreso en Port María, Mary Elizabeth se emocionó al ver que su marido, por primera vez en mucho tiempo, exultaba felicidad.

—¡El rey nos ha enviado a un gran gobernador! —exclamó Henry, abrazándola, y le contó su excelente conversación con el conde de Carlisle.

Los meses siguientes fueron de avenencia entre el gobernador y el Consejo. Una vieja disputa iniciada en los tiempos de Vaughan, motivada por el deseo del rey de limitar los poderes y la autonomía de los organismos de gobierno de la isla, como ya había sucedido en Irlanda, comenzó a ser zanjada gracias a la buena disposición de Carlisle que, no obstante su interés en cumplir el mandato real, había comprendido cuánta razón asistía a los isleños al querer decidir su propio destino. No podía otorgarse el mismo trato a las islas irlandesas, vecinas de Inglaterra, que a Jamaica, situada al otro lado del Atlántico. Y aunque las varias peticiones conciliadoras enviadas al Secretario de Estado y al propio monarca parecían no lograr una respuesta positiva, la actitud de Carlisle en el día a día reflejaba un sincero interés en que, efectivamente, se devolviera al Consejo y a la propia Asamblea la capacidad de definir el futuro de la isla.

La única mala noticia que recibió Henry ese año fue la muerte inesperada de su amigo y antiguo protector Thomas Modyford. En las palabras de despedida que pronunció durante las honras fúnebres, Henry culpó de su muerte al largo periodo que pasó recluido, injustamente, en la Torre de Londres.

—No tengo la menor duda de que todos los habitantes de Jamaica y, especialmente, los que hoy lo acompañamos en su partida rumbo a la morada definitiva, estamos de acuerdo en que Thomas Modyford fue el mejor gobernador que pudo haber tenido nuestra colonia. Desde el primer día que ocupó el cargo entendió que, dada la situación que se vivía en Europa y en el Caribe, la actividad de nosotros, los corsarios, era necesaria para la defensa y preservación de esta valiosa posesión inglesa.

La pérdida de Modyford quedó en algo compensada cuando el conde de Carlisle anunció el nombramiento de Robert Byndloss para sucederlo como jefe de magistrados.

—El gobernador ha nombrado a Robert para complacerte a ti —comentó Elizabeth.

Que estaba en lo cierto quedó comprobado cuando dos meses después también nombró a Henry juez de Paz.

Pero la salud del conde, que en un principio había mejorado con el cambio de clima, comenzó a deteriorarse rápidamente a consecuencia de la humedad y calores excesivos de Jamaica y, siete meses después de haberse encargado de la gobernación, en febrero de 1680, se embarcó de regreso a Inglaterra.

—Me voy tranquilo, Henry —había dicho al despedirse— porque sé que como gobernador encargado lo harás mejor que yo. Te prometo que lucharé para que el rey te nombre en propiedad y también porque se les devuelva la autonomía a la Asamblea y al Consejo de la isla.

En Londres, mientras tanto, lord John Vaughan y sir Thomas Lynch se habían unido para seguir complotando en contra de su común enemigo, Henry Morgan, conjura que se intensificó cuando se enteraron de que Carlisle dejaba el cargo de gobernador y regresaba a Londres. Su meta inmediata era lograr que el monarca volviera a designar a Lynch como gobernador de la isla con la autoridad necesaria para poder mantener a raya al exlíder de la Hermandad de la Costa.

Henry contaba cuarenta y cinco años cuando volvió a ejercer el cargo de gobernador. Aunque seguía siendo un hombre esbelto y elegante, comenzaba a exhibir una panza que ya le impedía abrocharse los botones inferiores del chaleco y cada vez era menor la dosis de ron que requería para emborracharse. Después de mucho batallar, Mary Elizabeth había logrado que cambiara los excesos de las cantinas de Port Royal por un par de tragos de ron con limón al atardecer en su hamaca de Port María, aunque todavía de vez en cuando se escapaba a compartir largas noches de farra con sus antiguos compañeros de aventura.

Además del título de gobernador, Henry ostentaba el de juez de la Corte Marítima, comandante del Regimiento de Port Royal y el mencionado de juez de Paz. Recién iniciada su gestión como gobernador encargado, había llegado a la isla la noticia de que la mayoría de las embarcaciones de la poderosa flota francesa que avanzaba hacia el Caribe había encallado en Isla Aves, un traicionero arrecife situado en las proximidades de Curazao, poniendo fin a la amenaza que se cernía sobre Jamaica. Aunque los españoles seguían atacando navíos ingleses, los ataques eran cada vez más esporádicos y con menor éxito. La paz con Holanda, negociada en Europa, había arraigado también en el Caribe, y la tranquilidad que reinaba en las Antillas, por primera vez desde que Henry tuviera memoria, le permitió dedicarse a disfrutar de sus haciendas y de su familia.

Ana Petronila y Robert acababan de tener a su séptimo hijo y Archibold y Johanna ya eran padres de cuatro vástagos. A pesar de que Elizabeth, para asegurar la continuidad del apellido Morgan en Jamaica, insistía en casar a su hermano Charles, este se limitaba a prometerle que tan pronto encontrara a la mujer indicada abrazaría el sacramento del matrimonio. Al tiempo que se dedicaba a repartir entre sus sobrinos el amor maternal del que había sido privada, Mary Elizabeth compartía con Henry el manejo de los seis mil quinientos acres sembrados de caña, algodón, jengibre y cacao.

Paradójicamente, el problema más grande que tenía que enfrentar el gobernador encargado guardaba relación con el proceder de algunos corsarios, que se rehusaban a abandonar la piratería para dedicarse a actividades lícitas. Con gran pesar se vio obligado a perseguir y capturar a los insurrectos, decomisarles el botín y llevarlos a la cárcel. Cuando llegó el momento de sentenciar a sus antiguos compañeros de armas, sin dudarlo mucho, los condenó a muerte.

—Tenía que cumplir con mi deber como gobernador —le explicó a Mary Elizabeth.

No obstante el cambio de actitud, que muchos tildaban de traición, seguía disfrutando de una gran popularidad en la isla, sobre todo porque en el desempeño de sus funciones no se inclinaba ni a favor de los hacendados ni de los comerciantes. Henry comprendía muy bien que pertenecían al pasado aquellos días en que la actividad económica de Jamaica dependía de los botines que traían los corsarios a Port Royal y que la siembra y exportación de productos agrícolas, junto a la actividad comercial, concentrada principalmente en la compraventa de esclavos, constituían ahora las principales fuentes de ingresos de la colonia.

En Londres, Lynch había continuado su asociación con la Royal African Company, propiedad de la casa real, y con el incremento de la trata de esclavos en el Caribe volvía a gozar de la simpatía del rey y de su hermano, el duque de York. Esta comunidad de intereses coincidió con el temor de que se desatara la guerra contra Francia y la consiguiente necesidad de volver a acercarse a España. Impulsado por los simpatizantes del catolicismo y por lord Vaughan, el rey decidió que era hora de designar un nuevo gobernador en Jamaica y Lynch resultó el elegido. Consciente el monarca de los deseos de autonomía que prevalecían en la isla, dispuso concederle a Lynch la facultad de destituir y designar sin mayores cortapisas a los integrantes del Consejo. A finales de octubre, a bordo de la fragata *Sweepstakes*, desoyendo los consejos de su capitán que le sugirió esperar a que pasara el invierno, Thomas Lynch, su esposa e hijos zarparon rumbo a Jamaica. En el canal de la Mancha encontraron las primeras ráfagas heladas que obligaron al navío a buscar refugio en Plymouth durante ocho largas semanas. Volvieron a zarpar sin esperar a que disminuyera el frío y en medio del Atlántico enfermaron gravemente su esposa y el hijo varón. Para no tener que regresar a Inglaterra, Lynch decidió llevarlos a la isla portuguesa de Madeira donde esperó en vano durante cinco semanas a que se recuperaran. Temeroso de lo que pudiera estar ocurriendo en Jamaica, resolvió continuar el viaje en compañía de su hija, asegurándoles a la esposa y al hijo que enviaría por ellos tan pronto arribara a su destino.

Thomas Lynch llegó finalmente a Port Royal el 14 de mayo de 1682, cinco meses más tarde de lo anticipado. La enfermedad de su esposa e hijo, las vicisitudes del viaje y la gota recurrente, que lo obligaba a caminar apoyándose en un bastón, habían contribuido a agriar más su carácter. Para empeorar las cosas, en el muelle nadie lo esperaba y ninguna de las

Casas del Rey, ni la de Port Royal ni la de Spanish Town, que Henry Morgan no había querido ocupar como gobernador, estaban en condiciones de ser habitadas. Furioso, convocó para el día siguiente una reunión del Consejo y envió un mensajero a Port María para asegurarse de que el gobernador encargado estuviera presente.

Lynch inició la reunión notificando a Henry, públicamente, su destitución como vicegobernador y como comandante de la plaza y exigiéndole una rendición de cuentas por su gestión. Enseguida leyó el decreto real de su designación como gobernador con amplias facultades para nombrar y destituir a los miembros del Consejo. Más que los poderes que ahora ostentaba fue el odio que destilaba la actitud de Lynch lo que indicó a Henry la necesidad de prepararse para una nueva contienda con su perenne enemigo. Pero, ¿quería, realmente, reiniciar una lucha cuyo resultado dependía más del capricho del monarca y sus consejeros en Londres que de lo que resultara más conveniente para el bienestar de la isla? En momentos como ese, extrañaba su antigua vida de corsario, donde las maniobras políticas no tenían cabida y el éxito dependía exclusivamente del valor y la habilidad de cada quien. El regreso de Lynch proyectó la política isleña a una nueva dimensión. Ya no se trataba de las facciones tradicionales, los dueños de plantaciones, liderados por Henry, y los comerciantes, dirigidos por Lynch, quien ahora contaba con el auxilio de su viejo amigo y nuevo vicegobernador, el coronel Hender Molesworth. Y es que en el mismo barco que trajo de vuelta a Lynch también había regresado a Jamaica Samuel Long, uno de los colonos que arribaron en 1655 con la primera expedición de Venables y Penn. Desde hacía dos años, Long estaba a la cabeza de la lucha contra la Corona inglesa en favor de la autonomía de la Asamblea de la isla y, apoyándose en la actitud ecuánime del exgobernador Carlisle, había logrado convencer a varios asesores de la Corona de la necesidad de devolver a Jamaica la independencia política necesaria para la administración de la colonia. En Londres ya se conocían con el nombre de *thories* a quienes apoyaban incondicionalmente a la monarquía y como *whigs* a aquellos que se inclinaban por otorgar más poder al Parlamento. El grupo de Henry adoptó rápidamente el calificativo de *thories* y la facción de Long fue reconocida como los *whigs*. Lynch y sus comerciantes se mantenían en un limbo político, inclinándose hacia uno u otro bando según soplaran los vientos. Mientras Long dominaba la Asamblea, los partidarios de Lynch controlaban el Consejo en virtud de la facultad otorgada por el rey que le permitía destituir y designar libremente a sus miembros.

Después de asumir el cargo, al mismo tiempo que perseguía implacablemente a los corsarios, Lynch enviaba mensajes conciliadores a los gobernadores españoles de la región con el ánimo de incrementar el intercambio comercial. Pero España seguía manteniendo un férreo control sobre el comercio en el Caribe y Lynch, urgido por mostrar al rey y a sus ministros el incremento prometido en los negocios, principalmente en la trata de esclavos, decidió promover el contrabando entre Jamaica y los puertos españoles. Cuando en el Consejo sus opositores le reclamaban el doble discurso, el gobernador se limitaba a negar lo que a los ojos de todos era evidente. Los gobernadores españoles, cuyas plazas también se beneficiaban con el tráfico ilícito de mercaderías, preferían olvidarse del cobro de los impuestos reales y mirar hacia otro lado.

El acoso de Lynch contra sus rivales dentro del Consejo se intensificó después de recibir la noticia de que su mujer, veinte años más joven que él, y su hijo varón habían fallecido en Madeira. Fuera de sí, lo primero que hizo fue acusar a Henry Morgan y a su cuñado Byndloss de haber insultado la majestad de las autoridades de Jamaica durante una de sus tantas francachelas en Port Royal. Se valió para ello del testimonio de una moza de cantina que declaró haber escuchado a los acusados gritar improperios contra la Asamblea. Sin concederles la oportunidad de presentar evidencias, pidió y obtuvo la destitución inmediata de Morgan y de Byndloss del Consejo.

Como si las desgracias fueran pocas, durante esos días Henry Morgan recibió de su amigo y abogado John Greene una copia del libro recién publicado en Inglaterra en el que un tal Oliver Exquemelin aseguraba haber participado con Morgan en muchas de sus aventuras y lo acusaba de torturas y actos de crueldad extrema en contra de los españoles. *Historia de los bucaneros del Caribe* se había publicado en holandés hacía cuatro años, se tradujo luego al español y finalmente lo imprimieron en inglés dos libreros de Londres en enero de 1684. Mary Elizabeth recordaría siempre el día que Henry, cabizbajo y caminando con mayor lentitud de la usual, llegó a Port María con el libro en la mano.

—Parece que mi expulsión de la gobernación, de la comandancia y del Consejo no ha sido suficiente castigo. Ahora sale publicado este libro en Londres, plagado de mentiras, calumnias y exageraciones. Ahora sí estoy seguro de que mi estrella ha dejado de brillar.

Elizabeth tomó el libro, leyó el título y se acercó a Henry, quien, recostado en la hamaca, empezaba a consumir su primer vaso de ron con limón.

—¿Qué dijo el abogado Greene? ¿Te envió alguna carta? —le preguntó.

—Sí. Pero solamente habla del libro —Henry sonrió con amargura—. Soy tan popular que fue publicado por dos libreros simultáneamente.

—No puedes cruzarte de brazos mientras enlodan tu reputación con falsas acusaciones.

—La parte que más me molesta del libro es cuando dice que vine a las Antillas como esclavo. Es un insulto que alcanza también a mis padres y a toda mi familia; tú y tu padre incluidos.

—¿Qué más dice el libro?

—Que durante mi vida como corsario torturé curas y monjas, violé mujeres y cometí actos de crueldad que solamente se le pueden ocurrir a una mente enferma, como sin duda es la del autor.

—Insisto en que tienes que defenderte, Henry. Escríbele enseguida a Greene.

Henry permaneció un rato en silencio. Bebía lentamente y miraba hacia el horizonte.

—Te confieso, Elizabeth, que estoy un poco cansado. Luchar contra intrigas y maniobras políticas resulta más agotador que guerrear contra los españoles. Las batallas terminan y entonces, si a uno no lo matan, tiene tiempo de descansar. Pero en estas cuestiones políticas la lucha parece nunca tener fin. ¿Hasta cuándo?

—No es el momento de rendirse —Elizabeth hablaba con inusitada energía—. No se trata solamente de tu nombre, sino del mío y el de tus sobrinos, que algún día también lo llevarán.

—No sé, mujer, no sé. Habíamos acordado que me retiraría a ver crecer y prosperar a la familia y las haciendas. Es lo que quiero hacer. Henry siguió bebiendo y Elizabeth, quien sabía que en breve quedaría aletargado, decidió esperar al día siguiente para insistirle en la necesidad de continuar luchando.

Aguijoneado por Elizabeth, Henry decidió, finalmente, que se defendería de Lynch y de las calumnias de Exquemelin. Robert Byndloss, acompañado de Charles Morgan, viajaría a Londres a sustentar personalmente ante la Corona la apelación de sus destituciones del Consejo. También llevaría al abogado John Greene una carta de Henry y los poderes necesarios para iniciar las acciones en defensa de su honor mancillado por la publicación del libro de Exquemelin.

34

Londres, Corte del Rey, marzo de 1685

Aunque el invierno todavía apretaba su garra helada sobre Londres, el Támesis comenzaba a descongelarse. De pie, frente a su pequeño embarcadero, John Greene se preguntaba si sería seguro volver a navegar. El día anterior había recibido una nueva misiva de sir Henry en la que le comentaba que hacía unos meses había llegado a Jamaica la noticia de que la Corona había confirmado su destitución y la de Byndloss del Consejo. «Lynch, —agregaba sir Henry— no pudo disfrutar su victoria porque, tal como ya os indiqué, menos de dos meses después de anunciarla con tamborilero y pregonero falleció víctima de un ataque fulminante de cólera, epidemia que arribó a la isla con la última embarcación de esclavos traídos de África por el propio Lynch. Creo que es el momento de iniciar el contraataque para mi retorno al Consejo, pero para ello necesito, y perdonad que insista, que se resuelva cuanto antes mi caso contra los libreros Crooke y Malthus.»

La voz incisiva de Claire interrumpió sus pensamientos.

—Ni se te ocurra que vas a navegar. Es preferible sufrir un poco en el tráfico de Londres que naufragar y morir congelado.

John se dio vuelta y rio al contemplar a su mujer envuelta en una gran piel de oso que la cubría hasta las orejas.

—No exageres, mujer —dijo, y volvió a dirigir la mirada hacia los grandes trozos de hielo que, lentamente, pasaban flotando frente a su casa—. Aunque no creo que sea tan peligroso como imaginas, convengo contigo en que sería aventurado sacar la balandra. No recuerdo invierno más crudo desde que nos trasladamos a Chiswick.

En el coche que lo llevaba a Westminster Hall esa mañana de principios de marzo el abogado volvió a evaluar sus opciones a la luz de la última carta de su amigo Henry. Si bien la acción contra Crooke podía quedar resuelta en virtud del acuerdo extrajudicial, el otro librero, Malthus, todavía rehusaba comparecer al proceso *coram rege*. A estas alturas, un juicio ante jurados atrasaría considerablemente la solución de la controversia y para sir Henry el tiempo se había tornado mucho más importante que cualquier compensación económica, por más cuantiosa que fuera. Dentro del juicio ya había concluido el periodo probatorio y únicamente faltaba que los abogados presentaran ante los magistrados sus alegatos finales. Greene estaba seguro de que Malthus aceptaría de buena gana los mismos términos acordados con su colega Crooke; pero, ¿cómo hacérselo saber?

En el momento en el que John Greene se aprestaba a ascender los tres escalones que llevaban al Westminster Hall divisó al abogado Francis Devon que venía hacia él apurado.

—Buenos días, colega —saludó Devon—. Falta poco para que se reinicie el proceso y es necesario que hablemos antes. Si no os importa el frío, podemos sentarnos en aquella banca.

—A mi edad el frío se convierte en un enemigo terrible, pero, siempre que no pase mucho tiempo, creo que puedo soportarlo. Además, la curiosidad no me permitiría concentrarme.

—Voy directo al tema —dijo Devon, mientras ambos se sentaban en la banca de la plaza más cercana a la entrada de Westminster Hall—. Mi cliente, William Crooke, vino a verme anoche y me contó del convenio privado que celebrasteis. Creo que temía que mi alegato de hoy pudiera afectarlo. Aunque es evidente que ha habido una falta a la ética...

—Esperad, esperad —interrumpió Greene, con tono enérgico—. Cuando Crooke vino a verme a mí, a mi casa, en busca de un entendimiento, lo primero que le manifesté fue que cualquier acuerdo debería ser consultado con su abogado. Me prometió que así lo haría. Es cierto que le indiqué a vuestro cliente el interés de mantener el documento confidencial hasta tanto yo terminara de interrogar a mis testigos, pero...

—No era mi intención... —comenzó a decir Devon.

—Permitidme continuar —insistió Greene—. Nunca pensé que vuestro cliente demoraría tanto en consultaros y me alegro de que al fin lo haya hecho.

—Si me dejarais hablar —se lamentó Devon.

—Os pido excusas, pero la aclaración era pertinente y necesaria. Continuad, por favor.

—Quiero que sepáis que anoche le manifesté a mi cliente no solamente mi buena disposición a acatar el arreglo al que llegasteis sino también mi convencimiento de que se trata de un acuerdo justo, dado el manifiesto interés del señor Crooke en poner fin a este litigio. Ahora debo preguntaros, ¿qué pensáis hacer con Malthus, quien hasta ahora se ha resistido a comparecer al proceso? En breve presentaremos nuestros alegatos ante los magistrados y si bien podríamos informar a la Corte que en el caso contra Crooke hemos llegado a un acuerdo extrajudicial, lo ideal sería terminar con todo esto de una vez.

—Aprecio mucho vuestra opinión y os agradezco la confianza —dijo Greene, con alivio—. Precisamente esta mañana pensaba que si hubiera alguna manera de abordar a Malthus es probable que él estuviera dispuesto a aceptar un acuerdo similar al de su competidor.

Devon se subió la bufanda hasta las orejas y vaciló un momento antes de responder.

—Ahora soy yo quien debe confesaros un pecadillo. El señor Malthus ha estado consultando conmigo a lo largo del juicio y he sido yo quien le ha aconsejado abstenerse de comparecer. Mi idea, como sin duda sospecháis, era utilizar su ausencia como una palanca para lograr un mejor acuerdo. Puesto que me parece justo el que negociasteis con el señor Crooke, no veo ninguna razón para no aconsejar a mi otro cliente que firme uno similar.

«Bendito sea el abogado Devon», gritó Greene para sus adentros.

—¿Os ha otorgado Malthus autorización suficiente para actuar en su nombre?

—Así es. Su única condición es participar en la redacción de la disculpa pública que se incluirá en la segunda edición.

—Existe ya un texto tentativo de la retractación que acordamos con Crooke. Si os parece, pudiésemos trabajar sobre él.

—Me parece bien —convino Devon—. ¿Estaríais de acuerdo en pedir a los magistrados una suspensión temporal del proceso mientras cumplimos lo conversado?

—Siempre que no pase de una semana. Además debo solicitaros que presentemos los acuerdos conjuntamente con la petición de que tan pronto sean aceptados por los magistrados se publique un extracto en el *London Gazzette*.

—Me parece no solamente aceptable sino, además, muy conveniente.

Ateridos, los abogados se levantaron y con un apretón de manos heladas sellaron el pacto. En vista de la solicitud conjunta presentada por ambos, los magistrados concedieron un aplazamiento temporal para concretar los acuerdos y felicitaron a los letrados por la forma como habían conducido el proceso y, sobre todo, por la manera expedita y juiciosa de ponerle fin.

El jueves de esa semana Devon y Greene presentaron ante la Corte del Rey los documentos suscritos por ellos en representación de sus respectivos clientes. Sin embargo, el magistrado presidente, en vista de que Malthus había rehusado comparecer al juicio, insistió en que si bien aceptaría el acuerdo privado con Crooke, en el caso de Malthus era necesario dictar una sentencia condenatoria, aunque su contenido sería idéntico a los términos acordados de antemano por ambos libreros con el demandante.

Ni siquiera en la etapa final del proceso Thomas Malthus dio la cara y todas sus actuaciones se llevaron a cabo por intermedio de Devon. En relación con las rectificaciones, aprobadas por la Corte, aunque similares en cuanto al reconocimiento de las calumnias e injurias de Exquemelin contra sir Henry Morgan, a cada librero se le permitió redactarlas según su propio estilo. Malthus, más pomposo que Crooke, escribió un poema apologético, muy malo, para ser publicado conjuntamente con la retractación, cuyos dos últimos versos terminaban afirmando que «mientras existan tambores de guerra en el mundo, el nombre de Morgan seguirá retumbando en la historia». En esencia, la nueva edición de la obra publicada por los libreros William Crooke y Thomas Malthus rectificaría punto por punto varios de los pasajes del libro de Exquemelin. Sobre el origen de sir Henry Morgan se leía ahora que era un caballero, hijo de un distinguido hacendado del condado de Monmouth, región de Glamorgan, en Gales del Sur, y que nunca había sido esclavo ni servido a nadie que no fuera al rey de Inglaterra. Se afirmaba también que sir Henry siempre había navegado amparado por patentes de corso válidas, expedidas por el gobernador y el Consejo de Jamaica y se aclaraba que eran calumniosas muchas de las afirmaciones contenidas en el libro de Exquemelin en cuanto a las crueldades y torturas a que había sometido a sus prisioneros de guerra, como hacer volar uno de los fuertes de Portobelo con los soldados españoles en su interior y pasar por las armas a curas y monjas. Por insistencia de Greene, que seguía instrucciones precisas de Henry, también se incluyó un párrafo para dejar claro que la estratagema del «barco de fuego» utilizada en la batalla naval de Maracaibo y mencionada en el libro de Exquemelin, había sido idea del propio sir Henry y no de uno de sus comandantes y que la carta enviada por el almirante español Alonso del Campo y Espinosa, comandante de la Armada de Barlovento, le había sido dirigida a él como «capitán Morgan, líder de la flota inglesa» y no como «comandante de los piratas», según afirmaba falsamente Exquemelin. Por último, también se aclaraba que el ataque de Henry Morgan a Panamá había sido comisionado por el gobernador siguiendo instrucciones del Consejo; que se había lanzado como reacción a los ataques de los españoles contra naves inglesas y algunos colonos de Jamaica, y que durante las acciones de Panamá no se había cometido ninguna de las atrocidades descritas por Exquemelin.

Malthus, por su parte, actuando siempre a través de su abogado, insistió en explicar, además, que el libro que él había publicado fue traducido directamente del holandés, a diferencia del editado por Crooke, cuyo texto provenía del español. Según Malthus, la advertencia era necesaria porque la versión española del libro de Exquemelin contenía exageraciones y falsedades motivadas por el deseo del editor español de hacer ver peor a su gran enemigo, y que estas no aparecían en el libro publicado por él.

Cumplidas todas las formalidades, John Greene, curioso por saber qué había movido a Francis Devon a cambiar de opinión sobre Henry Morgan, invitó a su colega a compartir unas cervezas. Lo había sorprendido la inesperada disposición de su colega a aceptar el convenio con Crooke y promover uno similar con Malthus, aunque esta actitud bien podía responder al interés manifiesto de ambos libreros de poner punto final a la controversia. Pero que Devon participara activamente en la elaboración del texto de las retractaciones, a veces incluso mejorando la redacción en favor de sir Henry, era algo que lo intrigaba sobremanera.

Después de abandonar Westminster Hall, ambos abogados se encaminaron a *The Old Bell Tower*, uno de los *pubs* más populares de la capital inglesa. Mientras terminaban la segunda cerveza, y para estimular la conversación, John refirió a Francis sus primeros encuentros con Henry Morgan hacía más de diez años.

—Nuestra amistad, que comenzó porque él necesitaba un abogado en Londres para hacer frente a los cargos que le imputaba la Corona, se consolidó después en el plano personal. Una velada con él resultaba muy divertida porque Henry tenía cosas fantásticas que contar y, además, sabía contarlas muy bien. Yo os aseguro, amigo Devon, que solamente un hombre como Henry Morgan podía haberme sacado del plácido retiro del que disfrutaba.

—Debo reconocer que percibí ese sentimiento de amistad a todo lo largo del proceso —comentó Devon.

Era el momento de formular la pregunta que pugnaba por salir de labios de Greene.

—Aunque puedo estar equivocado, advertí en vos, al final del proceso, un cambio de actitud hacia sir Henry.

Devon se limpió la espuma del bigote, puso su jarra de cerveza sobre la mesa y se quedó mirando a Greene con un brillo malicioso en los ojos.

—¿De veras queréis saber por qué hubo de mi parte un cambio de actitud hacia Henry Morgan? Os lo explico.

El relato de Francis Devon resultó fascinante. Quince años atrás, el segundo hijo de su hermano mayor, considerado la oveja negra de la familia, apenas cumplidos los dieciocho años, sin decir nada a sus padres, se había embarcado rumbo a las Antillas en busca de fama y fortuna.

—Pasaron diez años sin que se supiera de él y ya la familia lo había dado por muerto cuando un buen día llegó a casa de mi hermano un marinero con una larga carta de Peter en la que contaba que después de recorrer todo el Caribe había decidido establecerse en Jamaica donde comenzó un negocio de compra y venta del famoso «palo de tinte», tan apetecido por aquellos que visten a la nobleza y decoran sus palacios. Al principio su actividad se limitó a ser intermediario entre los cortadores ingleses de Campeche y los importadores de Londres, pero al cabo de unos años ya era dueño de un par de barcos que visitaban regularmente Campeche y Honduras en busca de cargamentos de palo de tinte. El negocio fue creciendo y mi sobrino se convirtió en uno de los mayores proveedores de palo de tinte, no solamente de Inglaterra sino también de las colonias españolas del Caribe y la costa de Tierra Firme, que lo compraban a buenos precios violando la prohibición real. Con el producto de sus negocios invirtió en tierras y al poco tiempo se convirtió en un importante terrateniente y agricultor en Jamaica, donde tuvo la oportunidad de conocer y tratar a sir Henry.

»Pues bien —continuó Devon— Peter llegó finalmente a Londres hace tres semanas y, aparte de regalos para todos, venía cargado de anécdotas e historias que contar. En la primera cena familiar en casa de sus padres nos habló de sir Henry Morgan en términos muy elogiosos. "Sin él la colonia inglesa de Jamaica no existiría", fueron sus palabras textuales. Y pasó a relatarnos cada una de sus hazañas como corsario y líder de la Hermandad de la Costa, y sus logros como gobernador y comandante de la milicia. Después de la velada, tan pronto subimos al coche, mi esposa quiso saber cómo era posible que yo actuara contra los intereses de sir Henry —Devon tomó un largo trago de cerveza para refrescar la garganta y volvió a limpiarse la espuma del bigote con el dorso de la mano—. Espero que esta explicación sea suficiente, mi querido e ilustrado colega.»

—Es mucho más de lo que yo esperaba, amigo Devon, os agradezco mucho la deferencia, pero, sobre todo, la confianza. ¿Podemos brindar por sir Henry?

—No veo por qué no. A la salud del más famoso de nuestros piratas… quiero decir *corsarios* —dijo Devon y soltó una carcajada.

El resumen de la sentencia dictada por la Corte del Rey en el caso de sir Henry Morgan contra los libreros William Crooke y Thomas Malthus fue publicado en el *London Gazette* con fecha 1º de junio de 1685, conforme al siguiente texto:

Westminster, 1º de junio de 1685

Se han impreso y publicado recientemente dos libros, uno
por William Crooke y el otro por Thomas Malthus, ambos
titulados *La historia de los bucaneros* y ambos llenos de varias aseveraciones falsas, maliciosas y escandalosas en torno a la vida y acciones de sir Henry Morgan. El mencionado
sir Henry Morgan ha sido favorecido por una decisión de la
Corte del Rey mediante la cual se le permite recobrar del librero Malthus, por la publicación de las calumnias e injurias
mencionadas, la suma de doscientas libras. Y ante la respe-
tuosa solicitud de William Crooke, retiró su acusación contra
el mencionado Crooke y aceptó su presentación y reconocimiento impreso.

35

Jamaica, 1685-1688

La carta de John Greene con la noticia de la victoria en la Corte del Rey llegó a Jamaica en octubre de 1685, en momentos en que Henry se hallaba aquejado por uno de sus más agudos ataques de hidropesía. Además del vientre, ahora se le hinchaban también las piernas al punto de que no podía caminar sin un bastón. Pasaba horas bebiendo en su hamaca y a los ruegos y amonestaciones de Elizabeth respondía que, tal como había dicho el médico el día que se casaron:

—Si no bebo los nervios me atacan, tiemblo, sudo y no puedo dormir.

Su triunfo en el proceso y saber que se publicarían nuevas ediciones del libro de Exquemelin reivindicando su buen nombre devolvieron un poco de alegría y esperanza al hogar de los Morgan y estimularon a Henry a continuar luchando por regresar al Consejo de Jamaica.

—Es lo único que me hace falta antes de morirme —repetía constantemente.

—Entonces es mejor que no lo logres —respondía Elizabeth, a quien ya lo único que le interesaba era la salud de su marido.

El año de 1686 inició con otra buena noticia para Henry y Elizabeth. En Londres fue publicada, por el mismo librero Crooke, la obra de Basil Ringrose en la que describía sus viajes y aventuras en el Mar del Sur bajo el mando del capitán Sharp y al final incluía un capítulo dedicado a aclarar la verdad sobre la toma de Panamá. Después de hacer una apología de Henry Morgan, Ringrose dedicaba uno de los párrafos a desmentir lo afirmado por Exquemelin en cuanto al trato dispensado por su amigo a las mujeres. Eufórico, Henry sentó a Elizabeth frente a su hamaca para leérselo en voz alta, haciendo énfasis en cada palabra:

—«La narración de Exquemelin sobre el acoso de sir Henry Morgan a una dama española en Panamá es pura ficción. Tan escrupuloso fue su trato hacia las mujeres que, tan pronto el fuego fue controlado después de la toma de la ciudad, el general Morgan se aseguró de que las damas fueran llevadas a un lugar seguro bajo estricta custodia para evitar ser molestadas. A sus hombres les advirtió que cualquier ofensa contra ellas acarrearía severos castigos.»

Henry cerró el libro y se quedó mirando a Elizabeth, atento a su reacción.

—Nunca dudé de que fuera así —rezongó ella y regresó a laborar en el jardín.

Pero las buenas noticias parecían llegar siempre acompañadas de malos presagios. El sucesor de Lynch, Hender Molesworth, mantuvo el acoso constante contra Henry y sus aliados privándolos de toda participación en la vida política de la isla. El tiempo pasaba, su salud empeoraba y Henry no veía ninguna señal que le permitiera pensar en su regreso al Consejo de Jamaica.

En el Caribe, Molesworth continuaba combatiendo la piratería, pero los antiguos miembros de la Hermandad de la Costa habían expandido su radio de acción y ahora operaban también en el mar del Sur. A Jamaica llegaron noticias de la toma del islote Perico por el capitán Swan, uno de los treinta y ocho comandantes que habían acompañado a Henry en la aventura de Panamá. Como el antiguo emplazamiento de la ciudad había sido abandonado y los españoles recién iniciaban la construcción de una nueva villa más cercana a Perico, el objetivo de Swan era establecer allí una base de operaciones para futuros ataques a naves y ciudades españolas en el mar del Sur. Henry, quien escuchaba las noticias con una mezcla de orgullo y envidia, aprovechaba cualquier descuido de Elizabeth para escaparse a Port Royal a celebrarlas con sus antiguos compañeros de armas. De esas andadas regresaba cada vez más deteriorado, lo que motivó visitas más frecuentes de médicos y curanderos a la mansión de Port María.

La muerte del rey Carlos II a principios de 1685, y el ascenso al trono de su hermano, James II, duque de York, antiguo Lord del Almirantazgo, habían traído como consecuencia la disolución de la Asamblea de Jamaica. En el momento de llamar a nuevas elecciones, el desgaste político del gobernador Molesworth era evidente y los aliados de Henry, encabezados por sus cuñados Byndloss y Archibold, fueron electos de nuevo a la Asamblea, la cual llegaron a controlar a través de alianzas políticas. Se desató entonces la lucha entre los comerciantes de esclavos, representados por el gobernador Molesworth, quien luego del fallecimiento de Lynch se había convertido en el nuevo agente en Jamaica de la Royal African Company, y los hacendados, interesados en limitar el tráfico de esclavos hacia las colonias españolas para evitar el alza de precios. En apoyo de los agricultores, la Asamblea aprobó leyes que más tarde serían rechazadas por el gobernador y por la Corona, obviamente por el interés que mantenía el nuevo monarca en la Royal African, para entonces la mayor comercializadora de esclavos africanos.

En medio de aquellas luchas políticas ocurrió una tragedia que afectó profundamente a toda la familia Morgan. Robert Byndloss contrajo una enfermedad desconocida que de un día para otro lo dejó prostrado en el lecho, inconsciente. Tras examinar al paciente, el doctor Wilson manifestó que en sus muchos años de practicar la medicina nunca se había topado con una enfermedad tan agresiva. Pese a sus esfuerzos, en menos de una semana Byndloss rendía su alma al Creador. Para

Henry la inesperada pérdida de su cuñado, amigo, confidente y aliado político fue un golpe devastador. Después de regresar del entierro en Spanish Town y de prometer a Ana Petronila que se haría cargo de ella y de sus siete hijos, se retiró a su hamaca a beber. Antes de terminar la primera botella de ron ya estaba sumido en un profundo sopor.

No obstante los vaivenes de la política local, Jamaica seguía consolidándose como una colonia productora de bienes agrícolas y como eje comercial para la distribución de todo tipo de mercadería en las Antillas. En Inglaterra, mientras tanto, volvían a soplar vientos de guerra provocados por la airada reacción de los ingleses contra del catolicismo de James II. Uno de los líderes protestantes, el duque de Monmouth, se alzó en armas con intención de destronar al rey y desembarcó cerca de Londres al frente de un bien pertrechado ejército. Christopher Monck, duque de Albemarle, igual que había hecho su padre veinticinco años antes, empuñó las armas para defender la monarquía y poco tiempo después la revuelta había sido sofocada. El rey, en agradecimiento, le ofreció a Albemarle cualquier cargo que este quisiera desempeñar.

Recién cumplidos los treinta y tres años, el duque había tenido que declararse en bancarrota, en parte por la vida disipada que llevaba y en parte por la afición al juego de su mujer, Elizabeth. Antes de la quiebra, como medida desesperada, había invertido en el financiamiento de una expedición liderada por un famoso buscador de tesoros, el capitán de fragata William Phipps, quien aseguraba que frente a las costas de La Española había naufragado un galeón español cargado con lingotes de plata, monedas de oro y joyas, y que él, con el apoyo de los nativos, había localizado el lugar exacto del naufragio y estaba listo para rescatar el fabuloso tesoro. Transcurrido un año, cuando los patrocinadores de Phipps ya daban por perdida la inversión, este apareció en Londres con la notica de que había encontrado los restos del navío cargado de lingotes de plata. Queriendo estar cerca de una de sus más importantes fuentes de ingreso y volver a ver a su amigo Henry, el duque pidió al rey la gobernación de Jamaica para él y para el cazador de tesoros, Phipps, la de la colonia norteamericana de Massachusetts. Extrañado, pero deseoso de complacer a Albemarle, el monarca accedió enseguida a ambas peticiones y en octubre de 1686 Christopher Monck, duque de Albemarle, era designado nuevo gobernador de Jamaica. En el momento de su nombramiento sus ganancias provenientes de la aventura de Puerto de la Plata alcanzaban la exorbitante suma de cuarenta mil libras esterlinas. Antes de embarcarse rumbo a su nuevo destino dedicó gran parte de su tiempo y una porción de su nueva fortuna a solventar deudas y recuperar su prestigio.

Henry recibió con gran alegría la noticia del nombramiento de su gran amigo y, luego de festejar en Port María con Elizabeth y el resto de la familia, se escapó a continuar la celebración en Port Royal. Desesperada, Elizabeth envió a Charles tras él. Después de buscarlo en varias cantinas lo encontró postrado sobre una mesa de *The Green Dragon*. Enseguida lo llevó al médico, quien diagnosticó que, además de la borrachera, sir Henry padecía de un caso avanzado de hidropesía.

—A su organismo le resulta cada vez más difícil asimilar el alcohol y aunque su estado es grave, estoy seguro de que si deja de beber vivirá algunos años —aseguró el galeno.

Mary Elizabeth enfrentaba una situación muy difícil. Tal como advertía el médico, si Henry continuaba bebiendo sin duda moriría pronto, pero si le privaba totalmente de la bebida comenzaba a temblar, sudaba copiosamente y se le hacía imposible conciliar el sueño. Optó por ir disminuyendo poco a poco la cantidad de ron que le permitía ingerir hasta llevarlo a un punto en el que, sin hacerle tanto daño, le permitiera llevar una vida más o menos tranquila. Además, lo obligaba a abandonar la hamaca, a caminar por el jardín y en los días buenos recorrían juntos en carreta la plantación de cacao, favorita de Henry. Así fue transcurriendo, lánguidamente, el año 1687, Henry siempre preguntando cuándo llegaría a Jamaica su amigo Albemarle para que lo reincorporara al Consejo y Elizabeth respondiéndole que un hombre como él, que gozaba del respeto de todos en la colonia, no necesitaba pertenecer a ningún Consejo.

Finalmente, el 19 de diciembre, arribó a la bahía de Port Royal el duque de Albemarle. Para que Jamaica supiera que su nuevo gobernador era un miembro importante de la nobleza, lo acompañaban, además de la duquesa, Elizabeth, y de su médico personal, cien sirvientes distribuidos en cuatro navíos, uno de los cuales, más pequeño y de extraña apariencia, resultó ser su yate personal, muy similar al que en su momento se había hecho construir Carlos II para navegar por el Támesis. Tan pronto echó anclas, Christopher envió recado a sir Henry pidiéndole que lo acompañara a pasar la Navidad a bordo de su yate. Tanto se alegró Henry por la llegada del amigo que Mary Elizabeth, viéndolo moverse con soltura y prepararse para el encuentro con el entusiasmo de antes, creyó que se había producido el milagro por el que tanto había rezado y que su Henry recuperaba la salud. El veinticuatro de diciembre, en la temprana tarde abordaron el yate y Henry y Christopher se saludaron con un efusivo abrazo. Aunque el duque mostraba los estragos de una vida libertina y despreocupada, ante los ojos de Henry todavía exudaba juventud y gallardía. Christopher, sin embargo, se sorprendió por lo muy deteriorado que encontró a Henry después de doce años de no verlo. De aquel hombre alto, esbelto, erguido y rebosante de energía que conociera en Londres no quedaba casi nada. Debajo de su atuendo de seda y encajes, se adivinaba la hinchazón del vientre y de las piernas, inflamación que también se percibía en su rostro, donde el blanco de los ojos amarilleaba y los rizados bigotes no lograban ocultar el desplome de las mejillas. Dame Elizabeth, en cambio, exhibía una serena belleza, de esas que acompañan con elegancia el paso de los años.

—Os llamáis igual así es que debéis llevaros muy bien —había dicho Christopher a la duquesa al presentarle a

Elizabeth. Concluido el intercambio de saludos, hizo llamar a su médico.

—Este distinguido caballero es el doctor Hans Sloane, nuestro médico personal, pero, más que eso, un gran amigo. No os dejéis impresionar por su aparente juventud porque allí donde lo veis lleva ya más de quince años practicando la difícil profesión de los discípulos de Hipócrates. Además, es un gran científico y si lo pude convencer de acompañarnos a Jamaica fue por su interés en recolectar especímenes de la flora de este paraíso tropical.

Elizabeth sabía que el encuentro de Henry con su viejo amigo y protector traería consigo una nueva celebración. Cuando le advirtió a Christopher lo muy perjudicial que resultaba la bebida para la salud de Henry, el duque respondió que él viajaba en compañía de su médico porque enfrentaba el mismo problema.

—No os preocupéis, mujeres, que esta noche Henry y yo celebraremos sin incurrir en excesos.

El amanecer sorprendió a los amigos conversando animadamente en la cubierta del navío. Tenían tanto de qué hablar que, sin darse cuenta, habían cumplido la promesa de beber con temperancia.

—Hermoso paisaje el de tu isla —dijo el duque cuando los rayos del sol comenzaron a iluminar el perfil urbano de Port Royal.

—Así es, aunque la campiña es aún más hermosa.

—Esa torre, la más alta, ¿es una iglesia?

—Sí, la iglesia de San Pedro. La hice reconstruir y levantar cuando ejercí como gobernador. De mi propio peculio, por supuesto. Aunque yo hubiera preferido que mis restos mortales se confiaran al mar, Elizabeth ha dispuesto que reposen allí.

—¿Extrañas el mar? —preguntó Albemarle.

—Siempre lo extrañaré —respondió Henry.

—¿Y la gobernación?

Henry se quedó pensando.

—Estoy muy enfermo, Christopher. Realmente no podría desempeñar ninguna actividad que requiera un esfuerzo diario. Pero tampoco quiero morir sin regresar al Consejo de Jamaica. Se trata de un asunto de honor: no puedo abandonar esta vida habiendo perdido la última batalla.

—Por eso no te preocupes. Lo primero que hice al aceptar el cargo de gobernador fue pedir al rey y a los lores del Comité de Comercio y Agricultura tu retorno al Consejo. Estoy seguro de que pronto llegará tu nombramiento y el de tu cuñado Byndloss.

—Robert falleció no hace mucho, Christopher. Una gran pérdida para la familia y para Jamaica.

—Cuánto lo siento. Igual destino nos espera a todos.

Después de un largo silencio, Henry se levantó con dificultad y pidió al sirviente que los atendía que fuera en busca de dame Elizabeth.

—¿No os quedáis a dormir? —preguntó el duque, extrañado.

—Supongo que Elizabeth ya durmió, pero cuando comienza el día yo tengo algunos problemas que me hacen incómodo despertar fuera de mi propia casa —Henry dudó un momento—. El estómago se me afloja y vomito todo lo que he comido y bebido.

—Algo similar me pasa a mí, Henry. Los sirvientes están preparados para atender cualquier eventualidad. Además, ¿no está muy lejos Port María?

Henry sonrió.

—Hoy no vamos a Port María. Nos quedaremos en una pequeña casa que compré aquí en Port Royal. La he ocupado desde mis primeros días de corsario.

—Bien, entonces allí irá a verte el doctor Sloane. Quiero estar seguro de que cualquiera que sea la enfermedad que te aqueja tendrás el mejor cuidado posible.

—Gracias, Christopher. Realmente haces honor a la amistad.

En ese momento Elizabeth apareció en la cubierta y sintió un gran alivio al ver a Henry consciente y sonriéndole.

—Buenos días, dame Elizabeth —saludó Albemarle.

—Sí que son buenos —respondió ella, mientras abrazaba a su marido.

Apenas Henry y Elizabeth desembarcaron, el duque hizo despertar a su secretario privado y le dictó una carta dirigida al rey informándole que en la primera reunión del Consejo de Jamaica los miembros unánimemente le habían pedido la reincorporación de sir Henry Morgan. «Es un nombramiento que ya había solicitado a los lores del Comité de Comercio y Agricultura, absolutamente necesario para el buen gobierno de esta isla donde el exgobernador, sir Henry Morgan, es uno de los hombres más queridos y admirados.» Luego de sellarla escribió de su puño y letra en el sobre la palabra *urgente*.

Tal como prometiera Albemarle, el doctor Sloane llegó a casa de los Morgan temprano al día siguiente y tras examinar a Henry coincidió con el diagnóstico de su colega de la isla, aunque sus palabras fueron más francas y preocupantes.

—Vuestro marido —le dijo a Elizabeth, enfrente de Henry—, padece de un caso grave de hidropesía causada por el abuso constante del alcohol. El hígado y los riñones están muy afectados y si no sigue mis recomendaciones pronto dejarán de funcionar.

Elizabeth le contó de su lucha permanente por mantener a su marido alejado de las celebraciones a las que tanto se había aficionado desde los tiempos en que lideraba la Hermandad de la Costa.

—Beber era una obligación para aquellos que regresábamos con vida después de atacar alguna de las colonias españolas —se defendió Henry.

—Pero después de que dejaste el mar y la guerra tú seguiste bebiendo —le reprochó Elizabeth, más desconsolada que enojada.

—Lo importante —terció Sloane— es que de ahora en adelante se abstenga de hacerlo.

—Cuando no bebo todo mi cuerpo comienza a temblar y no puedo dormir —se lamentó Henry.

—Son síntomas típicos de la enfermedad, sir Henry, pero un poco de láudano, preparado con jugo de limón o naranja, os hará sentir mejor. ¿Tenéis boticarios en la isla?

—Tenemos uno en Port Royal y otro en Spanish Town —respondió Elizabeth—, aunque me temo que el de aquí padece del mismo mal que Henry y el resto de sus compinches. Camino de nuestra hacienda pasaremos por Spanish Town y allí recogeremos la preparación de láudano.

—Debéis adquirir también algún diurético que lo ayude a bajar la hinchazón, preferiblemente aceite de linaza o bayas de enebro. Aquí os lo escribo.

Camino de Port María, después de recoger los medicamentos en Spanish Town, Elizabeth hizo que Henry le prometiera seguir al pie de la letra los consejos del doctor Sloane.

—Si no lo haces es posible que te mueras sin regresar al Consejo —le advirtió sin miramientos.

Henry continuó contemplando el paisaje de siembras y montañas por el que atravesaba el coche y finalmente respondió:

—Te prometo que no volveré a beber mientras no sea reinstalado en el Consejo.

Dos días después, Henry viajó a Spanish Town, esta vez con el propósito de otorgar testamento ante el notario de la ciudad. Como heredera universal de todos sus bienes nombró a su adorada dame Elizabeth y, a la muerte de esta, a los segundos hijos de sus cuñadas Ana Petronila Byndloss y Johanna Archibold, a condición de que ambos, llegada la mayoría de edad, cambiaran sus apellidos paternos por el de Morgan. De regreso a Port María, entregó copia del documento a Elizabeth y le pidió que lo guardara en caso de que algo le ocurriera.

El gobernador y la duquesa, siempre acompañados del doctor Sloane, visitaban frecuentemente a Henry y Elizabeth en Port María, y allí departían con el resto de la familia. A Charles volvió a nombrarlo como comandante de la milicia de Port Royal y a Archibold, que era miembro de la Asamblea popular, le prometió designarlo también en el Consejo. Roger Elletson, compadre de Henry y exprocurador general, fue designado como jefe de magistrados de la isla. Pese a que todavía estaba pendiente la restitución de Henry Morgan como miembro del Consejo, poco a poco su banda volvía al poder.

Finalmente, a principios de julio de 1688, recibió el duque de Albemarle la autorización del rey y de los lores del Comité de Comercio y Agricultura para restituir a sir Henry Morgan en el Consejo de Jamaica. El 12 de ese mismo mes, con gran pompa y entusiasmo, sir Henry Morgan regresó a ocupar su antiguo cargo y fue recibido con un aplauso generalizado. Su rostro, menos abotagado, y su mirada, más límpida, indicaban una evidente mejoría, gracias a que durante los últimos dos meses, con grandes sacrificios, había aceptado someterse al tratamiento prescrito por el doctor Sloane. El gobernador, quien no ocultaba su complacencia, anunció el retorno de sir Henry al lugar «del que nunca debió haber salido porque sin él la colonia de Jamaica no existiría», y lo invitó a hacer uso de la palabra. Caminando sin la ayuda del bastón, Henry se dirigió al podio y con voz vibrante, luego de agradecer a su amigo por el nombramiento, perdonó a sus detractores y ofreció continuar trabajando en pro del desarrollo de la colonia. Entre el público, rodeada de sus hermanos y sobrinos, dame Elizabeth, sin preocuparse por ocultar las lágrimas, aplaudía emocionada.

Terminado el acto, el duque de Albemarle, amigos y familiares se trasladaron a Port María para la acostumbrada celebración. Ante la insistencia de Henry, el doctor Sloane le permitió consumir una copa de licor de Madeira.

—Le caerá bien en el estómago —le dijo a dame Elizabeth para tranquilizarla. Tras la primera copa vino otra y muy pronto Christopher y Henry, rememorando los viejos tiempos y desoyendo a sus afligidas esposas, pasaron del vino al ron y de allí al acostumbrado estado de ebriedad. A la mañana siguiente volvieron los vómitos y Henry comenzó a tener más dificultad para descargar la vejiga. Cuando Elizabeth le reclamó no haber cumplido su palabra, él le recordó que solamente había prometido abstenerse de volver a beber hasta su reincorporación al Consejo.

Aquejado del mismo mal que Henry, la salud de Albemarle también se deterioraba rápidamente. Por más que las dos Elizabeths y el doctor Sloane insistían en que dejaran de beber, los amigos preferían continuar celebrando su renovada amistad y sus triunfos, pasados y presentes. Durante la última juerga decidieron recorrer juntos, como en los mejores momentos de Henry, todos los bares y prostíbulos de Port Royal hasta que ambos colapsaron sobre una mesa de *The Sign of the Mermaid*. Henry fue llevado inconsciente a Port María por el doctor Sloane y dos días después, cuando volvió a abrir los ojos, apenas podía respirar. Una tos persistente le provocaba ahogos de los cuales cada vez le resultaba más difícil salir.

La vida de Henry, marcada por la prisa, parecía apagarse con igual celeridad y Elizabeth lo veía extinguirse sin poder hacer nada más que velar a su lado. El mismo destino que lo llevara desde muy niño a soñar con la gloria y a conquistarla, lo había empujado a una muerte predecible, prematura e innecesaria. El deseo ineludible de surcar los mares y hacer la guerra resurgía intacto en él tan pronto su nave echaba el ancla después de una aventura y desde ese momento se afanaba por aturdir los sentidos hasta que llegara el día de volver a desplegar las velas.

Tres días duró la agonía de Henry. Al atardecer del 25 de agosto de 1688, pareció recuperar la conciencia.

—Elizabeth... —susurró, luchando por tomar aire.

—Sí, mi amor, aquí estoy —dijo ella, sujetándole ambas manos. Henry quiso hablarle y ella acercó el oído a sus labios.

—¿No... te parece... gracioso... —murmuró— que después... de tanto... navegar... y de... tres naufragios... muera... ahogado... en el lecho?

El día siguiente a la muerte de Henry, el duque de Albemarle, quien también fallecería de hidropesía dos meses después, abandonó el lecho de enfermo para presidir las honras fúnebres de su amigo. Todos los negocios de Port Royal cerraron sus puertas y una extensa procesión de dolientes, en la que participaban desde el gobernador hasta el más empedernido de los borrachos del pueblo, acompañó a Elizabeth y a su familia hasta el cementerio del templo de San Pedro. El pastor protestante que presidió la ceremonia recordó a los allí reunidos que aunque sería de hipócritas pretender hacer de sir Henry Morgan un ejemplo de virtudes, lo cierto era que no pocas habían adornado la personalidad de quien había sido líder de los corsarios, gobernador de la isla, juez de Paz y miembro del Consejo. Entre esas virtudes se contaban su innegable amor por Jamaica y por su patria, Inglaterra; su indiscutible coraje y determinación a la hora de enfrentar al enemigo; su profundo sentido de la amistad; su desinteresada generosidad, responsable en gran medida de la construcción del templo en el que ahora se celebraban sus honras fúnebres y, por último, la más significativa de todas, su apego a los valores familiares, como esposo y como protector de una numerosa y distinguida familia, cualidad difícil de encontrar en un hombre que había dedicado su vida a combatir por su país y a luchar por el bienestar de la colonia en la que había fundado su hogar. Concluido el panegírico, retumbaron veintidós cañonazos mientras el cuerpo de sir Henry era bajado lentamente a las entrañas de la tierra.

EPÍLOGO

Jamaica, 7 de junio de 1692

Dame Elizabeth Morgan continuó viviendo en Port María dedicada a cuidar de sus plantaciones y rodeada del afecto de sus familiares y amigos. De todos sus sobrinos el favorito era Charles, segundo hijo de Robert y de Ana Petronila y uno de sus futuros herederos. Sus gestos y modo de caminar le recordaban al Henry de aquellos días en los que era líder indiscutible de la Hermandad de la Costa y de los corsarios del Caribe.

El 7 de junio de 1692, casi cuatro años después del fallecimiento de su esposo, Elizabeth se encontraba cortando flores en su jardín cuando sintió la tierra estremecerse bajo sus pies. Habituada a los pequeños temblores que de vez en cuando sacudían la isla, se irguió a esperar que pasara. Pero la tierra siguió retorciéndose con mayor intensidad y la madera de la casa comenzó a crujir. En los sembradíos, la caña se agitaba con violencia y del suelo surgían grietas que se iban extendiendo hasta donde alcanzaba la vista. Elizabeth quedó paralizada, sin saber qué hacer o hacia dónde correr. La tierra lanzó entonces un rugido de animal herido y las sacudidas se hicieron tan violentas que Elizabeth rodó por el suelo. Temerosa de quedar atrapada en alguno de los surcos que continuaban ensanchándose, trató de levantarse, pero una nueva sacudida se lo impidió. En ese momento Eusebio, tambaleándose y tratando de mantenerse en pie, llegó en auxilio de su ama. La ayudó a levantarse y juntos caminaron hasta llegar a un claro en el jardín donde la tierra aún no se había agrietado. Allí permanecieron enlazados hasta que los espasmos se fueron convirtiendo en leves oscilaciones y una calma fantasmagórica quedó flotando en el ambiente. Elizabeth dejó transcurrir unos minutos antes de ir a examinar los daños que había sufrido la casa. Varias paredes presentaban rajaduras y en el interior todo lo que no estaba clavado había ido a parar al piso.

—¿Cómo habrá afectado el terremoto a Spanish Town y Port Royal? —se preguntaba en voz alta, mientras con la ayuda de Eusebio iba colocando las cosas en su lugar.

Dos días después llegó Henry Archibold a Port María con noticias sobre la devastación causada por el terremoto en el resto de la isla.

—Nuestra hacienda cerca de Port Royal se perdió por completo. Las cosechas fueron engullidas por la tierra y la casa colapsó. En Spanish Town, varios edificios se derrumbaron, pero en Port Royal la tragedia es inimaginable. Me dicen que un gran trozo de la península sobre la que estaba construida la ciudad se precipitó al mar y que una ola gigantesca terminó de arrasarlo todo. Muchísima gente ha muerto y se piensa que los daños son irreparables.

—¿Cuándo podré ir a verlo con mis propios ojos?

—¿Para qué quieres ir, Elizabeth? Las escenas deben ser dantescas.

—Quiero saber cómo fue afectada nuestra casa pero, sobre todo, me interesa ver la iglesia de San Pedro y la tumba de Henry.

Una semana después, en compañía de su hermana Ana Petronila y de su sobrino Charles, Elizabeth partió rumbo a Port Royal. En Spanish Town, varios edificios estaban destruidos, ciento treinta y cinco de sus habitantes habían perdido la vida y algunos de los sobrevivientes todavía deambulaban por las calles, aturdidos y desorientados. Aunque pensaron averiguar por sus amigos más allegados, optaron por continuar el viaje y hacerlo al regreso.

Todavía no habían llegado a los ejidos de Port Royal cuando las calles desfondadas los obligaron a abandonar el coche y continuar a pie. Para avanzar debieron atravesar varios puentes improvisados con tablones tendidos sobre las enormes brechas que, como una telaraña interminable, penetraban en todos los rincones de la villa.

—Es como una maldición bíblica —comentó en voz baja Ana Petronila.

—¿Por qué, Dios mío, por qué? —susurró Elizabeth.

Las violentas transformaciones de la topografía dificultaban la tarea de reconocer los lugares que alguna vez recorrieran ella y Henry. Su pequeña casa de las afueras del pueblo, la primera en la que él habitara, había desaparecido y en el lugar que antes ocupaba un acantilado descendía casi verticalmente hasta las aguas de la bahía. A medida que avanzaban más eran los destrozos y el caos. De las cinco fortalezas que protegían el puerto dos estaban reducidas a escombros y otras dos habían desaparecido, incluyendo el fuerte Morgan, así bautizado en honor a Henry. Solamente Fort Charles, el más antiguo de todos, aunque seriamente deteriorado, se mantenía en pie. La iglesia de San Pedro, que Henry ayudara a levantar, yacía en escombros y desde el promontorio en el que una vez se irguiera se podía contemplar, en toda su plenitud, la terrible devastación que el terremoto había dejado a su paso. Tal como refiriera Archibold, una tercera parte de la península se había partido sumergiéndose en el mar con todas sus construcciones, calles y muelles. Restos de los navíos de mayor tonelaje permanecían encallados contra las rocas y algunos de los más pequeños habían sido depositados por la gigantesca ola en medio de las ruinas de la ciudad. Una quinta parte de la población, aproximadamente dos mil vecinos, desapareció arrastrada por el mar o engullida por las hendiduras de la tierra.

Tomadas de las manos y sollozando en silencio, las hermanas Morgan contemplaban, como hipnotizadas, aquel cataclismo.

—¿Es el fin de Jamaica? —preguntó Ana Petronila.

—Aunque el golpe ha sido brutal, entiendo que la mayoría de las plantaciones pudieron salvarse —respondió Elizabeth, intentando confortar a su hermana—. Me temo que Port Royal habrá que reconstruirlo en otro sitio.

En ese momento escucharon la voz de Charles.

—Madre, tía, venid a ver.

Sorteando los obstáculos, las hermanas se aproximaron.

—Mirad —dijo el muchacho, señalando hacia el sitio donde una vez estuviera el cementerio—. Parece que el mar se tragó todas las tumbas, incluida la del tío Henry.

Elizabeth permaneció unos instantes mirando hacia el horizonte y con una leve sonrisa de resignación en sus labios musitó:

—Henry siempre quiso que lo enterraran en el mar.

AGRADECIMIENTOS

Mis amigos Aristides Royo, Jorge Eduardo Ritter, Ernesto Endara, Felipe Motta; mis hijos, Juan David y Jorge Enrique, leyeron los primeros borradores de esta obra y formularon observaciones y recomendaciones que sin duda contribuyeron a mejorar su redacción y contenido. Mi sobrino, Roberto Lewis Morgan se esmeró en traerme de sus viajes libros sobre Henry Morgan y la vida de los piratas. Para con ellos mantengo una deuda de gratitud imprescriptible.

Mi esposa, Ana Elena Ungo, me ayudó en la investigación histórica y con sus acertadas observaciones mantuvo la coherencia en los tiempos y las actuaciones de los personajes. A ella he dedicado este libro.

ÍNDICE

PRIMERA PARTE

SEGUNDA PARTE

TERCERA PARTE

Entre el honor y la espada de Juan David Morgan
se terminó de imprimir en el mes de agosto de 2022
en los talleres de Diversidad Gráfica S.A. de C.V.
Privada de Av. 11 #1 Col. El Vergel, Iztapalapa,
C.P. 09880, Ciudad de México.